SANDRA POPPE
Der Ferienhof im Schwarzwald
Der Neubeginn

Weitere Titel der Autorin:

*Liebe beginnt, wo Pläne enden*
*Liebe ist schön, von einfach war nie die Rede*

**Über die Autorin:**

**Sandra Poppe**, geboren 1975, lebt mit ihrer Familie in Bonn. Nach dem Geschichtsstudium arbeitet sie heute bei einer NGO, die sich der fairen Mode verschrieben hat. Wenn sie nicht an ihrem nächsten Roman sitzt, arbeitet sie gerne mit den Händen: nähen, Gartenarbeit oder kochen. »Ich liebe es, wenn man am Ende etwas hat, was man anfassen, anschauen oder aufessen kann.«

Ihre Romane punkten mit viel Charme und besonderen Schauplätzen. In ihrem neuesten Roman widmet sie sich einer Region, für die ihr Herz besonders schlägt: dem Schwarzwald. Hier hat sie erlebnisreiche Jahre ihrer Jugend verbracht.

Sandras Romane sind wie leckere Schokotörtchen: Sie machen einfach glücklich!

SANDRA POPPE

# DER FERIENHOF IM SCHWARZWALD
*Der Neubeginn*

ROMAN

Lübbe

Die Bastei Lübbe AG verfolgt eine nachhaltige Buchproduktion. Wir verwenden Papiere aus nachhaltiger Forstwirtschaft und verzichten darauf, Bücher einzeln in Folie zu verpacken. Wir stellen unsere Bücher in Deutschland und Europa (EU) her und arbeiten mit den Druckereien kontinuierlich an einer positiven Ökobilanz.

NACHHALTIG PRODUZIERT

Originalausgabe

Copyright © 2023 by
Bastei Lübbe AG, Schanzenstraße 6 – 20, 51063 Köln

Vervielfältigungen dieses Werkes für das
Text- und Data-Mining bleiben vorbehalten.

Lektorat: Melanie Blank-Schröder
Textredaktion: Heike Brillmann-Ede
Umschlaggestaltung: zero-media.net, München
Umschlagmotiv: © Panther Media GmbH/Alamy Stock Foto; © FinePic®, München
Satz: hanseatenSatz-bremen, Bremen
Gesetzt aus der Arno Pro
Druck und Verarbeitung: GGP Media GmbH, Pößneck

Printed in Germany
ISBN 978-3-404-19285-4

2  4  5  3  1

Sie finden uns im Internet unter luebbe.de
Bitte beachten Sie auch: lesejury.de

*Für Heike, Julie und Melanie,
meine drei Bücherfeen*

# Warum nicht einfach ein neues Leben?

Ich lasse das Auto an der Landstraße stehen und gehe zu Fuß weiter. Eine schmale Straße führt stetig den Berg hinauf. Es ist mühsam und gleichzeitig wunderschön. Mit jedem Schritt fliegt eine Erinnerung herbei. Wie oft haben wir gestöhnt, wenn wir die Holzbrücke am Bach mit den üppig bewachsenen Blumenkästen am Geländer erreicht haben und der ganze Weg noch vor uns lag? Danach kommt die Pferdekoppel, auf der, wie früher, Pferde grasen. Zwei von ihnen werfen mir einen Blick zu, und eines der Tiere schnaubt lange, als wolle es mich begrüßen. Autos fahren die Landstraße entlang, doch mit jedem weiteren Schritt verblassen die Geräusche der Zivilisation. Ich gehe langsam und bewusst. Links und rechts erstrecken sich saftige Wiesen, gesäumt von Apfelbäumen, voll mit roten oder grünen Äpfeln. Dazwischen stehen Bienenstöcke. Sie müssen neu sein, denn an Bienen kann ich mich nicht erinnern. Ein Schwarm Spatzen fliegt herbei und lässt sich nieder, nur um nach einem kleinen Konzert wieder davonzufliegen, und ein Hausrotschwanz setzt sich mitten auf den Weg und wippt munter mit dem Schwänzchen.

»Was willst du hier?«, scheint er zu fragen.

»Ich verabschiede mich von meiner Kindheit.«

»Na gut, das erlaube ich dir«, antwortet er und fliegt davon.

Die erste lange Gerade ist geschafft. Ich halte inne und genieße den Blick über das Dorf. In die Enge des Tals gebaut, lang und schmal, wird es dominiert von Schwarzwaldhäusern, alten wie neuen. Die weiße Kirche mit Ecksteinen aus rotem Sandstein wird von der Sonne angestrahlt, als wäre allein das ihre Aufgabe. Zur anderen Seite hin öffnet sich das Tal. Wiesen, Berge und dahinter noch mehr Berge. Die Luft ist klar, die Sicht reicht bis zum Horizont. Hier oben scheint es, als wäre ich allein auf dieser Welt. Dabei leben auf jedem Berg und in jedem Tal Menschen, und vielleicht stehen einige von ihnen so wie ich gerade mitten in der Einsamkeit.

Nach einer engen Kehre führt der Weg weiter hinauf zu den Berghöfen. Ich aber biege auf einen Feldweg. Durch Wiesen hindurch und an Obstbäumen vorbei schlängelt er sich über eine von dunklen Tannenwäldern umrahmte Hochebene, die aussieht, als habe jemand nachlässig eine Tischdecke in Grüntönen ausgeworfen. Mal geht es ein bisschen bergan, mal ein bisschen bergab. Ich bin nun hinter dem Berg, habe die Laute der Zivilisation endgültig abgestreift und genieße eine magische Ruhe. Während ich den Weg entlangwandere, ärgere ich mich ein wenig. Warum habe ich Sandalen angezogen? Ich kenne den Weg doch! Jetzt verirren sich ständig spitze Steinchen unter meine Fußsohlen, und ich muss immer wieder stehen bleiben, um sie aus den Schuhen zu nesteln. Immerhin habe ich die Pumps im Schrank gelassen, die wären noch unpraktischer. Nicht, dass ich eine Frau bin, die oft Pumps trägt, aber ich habe tatsächlich mit dem Gedanken gespielt. Die schicken roten hätten wunderbar zu dem Sommerkleid gepasst, das ich nur angezogen habe, weil der Sommer nach wochenlangem Regen endlich ein Gastspiel gibt. Dabei liegt der Geruch des Herbstes bereits in der Luft.

Der Hof liegt am Ende dieser Wiesenlandschaft, eingebettet in eine kleine Senke, dahinter geht es stetig hinauf in die schwarz bewaldeten Berge. Ich atme erleichtert auf, als ich den Bauernhof von Onkel Ludwig erreiche, betrete den geschotterten Hof und blicke rundum. Wehmut. Die spüre ich. Ich lasse mich auf den

Findling neben der riesigen Buche am Rande des Hofs plumpsen, deren Blätter langsam gelb werden. Die Reifenschaukel, auf der ich geträumt, gelacht und gealbert habe, hängt immer noch da. Sie war meine Heidi-Schaukel, denn sie schwingt über Berge hinweg und in den Himmel hinein.

Ich betrachte den imposanten, für die Gegend typischen Schwarzwaldhof aus den Zwanzigerjahren des vorigen Jahrhunderts. Wie die meisten dieser Höfe ist er in den Hang gebaut, trutzig und weithin sichtbar in einer Postkartenidylle. Das tief heruntergezogene Walmdach, die Holzschindeln, die weißen Sprossenfenster und hellbraunen Fensterläden sind typisch für die Gegend. Etwas unterhalb, auf der linken Seite, steht der in den Fünfzigerjahren gebaute Stall, ein lang gezogenes Gebäude, das auch Ludwigs Werkstatt beherbergte. Dahinter mäandert ein kleiner Bach durch die Streuobstwiese, die gleichzeitig auch die Weide ist. Rechts des Haupthauses, ein Stück weiter den Weg hinauf, der in den Wald und in die Berge führt, steht das Gästehaus. Das ehemalige Altenteil sieht aus wie eine Miniaturausgabe des großen Hauses. Und unterhalb des Gästehauses steht natürlich das *Backhäusle* – windschief und mit roten Schindeln gedeckt, könnte es auch das Haus der kleinen Hexe sein.

Unzählige Erinnerungen sind mit diesem Hof verbunden, jeden Sommer haben wir hier verbracht, gerade sehe ich nur die traurigen Dinge: Wiesen, die niemand mäht, Äpfel, die niemand erntet, Unkraut, Farbe, die abblättert, kaputte Fensterscheiben. Zum Schluss war Onkel Ludwig nicht mehr er selbst. Sein Kopf war leer wie ein weißes Blatt Papier, auf dem der lange Text des Lebens ausradiert wurde. Ich seufze. Wehmütig. Dieser Hof steht für die schönsten Wochen meiner Kindheit. Ich werde Abschied nehmen müssen. Wird sich ein Käufer finden? Ich hoffe es sehr, denn der Hof hat mehr verdient, als weiter zu verfallen.

»Schwesterchen, du siehst aus, als hätte man dir das Herz aus dem Leib gerupft.«

Ich bin so versunken, dass ich zusammenzucke. Dann springe ich vom Felsen und werfe mich meinem Bruder in die Arme.

»Florian! Wo ist denn dein Auto? Und du hast recht. Der Anblick *rupft* mir das Herz aus dem Leib. Meine Güte, warst du schon immer so groß?«

Florian lacht laut auf. Er ist fast eins neunzig und kann mir auf den Kopf spucken, seitdem ich denken kann. Mit den blonden, immer ein wenig zu langen Haaren, den stahlgrauen Augen und den Sommersprossen auf den Armen kann er nur schwer verbergen, dass wir verwandt sind. Zwei Jahre älter ist er und der beste Bruder, den man sich nur wünschen kann.

»Mein Auto steht unten am Bach neben deinem. Du bist die ganze Zeit vor mir hergelaufen, hast aber mal wieder nichts mitbekommen. Ansonsten werde ich mir Mühe geben zu schrumpfen, damit wir endlich auf Augenhöhe sind, aber ich fürchte, es ist vergebens.«

»Das macht nichts. So kann ich dich wenigstens immer in den Bauch piksen, wenn du mich mal wieder aufziehst.« Ich grinse gemein. Mein Bruder ist bemerkenswert kitzelig.

»Du bist über vierzig, Elli, da sollte sich das mit dem Bauchpiksen langsam auswachsen.«

Lachend pikse ich ihn gleich dreimal. »Ich habe wohl Schwierigkeiten, erwachsen zu werden.«

»Sagt die vernünftigste Erwachsene, die mir je untergekommen ist.«

Ich verziehe das Gesicht. Florian kennt meine Schwächen. »Dann sei froh, dass du mir noch ein wenig Unvernunft entlockst.«

»Los. Piks weiter!«, fordert er mich auf, kneift die Augen zusammen und spannt die Bauchmuskeln an.

»Also, was ist?«, frage ich nach der kleinen Alberei. »Schauen wir uns den Hof an und überlegen, wie wir ihn loswerden, ohne dass es uns das Herz bricht?«

Florian nickt und ein wehmütiger Ausdruck erscheint auf seinem Gesicht. Es geht ihm wie mir. Viele Erinnerungen hängen an diesem Hof. Es wird nicht leicht, ihn in fremde Hände zu geben.

Ich deute auf die kaputten Scheiben des Stalls. »Ich kann gar nicht fassen, wie verwahrlost es hier ist. Geht es wirklich so schnell, wenn man sich nicht um die Dinge kümmert?«

Florian betrachtet die Gebäude um uns herum. »Es scheint so, und das ist traurig.«

Ich nicke zustimmend. »Wann warst du das letzte Mal hier?«

»Das ist zwei Jahre her. Onkel Ludwig hat mich mit der Mistgabel vertrieben, weil er mich nicht erkannt hat. Danach gab es keine Gelegenheit mehr. Was ich jetzt bereue, aber so ist es eben.«

Ich weiß, wovon er spricht. Die Wege sind weit, ein stressiger Alltag vernichtet die Zeit, und ehe man sich versieht, ist ein lieber Mensch tot und man hat sich nie von ihm verabschiedet. Nach meinem letzten Besuch vor etwa anderthalb Jahren hatte unser Vater versucht, seinen Bruder Ludwig zum Auszug zu überreden, doch der weigerte sich beharrlich. Der Kompromiss war, eine Frau aus dem Dorf auf den Hof ziehen zu lassen, die sich bis zu seinem Tod um ihn kümmerte. Kennengelernt haben wir sie nie, und die Beerdigung fand in aller Stille statt. So wie Ludwig es wollte, neben seiner Käthe im Friedwald. Erst bei der Testamentseröffnung haben wir erfahren, dass er uns den Hof vererbt hat. In Absprache mit meinem Vater, der sich nie für den Bauernhof seines Bruders interessiert hatte. Die Überraschung ist Onkel Ludwig gelungen, und deswegen machen wir gerade diese Reise in unsere Kindheit.

»Ich war auch viel zu lange nicht hier und bereue es. Also sind wir schon zu zweit.«

Zunächst werfen wir einen Blick in den ehemals weiß gestrichenen Kuhstall samt Jungtierstall, der bis auf ein paar Gerätschaften und Strohballen leer steht. Onkel Ludwig hatte nach seiner Alzheimer-Diagnose die Tiere und einen Teil der Maschinen verkauft.

»Hier müssen wir schon mal nichts ausräumen, bevor wir Kaufinteressenten einladen«, stelle ich beruhigt fest.

»Abwarten«, entgegnet Florian trocken. »Wir fangen gerade erst an.«

Er behält recht. Die neben dem Stall im selben Gebäude untergebrachte Hof-Werkstatt ist noch vollständig eingerichtet. Sogar die Pinsel stehen wie früher in den Blechdosen, als warteten sie nur darauf, benutzt zu werden. Wir verlassen die Werkstatt und erklimmen eine kleine Rampe, die links neben dem Haupthaus hinauf zur Scheune führt. Die Scheune, auch *Tenne* genannt, ist Teil des großen Schwarzwaldhauses und erstreckt sich über zwei Etagen, denn der komplette Dachboden des Hauses gehört dazu. Hier ist viel Platz für das Heu und die Maschinen. Das zweiflügelige massive Holztor lässt sich leicht öffnen, so gut hängt es in den Angeln, und das Geräusch des aufschwingenden Tores, der Geruch nach altem Holz, Heu und Motorenöl weckt neue Erinnerungen. In der Tenne, diffus beleuchtet durch schmutzige Dachluken, lagert immer noch Heu. Wie gerne haben wir da oben gespielt oder es uns bei schlechtem Wetter mit Wolldecken und Taschenlampen gemütlich gemacht. Im Frühjahr bekam die Hofkatze dort ihre Jungen, und weil sie uns vertraute, durften wir mit ihnen schmusen und spielen, und es gab in diesen Wochen keinen schöneren Ort. Unten hatten die Fahrzeuge ihren Platz, doch bis auf den grünen Traktor, mit dem uns Ludwig regelmäßig über die Felder kutschiert hat, steht die Scheune leer.

Wir umrunden das Haus, auf der anderen Seite geht es wieder hinunter, und werfen einen Blick ins Kellergeschoss, das auf Ebene des Hofs liegt und aus roten Sandsteinblöcken gebaut ist.

Ursprünglich waren dort die Stallungen untergebracht, doch nach dem Bau des modernen Stalls wurden hier die Wirtschaftsräume eingerichtet.

Wir erklimmen die Holztreppe zur Haustür im ersten Stock. Das Walmdach ist tief heruntergezogen, massive Holzbalken spenden Schutz vor Wind und Regen. Wir atmen kurz durch und tauschen einen vielsagenden Blick, ehe Florian die dunkelbraune Holztür öffnet. Das Haus, das einst vor Leben sprühte, wirkt nun, als betrete man ein Museum. Nichts hat sich verändert, und doch ist alles anders. Zwei Monate ist die Beerdigung erst her, und schon hat sich die Leere das Haus erobert. Auf die Möbel hat sich eine Staubschicht gelegt, tote Fliegen liegen auf den Fensterbänken, Spinnen haben sich ein Paradies geschaffen. Dennoch fühlt es sich an, als wären die letzten Sommerferien gerade ein paar Wochen her.

»Es ist, als wäre ich wieder zwölf«, merke ich an, als wir schließlich in dem Zimmer im zweiten Stock stehen, das wir uns immer geteilt haben.

»Du hast dich auch kaum verändert«, scherzt Florian, »zumindest, wenn man die Falten und den grauen Haaransatz ignoriert.«

»Herzlichen Dank auch.« Ich stöbere in den Schränken und Schubladen und fördere schließlich ein altes Schulheft zutage. »Ich fasse es nicht. Das gibt's noch!«

Florian reißt die Augen auf. »Zeig her«, sagt er und grapscht nach dem Heft.

»Nix da«, antworte ich und halte es in die Höhe.

»Netter Versuch«, lacht mein Bruder, nimmt mir das Heft lässig aus der Hand, dreht sich von mir weg und blättert darin herum.

»Guck hier: ›Montag, 23. Juli 1988. Der neue Postbote verhält sich verdächtig. Beobachten!‹«

»Jetzt lass mich auch mal!«, rufe ich ungeduldig, und endlich lässt er mich in das Heft schauen, in dem wir unsere detektivischen Bemühungen akribisch dokumentiert haben.

»24. Juli 1988. Tina trifft sich mit Maren am Spielplatz. Tuscheln. Gehen zum Laden. Nach drei Minuten dreiundfünfzig Sekunden kommen sie wieder raus. Zwei Tafeln Schokolade«, liest Florian vor. »Mensch, kannst du dich noch an die Tina-Geschichte erinnern?«

»Natürlich. Wie könnte ich *die* vergessen?« Ich verdrehe die Augen. »Die Kuh erscheint mir bis heute im Traum.«

»Ich weiß ja, dass *die Kuh* dich traumatisiert hat, aber deswegen immer noch von ihr zu träumen, ist vielleicht ein bisschen übertrieben?«

»Nicht, wenn man seitdem Angst hat, im Fegefeuer zu landen.«

»Schwester, du spinnst.«

»Ich widerspreche in diesem Fall nicht.«

Mein Bruder klopft mir wohlwollend auf den Rücken. »Schwächen hat jeder. Sie zu akzeptieren ist die Kunst.«

Wir werfen einen Blick ins *Backhäusle*, in dem Tante Käthe Brot für das halbe Dorf gebacken hat, und ich fälle ein Urteil. »Jetzt fehlt nur noch das Gästehaus, doch ich denke, wenn wir entrümpeln, müsste man den Hof gut verkaufen können, die Bausubstanz ist ja in Ordnung.«

»Hm«, macht Florian.


Wir verlassen das *Backhäusle* und treten auf den Hof. Oder sagen wir, ich versuche es, denn wie früher denke ich nicht an die Kuhle in der Steinstufe und stolpere. Im letzten Augenblick halte ich mich an Florians Pullover fest, erlange das Gleichgewicht wieder und werde puterrot.

»Es hat sich nichts geändert«, sagt er kopfschüttelnd, »du versinkst bei jeder sich bietenden Gelegenheit vor Scham im Boden.«

Ich schnappe nach Luft und will was Passendes erwidern,

doch just in diesem Moment schießt etwas Braunes, Haariges auf uns zu. Im letzten Augenblick bremst es ab, donnert trotzdem gegen Florian, strauchelt, fängt sich wieder und schaut uns mit zuckersüßen Kulleraugen an. »Bäääh!« Mir steht der Mund offen. Warum steht da eine Ziege vor uns? Und warum trägt sie ein rot glitzerndes Halsband?

»Äh«, mache ich verwundert.

»Schickes Halsband«, schmeichelt mein großer Bruder mit dem weichen Herzen dem zutraulichen Tier, streichelt es zwischen den Ohren und wird zum Dank immer wieder mit der Nase angestupst. »Aber wo kommst du her?«

»Äh«, mache ich ein zweites Mal und starre auf das vertraut wirkende Duo.

»Bambiii«, dröhnt eine schrille und gleichzeitig rauchige Stimme über den Hof. »BAMBI!!!«

Sie schallt aus Richtung des Gästehauses. Verwundert blicken wir uns an. Eine mollige, komplett in Rot gekleidete Frau in ihren Sechzigern stapft energisch den Weg hinunter, mustert uns kritisch und spricht mit typisch badischem Singsang auf das Tier ein. »Bambi, du kommst sofort hierher, sonst verbanne ich dich vom Sofa.«

Bei uns angekommen, stemmt sie die Hände in die Seiten. »Bambi, ab! Und darf ich fragen, was Sie hier suchen? Der Hof ist Privateigentum.«

»Dürfen wir fragen, was Sie und … äh … Bambi hier machen?«, stelle ich vorsichtig die Gegenfrage und wundere mich gleichzeitig, warum die Ziege Bambi heißt. »Der Hof ist nämlich genau genommen *unser* Privateigentum.«

Ganz kurz entgleisen der Frau die Gesichtszüge, dann fasst sie sich und statt des zuvor strengen Gesichtsausdruckes umspielt ein feines Lächeln ihre Lippen. »Ihr seid die Kinder! Es ist schön, euch kennenzulernen. Ludwig hat gerne von euch erzählt.«

»Nun ja«, entgegnet Florian verschmitzt, »das Kindesalter haben wir schon vor ein paar Jährchen hinter uns gelassen, aber wir waren als Kinder oft hier, das stimmt. Nun wissen wir aber immer noch nicht, wer *Sie* sind. Ihre Ziege kennen wir ja bereits.«

Die rote Frau grinst breit, beugt sich zu dem zutraulichen Tier, das einen echten Narren an meinem Bruder gefressen zu haben scheint, und flüstert ihm etwas ins Ohr.

»Ich bin die Roswitha, und ich hab mich um den Ludwig bis zu seinem Ende gekümmert. Er hat immer gesagt, ich könne hier wohnen bleiben. Zumindest, solange er noch denken konnte.« Sie richtet sich auf und stützt die Arme auf ihre ausladenden Hüften, die von einem roten Plisseerock umspielt werden. »Ich hoffe, das ist kein Problem für euch.« Ihr Ton ist ein anderer als eben. Freundlich. Bittend.

Wir wechseln einen schnellen Blick.

»Wie Elli schon sagte, sind wir die Erben des Hofes«, erklärt Florian, »allerdings dachten wir, der Hof sei unbewohnt, der Notar hat nicht erwähnt, dass du noch hier wohnst.« Wie selbstverständlich ist auch er zum Du übergegangen.

*Rot*witha, wie ich sie in Gedanken bereits getauft habe, nickt wissend und mit besorgter Miene. Sie packt die Ziege am Halsband. »Geh ins Haus, Bambi. Wir zeigen den Kindern mal, was auf dem Spiel steht.« Sie wendet sich an uns. »Ich wusste, dass dieser Tag kommen wird. Ich zeige es euch. Das ist einfacher, als es zu erklären.«

Auf dem kurzen Weg hinauf zum Gästehaus erklärt sie uns ihre Absprache mit Ludwig. »Er wollte, dass ich auf dem Huberhof wohnen bleibe. ›Ich regle das‹, sagte er immer. Aber es ging so schnell bergab mit ihm, irgendwann konnte er nichts mehr regeln. Ich könnte ihm dafür nachträglich die Leviten lesen, dem alten Kauz. Ich hoffe, er hockt mit intaktem Gedächtnis auf seinem

Wölkchen und wartet, damit ich das irgendwann einmal nachholen kann.«

Wir erreichen das kleine schwarze Holzhaus mit Walmdach, Holzschindeln und roten Fensterläden. Tante Käthe, die schon zehn Jahre vor Ludwig an Krebs gestorben ist, hatte früher ihren Webstuhl dort stehen. Dorthin hat sie sich gerne zurückgezogen, wenn sie ihr Tagwerk verrichtet hatte. Im Gegensatz zum Rest des Hofes ist es liebevoll gepflegt, Herbstblumen blühen auf den Fensterbänken und in Kübeln, überall findet sich Zierrat aus Keramik, Holz oder Metall. Das kleine Haus besteht nur aus einer heimeligen Wohnküche und zwei Schlafzimmern, und entgegen meiner Erwartung ist das Innere des Hauses nicht rot wie Roswitha selbst, sondern kunterbunt. Es scheint, als hätte sie Hobbys gleich im Dutzend. Gehäkelte Deckchen, genähte Kissen, mit Mosaiken verzierte Töpfe und Tische, gemalte Bilder und Getöpfertes, wo man auch hinblickt. In einer Ecke steht eine Töpferscheibe, in einer anderen der Webstuhl. Hier wohnt eine Frau, die nicht weiß, wohin mit ihrer Kreativität. Florian und ich wechseln erneut vielsagende Blicke.

Roswitha nimmt einen Kupferkessel von der gelben Anrichte, füllt ihn mit Wasser und stellt ihn auf den Herd. »Setzt euch. Wollt ihr einen Tee?«

Wir nicken und setzen uns auf bunte Stühle mit grünen Kissen an den roten Küchentisch. Ich bin fasziniert!

»Schwarz, grün, Kräuter, Früchte?«

Wir bestellen einen Schwarztee, und Roswitha wühlt emsig in den Schubladen ihrer grünen Küche. »Mir ist klar, dass ich keinen rechtlichen Anspruch habe, ich bezahle ja nicht mal Miete. Aber wie ihr seht – es wäre schlimm für mich, wenn ich das hier«, sie deutet rundum, »aufgeben müsste. Leider verfüge ich nicht über die Mittel, um euch das Gästehaus, geschweige denn den Hof abkaufen zu können.«

Während sie redet, begutachtet Florian eine kunstvoll getöpferte Schüssel, die auf dem Tisch steht. »Verkaufst du die Sachen?«

»Manchmal, ja, aber mir fehlt der Ehrgeiz, und ich mag sie viel zu sehr und gebe sie deshalb nur ungern aus der Hand.«

Florian kratzt sich am Kinn. »Wir haben definitiv ein Problem, aber ich halte es gerne mit dem alten Handwerkermotto: Es gibt keine Probleme, nur Lösungen.«

»Du wüsstest wohl auch nicht, was du mit Bambi machen sollst, richtig? Wieso lebt sie überhaupt hier und warum heißt sie Bambi?« Ich deute auf die Ziege, die es sich auf einer bunten Häkeldecke auf dem roten Samtsofa gemütlich gemacht hat, das im hinteren Teil der Wohnküche steht.

Roswitha lächelt. »Ja, das mit dem Namen ist so eine Sache. Das Tierchen lag eines Morgens auf der Wiese, und im ersten Augenblick dachte ich, es sei ein Rehkitz. Daher der Name. Niemand hat das Tier vermisst, also habe ich ihn – es ist nämlich ein *Er*, wie der Bambi aus dem Film – mit der Flasche aufgezogen.« Sie zuckt ratlos mit den Schultern.

Ich traue mich nicht, Florian anzuschauen. Sind wir herzlos genug, Roswitha auf die Straße zu setzen? Ich fürchte, ich kenne die Antwort.

Auf dem Rückweg ins Tal besprechen wir das Problem.

»Hast du eine Idee, was wir mit dem Hof und mit Roswitha machen sollen?«, fragt Florian.

»Tja, eigentlich wollte ich Abschied von meinen Kindheitserinnerungen nehmen, den Auftrag an einen Makler geben und von dem Geld den restlichen Kredit abbezahlen, den ich für mein Haus aufgenommen habe. Aber wir müssen uns etwas einfallen lassen. Ich bringe es nicht übers Herz, sie auf die Straße zu setzen.«

Mein Bruder grinst schief und schweigt. Dann stoppt er und dreht sich zu mir. »Ehrlich gesagt«, er macht eine bedeutungsschwangere Pause und legt mir seine Hand auf den Arm, »spiele ich schon länger mit dem Gedanken, neu anzufangen. Ich habe genug vom Stadtleben und von meinem Job auch. Ich brauche was Echtes, was Handfestes. Und …«, er macht erneut eine Pause, »… der Hof böte eine Möglichkeit. Man könnte ihn mit Leben füllen, eine Ferienoase daraus machen. Das geistert mir durch den Kopf, seitdem wir von dem Erbe erfahren haben. Noch ist alles sehr vage, aber ich könnte mir vorstellen, etwas aus dem Huberhof zu machen.«

Ich brauche einen Augenblick. Verstehe ich das richtig? Florian beschließt, sein Leben zu ändern – und tut es? So einfach ist das?

»Und dann wäre das Problem mit *Rot*witha keines mehr«, stelle ich fest.

»*Rot*witha?« Florian fängt schallend an zu lachen. »Passt! Und ja, das wäre passé. Von mir aus kann sie in dem kleinen Häuschen wohnen bleiben, und über den Rest werden wir uns sicher einig. Auf jeden Fall –«

Ich unterbreche ihn. »Deine Idee überrascht mich, aber ja, ich finde sie gut. Du willst mir also meinen Teil abkaufen und hoffst auf einen guten Preis?« Ich grinse ihn schelmisch an. Ganz so leicht darf man es einem Bruder nie machen.

»Nicht ganz.«

»Sondern?«

»Ich will dich eigentlich überreden, mitzumachen.«

# Nachbarschaftsidylle

Es ist eines dieser Neubaugebiete, von denen die Bewohner glauben, es sei anders als alle Neubaugebiete der Republik. Individueller. Origineller. Lockerer. Moderner. Es gibt mehr Zusammenhalt. Nun verhält es sich so vermutlich mit den meisten Neubaugebieten, aber das hören die Anwohner natürlich nicht gern, denn es würde sie »gewöhnlich« machen. Nun denn … Ich richte lieber meinen Blick auf das Sommerfest, das heute Abend die Einwohner der Siedlung über Stabmattenzäune und Steingabionen hinweg vereint.

Es ist der Höhepunkt des Jahres in diesem Flecken im Speckgürtel Hannovers und findet traditionell am zweiten Samstag im September statt. Die Familien sind zurück aus dem Sommerurlaub, die Beine braun gebrannt, die Haare bleich. Die Frauen tischen Büfettkreationen auf, die Männer grillen und zapfen Bier, die Kinder pilgern ohne die üblichen Ermahnungen von Trampolin zu Trampolin. Die Mütter haben die ersten Sektgläser geleert, und die Väter sind froh, ihre Ruhe zu haben. Hinterher werden sie von diesem Fest schwärmen: Einzigartig war es, so wie eben das ganze Neubaugebiet. Noch Jahre später werden sie in Erinnerungen schwelgen – wenn die Kinder längst ausgezogen sind, bei allen fast gleichzeitig die Rentenbescheide in die Briefkästen flattern und aus dem Neubaugebiet ein großflächiges Seniorenwohnheim geworden ist.

Doch wie so oft gibt es kein Licht ohne Schatten. Denn wenn

das Sommerfest in vollem Gange und genug Alkohol geflossen ist, dann sitzen die Zungen lockerer, und sie geht los: die muntere Lästerei über die, die nicht hierherpassen.

Eine von ihnen bin ich. Elli. Oder, um korrekt zu sein, Elisabeth Seidel, dreiundvierzig Jahre alt und seit zwei Jahren rechtskräftig geschieden. Singlefrau. Alleinerziehend.

Es war unklug, so früh zu kommen. Jetzt stehe ich hier mit drei Pärchen und fühle mich deplatziert. Wie so oft seit meiner Trennung. Dabei ist die Stimmung gut. Doch die geballte heile Welt gibt Paaranekdoten zum Besten. Und obwohl die Geschichten unterhaltsam sind, kann ich sie nicht genießen, denn ich spüre die Blicke. Ich bin die, die nicht mitreden kann. Nicht mehr.

Bei der nächsten Gelegenheit flüchte ich ans Büfett und lasse mir Zeit. Sorgfältig inspiziere ich das Speiseangebot und nehme hier und da eine kleine Portion. Nicht zu viel, sonst gelte ich als frustriert. Nicht zu wenig, sonst denken sie, ich bin auf Diät, um noch einen abzukriegen. Die Auswahl ist schließlich nicht groß.

*Doch, doch!*, würde ich am liebsten rufen, rein statistisch gesehen bleibe ich nicht die Einzige. Gebt acht! Der Beton ist schließlich noch nicht trocken. Das mit den Scheidungen geht richtig los, wenn die Stabmattenzäune erste Rostflecken kriegen. Dann habe ich meinen Rosenkrieg lange hinter mir und kann weise und verständnisvoll nicken und lächeln.

Zwei Stunden später hat mich der Alkohol lockerer gemacht. Außerdem stehen Frauen und Männer mittlerweile getrennt zusammen. So ein Fest folgt eben immer denselben Regeln.

Kitty empört sich gerade über ihren Ehemann. »Tausendmal habe ich ihm erklärt, wie die Waschmaschine funktioniert, aber meint ihr, der merkt sich das? Nein. Er *will* es nämlich nicht. Dafür bin ich schließlich zu Hause.«

Kitty ist eine Frau am Rande der Alkoholsucht. In ihrem Keller gibt es einen Raum nur für Leergut. Jedem, der ab dem späten Nachmittag den Fehler begeht, ihr Haus zu betreten, drückt sie eine Sektflöte in die Hand, und los geht's. Ihr Mann verdient Unmengen an Geld, sie kümmert sich um Haus und Kinder. Die beiden sind allerdings schon über die Pubertät hinaus, und die Sektflöte ersetzt allzu oft den fehlenden Lebensinhalt. Beate nickt die ganze Zeit. Sie findet grundsätzlich alles toll, was Kitty sagt. Nicole grinst wissend, denn ihr Mann ist ein Totalausfall. (Wenn es nach mir ginge, sollte er Scheidungsopfer Nummer zwei in unserer Straße sein und Nicole endlich mal anfangen zu leben.) Jutta, die Einzige der Frauen, die ich *wirklich* mag, meint, man wäre nun in einer Phase der Ehe, in der die Männer schlicht vergessen hätten, was Gleichberechtigung ist.

»Die wünschen sich doch insgeheim alle die Fünfzigerjahre zurück. Die Ehefrau begrüßt ihn nach der Arbeit adrett gekleidet mit einem zarten Kuss auf die Wange im Hausflur, das Essen ist gekocht, die Pantoffeln stehen bereit. Nur der Anstand hält sie davon ab. Weitestgehend. Aber irgendwie sind wir auch selbst schuld. Wir lassen es schließlich zu.«

Ich gebe Jutta recht. Bei mir war es nicht anders. Doch zum Glück hat mein Ex sich eine andere Dumme gesucht, die diesen Job übernimmt. So gesehen bin ich fein raus.

Kitty seufzt effektvoll und leert ihr Glas in einem Zug. »Aber, Mädels, was ist die Alternative? Wenn sie sowieso alle gleich sind, dann kann man den eigenen doch behalten. Was kriegt man denn in unserem Alter noch? Reste oder Secondhand. Wer will das schon?«

Betretenes Schweigen. Klar. Denn machen wir uns nichts vor: Ich bin eine bemitleidenswerte Frau. Doch Kitty wäre nicht Kitty, wenn sie nicht gleich den Vorschlaghammer zücken würde.

»Elli, was sagst *du*? Lohnt sich der Markt? Über vierzig ist ja wieder Bewegung im Spiel. Du könntest uns mal auf den neuesten Stand bringen.«

Aha, ich bin also Expertin für den hiesigen Männermarkt. Das ist so, als hätte man vollen Einblick in die Immobilienbranche, weil man mal ein Haus gekauft hat. Irgendwie ist mir das grad zu blöd. Und weil ich getrunken habe und das immer diese zweite Seite in mir weckt, fällt die Antwort einfach aus mir heraus.

»Ach, Kitty. Mit dem Männermarkt kenne ich mich leider überhaupt nicht aus. Ich bin nämlich ohne Mann sehr glücklich. Und sollte ich wieder das Bedürfnis haben – du weißt ja: Warum in die Ferne schweifen?« Ich bereue es sofort. Beate hält sich die Hand vor den Mund, Kitty schnappt nach Luft, und Jutta grinst in ihr Sektglas. Ich entschließe mich zur Flucht, brummle eine kurze Entschuldigung und bringe mich auf meiner eigenen Toilette in Sicherheit.

Was stimmt mit uns Frauen eigentlich nicht? Nachdenklich sitze ich zu Hause auf dem Klo. Wir wollen emanzipiert und selbstständig sein, gleichzeitig muss ein Traumprinz her, weil eine Frau ohne Mann scheinbar nur die Hälfte wert ist. Allzu oft sind es leider die Frauen, die einer Frau das Glücklichsein auch ohne Mann absprechen. Es ist absurd.

Ich bin kurz davor, die Party Party sein zu lassen, weil ich keine Lust habe, als Expertin für Singlefrauen in den Vierzigern herzuhalten. Aber das gibt sicher neues Gerede, also kehre ich zurück und freue mich, als mir Tobi, Juttas Mann, eine Flasche Bier in die Hand drückt. Er steht mit Kittys Mann und einem weiteren Nachbarn zusammen. Ich bin die einzige Frau im Distelweg, die Bier trinkt, was mir einen gewissen Respekt bei den Männern einbringt. Außerdem habe ich seit meiner Trennung schon öfter festgestellt, dass Männer gegenüber alleinerziehenden Müttern weniger Vorbehalte haben. Aus einem einfachen Grund: Wenn du dich zum Quatschen zu ihnen stellst, sehen sie dich genau als das, was du in diesem Augenblick bist: ein Kumpel zum Quatschen. Außerdem bin ich durchaus witzig, wenn ich getrunken habe. Dann traue ich mich aus dem Schneckenhaus und verwandle mich in etwas Vorlautes mit einem Hang zu flachen Witzen. In mir wohnen zwei Seelen mit der Tendenz zur Übertreibung, die sich nicht besonders gut leiden können.

Ich stoße mit den Männern an, wir finden herrliche Themen, und manchmal werde ich sogar freundschaftlich in die Seite geboxt. Kurzum, endlich kann ich den Abend genießen. Das geht so lange gut, bis Kitty mich energisch in den Oberarm stupst.

»Kann ich dich mal bitte sprechen, Elisabeth?«

*Elisabeth?*

»Ähm. Klar. Was ist los?«

»Nicht hier«, verkündet Kitty leicht ungehalten, dreht energisch ab, und ich haste ihr hinterher. Auf einem kleinen Fußweg hält sie an und geht sofort in medias res. »Wir wollten dich bitten, nicht bei unseren Männern rumzuhängen. Warum, kannst du dir vielleicht denken.«

Ich starre sie an und mir schwant, worauf sie hinauswill. »Ich habe doch nur gewitzelt.« Mein Ton ist unterwürfig, und das passt mir gar nicht.

»Das weiß ich natürlich«, entgegnet Kitty zuckersüß, »aber wir wollen die Männer doch nicht auf dumme Gedanken bringen, nicht wahr? Es sind Männer. Als Frau muss man die Zügel in der Hand behalten und Konkurrenz gleich im Keim ersticken.« Sie tippelt ungeduldig mit den Füßen. Leider wartet sie auf eine Antwort vergebens, denn mir fällt partout keine ein.

Kitty lächelt verkniffen und flötet dann: »Das ist total lieb, dass du auf uns Rücksicht nimmst.« Sie haucht mir einen Luftkuss auf die Wange und geht.

Ich bleibe zurück und frage mich: *Warum lebe ich eigentlich noch hier?*

# Manche Äpfel fallen weiter als andere

Es war ein harter Tag. So wie eigentlich jeder Tag, seitdem ich alleinerziehend, selbstständig und Hausbesitzerin bin. Mein Leben besteht aus Listen, die niemals kürzer werden. Gleichzeitig habe ich mich daran gewöhnt und kann es mir nicht mehr anders vorstellen.

So viel zum Thema glücklich sein …

Heute jedoch wollten mich scheinbar alle ärgern. Die ersten Kunden, weil ihnen der Stoff des Sessels, den ich bezogen habe, »am Objekt leider nicht mehr gefällt«. Die letzten Kunden, weil sie den Preis für das Biedermeiersofa unverschämt fanden. Dabei haben sie den Stoff für einhundertvierzig Euro den Meter selbst ausgesucht. Dass meine Arbeit auch kostet, haben sie schlicht ignoriert. Aber was soll ich machen? Gute Arbeit braucht eben Zeit. Und meine Arbeit *ist* gut, denn ich hatte einen großartigen Lehrmeister. Jakob Simsala war wie ein Vater für mich, und als er mir kurz vor seinem viel zu frühen Tod vor fünf Jahren die kleine Polsterei im Herzen Hannovers überschrieb, habe ich ihm und mir geschworen, sein Werk so fortzuführen, dass er stolz auf mich ist.

Hart war der Tag auch, weil ich im Supermarkt ewig an der Kasse stand, beim Einladen die Wasserkiste fallen ließ, das Finanzamt dringend Unterlagen von mir brauchte … Über die Unordnung im Haus denke ich schon gar nicht mehr nach. Alleinerziehende brauchen nicht nur mehr Geld, sondern Tage, die achtundvierzig Stunden haben.

Zu allem Überfluss hatte *die Oma* heute einen ihrer schlechten Tage. Die Oma. Hannelore Simsala ist die Mutter meines verstorbenen Meisters, stolze neunundachtzig Jahre alt, rüstig und störrisch. Und doch habe ich es nicht übers Herz gebracht, sie in dem Seniorenwohnheim zu parken, das Jakob für sie ausgesucht hatte. Also wohnt sie weiter in der Wohnung über der Polsterei, ich koche mittags für uns und koordiniere die vielen Geister, die sich um den Rest kümmern. Den Pflegedienst. Den Putzdienst. Den Einkaufsdienst. Freundlich bedankt hat sie sich nie.

Mit einem Knall lasse ich den Kofferraumdeckel meines alten Kombis zufallen, hänge mir zwei Beutel und die Handtasche über die Schulter, wuchte die nur noch halb volle Wasserkiste zum Haus, schließe die Tür auf, stelle alles in den Flur, kicke die Schuhe von den Füßen und falle im Wohnzimmer aufs Sofa. Das könnte ich auch mal neu beziehen. Aber wann?

Ich schließe die Augen und lausche. Sind Annika und Justus zu Hause? Wenn ich es nicht einmal schaffe, meine Kinder zu begrüßen, bin ich fertig. Ausgelaugt. Am Limit. Doch dann wispert dieses helle Stimmchen in meinem Ohr: »Stell dich nicht so an! Du übertreibst! Es geht dir doch gut. Ein bisschen Stress wirst du aushalten.«

»Ach, halt einfach die Klappe«, fauche ich das Stimmchen an.

Es klingelt.

»Ich bin da-ha«, rufe ich, während ich zur Haustür schlurfe. Hoffentlich ist es nicht Kitty. Die klingelt gerne, wenn ihr langweilig ist, aber mein Bedarf nach dem Sommerfest ist erst einmal wieder gedeckt. Obwohl sie tut, als sei es keine große Sache gewesen. Ein Kollateralschaden, ein netter Hinweis, nichts, was unsere gute Nachbarschaft infrage stellt, aber ich hätte schließlich selbst den Stein ins Rollen gebracht mit meiner unangemessenen

Bemerkung. Am liebsten hätte ich sie stehen lassen, als sie mir diesen Vortrag am nächsten Tag auf der Straße hielt. Was habe ich stattdessen gemacht? Genickt und gelächelt. Ich bin schon echt blöd.

Zum Glück ist es Jutta. »Hey, Elli. Hast du ein paar Minuten? Oje. Stör ich? Du siehst fertig aus.«

»Danke für das Kompliment«, antworte ich mit einem schiefen Grinsen. »Langer Tag, wie immer, Stau von der Innenstadt bis hier und unangenehme Kunden dazu. Und bei dir?«

»Ich habe keine Lust mehr zu bügeln und brauche Abwechslung. Aber wenn ich störe ...«

»Du störst nie. Das weißt du doch. Du bist der unverhoffte Sonnenschein nach einem trüben Tag. Komm rein. Wein oder Butterbrot? Gerne auch beides.«

Jutta lacht. »Wein gerne. Das Butterbrot behalt mal.«

Ich hole zwei Gläser aus dem alten Küchenbüfett, das ich mir letztes Jahr gegönnt habe, und klemme mir eine gekühlte Flasche Grauburgunder unter den Arm. Dann setzen wir uns auf die Terrasse. Wir hatten noch keine Gelegenheit, über das Sommerfest zu sprechen, das holen wir nun nach.

»Es tut mir total leid, dass Kitty wieder übers Ziel hinausgeschossen ist ...«

»Kein Problem«, entgegne ich. »Kitty ist eben Kitty.«

Jutta lacht, und wir stoßen an. Sie macht es sich auf dem Gartensofa bequem. »Also, wie geht es dir?«

Ich freue mich über die Frage, denn Jutta ist einer der Menschen, die solche Fragen aus wirklichem Interesse stellen. Sie hat mir in den letzten drei Jahren über viele Jammertäler hinweggeholfen.

»Hm, es geht schon. Ich stelle einfach einen Antrag auf Achtundvierzig-Stunden-Tage.« Ich schenke uns nach. »Klar, manchmal verfluche ich meine geliebte Arbeit, so wie heute, grundsätzlich bin ich aber zufrieden. Ich bin meine eigene Chefin. In der Polsterei und auch hier zu Hause. Ich muss mich mit niemandem absprechen. Ich kann pinkfarbene Glitzervorhänge aufhängen, wenn mir danach ist, und keiner meckert, wenn ich abends früh schlafen gehe. Das ist die coole Seite. Nur glaubt mir das irgendwie keiner.«

Jutta wirkt nachdenklich. »Du bist also wirklich glücklich? Du willst keine neue Beziehung?«

»Du weißt, warum. Aber davon mal abgesehen: Ist nicht diese Frage an sich schon total schrecklich?«

Jutta schaut verdutzt. Ich gebe ihr einen Denkanstoß.

»Alle gehen davon aus, dass eine Frau ohne Mann zwangsläufig unglücklich ist. Im Grunde tun sie häufig so, als wäre ich kein vollwertiges Mitglied der Gesellschaft mehr. Erst wenn ich mir einen Neuen geangelt habe, bin ich wieder dabei.«

Jutta nickt. »Du hast recht. Das ist nicht fair.«

»*Nicht fair* ist noch milde ausgedrückt. Es ist eine Unverschämtheit. Und wenig emanzipiert dazu. Ein für alle Mal: Ich genieße es durchaus, alleine zu sein! Ich brauche keinen Mann! Selbst wenn es Tom Ellis wäre.« Ich grinse sie herausfordernd an. Jutta liebt die Serie *Lucifer*, in der er die Hauptrolle spielt, und ist hochgradig verknallt in ihn. In einem schwachen Augenblick hat sie mir sogar gebeichtet, dass er in Gedanken ab und an im Ehebett mit von der Partie ist, womit ich sie gerne aufziehe.

»Keinen Tom Ellis?« Jutta grinst mich über den Rand ihres Weinglases hinweg an. »Aber ja, du hast recht. Wir leben in einer Welt, in der Singlefrauen über vierzig so etwas wie Systemfehler sind. Aber den Sex, den vermisst du auch nicht?«

»Gegenfrage: Wie oft schläfst du noch mit Tobi?«

Jutta wird augenblicklich rot. Wie ich ist sie einer dieser Menschen, die bei Verlegenheit ihre Gesichtsfarbe wechseln wie ein Chamäleon. Schon alleine deshalb mochten wir uns vom ersten

Augenblick an. Wir sind etwa ein halbes Jahr nach ihnen in die Siedlung gezogen. Jutta wohnt zwei Häuser weiter. Kurz nach unserem Einzug stand sie mit einer Flasche Sekt vor der Tür.

»Brot und Salz ist sicher die gängige Variante, aber ich finde, nach einem Umzug mit zwei kleinen Kindern braucht man einfach ein Glas Sekt. Ich bin übrigens Jutta und wollte dich hier in der Siedlung begrüßen.«

Sie hob mir die Flasche entgegen, mit viel zu viel Schwung, schlug sie gegen die Garderobe und ließ sie dann vor Schreck auf die nagelneuen Fliesen fallen, die seitdem eine kleine Macke haben. Dann wurde sie so rot, dass ich lachen musste. Schallend und völlig unangemessen. Also wurde ich ebenfalls rot, weil ich so gemein gelacht hatte. Wie zwei Tomaten standen wir uns gegenüber, und das war der Beginn einer ganz wunderbaren Freundschaft.

»Touché«, gibt sie sich geschlagen und seufzt, weil eben auch in funktionierenden Ehen vieles nicht funktioniert. Dann trinken wir noch ein Gläschen und finden leichtere Gesprächsthemen.

Nachdem ich Jutta zurück in ihre Doppelhaushälfte geschickt habe, räume ich die Küche auf. Um das Abendessen muss ich mich zum Glück nicht mehr kümmern. Das hat mir mein kriminalistisches Gespür enthüllt, als ich den Wein geholt habe. Es gibt nämlich kein freies Plätzchen mehr auf der Arbeitsfläche. Meine Tochter Annika nutzt die Küche gerne und ausufernd, das Aufräumen überlässt sie großmütig mir. Ich schimpfe grundsätzlich nicht, denn sie versorgt mit ihren dreizehn Jahren immerhin auch ihren drei Jahre älteren Bruder Justus, wenn ich nicht da bin. Gesund, wohlbemerkt. Es ist eines ihrer »Projekte«, das uns schon eine ganze Weile begleitet.

Währenddessen denke ich über das Gespräch mit Jutta nach.

Vielleicht ist es an der Zeit, den Kindern endlich von Florians Idee zu erzählen. Seit dem Sommerfest klingt die Vorstellung, dieses Leben hier hinter mir zu lassen, noch verlockender. Immer wieder erwische ich mich beim Pläneschmieden, ohne zu wissen, ob es eine Träumerei oder eine reelle Möglichkeit ist.

*Soll ich wirklich neu anfangen?*
*Alles hinter mir lassen, was ich aufgebaut habe?*

Klar ist, ich fühle mich hier einfach nicht mehr wohl. Das ist schon länger so, doch immer habe ich mir eingeredet, es sei eine Art Übergangsschmerz, bis ich mich an das Leben als alleinerziehende Mutter mit all seinen Begleiterscheinungen gewöhnt habe. Ich habe alles darangesetzt, das Haus nach der Scheidung zu behalten, weil ich den Kindern ihr Nest erhalten wollte. Die vertraute Umgebung sollte ihnen die Trennung erleichtern. Dabei habe ich wohl übersehen, dass es nicht die richtige Umgebung *für mich* ist.

Nun habe ich die Möglichkeit, das zu ändern, und ich sollte endlich eine Entscheidung treffen. Aber wie? Treffe ich sie aus dem Bauch heraus? Würfle ich? Wäge ich die Vor- und die Nachteile ab, schreibe Listen, argumentiere, rechne und entscheide aufgrund von Fakten? Egal, wie ich es drehe und wende, immer tönt diese Stimme im Hinterkopf, es könne womöglich falsch sein. Ganz zu schweigen davon, dass die Kinder auch eine Meinung haben werden. Wie also trifft man eine solche lebensverändernde Entscheidung? Mein Bauch sagt Ja, der Kopf hat nur wenige Einwände, warum also nicht die Gelegenheit beim Schopfe packen?

Die Küche ist fertig. Zuletzt wische ich die Arbeitsplatte ab, spüle den Lappen aus, hänge ihn über den Wasserhahn und gehe nach oben. Dass ich Justus und Annika noch nicht zu Gesicht bekommen habe, ist nicht ungewöhnlich. Meine beiden Teenies sind nämlich *immer* beschäftigt und haben nur wenig Zeit für ihre

Mutter. Für das Leben, das ich führe, ist das hilfreich. Als Mutter ist es manchmal schwer zu ertragen.

Vor Annikas Zimmer atme ich kurz durch und sammle Mut. Wie werden sie reagieren? Die Zimmertür meiner Tochter ist über und über mit Kunstwerken aus ihrer Da-Vinci-Phase verziert. Wochenlang pauste sie Bilder und Zeichnungen ab und verwandelte sie mithilfe von Tee und Feuerzeug in antike Kunstwerke.

Ich klopfe, lausche auf das leise »Hm« und trete ein. Annika sitzt auf dem Bett und schneidet Hieroglyphen aus. Seit ein paar Tagen befinden wir uns im Alten Ägypten. Im Moment muss es historisch sein, doch sie hatte schon diverse andere Phasen: die Nähphase, die Malphase, die Strickphase – Annika hat stets neue Projekte. Sie kann sich für so vieles begeistern, dass Hobbys nur eine begrenzte Lebensdauer haben. Manches allerdings bleibt. So wie das Kochen.

»Was wird das?«, frage ich, nachdem ich ihr zur Begrüßung durch die lockigen dunkelblonden Haare gewuschelt habe, und deute auf die ausgeschnittenen Zeichen.

Annika blickt auf, ihre Zungenspitze hängt seitlich aus dem Mund. Sie kann nicht schneiden, ohne dass die Zunge mitarbeitet.

»Magnete. Ich habe mir ein paar Bedeutungen rausgesucht und klebe die jetzt auf unsere Buchstabenmagnete. Die kommen an den Kühlschrank, und dann kann ich Justus beleidigen, ohne dass er es mitkriegt.«

»Also ehrlich. Da meint man, du bist ein schlaues Kind, und dann nutzt du deine intellektuellen Fähigkeiten nur, um deinen Bruder zu triezen.«

Sie verdreht belustigt die Augen. »So muss das bei Geschwistern sein, kein Grund zur Sorge, Mama.«

Ich drücke sie kurz und nehme eines der Bilder in die Hand. »Was bedeutet das?«

Annika deutet auf die einzelnen Zeichen. »Rundherum ist die Kartusche, die rahmt das Wort ein, sodass man auch erkennt, dass es ein Wort ist. Dann kommt das Zeichen für Schlange, das ist ein J, das Wachtelküken steht für U ... «

»Da steht Justus!?«

»Genau.« Annika strahlt und erklärt mir die weiteren Zeichen seines Vornamens.

»Ich muss etwas mit euch besprechen«, unterbreche ich sie vorsichtig.

Annika räumt sofort ihre Sachen beiseite. »Klar, was ist los?«

Ich zögere, suche nach den richtigen Worten und entscheide mich dann für den direkten Weg. Meine Kinder mögen es nicht, wenn man drum herumredet. »Florian hat mich gefragt, ob wir mit ihm zusammen den Bauernhof von Onkel Ludwig im Schwarzwald übernehmen, und ich kann mir vorstellen, sein Angebot anzunehmen. Aber nur, wenn ihr zustimmt.«

Annika rückt einen halben Meter zurück und schaut mich mit zusammengekniffenen Augen an. Dann hüpft sie vom Bett und schlurft auf Socken zur Zimmertür. Auf halber Strecke dreht sie sich um.

»Hm«, macht sie nachdenklich. »Hast du Justus schon gefragt?«

Ich schüttle den Kopf.

»Dann machen wir das jetzt zusammen.«

Sie öffnet die Zimmertür, ich folge ihr, und fünf Sekunden später stehen wir im Zimmer meines sechzehnjährigen Sohnes. Wie immer sitzt er vor seinen Bildschirmen und rettet die Welt. Justus bezeichnet sich selbst als Cyber-Umwelt-Aktivist, ist erschreckend intelligent und im Grunde seines Wesens ein echter Kavalier.

Annika tritt hinter ihn und tippt ihm auf die Schulter, weil er wie immer dicke Kopfhörer trägt. Er dreht sich um – denn natürlich weiß er längst, dass wir da sind – und nimmt sie ab. »Wie kann ich den Damen helfen?«, fragt er höflich.

»Mama will auf den Hof von Onkel Ludwig ziehen und fragt, ob wir dazu Lust haben.«

Justus blickt von Annika zu mir und wieder zurück. Seine Miene ist unbewegt. »Und? Hast du Lust?«

Annika schiebt nachdenklich die Unterlippe vor. »Hm, ich weiß nicht genau – da muss ich sicher drüber nachdenken, aber warum eigentlich nicht? Ist mal was anderes und für meine persönliche Entwicklung bestimmt förderlich. Auch wenn es wahrscheinlich nicht leicht ist.« Sie macht eine kurze Pause und blickt in sich hinein. »Ich denke aber, nach dem Nachdenken würde ich zu demselben Ergebnis kommen.«

Justus zuckt daraufhin beiläufig mit den Schultern. »Mir ist es eigentlich egal, wo wir wohnen. So viele Freunde habe ich ja nicht, die mich vermissen würden, und meiner Community ist es egal, wo ich sitze. Ihr könnt also die Koffer packen, wenn Annika ihr Okay gibt.«

Ich schüttle amüsiert den Kopf, weil meine Kinder es wieder einmal schaffen, mich zu überraschen. Ein bisschen ist es, als gehe die Sonne auf. Da mache ich mir so viele Gedanken, und dann ist es ganz einfach. Tränen der Rührung steigen mir in die Augenwinkel. Dankbar drücke ich erst Annika und dann, in einem Anfall von Verwegenheit, auch Justus. Sie lassen es milde lächelnd über sich ergehen.

»Ich hätte ja mit allem gerechnet, nur nicht damit. Ich dachte, ihr braucht dieses Nest. Unser Haus.«

»Wir brauchen WLAN, Bücher und eine entspannte Mutter. So geil fand ich es hier in dieser Vorstadt eh nie«, erklärt Justus. Er setzt sich die Kopfhörer wieder auf, nickt uns freundlich zu und erklärt das Gespräch damit für beendet.

Beschwingt laufe ich die Stufen hinunter. Mitunter unterschätze ich meine Kinder, dabei sollte ich längst wissen, dass sie die besten der Welt sind.

Ich bin schon unten am Treppenabsatz, als Justus aus seinem Zimmer kommt und mir hinterherruft. »Was machst du denn dann mit der Oma?«

# »Wie soll ich denn da drankommen?«

Es ist schon fast unheimlich, wie eine Sache nach der anderen gelingt und ein Rädchen in das andere greift. Alle Bedenken, alle Sorgen, die ich mir im Vorfeld mache, sind letztendlich keine. Es wirkt, als müsse alles so sein, und das ist ein schönes Gefühl. Eines, das mich vorwärtstreibt und weitere Entscheidungen treffen lässt. Als bedeute es nichts, ein Leben hinter sich zu lassen, das in der Rückschau nur halb so attraktiv war wie gedacht. Auch wenn ich alles darangesetzt habe, das Haus zu behalten – erst jetzt kann ich *dieses* Kapitel meines Lebens abschließen. Meine Ehe, an die ich nur noch denke, wenn ich muss. Zu groß ist der Schmerz. Immer, auch noch nach drei Jahren.

Ich habe das Gefühl, dass ich endlich weitergehen kann und hinter mir lasse, was damit zusammenhängt. Mit jedem Schritt fällt eine Last von mir ab. Und an ihre Stelle treten Neugier, ein gewisses Maß an Aufgeregtheit und Vorfreude.

Und so war auch das Problem mit der Oma letztendlich keines.

»Was soll ich denn ohne die Polsterei? Wenn die nicht mehr ist, bin ich auch nicht mehr. Also gehe ich dahin, wo die Polsterei hingeht«, sagte sie überraschend pragmatisch, als ich ihr vorsichtig von meinen Plänen erzählte. Und obwohl ihre Reaktion durchaus cool war, blieb das dumpfe Gefühl, ein Eigentor geschossen zu haben.

\*\*\*

*Sechs Monate später*

Nach einer dreistündigen Fahrt am Morgen – wegen der Oma haben wir unsere Fahrt in den Schwarzwald auf zwei Tage verteilt und eine Nacht in der Nähe von Fulda übernachtet – erreichen wir endlich unseren Bauernhof. Unsere neue Heimat zeigt sich im schönsten Licht. Es ist Ende März, in einer Woche ist Karfreitag, und der Schwarzwald hat sich herausgeputzt. Klare Sicht und eine Sonne, die wohlig strahlend gegen die Kälte ankämpft. Nicht, dass das die Oma irgendwie beeindruckt hätte. Ich helfe ihr vom Beifahrersitz und klappe den Rollator auf, den Justus aus dem Kofferraum geholt hat.

»Wie soll ich denn da drankommen?«, krittelt sie prompt. »Ich kann meine Arme nicht ausfahren, Kind.«

Ich schiebe den Rollator drei Zentimeter näher in ihre Richtung. Weitere drei Zentimeter müsste sie sich jetzt vorbeugen, um entspannt an die Griffe zu gelangen. Ich bin gemein, ich weiß. Die Oma ist alt, und drei Zentimeter sind vermutlich vergleichbar mit einem Flug zum Mond. Gleichzeitig ärgere ich mich. Ich möchte in diesem Moment lieber die staunenden Augen meiner Kinder sehen und die Landschaft mit ihren Augen. Es ist ein wichtiger Augenblick für mich, doch Hannelore schafft es, ihn zu trüben.

»Und wie soll ich hier gehen?«, schimpft sie weiter. »Der Boden ist ja eine Zumutung.«

Stirnrunzelnd betrachte ich den geschotterten Hof. Sie übertreibt. Er ist uneben, die Steinchen sind nicht angenehm, sicher, aber die Reifen des Wägelchens sind breit genug. »Versuch es wenigstens, und wenn es nicht geht, lassen wir uns etwas einfallen.«

»Darüber hättest du vorher nachdenken sollen.« Hannelore hängt sich an den Rollator und zuckelt im Schneckentempo Richtung Haupthaus.

»Halt! Wir müssen da oben hin.« Ich deute auf den Weg,

der zu Roswithas *Häusle* führt. »Du weißt doch, die Treppe, die ins Haus führt, und die Treppe innerhalb des Hauses wären für dich zu steil. Bis die Umbauten fertig sind, wohnst du bei Roswitha.« Ich spreche langsam mit ihr, nehme Rücksicht auf ihr Alter. »Nimm dir Zeit, Hannelore. Schau mal, der Blick, die Ruhe. Spürst du die frische Luft? Ist es nicht schön hier?«

Mit zusammengekniffenen Augen fixiert sie das Haus, ignoriert meinen Versuch, sie aus der Reserve zu locken, und schnaubt. »Davon weiß ich nix. Ich werde ja nicht gefragt. Macht mit mir, was ihr wollt. Sperrt mich ruhig ins Hexenhaus.«

Natürlich haben wir mit ihr gesprochen, doch ihr Gedächtnis ist nicht mehr das beste. Dazu kommt ihr Starrsinn. Hannelore hat ihren Sohn Jakob alleine großgezogen und musste ihr Leben lang kämpfen. Ich will es ihr erneut erklären, doch nun sind wir entdeckt worden. Florian stapft mit breitem Grinsen die Treppe zum Hof hinunter.

»Hallo, liebe Hannelore«, begrüßt er sie mit entwaffnender Freundlichkeit. »Willkommen! Schön, dass du da bist.«

Hannelore schüttelt unwirsch den Kopf. »Junger Mann, du kennst mich gar nicht. Ob du das schön findest, kannst du mir vielleicht in einem Jahr sagen. Wenn ich dann noch lebe.«

»Keine Sorge«, antwortet Florian gelassen, »wir werden schon klarkommen, da kannst du granteln, so viel du willst.«

Hannelore steht der Mund offen, und ich beglückwünsche meinen Bruder stumm für die richtige Antwort. Man muss ihr immer mal wieder Kontra geben, sonst dirigiert sie alle nach Lust und Laune. Florian drückt nun Annika an sich, was sie mit einem verschämten Lachen über sich ergehen lässt. Justus klopft er kumpelhaft auf den Rücken.

»Toll, dass eure Mutter euch rumgekriegt hat, ans Ende der Welt zu ziehen.«

Justus grinst. »Wir sind eben tolle Kinder, die verstanden

haben, dass eine glückliche Mutter eine glückliche Kindheit bedingt.« Ich lächle ihm dankbar zu, doch natürlich hat Justus eine kleine Finte versteckt. »Und da ich mich als Aktivist am Rande der Legalität bewege, brauche ich im Gegenzug die volle Unterstützung meiner Mutter, falls mal was in die Hose geht.«

»Bitte was?«, frage ich, doch meine männliche Verwandtschaft ignoriert mich.

»Na, dann hast du ja vorgesorgt«, beglückwünscht ihn Florian. »Außerdem habe ich einen Freund, der ist ein fantastischer Anwalt, sollte Elli dir nicht mehr helfen können. Ich freue mich auf jeden Fall sehr, dass ihr hier seid!« Damit dreht er sich einmal um die eigene Achse. »Und? Wie findet ihr den Hof? Typisch Schwarzwald, sage ich nur.«

Bevor die Kinder antworten können, meldet sich noch einmal die Oma. »Worauf wartet ihr noch? Ich bin müde und muss mich jetzt hinlegen. Wohin auch immer. Euren Familienkram könnt ihr später besprechen.«

Ich eile an ihre Seite und helfe ihr, den Rollator über den buckeligen Untergrund zu schieben. Im Schneckentempo. So sanft es geht, laufen wir beide Richtung Gästehaus. Auf halber Strecke kommt uns eine freudestrahlende Roswitha entgegen. In ihrem seidig glänzenden roten Jumpsuit leuchtet sie wie Rotkäppchen im dunklen Wald. Ich werfe einen Blick auf die Oma, ihre Mundwinkel berühren fast den Boden, und mir schwant, dass es vielleicht nicht die beste aller Ideen war, sie mitzunehmen. Sie wird Unruhe stiften. Das ist sicher.

»Hallo, Elli, wie schön, ihr seid da! Den ganzen Tag bin ich schon aufgeregt, weil das Leben endlich wieder auf den Hof zurückkehrt. Meine Güte, ich dachte immer, ich brauche meine Ruhe, und nun freue ich mich auf ganz viel Trubel. Das ist doch verrückt.«

Roswitha versprüht so viel Energie und Lebensfreude, dass ich mich ernsthaft frage, ob sie etwas genommen hat. Gleichzeitig bin ich gespannt, ob ihre Charmeoffensive Anklang findet.

»Und du bist sicher Hannelore. Ich freue mich schon darauf, dich kennenzulernen. Ich habe das Gästezimmer frei geräumt und so umgestellt, dass du auch mit deinem kleinen Helferlein klarkommst. Hach, ich bin mir sicher: Wir werden uns verstehen.«

Roswithas Liebenswürdigkeit beeindruckt Hannelore nicht im Mindesten.

»Warum meint eigentlich jeder, dass es schön wird? Das weiß keiner vorher, und wenn man das so oft sagt, kann es nur schiefgehen.«

Hatte ich bereits erwähnt, wie unnachahmlich Hannelore sein kann?

Ich werfe Roswitha einen entschuldigenden Blick zu, doch sie schüttelt nur freundlich den Kopf. »Positives Denken, liebe Hannelore«, trällert sie, »das ist der Schlüssel zum Glück. Elli, nimmst du das Wägelchen? Das letzte Stück ist etwas holprig, aber keine Bange, ich helfe dir.« Mit diesen Worten klemmt sie sich die Oma, die kaum größer ist als eine Zehnjährige, an den Arm und führt sie zu ihrem Haus.

Schon jetzt ist klar, dass Roswithas Unterstützung mit Geld nicht zu bezahlen sein wird. Als wir ihr sagten, dass sie auf dem Hof bleiben könne und wir sie darüber hinaus gerne für die Pflege und Betreuung der Oma einstellen möchten, sagte sie, ohne zu überlegen und überglücklich, zu – und zur Feier des Tages tranken wir ihren selbst angesetzten Holunderlikör. Doch unser Glück ist noch lange nicht Omas Glück, wie sich heute zeigt, und so löst auch Roswithas Häuschen – ihr *Häusle*, wie sie es liebevoll nennt – keine Begeisterungsstürme aus. Zu voll, zu bunt, zu klein und das Bett ist zu weich. Ganz sicher ist es das, da reicht ein kurzes Anstupsen mit dem Fingerknöchel.

»Wie soll ich denn da drin schlafen?«

»Dein Bett und auch die anderen Sachen, die du mitnehmen wolltest, kommen in ein paar Tagen mit dem Umzugswagen aus Hannover, weil wir hier noch einiges vorbereiten müssen«, erkläre ich geduldig. »Das hier ist nur eine Notlösung.«

»Bis dahin ist mein Rücken kaputt und ich kann mich gar nicht mehr bewegen.« Mit verschränkten Armen hat sich Hannelore nach der Besichtigung ihres Zimmers, störrisch wie ein Kleinkind, auf dem Sofa in der Wohnstube niedergelassen. Bambi liegt zusammengekauert neben ihr und schläft. Hoffentlich bekommt sie keinen Herzinfarkt, wenn sie merkt, dass sie neben einer Ziege sitzt. Was hat mich eigentlich dazu gebracht, Jakobs Mutter zu fragen, ob sie mit uns umziehen möchte?

Roswitha hantiert derweil behände am Herd, setzt den Wasserkessel auf und verströmt beste Laune. »Hannelore, ich kenne ganz tolle Übungen, die auch im Alter gut zu machen sind. Du wirst dich zehn Jahre jünger fühlen.«

Hannelore beäugt Roswitha ungläubig. »Komm du in mein Alter, dann reden wir weiter.«

»Ich koche uns jetzt einen wohltuenden Tee, und dann lernen wir uns in Ruhe kennen. Ich brenne darauf zu erfahren, was mich alles erwartet, wenn ich alt bin. Elli? Wir brauchen dich hier nicht mehr. Geh zu deiner Familie. Zu tun ist ja genug.«

Annika und Justus sitzen Rücken an Rücken auf der Reifenschaukel, spielen auf ihren Handys und sind blind für das Panorama, das sich vor ihnen ausbreitet. Andererseits, so einträchtig sehe ich sie selten. Weil sie mich noch nicht entdeckt haben, verschanze ich mich hinter einem Busch, ziehe mein Handy aus der Hosentasche und schieße heimlich ein paar Bilder. Die Zeiten, in denen ich meine Kinder hemmungslos fotografieren durfte, sind lange vorbei. Ich verstehe das, trotzdem ist es schade. Die echten Fotos, die, die den Menschen zeigen, wie er ist, entstehen nun mal in den unbeobachteten Momenten, und ausgerechnet die verwehren sie mir. Mit dezent schlechtem Gewissen packe ich das Handy wieder ein und schlendere zu ihnen. »Habt ihr mit der Besichtigung auf mich gewartet? Das ist lieb.«

»Florian meinte, du bist traurig, wenn wir den Hof ohne dich anschauen. Ich hasse es zu warten, das weißt du, aber ich dachte, am ersten Tag bin ich mal nett.« Annika sagt es trocken und ohne aufzublicken.

»Ich will auf Mama warten«, macht Justus seine Schwester mit mädchenhafter Stimme nach. »So hast du das gesagt und mich gezwungen hierzubleiben.« Er springt von der Reifenschaukel, weil er ahnt, was kommt. Sofort hechtet Annika hinterher, doch ihr Bruder ist schneller. »Sorry, Schwesterchen, war nicht böse gemeint.«

Annika streckt ihm die Zunge raus, dann hakt sie sich bei mir ein. Ich liebe diese Foppereien. In diesen Augenblicken sind sie Teenies – albern und unlogisch, wie es sich gehört. Bei meinen Kindern hat das Seltenheitswert.

Und dann zeige ich ihnen *unseren* Schwarzwaldhof, unser neues Zuhause.

Im ersten Stock, über den Wirtschaftsräumen, befinden sich neben einem Bad und einem kleinen Wohnzimmer die Küche und die Wohnstube. Hier treffen wir auch Florian wieder. Die beiden Räume sind durch eine doppelflügelige Tür miteinander verbunden, die vielen Sprossenfenster auf zwei Seiten spenden Licht und bieten einen herrlichen Ausblick über die Gipfel. Ein wohnlicher Dielenboden, gekalkte Wände und massive Deckenbalken sorgen für ein rustikales Flair. Den Mittelpunkt der Stube aber bildet der dunkelgrüne Kachelofen samt Ofenbank, auf der man sich wie eine Katze fühlt, wenn man sich an kalten Tagen darauf einkuschelt. Er wird von der Küche aus befeuert und wärmt so beide Zimmer gleichermaßen. Die Einrichtung ist so alt wie das Haus selbst, mit einem altertümlichen Herd, einem steinernen Spülbecken, Eichenholzschränken in der Küche und einer Eckbank samt Tisch in der Stube, licht und hell durch die vielen Fenster im Rücken; die Küche ist seit fast hundert Jahren der Mittelpunkt des Familienlebens.

Danach zeigen ihnen Florian und ich gemeinsam den zweiten und dritten Stock und eine ganze Reihe fast leer stehender Zimmer, die nie richtig genutzt wurden. Das Haus war einfach viel zu groß für zwei Menschen, die keine Kinder hatten.

Anschließend geht es über die kleine Rampe hoch zur Tenne.

Vor allem Justus ist beeindruckt. »Die hatten alles unter einem Dach. Das ist echt nicht dumm. Aus ökonomischer und auch ökologischer Sicht. Die Wärme, die die Tiere abgeben, wärmt von unten, das Heu darüber dämmt von oben. Echt gut.« Justus hat einen der Vorteile, die die alten Schwarzwaldhöfe boten, sofort erkannt.

»Außerdem brauchte man viel weniger Baumaterial. Es ist alles unter einem Dach. Ställe, Wohnräume und Scheune. Allein die Dachfläche, die man dadurch spart.« Florian redet sich warm. Der Bauernhof ist sein Herzensprojekt und seine Freude ansteckend. »Wir haben das Haus begutachten lassen. Wir brauchen neue Fenster, aber die Dämmung ist tipptopp, und wir können auf dem alten Dach sogar Solarpanels installieren. Auch wenn es nicht besonders schön aussieht, ist es uns wichtig, eigene Energie zu erzeugen.«

Diese Pläne imponieren meinem Sohn. Natürlich hatte er mir im Vorfeld nahezu täglich Vorträge darüber gehalten, wie wir den Hof umweltgerecht umbauen sollten. Jetzt zu hören, dass sein Onkel viele der Anregungen umsetzen will, freut Justus sichtlich.

Auch Annika kommt auf ihre Kosten. Als wir das windschiefe *Backhäusle* betreten, das unterhalb von Roswithas Häuschen steht, bricht sie in Begeisterung aus. »Nehmen wir den Ofen wieder in

Betrieb? Bitte, Mama! Was wir hier alles backen könnten. Torten, Plätzchen und Brot. Und Pizza! Pizza ist bestimmt super!«

Die Backstube war Tante Käthes Reich, und wir liebten die Tage, an denen der Geruch verschiedenster Backwaren über den Hof zog. Mit dem Holzofen wurde in einer bestimmten Reihenfolge gebacken – je nach Hitze. Zuerst waren die Brote an der Reihe. Danach kamen die süßen Hefezöpfe und ganz zum Schluss Tante Käthes berühmter Butterkuchen, der goldgelb in der sanften Hitze bräunte und so lecker war, dass mir heute noch das Wasser im Mund zusammenläuft, wenn ich daran denke. War der Ofen an, stromerten wir unentwegt in der Nähe der Backstube herum, und sobald Käthe das Häuschen verließ, schlichen wir hinein und naschten, was wir in die Finger bekamen. Natürlich blieben wir nie unentdeckt.

»Im Sommer habe ich wohl ein kleines Mäuseproblem«, schimpfte sie oft, immer mit einem neckischen Unterton. »Ich frage mich nur, warum sie im Winter keinen Hunger auf Kuchenteig haben.« Dann drückte sie uns frische Leckereien in die Hand. An diesen Tagen gab es keine regulären Mahlzeiten, wir waren rundum satt und träge.

»Wir nehmen das *Backhäusle* wieder in Betrieb, wenn Zeit dafür ist. Ich glaube, das ist eine Wissenschaft für sich. Außerdem wird den ganzen Tag gebacken, wenn der Ofen einmal an ist. Tante Käthe hat das halbe Dorf mit Brot und Kuchen versorgt. Um mal eben Pizza zu backen, ist er leider nicht geeignet.«

»Schade.« Annika zieht einen Flunsch, einen Moment später hellt sich ihr Blick wieder auf. »Aber sauber machen und aufräumen darf ich doch schon mal, oder? Ihr braucht das Backhaus ja nicht, und ich könnte mir hier eine eigene kleine Küche einrichten, dann brauchst du dich auch nicht mehr ärgern, wenn wieder alles unordentlich ist.« Sie streicht über den soliden Holztisch mit den vielen Macken. An der Wand gegenüber der Holztür mit den eingelassenen Butzenscheiben steht der Lehmbackofen, den Tante Käthe, so wie das ganze *Häusle*, liebevoll restauriert hatte. Ihre Liebe zum Detail ist überall spürbar. Dem Ofen gegenüber befindet sich eine hochwertige kleine Küchenzeile, der Fußboden strahlt dank der goldbraunen Terrakottafliesen Wärme aus. Der Höhepunkt aber ist ein gusseisernes Bogenfenster, das den Blick auf die Wiese und ein fantastisches Schwarzwaldpanorama freigibt. Das *Backhäusle* ist ein wahres Kleinod, und Annika meine Küchenfee. Eine Küchenfee braucht ein Reich, und schließlich haben wir alle etwas davon.

»Florian, was meinst du? Haben wir etwas dagegen, wenn Annika sich hier einrichtet?«

Florian spannt seine Nichte auf die Folter und tut, als würde er darüber nachdenken. Annika ist vor lauter Aufregung ganz zappelig. »Nun«, sagt er schließlich, »wie soll ich denn Nein sagen, wenn dabei auch die eine oder andere Leckerei für mich herausspringt?« Annika lächelt selig, drückt mir einen Schmatzer auf die Wange und fällt ihrem Onkel um den Hals.

»Wenn Annika ihr eigenes Reich kriegt, dann möchte ich auch eins«, meldet sich Justus. »Nicht, weil ich eifersüchtig bin, sondern gerade feststelle, dass es eine erstklassige Idee ist.« Er formuliert gerne diplomatisch, um Konflikten bereits im Vorfeld aus dem Weg zu gehen.

»Wofür brauchst du denn ein eigenes Reich? Dein Computer passt doch auch in dein Zimmer«, wundert sich Annika.

»Ich richte mir dann so was wie eine Kommandozentrale ein. Einen großen Tisch, mehrere Bildschirme, ein Whiteboard und Karten an den Wänden.« Justus fuchtelt ausschweifend mit den Armen. »Dann kann ich meine vielen Baustellen viel besser managen. Unsere Community ist ziemlich gewachsen, und wir haben so viele Ideen.« Er nickt zufrieden. Seine Idee gefällt ihm außerordentlich gut.

»Ja, mach mir nur alles nach«, frotzelt Annika, aber Justus ignoriert sie einfach.

»Wenn wir etwas haben, dann ist es Platz, und alte Möbel stehen hier auch zuhauf rum. Daran soll es nicht scheitern«, unterstützt Florian Justus' Plan.

»Wir werden dich schon irgendwo unterbringen«, gebe ich ihm recht.

Jetzt drückt mich mein Sohn ebenfalls, und ich lächle selig. In diesem Augenblick halte ich mich für die beste Mutter der Welt.

Als wir das *Backhäusle* verlassen, trabt uns Bambi entgegen. Wie schön! Ganz bewusst habe ich kein Sterbenswort über die jugendliche Ziege verloren, die hier lebt. Zutraulich und mit jeder Menge Flausen im Kopf. Und dann darf ich es hören: ein echtes Teeniequietschen aus dem Mund meiner übervernünftigen Dreizehnjährigen. »Oh mein Gott, eine Ziege! Die ist sooo süß! Und schau mal, sie hat gar keine Angst.«

Bambi stellt sich neben mich und lässt sich den Kopf kraulen. Dabei stupst er Annika und Justus abwechselnd mit der Nase an.

»Darf ich vorstellen? Das ist Bambi. Roswitha hat ihn mit der Flasche aufgezogen, und jetzt wohnt er bei ihr auf dem Sofa.«

»Die ist jetzt echt mal süß«, befindet mein Sohn, bei dem ich mich nicht erinnern kann, dass er jemals etwas als »süß« bezeichnet hätte.

Annika sagt gar nichts mehr, sie ist auf die Knie gegangen und krault die kleine Ziege inbrünstig. Bambi genießt die Streicheleinheiten, so können wir erst Ewigkeiten später unseren Rundgang fortsetzen.

Als wir Onkel Ludwigs Werkstatt besichtigen, die an den ehemaligen Kuhstall grenzt – meine künftige Polsterei, die als Handwerksbetrieb in den Hof integriert werden soll –, begutachtet Justus ausgiebig die Stiege, die auf einen kleinen Dachboden führt. »Hast du da oben was geplant?«, fragt er.

»Bisher nicht«, antworte ich, »da stehen nur alte Möbel, teilweise richtige Schätze. Ein paar wollten wir für die geplanten Ferienwohnungen aufbereiten, aber alles andere steht zur freien Verfügung.«

»Meinst du, die hält?«, fragt Justus und beäugt die wackelige Treppe, die mehr Leiter als Treppe ist. Ehe ich kluge Ratschläge erteilen kann, ist er schon oben. Von einer Empore aus führt eine einfache Holztür auf den Dachboden. Er öffnet sie und steckt den Kopf hinein.

»Das ist ja genial. Kann ich mich hier einrichten? Das Sofa ist auf jeden Fall schon mal cool, und wenn es dreckig ist, kannst du es gleich neu beziehen.«

»Wenn es dir nichts ausmacht, dass ich sozusagen deine Torwächterin bin, kannst du den Dachboden gerne haben, Justus. Ich weigere mich allerdings, ein Sofa neu zu beziehen, nur weil es schmutzig ist.«

Mit zwei glücklichen Kindern besichtigen wir den Rest des Hofes und stellen ihnen endlich Roswitha vor. Natürlich hatte ich ihnen schon von ihr erzählt, trotzdem betreten Annika und Justus nun staunend ihr Haus, diese Mischung aus Villa Kunterbunt und dem Haus der verrückten Teegesellschaft aus *Alice im Wunderland*. Roswitha begrüßt meine Kinder herzlich, und das Eis ist sofort gebrochen. Als Annika die Töpferscheibe entdeckt, fragt sie Roswitha spontan nach einem Privatkurs.

»Kein Problem, *Mädle*, aber nun kommst du erst mal hier an und findest Freunde, und wenn dann noch Zeit ist, bringe ich dir das Töpfern gerne bei.«

»Ja, lass ruhig alle Leute rein, ist ja groß genug hier.« Die Oma betrachtet uns mit Argusaugen vom Sofa aus. Anscheinend hat sie ihre erste Begegnung mit Bambi überlebt.

»Junge Menschen bringen Fröhlichkeit ins Haus, das können wir ja gut gebrauchen«, trällert Roswitha.

Nach einer kleinen Pause schleppen wir nun alles, was wir für die ersten Tage gepackt haben, in die Zimmer, räumen Küche und Wohnzimmer auf und putzen das kleine Bad neben dem Eingang, das schon früher immer ein bisschen gemüffelt hat und eine Generalüberholung bräuchte. Zum Glück sind wir alle nicht allzu zart besaitet, zudem geht es erst mal um eine Übergangslösung. Danach schleppe ich mit Florian eine alte Bierzeltgarnitur aus der Scheune, die wir unter die Buche stellen. Die dichte, tiefhängende Laubkrone ist im Sommer wie ein Dach, das vor Wind, Sonne und Regen schützt. Noch ist sie kahl, doch die Knospen sind dick und zusammen mit der wohligen Märzsonne verkündet sie einen Hauch von Frühling.

Mit einem inbrünstigen »Uff« lasse ich mich auf die Bank plumpsen. Florian setzt sich neben mich, so haben wir beide denselben Blick. Über Wiesen und schwarze Wipfel hinweg, in die Wolken hinein. Hier oben auf Tante Käthes und Onkel Ludwigs Hof haben wir unsere Ruhe, eine Ruhe, die wie ein lauer Sommerwind die Seele umarmt.

»Elisabeth?«, unterbricht Florian meinen Gedankengang.

Ich schaue ihn verdutzt an. »Warum nennst du mich Elisabeth?«

»Weil du auf Schwesterchen und Elli nicht reagiert hast. Ich dachte, ich versuche mal die dritte Variante.«

»Oh.« Wenn ich in Gedanken bin, nehme ich meine Umwelt oft nicht wahr. Eine Eigenschaft, die entweder zu Heiterkeit oder Unverständnis führt.

»Nun bist du ja wach. Deine Hannelore ist auf jeden Fall ein Unikum mit mächtig vielen Haaren auf den Zähnen. Ich dachte ja, du übertreibst, aber da habe ich dir unrecht getan. Ich finde aber, sie hat einen gewissen Kultfaktor, wenn man es mit Humor nimmt.«

Ich seufze. Mit dem Humor ist das nicht immer so einfach. »*Kultfaktor?* Mag sein. Trotzdem, seit Jahren suche ich nach einem Grund, sie zu mögen. Allein schon wegen Jakob, der alles für mich getan hat.«

Als Jakob vor knapp fünf Jahren erfuhr, dass er nur noch wenige Wochen zu leben hat, hatte ich bereits zwanzig Jahre an seiner Seite gearbeitet, und es stand für ihn außer Frage, dass ich sein Erbe weiterführen soll. Hannelore habe ich in dieser Zeit ausschließlich einsilbig erlebt, und sie kam nur sehr selten hinunter in die Werkstatt. Deswegen hatte ich keine Ahnung, was mich erwartet.

»Aber immer, wenn ich denke, ich habe einen Grund gefunden, reagiert sie grantig und beweist mir so das Gegenteil.« Ich schaue meinen Bruder an und zucke mit den Achseln.

»Und trotzdem konntest du sie nicht ins Altersheim stecken. Dabei wäre es nicht mal unmoralisch.« Er streicht sich übers Kinn. »Hm. Wir sollten sie vielleicht einfach wie eine störrische, in die Jahre gekommene Raubkatze behandeln, die man mit klein geschnittenen Häppchen bei Laune halten muss.«

Ich schnaufe vergnügt. »Die Vorstellung, wie eine alte Raubkatze abends ihr Gebiss ins Glas legt, finde ich ziemlich witzig.«

Justus stößt zu uns. In der einen Hand balanciert er zwei Gläser, in der anderen eine Flasche Sekt. Er stellt sie auf den Tisch und setzt sich uns gegenüber auf die Bank. »Die stand noch im Schrank rum, vielleicht ein bisschen warm, aber ich dachte, die könnt ihr jetzt brauchen.«

Florian öffnet die Flasche gekonnt und füllt unsere Gläser. »Danke, Justus! Ein Gläschen Sekt, dann funktioniert der Rest von alleine.«

Wir stoßen an und genießen den warmen Tropfen. Ich merke,

wie Anfahrt und Ankunftsstress von mir abfallen. Ja, gemeinsam werden wir unsere Pläne umsetzen. Verrückt machen gilt nicht.

»Was macht Annika?«, frage ich nach einem wohlig-tiefen Seufzer.

Justus grinst. »Die durchwühlt die Schränke im Wohnzimmer. Sie meint, ihr Zimmer müsse dringend dekoriert werden, sonst könne sie ihre Kreativität nicht ausleben.«

Ich verdrehe belustigt die Augen. »Typisch.« Dass der Umzugswagen in vier Tagen kommt und auch ihre Sachen bringen wird, ist unerheblich. Annika erledigt Dinge am liebsten sofort.

»Habt ihr eigentlich schon darüber nachgedacht, wie wir den Hof nennen sollen?«, frage ich, während der Sekt wunderbar leicht durch meinen Verstand prickelt. Ich ernte verdutzte Blicke, dann schüttelt Florian lachend den Kopf.

»Natürlich, wir brauchen einen Namen! *Huberhof* hört sich furchtbar altbacken an, und das wollen wir auf keinen Fall sein.«

»Richtig. Wir brauchen einen Namen, der nach Bauernhof, nach Erholung und Nachhaltigkeit klingt und trotzdem modern ist.«

»Also die eierlegende Wollmilchsau«, stellt Justus trocken fest.

»Wir sollten in Ruhe darüber nachdenken.« Florian schenkt uns ein zweites Glas ein. »Und irgendwer wird eine richtig gute Idee haben, davon bin ich überzeugt. Oder seid ihr spontan?«

Wir werfen ein paar Vorschläge in die Runde, aber es ist nichts dabei, das uns überzeugt.

»Aber mal was anderes«, sagt Justus, nachdem wir auch *Das Ferieneckle* und *Der Coolio-Hof* verworfen haben. »Ich habe Hunger. Wann essen wir, und was essen wir?«

»Ja, genau, was essen wir?«, fragt Annika, die just in diesem Augenblick die Holztreppe vom Hauseingang in den Hof hinunterhüpft.

Auch mein Magen knurrt. »Stimmt, was essen wir eigentlich?« Mein Blick wandert zur Sektflasche, zu Florian, dann zucken wir geschwisterlich-synchron mit den Achseln.

»Wir haben nichts da?«, ächzt Annika.

»Kinder, sagt nichts! Wir sind eben Stadtmenschen, die gerade erst feststellen, dass der nächste Supermarkt Kilometer weit entfernt ist und wir die Oma nicht hinters Steuer setzen können, weil wir zu früh die Flasche Sekt geöffnet haben.«

»Roswitha?«, fragt Florian und zwinkert mit seinen grünen Augen in die Runde.

»Wir kennen sie doch noch gar nicht richtig«, wende ich ein. »Eine andere Idee wäre mir lieber.«

»Liefern lassen?« Justus zückt sein Handy, ruft die Webseite eines Lieferdienstes auf und schüttelt resigniert den Kopf. »Es gibt nicht mal einen Döner. Ich glaube ...«

»... wir wohnen jetzt mitten in der Pampa«, vervollständigt Annika seinen Satz.

Dann starren wir uns betreten an. Nichts liegt hier gleich um die Ecke, kein Supermarkt, kein Pizzaservice, kein Restaurant, keine Innenstadt, kein Kino. Nichts davon. Und das wird auch so bleiben.

Florian fasst die Erkenntnis in Worte. »Wir haben alle keine Ahnung, wie es ist, auf dem Land zu leben. Mal eben schnell bestellen geht nicht mehr. Also, wie sieht die Lösung aus?«

Ich seufze tief. »Ich habe keine Ahnung.«

Florian räuspert sich, und sein Gesichtsausdruck macht mich stutzig. »Früher gab es hier mal einen kleinen Tante-Emma-Laden und vielleicht –«

»Nein, den gibt es ganz bestimmt nicht mehr«, unterbreche ich meinen Bruder vehementer als angebracht.

»Und wenn doch? Wir sollten wenigstens nachschauen. Oder verfolgt dich die Geschichte immer noch?«

»Natürlich nicht!« Ich verschränke die Arme vor der Brust.

Die Aufmerksamkeit meiner Kinder ist geweckt. »Was hat es denn mit diesem Laden auf sich?« Justus setzt sich aufrecht hin, und natürlich ist auch Annika ganz Ohr.

»Wusstet ihr etwa nicht, dass eure Mutter ein Tante-Emma-Laden-Trauma hat?«

»Keine Details, Florian!«

Ich springe auf, um den unangenehmen Augenblick mit Aktionismus zu vertreiben. Dieses Trauma ist albern, ich weiß, ich muss es hinter mir lassen. Vielleicht fange ich gleich damit an.

»Gut«, sage ich deshalb. »Dann schlage ich vor, wir erkunden, ob es das Geschäft noch gibt. Denn der Kühlschrank ist leer. Also, wer kommt mit?«

Justus steht auf. »Ich komme mit. Ich will mir das Dorf anschauen. Und du, Annika?«

»Muss ich? Ich wollte mein Zimmer weiter einrichten.«

»Kein Problem«, sage ich und streiche ihr über die Wange. »Das Dorf läuft dir nicht weg.«

*Es war einmal...*

Zwei Kilometer sind es bis in den Dreihundert-Seelen-Ort. Gemächlich trotten wir den Hügel hinab. Der Spaziergang tut gut. Die Luft ist klar, jeder Atemzug eine Wohltat. Das Licht der Sonne wird gebrochen von Schleierwolken und verleiht den Bergketten einen magischen Schimmer.

Ich zeige Justus, was zum Hof gehört. Die Wiesen und Weiden bis zur Straße, die zu den Berghöfen führt. Ein Waldstück oberhalb des Hauses. Ich erzähle ihm von der verwundeten Amsel, die wir am Wegesrand gefunden haben. Zwei Tage hat sie in einem mit Heu ausgelegten Karton überlebt, dann haben wir sie neben der Buche begraben. Ich erzähle von den Kaulquappen, die wir gefangen haben, und von unserem Baumhaus im Wald. An der Wegkreuzung mache ich ihn auf den Bildstock mit der Muttergottes aufmerksam. Immer hatte sie frische Blumen im Arm, und auch heute schmiegt sich ihr feines Gesicht an Narzissen, deren Blüten noch nicht geöffnet sind. Ob wir jemals herausfinden, wer diese Blumen hierherbringt?

Wir gelangen auf die Landstraße, lassen das Sägewerk hinter uns und erreichen das erste Haus. Heimelig ist das Wort, das ich wählen würde, hätte ich nur eines zur Verfügung, um diesen Ort zu beschreiben. Er liegt ganz am Ende des Tals, gleich hinter dem letzten Haus führt die Straße in Serpentinen den Berg hinauf, um anschließend in ebenso vielen Kurven das nächste Tal zu erreichen. Die Berge stehen eng beieinander, an manchen Stellen steigen sie fast senkrecht in die Höhe und umschließen das Dorf wie eine natürliche Festungsanlage.

Das Gefühl, mit meinem Sohn durch die Straßen zu laufen, ist auf seltsame Weise neu und dennoch vertraut. Florian und ich waren so oft während der Sommerferien hier, wir kennen jeden Winkel. Da ist der Bach, der sich durch den Ort schlängelt mit so vielen kleinen Brücken, wie es Häuser an der Straße gibt. Jedes hat seine eigene Handschrift, allen gemein sind tief heruntergezogene Dächer und viele Fenster. Wir bleiben kurz vor dem Wirtshaus Zum Ochsen stehen, einem imposanten Fachwerkbau mit einer riesigen Eiche davor, und ich mache Justus auf Einzelheiten aufmerksam. Die mit Blumenornamenten verzierten blauen Fensterläden, die mit Frühlingsblumen und Ostereiern geschmückten Blumenkästen auf jedem Sims und das kunstvoll geschmiedete Wirtshausschild in Gold und Schwarz. Ein besonderes Highlight ist der Kaugummiautomat am roten Eckhaus. Florian und ich haben wochenlang jeden Groschen gesammelt, nur um endlich eine der bunten Plastikkugeln mit den Plastikdinosauriern darin zu ergattern. Groschen. Wie lange habe ich dieses Wort schon nicht mehr benutzt. Aber es gibt auch Neues. Das *Mitfahrbänkle* beispielsweise, das Trampen salonfähig macht. Auf dem Dorfplatz, umstanden von blühenden Magnolien und mit weißen Bänken, die zum Verweilen einladen, gibt es nun einen Narrenbrunnen, wo früher nur ein steinernes Becken stand, und oben am Berg stehen neue Häuser.

Obwohl wir uns inmitten einer der beliebtesten deutschen Ferienregionen, dem mittleren Schwarzwald, befinden, ticken die Uhren langsamer. Hier kennt jeder jeden, also werden auch wir mit jedem zu tun haben. Warum habe ich das bei meinen Überlegungen nicht bedacht? Wie finde ich das? Und wie findet man das als Kind und Teenager? Ich versuche, das Dorf mit Justus' Augen zu sehen. Er und Annika sind vertraut mit einem Leben am Rande einer großen Stadt. Es wird sich zeigen, ob sie diese Beschaulichkeit annehmen können.

Langsamer wird das Leben sein, ihr Leben. Sie werden eine andere Mentalität kennenlernen. Und in einem Dorf leben, dessen Bewohner jeden unserer Schritte beobachten werden, um ein Urteil zu fällen.

»Ich habe ein bisschen Angst, dass ihr nur mir zuliebe hierhergezogen seid.« Ich weiß, diese Worte kommen vielleicht unerwartet, trotzdem kann ich sie nicht zurückhalten.

Justus, völlig versunken in seiner eigenen Welt, schaut irritiert auf.

»Wovon sprichst du, Mama? Machst du dir Gedanken, weil du uns in diese Einöde verschleppt hast?«

»Ja, irgendwie schon. Was ist, wenn ihr euch nicht wohlfühlt? Das Leben auf dem Land wird ganz anders sein ...«

»Mama, wir haben freiwillig zugestimmt. Glaub mir, wir sind Teenager, wir pubertieren. Und wären auf die Barrikaden gegangen, wenn wir keine Lust auf den Umzug gehabt hätten.« Er sieht sich um. »Ich finde es wirklich lauschig hier. Da kann man nichts sagen.«

Ich lächle ihn verlegen an und wuschle ihm durchs Haar. Er nimmt es hin und hakt sich sogar bei mir ein.

»Ich verspreche dir, ich melde mich, wenn ich ein Problem habe oder das Gefühl, dass Annika leidet. Versprochen! Reicht das?«

»Ja, das reicht«, sage ich, denn er hat vermutlich recht. Aber wäre es nicht seltsam, wenn ich mir als Mutter diese Gedanken nicht machen würde?

Wir erreichen die Einmündung der Straße, die zum Laden führt. »Hier müssen wir noch hoch, dann sind wir da.«

»Und entweder wir bekommen ein Abendessen, oder wir gehen hungrig ins Bett.«

»So sieht es aus.«

»Aber was hat es denn jetzt mit diesem Laden und deinem komischen Trauma auf sich? Das musst du mir noch erzählen, bevor wir da sind.«

»Mein zwölfjähriges Ich wehrt sich, aber ich bin ja erwachsen. Es wäre albern, nicht darüber reden zu wollen.«

»Da gebe ich dir uneingeschränkt recht. Außerdem würde ich sonst eh Onkel Florian ausquetschen.«

Im Geiste sehe ich eine Verschwörung auf mich zukommen, da nehme ich die Dinge doch lieber selbst in die Hand.

»Also gut. Meistens haben Florian und ich damals zusammen gespielt, aber natürlich auch mit den Kindern aus dem Dorf. Leider gab es da dieses Mädchen. Tina. Die war wirklich fies.«

»Und die hatte es auf dich abgesehen?«

»Nicht nur auf mich. Aber das Gemeine an ihr war, dass man nie wusste, *woran* man bei ihr war. Mal war sie nett, dann wieder hinterhältig und intrigant.«

»Und die ist an deinem Trauma schuld?«

»Mein Trauma«, ich setze das Wort pantomimisch in Anführungszeichen, »ist eigentlich banal. Sie hat mich gezwungen, in dem Laden, den wir jetzt suchen, Kaugummis zu klauen.«

Justus hält sich gespielt entsetzt die Hand vor den Mund. »Oh mein Gott. Meine Mutter – eine Kriminelle.«

»Jaja, mach dich nur lustig. Aber ich musste die Kaugummis danach bei ihr abliefern, und sie wollte mir keinen einzigen abgeben. Das fand ich total unfair, schließlich hatte ich sie geklaut. Ein bisschen stolz war ich ja doch …«

»Und dann?«

»Dann ist sie in den Laden gegangen und hat mich verpetzt.«

»Wie fies ist das denn?« Justus macht große Augen.

»Ja, das war *oberfies*. Ich habe nämlich Ladenverbot gekriegt und musste von da an immer Florian mitnehmen, wenn ich einkaufen sollte. Von meinem schlechten Gewissen ganz zu schweigen.«

Justus entlockt meine Geschichte nicht mehr als ein Schulterzucken. »Ist es nicht schon fast normal, dass Teenies klauen? Eine Jugendsünde, mehr nicht.«

»So einfach ist das?«, frage ich erstaunt.

»So einfach ist das«, antwortet mein kluger Sohn und stupst mich an.

Und dann erreichen wir wahrhaftig *den* Laden.

»Er ist also noch da«, stelle ich fest.

Der Laden hat keine Ähnlichkeit mehr mit dem von früher, der dunkel und fast ein bisschen unheimlich war. Ich erinnere mich an den alten Kauz, dem er damals gehörte und der eigentlich nie freundlich zu uns war. Nun scheint eine Fee ihren Zauberstab gezückt zu haben, alles wirkt wie generalüberholt. Ich luge durch das sorgfältig dekorierte Schaufenster und entdecke Möbel aus hellem Naturholz, originelle Dekorationen und offenbar viel Selbstgemachtes. Vor dem Geschäft klimpern bunte Windspiele, zudem werden Obst und Gemüse in Weidenkörben liebevoll präsentiert.

»Wie schön«, ruft Justus, »wir brauchen nicht zu hungern.«

Ich atme bewusst aus und schiebe die letzten klammen Gefühle beiseite. »Dann bekämpfe ich jetzt mal mein Kindheitstrauma«, unke ich und drücke mit Nachdruck die Klinke der alten Tür nach unten. Vergeblich. »Och nö, geschlossen. Schade!«

Ich suche am Schaufenster nach Öffnungszeiten, finde aber nichts.

»Das Licht ist an, es ist also noch jemand da. Wir könnten klopfen«, schlägt Justus vor.

»Ist das nicht zu aufdringlich?«, gebe ich zu bedenken und ernte nur ein Kopfschütteln.

»Du hast wahrscheinlich recht«, sage ich zögerlich, worauf Justus mehrmals kräftig ans Fenster klopft.

Plötzlich dreht sich ein Schlüssel im Schloss, die Tür schwingt auf, und eine junge Frau um die dreißig steht vor uns. Sie mustert uns ausgiebig.

»Kann ich Ihnen helfen?«, fragt sie mit leichtem osteuropäischem Akzent. »Ich bin vor Schreck fast in die Kühltruhe gefallen. Ich dachte schon, der alte Hotzenplotz kommt zu Besuch.« Ein strahlendes Lächeln rückt die Bemerkung ins rechte Licht.

»Tut uns leid, das war wohl zu heftig.« Mein Sohn mimt den Zerknirschten.

»Mir tut es auch leid«, entschuldige ich mich, »aber dieser junge Mann hat Hunger. Ich versuche schon die ganze Zeit, ihn zurückzuhalten, aber ein hungriger Jugendlicher ist im Grunde genommen ein wildes Tier.«

»Ich habe volles Verständnis.« Die Frau lächelt einnehmend. Sie ist eine wahre Schönheit. Ein feines Gesicht, blaue, strahlende Augen, glänzende dunkle Locken, eine weibliche Figur und ein Lächeln, das Berge versetzen kann. »Hungrige Söhne sind ein echter Notfall.«

Ich lache, Justus verzieht keine Miene. »Es ist schön, dass Sie Verständnis haben. Können wir denn noch etwas bei Ihnen kaufen? Wir haben nichts im Haus, weil wir heute erst hergezogen sind, und der nächste Supermarkt ist weit weg.«

Sie tritt einen Schritt zurück und fordert uns mit einer Handbewegung auf, ihr zu folgen. »Kommen Sie rein. Eigentlich habe ich gerade zugemacht, aber hungern muss hier niemand.«

Der Laden ist erstaunlich. Es gibt nahezu alles. Haltbare Lebensmittel, eine Wurst- und Käsetheke, Brot und Brötchen, Drogeriebedarf. Dazu selbst genähte Taschen, gestrickte Socken, Getöpfertes. Man kann sich kaum drehen, aber es ist alles da. Und das zu moderaten Preisen …

»Hier ist es wirklich schön. Ich hätte nicht gedacht, dass es dieses kleine Geschäft noch gibt.«

»Oh, danke für das Kompliment. Leider ist es nicht meins, ich arbeite nur hier. Aber ich gebe es gerne weiter.«

Wir schnappen uns jeder einen Einkaufskorb.

»Nudeln sind am praktischsten«, überlege ich laut, während ich gleich drei Pakete in den Korb lege. Wir haben noch nicht in die Schränke geschaut, Salz wird sicher da sein, doch vorsichtshalber packe ich auch das ein. An Essen haben wir in dem ganzen Umzugstrubel gar nicht gedacht.

»Klar, die gehen immer.« Justus nickt und befördert fertige Tomatensoße, Gurken, Salatsoße, Parmesan und drei Tüten Chips in seinen Korb.

An der Kasse begutachtet die junge Frau unsere Beute. »Das sind *viele* Nudeln. Dieser Junge sieht hungrig aus, aber drei Pakete schafft er nicht. Ich bin neugierig. Verraten Sie, wer muss davon noch satt werden?«

»Na klar, Sie sollen wissen, wen Sie retten.« Ich biete ihr offiziell die Hand. »Ich bin Elli und das ist mein Sohn Justus. Meine Tochter Annika, mein Bruder Florian und eine Oma gehören auch noch dazu. Wir haben den Huberhof übernommen.«

»Ah, den kenne ich. Also haben wir neue Nachbarn. Wie schön! Jetzt bin ich nicht mehr die einzige Neue hier. Ich heiße übrigens Olga.«

»Wie lange wohnst du schon hier?«, frage ich und beschließe auf die förmliche Anrede zu verzichten.

»Seit zwei Jahren. Ihr seid nach mir die ersten Neuen.«

Gewissenhaft leert Olga unsere Körbe und tippt die Preise in eine Kasse von anno dazumal, die ein Highlight an sich ist.

»Wem gehört denn das Geschäft?«, frage ich neugierig, während Justus alles in unseren Ökobeuteln verstaut. »Mein Bruder und ich waren als Kinder oft hier. In den Sommerferien bei Onkel Ludwig und Tante Käthe. Vielleicht kennen wir ja den Besitzer.«

»Die Besitzerin«, entgegnet Olga, und in diesem Augenblick scheppert es im Nebenraum.

»Olgaaa«, ertönt eine schrille Stimme. »Olga, wir haben seit zwanzig Minuten geschlossen, warum ist noch Kundschaft da? Die Leute sollen sich an unsere Öffnungszeiten halten, sonst tanzen sie uns auf der Nase herum und klingeln demnächst mitten in der Nacht, nur weil sie Butter brauchen.«

Eine Frau in meinem Alter betritt den Verkaufsraum. Sie ist blond, sehr blond sogar, dünn und hübsch. Nachdem sie uns ausgiebig gemustert hat, huscht ein Erkennen über ihr Gesicht.

»Ach nee, wenn das mal nicht die kleine Elli ist.«

Mein Innerstes zieht sich zusammen. »Ti-na! Was für eine … Überraschung.«

»Tja, die Welt ist doch klein.« Tina klingt freundlich, doch jeder einzelne Ton hört sich falsch an. »Na, wie sagt man so schön? Man trifft sich immer zweimal im Leben. Ich habe dich auf jeden Fall sofort erkannt. Bis auf die Falten und den grauen Haaransatz hast du dich kaum verändert.«

Nun denn, eine Tina verändert sich auch nicht. Eine Tina bleibt eine Tina – ihr Leben lang. Und nun wohnt sie nur noch einen Steinwurf von mir entfernt und läuft mir direkt am ersten Tag über den Weg. Universum? Du bist unverfroren!

»Das stimmt, ähm, wir werden eben alle älter.« Schlagfertig ist anders.

»Tja«, säuselt sie, »das Leben geht nicht spurlos an uns vorüber.«

Während sie spricht, schiebt sie Olga dezent beiseite und baut sich an ihrer Stelle hinter der Kasse auf. »Du kannst draußen abbauen. Ich weiß ja nicht, warum das nicht schon längst passiert ist.«

Olga spurt mit stoischem Gesichtsausdruck. Tina setzt ein Lächeln auf und zuckt mit den Achseln. »Gutes Personal ist schwer zu bekommen, vor allem hier auf dem Land.«

Tina! Immer noch so fies wie vor Jahrzehnten. Ich mustere sie. Sie scheint im Leben etwas erreicht zu haben. Ihre Kleidung wirkt teuer, die Blondierung gab es auch nicht zum Schnäppchenpreis. Ich tippe auf einen gut verdienenden Mann und Kinder, die aus dem Gröbsten raus sind. Sie ist eine gelangweilte Ehefrau mit einem Laden als Spielwiese und einer Angestellten zum Rumkommandieren. Gemein sein? Kann ich auch!

»Wem sagst du das«, antworte ich seufzend.

»Hast du denn auch Personal?«, fragt Tina erstaunt.

»Aber ja«, antwortet Justus, der sich das Ganze bisher stumm angehört hat. »Sie ist Vorstand eines Immobilienkonzerns. Und hat Großes vor mit dem Huberhof.«

Ich bin kurz davor, ihn vor Tina zusammenzufalten, doch dann folge ich seiner spontanen Eingebung. Die Frau provoziert mich, und wenn ich es schon nicht schaffe, selbst passende Antworten zu geben, kann ich wenigstens die Steilvorlage meines Sohnes nutzen.

»Hast du denn noch nichts davon gehört?« Ich schicke ein liebenswürdiges Lächeln über den Tresen.

Tina entgleiten die Gesichtszüge. »Ähm ... nein.«

»Wirklich nicht?«

»Doch ... ähm ... es war ja klar, dass der Hof verkauft wird, nachdem der Alte tot war, aber dass ausgerechnet ihr ... und ein Konzern ...« Sie mustert mich und in ihrem Blick ist ein Funken Anerkennung sichtbar. Wahrscheinlich denkt sie, ich sei eine ernst zu nehmende Größe in der Immobilienbranche. Kann es sein, dass Justus uns gerade in eine potenziell unangenehme Situation manövriert hat? Tinas Neugier zumindest ist geweckt.

»Was habt ihr denn mit dem Hof vor?« Ein wenig wirkt es, als hätten kleine Männchen gerade ihre Nervenkreuzungen im Gehirn blockiert. Es fällt ihr offenbar schwer, die Information zu verarbeiten.

Justus spinnt derweil seine Lügengeschichte munter weiter, und ich halte ihn nicht auf. »Es gibt mehrere Investoren. Ein Spaßbad steht zur Diskussion. Aber auch eine luxuriöse Golfanlage und ein Biokraftwerk sind möglich. Momentan wird geprüft, was einem Planfeststellungsverfahren standhält. Die Lage ist optimal, die Landschaft idyllisch, der Schwarzwald modern und angesagt.« Er nickt zufrieden und mimt den Co-Investor so gut, dass ich mich frage, wann er sich bitte schön in *dieses* Thema eingelesen hat.

Tinas Gesichtsfarbe wechselt ins Grünliche. Sie glaubt meinem Sohn jedes Wort. Nicht hingegen Olga, die inzwischen hinter Tina steht und sich sichtlich zusammenreißt. Dass die beiden Frauen sich nicht ausstehen können, ist offensichtlich, und ich würde zu gerne die Geschichte dazu kennen. Zunächst muss ich meinen Sohn aber davon abhalten, weiter Zwietracht zu säen. Vor meinem inneren Auge läuft der dazugehörige Film bereits ab: aufgebrachte Bürger, die gegen ein Spaßbad demonstrieren; tote Tiere auf der Fußmatte; Dorfbewohner mit Mistgabeln und brennenden Fackeln. Halt! Meine Fantasie geht mit mir durch. Aber ich weiß eben auch, wozu die kleine Tina fähig war, wir sollten die große mit Vorsicht genießen. Also tue ich das einzig Richtige, auch wenn es mir komplett widerstrebt.

»Das ist natürlich nur ein Scherz«, sage ich humorig und ignoriere Justus' enttäuschtes Gesicht. »Wir haben den Hof übernommen, aber weder bin ich Vorstand einer Immobilienfirma noch wollen wir ein Spaßbad errichten.«

Tina, deren Gesicht binnen Millisekunden verschiedenste Gefühle durchlaufen hat, atmet tief ein und ringt sich zu einem künstlichen Lächeln durch. »Gott sei Dank. Ich dachte schon, wir kriegen ein Problem miteinander.« Sie schüttelt ihre honigblonde Mähne. »Aber im Ernst. Was habt ihr vor? Seit wann seid ihr da? Und wer wohnt noch alles da?«

Die Fragen purzeln nur so aus ihrem Mund, widerwillig muss ich grinsen. Tina sieht es und schenkt mir ein neues Lächeln. Diesmal ein echtes, weswegen ich meine innere Abwehr aufgebe. »Meine Tochter Annika, mein Bruder Florian und eine Oma wohnen ebenfalls auf dem Hof. Und natürlich Roswitha.«

»Ehrlich? Ihr behaltet die rote Rosi? Und Flo ist mit dabei? Hat der denn keine Familie? Und du bist auch alleinstehend?«

Sie versucht, es nett zu verpacken, doch Single-Abfälligkeiten erkenne ich auf zehn Kilometer Entfernung. Nun ja, das ist nichts Neues, und ich will es Tina auch nicht ankreiden. Vielleicht hat sie sich ja doch ein wenig geändert. Außerdem gehört sie, so wie das ganze Dorf, nun zu unserem Leben. Bereitwillig erkläre ich ihr deshalb unseren familiären Status, packe nebenbei den Rest der Einkäufe zusammen und verabschiede mich zügig.

»Wir freuen uns auf jeden Fall, hier zu sein. Und wer Interesse hat, darf uns gerne besuchen, das kannst du natürlich weitersagen.«

»Ja, das werde ich sicher machen«, nimmt Tina das Angebot an, dann beende ich mit Floskeln und Baumwolltaschen voller Abendessen das unverhoffte Wiedersehen.

# Große Pläne, kleine Häuser

Annika fliegt in die Stube und verschwindet kopfüber in den Taschen, die ich neben den Tisch gestellt habe. »Gott sei Dank! Ich hatte echt Angst, ihr kriegt nichts. Warum hast du auch nicht daran gedacht, Mama?«

Klar, in diesem Haus wohnen vier Personen, und wer ist schuld? Mama natürlich. *Den* Stempel gibt es bei der Geburt des ersten Kindes gratis dazu.

Annika plappert munter weiter. »Spaghetti mit Tomatensoße sind super, aber morgen gehen wir richtig einkaufen.« Sie schnappt sich die Einkäufe und verschwindet in der Küche. Ob sie mit dem alten Herd klarkommt?

»Sie hat recht«, konstatiert Florian trocken, »der Junge und ich essen jeweils für zwei, und wir brauchen definitiv eine Vorratshaltung.«

»Der Junge ist anwesend«, unterrichtet ihn Justus, »und genau genommen esse ich für drei.« Er setzt seine dicken Kopfhörer auf und verschwindet ebenfalls.

»Weißt du, was das Schöne an Pubertierenden ist?« Ich mache es mir auf der Eckbank gemütlich.

»Nein, aber du verrätst es mir sicher.«

»Ja«, antworte ich müde kichernd, »sie sind fast immer in ihren Zimmern, und man hat die meiste Zeit Ruhe vor ihnen.«

Zum Abendessen stoßen Roswitha und Hannelore wieder zu uns. Die Oma lässt sich mit Justus' Hilfe am Kopfende des altehrwürdigen Tisches nieder. Nachdem er ihr Wägelchen endlich angemessen geparkt hat, nölt sie direkt weiter. Gegenstand des Unmutes diesmal: das von Annika gezauberte Abendessen.

»Wer soll das denn essen?«

»Welches Problem müssen wir aus dem Weg räumen?«, fragt Florian höflich.

»Bin 'ne alte Frau«, schimpft sie. »Wie soll ich das Zeug da essen?« Sie deutet mit spitzem Finger auf die Spaghetti, als wären sie ein Haufen Würmer.

»Es geht also um die Form der Nudeln?«, versichert sich Florian.

»Diesen neumodischen Kram mag ich nicht. Anständige Kartoffeln wären mir lieber. Aber wenn ich das Zeug schon essen soll, dann mit Messer und Gabel. Ein Lätzchen müsst ihr mir noch früh genug umbinden.«

In mir brodelt Unmut. Ich weiß genau, wie sie ist, und doch hatte ich die Hoffnung, sie würde sich in Gegenwart anderer zusammenreißen. Außerdem fordert der lange Tag seinen Tribut. Warum habe ich sie nur mitgenommen? Ach ja, ich bin ein gutmütiger Mensch.

Florian, ebenfalls ein gutmütiger Mensch, aber einer, der noch Illusionen hat, nickt wissend und verständnisvoll. »Wer Spaghetti erfunden hat, muss einen Sinn für Humor gehabt haben. Ich bekleckere mich auch ständig.«

»Fein«, mischt sich Justus ein, »dann können wir die Lätzchen ja gleich in der Großpackung bestellen.«

»Justus!«, ermahne ich ihn, doch er lehnt sich nur genüsslich zurück.

Florian fährt unbeirrt fort. »Wir schneiden die Nudeln klein, dann kannst du sie mit der Gabel essen.«

»Kartoffeln wären schöner, aber man isst ja, was auf den Tisch kommt. Ist doch sowieso alles verrückt hier. Wenn allerdings diese Ziege zu mir ins Bett steigt, sterbe ich aus Protest.«

Ich schmunzle, und auch die anderen verziehen amüsiert die Gesichter. Sogar Hannelore weiß, wann sie geschlagen ist, und Bambi hat sie demnach bereits kennengelernt.

Nachdem die Teller voll sind, führt ein kollektiver Riesenhunger dazu, dass niemand mehr spricht. Denn auch wenn Hannelore anderer Meinung ist: Nichts hinterlässt ein wohligeres Gefühl und füllt so befriedigend den Magen wie ein Teller Spaghetti. Als der Topf leer ist und die Bäuche rund und glücklich, hebt Florian sein Wasserglas.

»Jetzt sind wir endlich satt, und ich finde, das ist ein wunderbarer Zeitpunkt, uns ganz offiziell auf dem Hof willkommen zu heißen. Noch sieht er ein wenig verlottert aus, aber wir werden ihn gemeinsam aus dem Dornröschenschlaf wecken und herausputzen. Auf dieses Ziel sollten wir anstoßen.«

Wir heben die Wassergläser und prosten uns zu. Die Gesichter zeugen von Freude und Zuversicht. Das hier ist der Anfang von etwas Neuem. Wir wissen nicht, was uns erwartet, aber wir haben ein gemeinsames Ziel, und das vereint uns. In diesem Augenblick scheint alles möglich.

»Ich muss jetzt einfach fragen«, sagt Roswitha schließlich, »den ganzen Tag schon, nein, was sage ich, seit Wochen warte ich darauf. Was genau habt ihr geplant?«

Bereitwillig veranschaulicht Florian, was wir in unzähligen Telefonaten und Textnachrichten ersonnen haben. Die Phase war intensiv und nicht immer waren wir einer Meinung. Aber konstruktiv, wie wir sind, haben wir für alles eine Lösung gefunden. Seit unserer Jugend haben wir nicht mehr so viel Zeit miteinander verbracht, weil wir unterschiedliche Leben geführt haben. Ich in Hannover, Florian in Münster und dann in Frankfurt am

Main. Lebenswege, die sich nur noch an Festtagen im elterlichen Wohnzimmer kreuzten. Florian hat Geografie studiert und war ein Weltenbummler, der jeden Cent in Reisen und Studienaufenthalte steckte. Auf einer dieser Touren lernte er eine Brasilianerin kennen und lieben, heiratete sie und noch während seines Studiums bekamen sie eine Tochter. Leider wurde Patrizia in Deutschland nicht heimisch und kehrte in einer Nacht-und-Nebel-Aktion nach Brasilien zurück. Florian zog Livia alleine groß. Mit sieben schenkte er ihr den ersten Reiserucksack, und sie begleitete ihn auf unzähligen Reisen rund um die Welt. Jetzt ist sie zwanzig, studiert in München und verbringt zurzeit ein Auslandssemester in Edinburgh. Weil Florian keine neue Mutter in ihr Leben lassen wollte, scheiterten zwei längere Partnerschaften. Heute ist er überzeugter Junggeselle. In dieser Sache sind wir uns einig: Wir wollen keine Beziehung mehr. Wir sind uns selbst genug. Und dass uns das Projekt Bauernhof einander wieder näherbringt, ist toll.

»Wir haben zunächst drei Ferienwohnungen geplant. Zwei werden im alten Kuhstall untergebracht. Im ebenerdigen Keller entsteht eine altersgerechte Wohnung für Hannelore. Wir ziehen ins Haupthaus. Elli in den ersten Stock, ich in den zweiten. Unter dem Dach wird eine dritte Ferienwohnung entstehen. Drei Gästewohnungen für je vier bis sechs Personen sollten für den Anfang reichen, aber langfristig gesehen brauchen wir weitere Ferienwohnungen. Ich habe da eine Idee, aber dazu später.«

»Eine Idee?«, frage ich interessiert, doch Florian winkt ab.

»Gleich. Ist mir die Tage gekommen, ihr werdet staunen.«

Ich verziehe das Gesicht. Er weiß genau, dass ich vor Neugier vergehe, und das genießt er. Das war schon früher so und wird sich wohl auch nicht mehr ändern. In einer Geschwisterbeziehung endet die Kindheit quasi nie. Sie ist immer mit dabei, im Guten wie im Schlechten.

»Der Architekt sucht gerade nach einem Bauleiter, parallel wird er sich um die Baugenehmigungen kümmern. Wir wollen noch diesen Monat starten und haben etwa ein Jahr für die Umbauten veranschlagt.« Florian nickt zufrieden und erzählt weiter.

»In die ehemalige Werkstatt von Onkel Ludwig zieht Ellis Polsterei, die sie weiterhin nebenberuflich betreibt und die erst in ein paar Tagen kommt, damit sie Zeit hat, alles vorzubereiten. Für mich ist der Hof mein Hauptjob, wie viel Elli einbringen kann, wird sich zeigen. Die Tenne bauen wir in ein Spieleparadies mit Selbstbedienungscafé um. Auch im Außenbereich soll sich einiges ändern. Wir wollen verschiedene Sitzgruppen und Grillplätze anlegen, kleine Gartenoasen schaffen und einen Spielplatz nur aus Naturmaterialien. Und mittelfristig möchte ich unbedingt einen Schwimmteich haben.«

»Das hört sich großartig an.« Roswitha ist begeistert. »Ich werde mich einbringen, wo ich kann. Töpferkurse, Webkurse, badische Kochkurse. Ich könnte den Bauerngarten unterhalb meines Hauses wiederbeleben, um hauseigenes Obst und Gemüse anzubieten. Ach, da fällt mir sicher noch vieles ein.«

Wir strahlen einander an. Das Arrangement mit Roswitha ist ein echter Glücksgriff. Für uns, weil sie Hannelores Betreuung übernimmt und den Hof auf vielfältige Weise bereichert. Für sie, weil sie hier wohnen bleiben darf und ihre Talente gebraucht werden.

»Und wie habt ihr das Finanzielle geklärt? Entschuldigt die direkte Frage, ich spreche gerne aus, was ich denke, und ich bin ja leider von euch abhängig.«

»Kein Problem«, sage ich, »ich verstehe dich vollkommen. Aber deine Sorgen sind unbegründet. Ich habe mein Haus am Stadtrand und die Werkstatt samt Hannelores Wohnung in Hannover verkauft und Florian seine Wohnung in Frankfurt. Das ist ein solides Startkapital, und bislang kalkulieren wir sogar ohne

Kredit. Die Betreuungskosten sind durch Hannelores verstorbenen Sohn Jakob gedeckt. Wir haben also finanziellen Spielraum, und du brauchst dir überhaupt keine Sorgen zu machen.«

»Das hört sich toll an«, findet Roswitha.

»Eine Angeberei ist das, mehr nicht!«, mäkelt Hannelore, aber sie war wirklich seit einer ganzen Weile still.

»So«, wende ich mich mit Nachdruck an Florian, »du erzählst uns jetzt von deiner Idee, sonst gehe ich aus Protest ins Bett. Du hast uns lange genug schmoren lassen.«

»Hab ich das?«, antwortet er und feixt. Ich schicke einen empörten Blick über den Tisch und erreiche nur, dass er es weitere Sekunden herauszögert.

»Also gut, bevor meine kleine Schwester auf mich losgeht. Wie wäre es, wenn wir auf der Streuobstwiese unterhalb des Stalls Tiny Houses aufstellen? Ich habe einen Bericht darüber gesehen und finde das Konzept großartig. Und als ich ein bisschen zu Preisen und Konditionen recherchiert habe, wurde mir klar, dass sie perfekt wären.«

Wir starren ihn an, denn die Idee ist …

»Ich habe drei Varianten rausgesucht und mit den Herstellern telefoniert.«

»Du hast was?« Ich bin perplex, doch Florian ignoriert mich einfach.

»Sie haben eine Lieferzeit von nur drei bis vier Wochen, und der Aufbau dauert nur drei Tage.«

»Die Idee ist echt gut«, sagt Justus, und wir stimmen ihm zu. Bis auf die Oma natürlich.

»Was ist das denn wieder für ein neumodischer Kram?«

»Das sind ganz kleine Häuser. Wie Wohnwagen, nur ohne Räder«, erklärt Justus.

»Hundehütten? Wer will denn in so was wohnen?«

»Ich zum Beispiel«, jubiliert Annika, »ich finde die so genial!

Ich darf doch dann auch mal darin schlafen, oder?« Sie klimpert eindrucksvoll mit den Lidern.

Ich tätschle ihr den Hinterkopf. »Natürlich. Und die Idee ist wirklich super. Wir hätten ohne großen Aufwand schon viel früher Gäste.« Ich fuchtle übermütig mit den Händen. »Und wenn wir sie auf die Wiese nah an den Bach setzen, mit Kieswegen und Holzbrücke, dann wäre es wie ein lauschiges Dorf.«

»Absolut.« Florian nickt wie ein überdimensionaler Wackeldackel und zückt sein Handy. Zunächst zeigt er uns ein Blockhaus mit Sprossenfenstern und Veranda, dann einen minimalistischen Kubus aus Beton und Glas. Als er das dritte aufruft, stöhne ich. »Das ist der Knaller!«

»Zeig her!« Annika grapscht nach dem Telefon und scrollt mit wachsender Begeisterung durch die Galerie. »Du hast recht, Mama, die sind sooo süß«, trällert sie, drückt das Telefon ihrem Bruder in die Hand, der auf seine trockene Art nicht minder begeistert reagiert, und als auch Roswitha und sogar die Oma die Bilder gesehen haben, steht fest, dass es *dieses* Haus sein *muss*.

Es ist im schwedischen Stil gehalten und sieht aus wie eine Miniversion der Villa Kunterbunt. Giebel, eine rundum laufende Terrasse, die Farbe ist frei wählbar. Im Inneren setzt sich der Stil fort. Es wirkt schlicht, hell und dennoch gemütlich. Vier Personen haben Platz. Zwei schlafen auf einer Empore, zwei auf einem Schlafsofa. Die Küche und das Bad sind winzig, aber es ist alles da, was man braucht, um ein paar Tage oder Wochen dem Alltag zu entfliehen. Wir schwelgen in Plänen und Ideen. Heute ist der erste Tag. Der, an dem alles möglich ist. Wir sind voller Tatendrang, und wenn wir es richtig angehen, wird aus diesem Hof ein Kleinod, auf dem es sich lohnt, Urlaub zu machen. Und während wir in der alten Schwarzwaldstube sitzen und angeregt diskutieren, vier Generationen unter einem Dach, glüht mein Herz. Das hier oben, das ist ein Paradies. Ich werfe einen Blick nach draußen, sehe die Silhouetten der Berge. Schwarz und beruhigend im perlsilbrigen Schein eines vollen weißen Mondes. Ich bin froh, hier zu sein.

Die Oma nickt immer wieder ein und ihr Schnarchen wird jedes Mal lauter. Also begleiten Roswitha und Florian sie ins Gästehaus, und auch die Kinder gehen schlafen. Annika lässt mich noch eine Weile auf ihrer Bettkante sitzen und erklärt mir ausschweifend, welche Pläne *sie* mit dem Hof hat. Die Auswahl potenzieller Hobbys hat sich über Nacht vervielfacht, und ich habe Sorge, sie könnte vergessen haben, dass sie schulpflichtig ist.

»Schu-le«, sagt sie und rümpft die Nase. »Wir hätten in die Schweiz ziehen sollen. Da gibt es keine Schulpflicht, und ich könnte in Ruhe zu Hause lernen. Nach zwei Stunden wäre ich fertig und hätte viel mehr Zeit für Hobbys.«

»Aber du würdest keine neuen Freunde finden.«

»Um *neue* Freunde kennenzulernen, müsste ich vorher welche gehabt haben«, antwortet sie trocken und legt den Kopf schief. »Aber jetzt mach dir nicht direkt wieder Sorgen. Ich komm schon klar. Ich wurde ja nicht gemobbt oder so, ich bin eben nur gerne für mich.«

Ich schiebe ihr eine widerspenstige Locke hinters Ohr. »Vielleicht hast du nur noch nicht die richtigen Kinder kennengelernt, und da draußen warten Freunde auf dich, von denen du noch nichts weißt.«

Annika mustert mich kritisch und kuschelt sich bis zur Nasenspitze unter die Bettdecke. »Ich kann es ja mal probieren, das mit den Freunden, wenn es dir so wichtig ist«, nuschelt sie müde in ihre Decke.

»Nicht für mich, mein Schatz, nur für dich. Es ist schön, eine Freundin zu haben, weißt du?« Eine Antwort bekomme ich nicht mehr. Stattdessen verraten mir ruhige Atemzüge, dass Annika eingeschlafen ist.

Wir lassen den Abend zu dritt ausklingen. Roswitha erzählt aus ihrem Leben und entpuppt sich als wunderbare Erzählerin.

»Ich bin hier geboren und will hier sterben, dazwischen habe ich jahrzehntelang die Welt bereist. Ich war im einfachen diplomatischen Dienst und habe die Wohnorte gewechselt wie andere ihre Handtasche. Es war ein ereignisreiches und erfülltes Leben, aber irgendwann kam der Tag, an dem ich voll war. Voll von Eindrücken und Erlebnissen, von dem Neuen und dem Unbekannten. Die Fremde war mir näher als meine Heimat. Ich kann den Augenblick genau benennen. Ich stand in Marrakesch auf dem Djemaa el Fna, hatte ein anregendes Abendessen mit einem alten marokkanischen Freund hinter mir und wollte mir zum Abschluss einen frisch gepressten Orangensaft gönnen. Ich liebe diesen Platz, den Trubel, die Stimmung, die Geräusche, diese Märchenwelt mit Schlangenbeschwörern und Erzählern. Besonders abends, wenn es dunkel ist. Aber plötzlich war mir alles zu viel, und zum ersten Mal seit Jahrzehnten habe ich mich nach dem Dorf gesehnt, in dem ich aufgewachsen bin. Am nächsten Tag habe ich um Entlassung gebeten und bin ein paar Wochen später zurück in mein Heimatdorf gezogen. Ich habe ein kleines Haus gemietet und von Ersparnissen gelebt. Dann lernte ich Ludwig kennen. Sein Verstand war so klar, man konnte sich wunderbar mit ihm unterhalten. Er vermisste seine Käthe und ich den Austausch mit Gleichgesinnten, also verbrachten wir immer mehr Zeit miteinander. Bis die Krankheit zuschlug. Es ist wirklich schrecklich mitanzusehen, wie ein Mensch verblasst und die Persönlichkeit verschwindet. Als euer Vater und Ludwig mich fragten, ob ich die Betreuung übernehme, war ich sofort einverstanden. Mein finanzielles Polster war fast aufgebraucht, und so richtig wusste ich nicht, wie es danach weitergehen sollte. Ludwig hat mich postwendend im Gästehaus einquartiert. Er war ein echter Freund und hatte in den Monaten darauf noch viele gute Phasen. In den schlechten musste ich ihn vor allem davon abhalten, Käthe zu suchen. Es war irgendwie romantisch. Liebe bis über den Tod hinaus.«

Roswitha unterbricht ihre Erzählung und füllt sich ein Glas Wasser nach. Ich tausche mit Florian einen Blick. Er hängt genauso an ihren Lippen wie ich.

»Wir haben tolle Abende hier verbracht, Rotwein getrunken und uns um Kopf und Kragen diskutiert. Die schlechten Tage wurden mehr, und irgendwann nahmen sie überhand. Zum Schluss gab es keine guten mehr. Ich bin froh, dass ihm der Krebs ein schnelles Ende bereitet hat. Es hatte keine Würde mehr.«

Ich lege meine Hand auf ihre. »Er war ein toller Mensch, genauso wie Tante Käthe. Wir werden den Hof in ihrem Andenken weiterführen. Ihnen haben wir diesen Neuanfang zu verdanken, und nicht nur wir schlagen ein neues Kapitel auf, du tust es ebenfalls.«

»Und die ersten Zeilen lesen sich ganz wunderbar.« Roswitha strahlt, und dann stoßen wir wieder an.

»Wie gut kennst du die Menschen im Dorf?«, fragt Florian. »Wir müssen unbedingt Kontakte knüpfen und mit dir als Türöffnerin wäre das leichter.«

»Nun ja, im Grunde bin ich ja auch eine Zugezogene. Aber natürlich kenne ich viele Leute hier. Und den Klatsch und Tratsch bekommt man zwangsläufig mit. Da muss man nur zum Dorfladen gehen und schon ist man auf dem neuesten Stand.«

Ich setze mich aufrecht hin, mein Interesse ist geweckt. »Du kennst die Besitzerin?«

»Tina? Wer kennt sie nicht? Wohnt in ihrem protzigen Haus und meint, besser zu sein als alle anderen. Ich kann sie nicht leiden, aber ihr Laden ist toll.«

»Roswitha, das war genau die richtige Antwort.« Ich erzähle ihr von meinen Kindheitserlebnissen.

»Sie war also ein niederträchtiges Mädchen, das den eigenen Frust überspielt hat, indem sie andere leiden ließ? Das passt zu meiner Einschätzung von ihr. Sie zwingt vielleicht niemanden mehr zum Stehlen, im Zweifel sind die Methoden aber nur subtiler geworden.«

»Du würdest uns also raten, sie mit Vorsicht zu genießen?«

»Auf jeden Fall.« Sie grinst und erhebt sich mit einem Mal vom Tisch. »Kinder, ich muss ins Bett. Am Ende bin ich eben doch alt.«

Wir verabschieden uns mit einer festen Umarmung von der Frau, die fast wie eine gute Fee in unser Leben getreten ist.

Ich stehe mit Florian unter der Buche und genieße die Aussicht in die schwarz und silbrig schimmernde Landschaft. Wir haben einen letzten Rundgang über den Hof gemacht und dies und das besprochen. Es ist kalt. Die Sonne ist hinter den Bergen verschwunden und hat die Wärme mitgenommen. Ich kuschle mich in meine Jacke, denn die Kälte kriecht in jede Ritze. Die Luft riecht nun wieder winterlich, als hätte es diesen frühlingshaften Märztag nie gegeben. Die Stille ist fast unbarmherzig. Das Gehör erwartet, etwas zu hören, und so ist der Ruf des Käuzchens oder das Rascheln einer Maus im Unterholz eine Wohltat für die stillegeplagten Ohren.

»Ich habe immer gedacht, in meinem Leben ändert sich nicht mehr viel«, sage ich.

»Ich weiß, was du meinst. Du denkst, du bist an deinem endgültigen Ziel angekommen, aber plötzlich hast du diesen *einen* Gedanken, der alles verändert. Und sechs Monate später stehst du im Nirgendwo und bewunderst die Sterne.«

»Ganz genau.«

»Es hat was von Abenteuer. Findest du nicht? Vielleicht hört es sich blöd an, aber es fühlt sich an, als wäre ich noch mal einundzwanzig. Ein neues Leben wartet auf mich. Alles ist möglich.

Wir können uns neu erfinden, sein, was wir wollen. Und du kannst endlich deine Ehe hinter dir lassen. Endgültig. Es wird Zeit, Elli.«

»Du hast recht«, sage ich nur, weil mich auch nach drei Jahren jedes Wort über meine Ehe anstrengt.

Statt einer Antwort legt Florian den Arm um mich, ich lehne den Kopf an seine Schulter, und dann bestaunen wir noch viele Augenblicke lang unsere neue Heimat in Schwarz-Weiß.

# Liebe auf den ersten und zweiten Blick

Das Klappern von Geschirr dringt in den Traum. Wirr ist er, und ich habe ihn vergessen, noch ehe ich die Augen aufschlage. Die Sonne, die ungehinderten Zugang hat, weil ich die Fensterläden und die geblümten Vorhänge nicht geschlossen habe, scheint mir ins Gesicht. Als wolle sie mich daran erinnern, dass heute mein neues Leben beginnt. Trotz der alten Matratze und der knarzenden und knackenden Gemäuer habe ich hervorragend geschlafen, bin topfit und fühle mich gerüstet für den Tag. Ich habe mir Käthes ehemaliges Zimmer ausgesucht. Onkel Ludwig schnarchte so laut, dass ihre Schlafzimmer an den entgegengesetzten Enden des Flurs lagen. Ihrer Liebe tat das keinen Abbruch. So wie bei den beiden hatte ich mir das mit der Liebe immer vorgestellt, doch es ist wohl nur wenigen vergönnt, sie so zu leben und zu erleben. Das tröstet ein bisschen.

Das Zimmer ist wohnlich wie eh und je. Weiße Eichenmöbel, eine blumige Tapete über Wandpaneelen im Landhausstil, Messinglampen an den Wänden und ein kleiner, schlichter Kronleuchter an der Decke. Käthe hatte ein Faible für England und nannte das Zimmer immer *ihren englischen Salon*. Ich könnte *meinen* englischen Salon daraus machen, denn es wäre schade, ihn aufzugeben. Aber vielleicht sollte ich mir lieber ein eigenes Reich schaffen.

»Und? Wie hast du geschlafen?« Florian begrüßt mich mit der Kaffeetasse in der einen Hand und einem dick mit Fleischwurst belegten Brötchen in der anderen. Der Tisch ist liebevoll gedeckt. Aufschnitt, Käse, Marmelade. Eine Kanne Tee steht auf Tante Käthes Stövchen und sogar Eier stehen auf dem Tisch: mit selbst gehäkelten Mützchen. Auch sie wecken gleich wieder Erinnerungen.

»Wahnsinn, du hast Frühstück gemacht, aber woher hast du das alles?«

»Na, aus dem Lädchen natürlich«, verrät er mit breitem Grinsen. »Ich muss mich doch der Höflichkeit halber unserer alten Bekannten vorstellen.«

»Na klar, *der Höflichkeit halber*«, antworte ich, »du meinst eher aus Neugier.« Ich finde es nicht gut, dass Florian direkt in Tinas Laden spaziert ist. Es ist albern, aber es stört mich trotzdem. Warum ist diese Frau plötzlich ein Thema in meinem Leben? Die Geschichte hat mich als Kind lange beschäftigt. Und auch wenn ich erwachsen bin und das alles längst hinter mir liegt, brauche ich diese Bekanntschaft nicht. Es wird schwer, ihr unvoreingenommen gegenüberzutreten.

»Der Laden macht beileibe was her«, erzählt Florian weiter, »aber leider war nur Olga da. Die allerdings ist wirklich nett.«

»Ja, das ist sie«, bestätige ich und bin froh, dass das Thema Tina damit vom Tisch ist. Ich will diese Frau nicht in meinem Kopf haben.

Ob es der Start in mein neues Leben oder die gute Schwarzwaldluft ist, ich habe einen Bärenhunger. Meine Kinder sind ebenfalls aus den Betten gekrochen und langen zu, als hätten sie drei Tage gehungert. Das erste Brötchen verputzen wir selig schweigend, danach will Annika wissen, was heute ansteht.

»Ich kann mich auch alleine beschäftigen, meine Liste ist lang, ich möchte es nur planen.«

»Heute und morgen räumen wir einen Teil des Hauses aus, um Platz für ein paar unserer Sachen zu schaffen. Das ist Arbeit genug. Aber am Montag kannst du mitkommen, wenn du willst.« Florian grinst und macht eine bedeutungsschwangere Pause. »Der Architekt hat nämlich den Termin verschoben. Das ist ärgerlich, aber nicht zu ändern, und deswegen wollte ich mich auf die Suche nach dem ersten tierischen Familienmitglied machen.« Florian trommelt beifallheischend mit den Zeigefingern auf den Tisch.

»Sooo schnell bekommen wir Tiere?« Annika ist baff. »Dann haben wir ja schon zwei! Eine Ziege und ...?«

»... einen Hund. Ein Bauernhof braucht selbstverständlich einen Hofhund. Und ich brauche auch einen. Darauf freue ich mich, seitdem ich weiß, dass ich hierherziehe.« Mein Bruder nickt zufrieden.

Annika strahlt, als wäre sie sieben und hätte das ganz, ganz große Barbiehaus bekommen. Sie hat sich immer einen Hund gewünscht. Doch mein Ex verabscheute Tiere, und nachdem er weg war, fehlte die Zeit. Auch ich liebe Hunde. Wir strahlen um die Wette und nehmen es mit jeder Flutlichtanlage auf.

»Was für ein Hund soll es sein?«, fragt Annika.

Florian kratzt sich am Kinn. »Das wird sich zeigen. Wir fahren ins Tierheim, und dann sehen wir weiter. Ein paar Kriterien muss er natürlich erfüllen. Nicht zu alt sollte er sein, nicht zu klein, gut erzogen und vor allem gutmütig. Wir werden viele Kinder zu Besuch haben.«

»Also suchen wir ein Einhorn«, stellt Justus fest, der gewohnt gelassen reagiert.

»Richtig. Ein Welpe, den man selbst erzieht, wäre die bessere Lösung, aber die Zeit haben wir im Moment nicht. Außerdem bin ich fest davon überzeugt, dass unser Hund schon irgendwo wartet.«

»Aber mach dir nicht zu große Hoffnungen«, bitte ich Annika. Sie nickt und sieht doch erwartungsvoller aus, als mir lieb ist.

»Welche Tiere wollen wir noch anschaffen?«, frage ich. Die Tiere sind Florians Hoheitsgebiet. Für mich ist der Hof nur ein Teilzeitjob, für ihn die ganze Welt. Und er liebt Tiere. Wenn er während unserer Ferien nicht hier mit mir unterwegs war, fand man ihn stets im Stall oder auf der Weide. Er half Onkel Ludwig beim Melken, fütterte die Hühner und adoptierte Küken.

»Wir werden sehen, wen das Schicksal zu uns schickt. Ich möchte vorrangig Tiere aufnehmen, die keiner mehr will. Trotzdem müssen sie natürlich für einen Ferienbauernhof geeignet sein. Das macht es nicht leichter. Ich halte einfach die Augen offen, und dann sehen wir, wer den Weg zu uns findet.«

Nach dem Frühstück räumen wir alles, was wir von den alten Sachen nicht brauchen, auf den Dachboden der Scheune. Schöne Erinnerungen, aber auch Melancholie begleiten die Arbeit. Immer wieder fallen uns fast vergessene Anekdoten ein. Als ich Onkel Ludwigs Kleiderschrank ausräume, zeige ich Florian das grau karierte Hemd, das er trug, als er uns dabei erwischte, wie wir Gegenstände in ein altes Ölfass tunkten, weil sie danach so schön glänzten. Es gab keinen Ärger, nur einen ernsten Vortrag darüber, wie gefährlich diese Spielerei für uns und die Umwelt war. Käthe und Ludwig waren ihrer Zeit stets voraus und Umweltschutz etwas, das immer einen Platz in ihrem Leben hatte.

Ich zeige Florian den englischen Wachsmantel, den Ludwig trug, wenn es regnete und er auf dem Traktor über die Wiesen tuckerte. Ganz hinten im Schrank finde ich Käthes Lieblingskleider. Das blaue mit den weißen Punkten, das sie so gerne an Festtagen trug, und die Schürze, die den Backtag verriet. In jeder Ecke ploppen Erinnerungen auf, und immer beenden wir die Gespräche mit dem Satz: »Schluss jetzt, wir müssen weiterarbeiten, sonst werden wir nie fertig.« Dann lachen wir, weil uns dieser Satz vermutlich noch lange begleiten wird.

Wir schleppen. Viel. Und mit jedem Stück, das wir aus dem Haus schaffen, wird der Weg länger.

»Warum gibt es eigentlich keine Tür zwischen Scheune und Wohnbereich? Die Schwarzwälder Häuslebauer haben doch sonst alles durchdacht. Dass ich jedes Mal hundertzweiunddreißig Meter laufen muss, um etwas von einer Ecke des Hauses in die andere zu bringen, erschließt sich mir nicht.«

Dass Justus den Weg vermessen hat, wundert mich nicht, wohl aber, dass er überhaupt sprechen kann. Wir schleppen gemeinsam gleich zwei Lattenroste in die Tenne, doch ich habe unsere Kräfte eindeutig überschätzt. Die Hälfte des Weges liegt noch vor uns – ich schwitze jetzt schon und mir tut alles weh. Muss mein Körper mich ausgerechnet in diesem Moment daran erinnern, dass er dreiundvierzig ist? Zudem ist dieser Weg die Rampe hinauf wirklich unsäglich. Es würde sich fast lohnen, den Traktor zu nutzen. Aber niemand weiß, wie er funktioniert, und einen Anhänger gibt es auch nicht. Zwei Dinge, die postwendend mit dem Vermerk *Priorität hoch!* auf Florians niemals endender Liste landen sollten.

»Ich schaff's nicht mehr. Wir lassen einen stehen«, ächze ich.

»Ich habe es dir vorher gesagt, aber du wolltest ja nicht auf mich hören«, sagt mein Sohn schlaumeierisch.

»Ja, Papa.« Wir lehnen einen der sperrigen Roste gegen die Hauswand und tippeln mit dem anderen weiter. »Das ist besser.« Ich seufze erleichtert. »Außerdem gebe ich dir recht. Wir sollten einen Vorschlaghammer nehmen und ein Loch in diese verdammte Wand prügeln. Whäm, whäm!«

»Mama!« Justus prustet los. »Was ist denn in dich gefahren?«

»Die Arbeit macht mich wohl aggressiv«, räume ich achselzuckend ein.

Ich bin todmüde, als ich abends um kurz nach zehn ins Bett falle. Bevor ich es meinen Augen erlaube, endlich zuzuklappen, texte ich noch ein bisschen mit Jutta. Es sei einsam ohne mich und sie denke ernsthaft darüber nach, sich einen Leergutkeller wie Kitty zuzulegen. Ob es sich wenigstens lohne, sie im Stich gelassen zu haben.

\*\*\*

Elli: Leider ja. Du musst mich also ganz oft besuchen. Ich biete dir kostenfreien Urlaub auf dem Bauernhof mit persönlicher Betreuung auf Lebenszeit.

Jutta: Das ist ein Angebot, aber die Fahrtkosten kann ich ja trotzdem über den Leergutkeller finanzieren, den ich bis dahin ausgetrunken habe. 🥂

Ich sende viele alberne Smileys und berichte ihr von Tina, Olga und davon, dass wir schon bald vielleicht einen Hund kriegen. Wir versprechen uns, ganz bald zu telefonieren, und dann tauche ich ein in einen traumlosen und tiefen Schlaf.

\*\*\*

Ich finde mich in einer anderen Welt wieder, als am Montagmorgen kurz nach sieben der Wecker klingelt. Die Sonne hat den Horizont überschritten, doch das kann man allenfalls erahnen. Dichter Nebel breitet sich über die Landschaft, und ich sehe nichts als Weiß. Wir sind alleine auf dieser Welt. Wenn sie denn noch da ist. Vielleicht bin ich ja auch die kindliche Kaiserin aus der *Unendlichen Geschichte* und schaue hilflos dabei zu, wie das Nichts mein Reich vernichtet und nur der Flecken übrig bleibt, auf dem ich stehe.

Bevor es an die Erfüllung des Kindheitstraumes einer Dreizehnjährigen geht, wartet allerdings noch eine andere Verpflichtung.

Nach einem schnellen Frühstück springe ich unter die Dusche, schlüpfe in stadtfeine Klamotten und klopfe bei Roswitha. Sie öffnet mir die Tür, und ich darf ihr heutiges Outfit bewundern: rosarote Caprihose, eine rote Bluse mit weißen Tupfen und rote Ballerinas. Jacky Kennedy hat ein paar Pfunde zugelegt, aber sie lebt!

»Hallo, Roswitha, gut schaust du aus. Habt ihr die zweite gemeinsame Nacht gut überstanden?«

»Haben wir. Auch wenn Hannelore seit halb sechs wach ist und seit über einer Stunde fix und fertig auf dem Sofa hockt und auf die Abfahrt wartet.«

Ich beiße mir peinlich berührt auf die Lippen. »Das hätte ich dir sagen müssen. Wenn sie einen Termin hat, ist das eine tagfüllende Angelegenheit. Lass sie einfach sitzen, reden nützt dann sowieso nichts.«

»Natürlich nicht«, erwidert Roswitha, schmunzelt und schiebt mich sachte in den engen Flur, in dem kaum zwei Leute aneinander vorbeipassen. Aber die Rosentapete und die kleinen weißen Möbel machen ihn wohnlich. »Sie ist neunundachtzig. Sie muss sich von niemandem mehr etwas sagen lassen. Das finde ich faszinierend und traurig zugleich. Müssen wir Frauen erst so alt werden, ehe wir verstehen, dass wir es nur uns selbst recht machen müssen? Vielleicht sollten wir uns ein Beispiel an ihr nehmen und viel früher damit anfangen.«

»Das ist eine ganz neue Perspektive auf ihr Verhalten«, sage ich nachdenklich, »dann müsste man Hannelore ja sogar bewundern. Ich wende allerdings ein, dass man es auch in freundlichem Ton niemandem recht machen kann.«

»Da hast du auch wieder recht.« Roswitha schmunzelt.

Wir betreten die Wohnküche. Die Oma sitzt zur Abholung bereit. Fast wie die Queen sieht sie aus mit den weißen Löckchen, dem beigen Mantel, dazu passender Tasche und den schwarzen kleinen Schuhen. Sie lernt heute ihren neuen Hausarzt kennen. Er hat seine Praxis im Nachbarort, macht Hausbesuche, und Roswitha hat ihn wärmstens empfohlen. Nichts ist in diesem hohen Alter wichtiger als ein guter und vertrauenswürdiger Hausarzt. Während der Fahrt und im Wartezimmer unterhalte ich mich angeregt mit Roswitha, genieße ihre Gesellschaft und dass endlich jemand da ist, mit dem ich mir die Verantwortung teilen kann. Der hochgepriesene Arzt entpuppt sich als Hingucker. Mitte dreißig, gut aussehend, charmant und kompetent.

»Bei *dem* Arzt wird man fast schon gerne krank, nicht wahr?«, raunt Roswitha mir zu.

»Allerdings«, raune ich zurück und traue meinen Ohren nicht, als der Vorzeigemediziner sogar Hannelore verzaubert.

»Ach, guten Tag, lieber Herr Doktor. Sie versüßen mir mit Ihrem Lächeln den Tag.«

Wie ein nerviger Kobold stromert Annika den Rest des Vormittags in unserer Nähe herum, stellt Kleinkinderfragen und weiß nichts mit sich anzufangen. Nun aber sitzen wir endlich in Florians Wagen, und Annika plappert ohne Unterlass.

»Müssen wir nicht zuerst Leine, Futternäpfe und so was kaufen?«, fragt sie in diesem Augenblick.

»Mach dir bitte nicht zu große Hoffnungen«, ermahne ich sie zum wiederholten Mal.

»Ich weiß, ich weiß«, antwortet sie in leidendem Ton, »wir brauchen einen geeigneten Hund, und das ist schwierig. Blabla. Aber es *kann* eben doch sein, dass wir einen finden, und dann haben wir keine Leine, keine Näpfe ... «

Florian nimmt mir die Kommentierung der drohenden Dauerschleife ab. »Wir können die Sachen gar nicht vorher kaufen, weil wir nicht wissen, wie groß der Hund wird.«

»Aber wir brauchen ja nicht nur eine Leine ... «

»Annika«, sage ich streng und wende mich zu ihr um. »Wenn wir einen Hund finden, werden wir alles besorgen, was er braucht. Halt bitte die Luft an. Meine Trommelfelle flattern schon.«

Sie verdreht die Augen, zieht einen Flunsch und lässt sich mit verschränkten Armen gegen die Rückbank plumpsen.

»Vielleicht sollten wir doch eine Leine kaufen. Wenn wir einen Hund im Kofferraum haben, wollen wir bestimmt schnell heim«, überlegt Florian Augenblicke später laut.

Annika schießt nach vorne, steckt ihren Kopf über die Vordersitze und feiert ihren Triumph. »Siehst du, Mama? Nicht alles, was Dreizehnjährige sagen, ist schwachsinnig. Ich finde, du hast manchmal echt Vorurteile. Hat das eigentlich schon mal jemand thematisiert? Die Diskriminierung pubertierender Jugendlicher durch Eltern und andere Erwachsene?«

Ich schüttle den Kopf. »Ich habe ja viel Verständnis, aber wenn du behauptest, du seist Mitglied einer unter Diskriminierung leidenden Randgruppe, führe ich Hausarrest und Prügelstrafe ein, damit deine Argumentation wenigstens Hand und Fuß hat.«

»Genau das ist es doch. Ihr nehmt uns nicht ernst.«

»Richtig. Wir haben uns nämlich abgesprochen. Es ist in Wirklichkeit ein großes Komplott, eine Art Initiationsritus, den alle Kinder durchlaufen, ehe sie in den Kreis der Erwachsenen aufgenommen werden.«

Meine Argumentation ist gut, aber Annika setzt noch einen drauf. »Oder alle Erwachsenen haben einen implantierten Mikrochip. Pünktlich zum dreizehnten Geburtstag ihrer Kinder hören sie auf, sie zu lieben, und überlassen sie ihrem Schicksal.«

Florian drückt auf die Hupe. Lange. Ich zucke zusammen, Annika quiekt.

»Was sollte das denn?«, frage ich entgeistert.

»Ich wollte nur diesen Schwachsinn beenden. Ich bin fasziniert und genervt gleichzeitig. Trotzdem muss es aufhören.«

»Na gut, aber nur weil du so nett gehupt hast«, antworte ich lachend. Diskussionen mit meinen Kindern sind eben anders.

Letztendlich bleiben wir bei unserer Entscheidung, erst zum Tierheim zu fahren, das am Rande eines unattraktiven Industriegebietes liegt. Aber das Schild über dem Eingang ist fröhlich, und die Anlage wirkt gepflegt. Die Hundezwinger sind großzügig gestaltet, dennoch macht mich der Anblick traurig. »Können wir nicht direkt jemanden fragen, ob sie einen passenden Hund haben? Es ist deprimierend.«

»Das verstehe ich«, antwortet Florian, »aber wir sollten auf unseren Bauch hören, und dafür müssen wir die Tiere unvoreingenommen sehen. Fragen können wir immer noch.«

»Na gut«, sage ich seufzend, »dann muss ich da wohl durch.«

Es läuft nicht gut. Annika würde am liebsten jeden zweiten Hund adoptieren. Doch laut den Beschreibungen, die auf Schildern an den Zwingern hängen, spricht immer etwas dagegen. Dabei sind wirklich freundliche und schöne Tiere dabei. Ich habe in Gedanken jedenfalls schon fünf Fellnasen adoptiert, und auch Florian kann sich der Begeisterung nicht entziehen und sammelt Kandidaten – »über die man ja noch mal nachdenken kann«.

»Der Hund sucht uns aus.« Florian predigt ein weiteres Mal sein Tierbeschaffungsmantra, während wir vor einem der Zwinger stehen. »So muss es sein, damit alle glücklich werden.«

»Du weißt schon, dass sich das nach esoterischem Mumpitz anhört?«, sage ich und beuge mich zu einem quirligen Spaniel-Mix, der sich trotz des Gitters am liebsten auf meinem Schoß einrollen würde. Ich schaue auf die beiden Schilder am Zwinger. »Das wird Penelope sein. Zwei Jahre alt, verspielt, gut erzogen. Es gibt anscheinend noch einen anderen Hund, aber der ist wohl schon weg.« Die Hündin ist wirklich herzig, aber so gar kein Hofhund.

Annika stößt zu uns, sieht die kleine Schmusedame und fängt an zu quieken. »Oh mein Gott, ist die süüüß. Und schaut mal. Alles stimmt. Alter, Charakter ...« Sie krault die Hündin durch das Gitter.

Florian und ich wechseln Blicke.

»Sie ist zu klein«, sagt Florian.

Annika verzieht das Gesicht. »Mamaaa?«

»Jaaa?«

»Penelope ... «, sie stockt, und Tränchen schieben sich in die Augenwinkel, »kann sie vielleicht *mein* Hund sein?«

Ach du liebes bisschen! Florian zupft an meiner Fleecejacke und bedeutet mir mit einer Kopfbewegung, ihm zu folgen. Annika strahlt und streichelt weiter Penelope.

»Freu dich nicht zu früh«, ermahne ich sie und folge ihm.

»Ein Hund, zwei Hunde, eine Ziege und die anderen Tiere, die noch dazukommen.«

Ich unterbreche ihn. »Du brauchst gar nicht weiterreden. Auf das eine Tier kommt es nicht an. Richtig?«

»Och, ich hatte noch andere Argumente, aber die scheinen nicht nötig zu sein.« Florian grinst mich lieb an, und mein Herz ist längst weich.

»Gut, ich bin dagegen und höre gerne die anderen Argumente.«

»Sie lernt, Verantwortung zu übernehmen und Pflichten zu erfüllen. Sie ist viel an der frischen Luft, und zwei Hunde sind immer besser als einer.«

»Komm, wir verkünden die frohe Botschaft.«

Annika sieht es an meinem Gesicht und fällt mir um den Hals, ehe ich ein Wort sagen kann. »Sachte«, ermahne ich sie, »ich bin es nicht gewohnt, von dir umarmt zu werden. Nachher will ich das ständig, aber ich kann dir nicht jede Woche einen Hund schenken.«

»Ach, Mama, du bist die Beste!«

Ist das ein Satz, den man sich ausdrucken möchte, um damit die Schlafzimmerwand zu tapezieren? Ja, das ist er!

»Hat Onkel Florian dich überredet?«, fragt Annika und krault versonnen das fiepende Tier.

»Nur ein bisschen. Deine Mutter war schon weich wie eine Kartoffel, die zwei Stunden gekocht hat, als ich meine Argumente vorbrachte.«

Hinter dem Tresen, in einer bis unter die Decke mit Ordnern vollgestopften Kammer, sitzt eine Dame in den Siebzigern und hämmert umständlich auf die Tastatur eines archaisch aussehenden Computers.

»Wie kann ich Ihnen helfen?«, fragt sie in tiefstem Badisch, nachdem sie uns bemerkt hat. »Dem Strahlen der jungen Dame nach zu urteilen, können wir uns auf eine Familienzusammenführung freuen?«

Die junge Dame nickt eifrig.

»Welches Schätzle soll's denn sein?«

»Penelope«, quiekt Annika, »die ist sooo süß.«

Die Frau lächelt und tippt den Namen des Hundes auf der Tastatur, dann verzieht sie unmerklich das Gesicht. »Da gibt es leider ein Problem«, sagt sie vorsichtig.

Annikas Strahlen verschwindet blitzartig.

»Welches Problem?«, fragt Florian.

»Penelope gehörte einem alten Mann, der kürzlich verstorben ist. Er hatte noch einen zweiten Hund, und wir möchten die beiden nicht trennen.«

»Aber da war kein anderer Hund im Zwinger.« Annika ist kritisch.

»Er ist spazieren und kommt gleich wieder«, antwortet die Frau bedauernd.

»Wissen Sie«, sagt Florian, »wir suchen sogar zwei Hunde. Wir haben einen Bauernhof übernommen und brauchen einen kinderlieben und verträglichen Hofhund. Die Lady ist uns zusätzlich vor die Füße gefallen. Was für einer ist es? Käme er infrage?«

»Oh ja, bitte, bitte lass ihn geeignet sein!« Annikas Gefühle fahren Achterbahn.

»Nun, vom Charakter her, ja. Auf jeden Fall«, entgegnet die Tierheimangestellte mit hörbarer Freude in der Stimme. »Da hätten Sie ein tolles Team. Aber Sie sollten sich den Hund erst einmal anschauen. Weil … ja, es wäre halt gut, ihn kennenzulernen.«

Warum macht sie es so spannend? Florian und ich tauschen einen fragenden Blick.

»Kommen Sie mit. Vielleicht ist er ja schon zurück.«

»Was stimmt mit dem Vieh nicht?«, raunt mir Florian zu, als wir über das Gelände trotten.

Ich zucke mit den Schultern. Annika läuft geknickt neben mir. Ich verstehe sie. Ich will sie trösten und lege ihr den Arm um die Schulter, aber sie schüttelt ihn ab.

»Lass mich. Ich weiß doch sowieso, wie's ausgeht.«

»Robert?« Unsere Begleiterin bleibt bei einem wuchtigen Mann mit Schnäuzer stehen. »Ist der Fuchur wieder im Zwinger?«

»Ja, ist er«, tönt es, und der Mann dreht sich zu uns um. »Sie interessieren sich für Fuchur und Penelope?«

Wir erklären kurz, was wir suchen.

»Das würde mich für die Hunde freuen. Sie sind perfekt für einen Ferienhof. Gut erzogen, kinderlieb und treu. Und Fuchur hat sogar eine Zusatzfunktion. Er hat nämlich ein Geschirr und eine Kutsche und liebt es, sie zu ziehen. Wunderbar zum Einkaufen oder Wandern. Vielleicht kann er sogar Kinder transportieren, das müsste man ausprobieren. Kommen Sie. Ich stelle Ihnen den Prachtburschen vor.«

Penelope fliegt aus ihrem Körbchen, als Robert die Tür des Zwingers öffnet, leckt Annika ab, wirft sich auf den Rücken und fiept um ihr Leben.

»Hallo, Süße. Da bist du ja.« Annika geht auf die Knie und krault dem aufgelösten Bündel den Bauch. Es ist Liebe auf den ersten Blick.

Im hinteren Teil des Zwingers liegt Fuchur in einem großen Weidenkorb, die Schnauze gemütlich auf der Umrandung. Helles Fell, Schlappohren und ein gutmütiges Labradorgesicht. Der Name passt perfekt. Warum ist mir nie aufgefallen, dass der Drache aus der *Unendlichen Geschichte* ein Hund ist? Und warum läuft mir die Geschichte nun schon zum zweiten Mal über den Weg?

»Das ist Fuchur«, erklärt Robert stolz, »der entspannteste und netteste Hund auf dem Planeten.«

Fuchur legt den Kopf schief und betrachtet uns aufmerksam.

»Hallo, Fuchur«, begrüßt Florian ihn, »der Name passt schon mal.«

Besagter Hund beobachtet das Gewusel, rührt sich jedoch keinen Zentimeter. Penelope erwartet wohl mehr Einsatz von ihrem Kumpel, hüpft Annika vom Schoß und flitzt zwischen ihr und Fuchur hin und her. »Jetzt guck! Jetzt guck! Die sind wegen uns hier, jetzt guck doch endlich«, scheint sie zu sagen.

»Der ist ganz schön stoisch«, bemerke ich.

»Warten Sie ab. Der ist schlau. Beobachtet erst und reagiert dann«, erklärt uns Robert.

Wie aufs Stichwort stellt sich Fuchur auf die Vorderbeine, schüttelt mit fliegenden Ohren den Kopf und hüpft aus dem Körbchen.

»Jetzt wissen wir, warum sie ein Geheimnis um dich gemacht haben.« Florian hält ihm die Hand hin, damit er daran schnuppern kann. »Bist wohl ein Junge für den großen Auftritt.«

»Und tiefer gelegt«, stelle ich trocken fest. Es ist nämlich so.

Fuchur sieht nicht nur aus wie sein Namenspate. Nein, er hat auch ebenso kurze Beine, dank derer er sich nur knapp über Bodenhöhe bewegt.

»Ist doch klar. Er ist tiefer gelegt, also ist er ein Sportmodell.« Florian wirkt überaus zufrieden, und wenn ich mich nicht täusche, hat er diesen lustigen Hund im Herzen schon adoptiert.

»So könnte man es zusammenfassen«, bestätigt Robert. »Er ist ein toller Kerl.«

Fuchur unterzieht uns einer genaueren Betrachtung. Erst beschnuppert er mich, dann schiebt er Penelope sanft beiseite und begrüßt Annika. Sein Schwanz wedelt sachte.

»Das also ist sein Handicap? Sonst nichts? Nur die kurzen Beine?«, versichere ich mich.

»Das ist alles«, bestätigt Robert. »Da ist Dackel drin. Und Labrador. Mutter Natur hat Humor. Ihr ist erst bei den Beinen aufgefallen, dass sie den Dackel vergessen hat.«

»Also, ich find ihn total süß.« Annika krault ihn am Kopf.

»Du würdest ihn auch süß finden, wenn er sechs Beine hätte und aussähe wie ein Tiefseemonster«, stellt Florian fest.

»Stimmt! Außerdem gehört er zu Penelope, und das ist alles, was zählt«, gibt Annika unumwunden zu.

»Ich finde ihn super. Und deshalb ...«

»... nehmen wir die beiden«, beendet Florian meinen Satz.

Annika zerquetscht vor Freude fast die kleine Hundedame.

Der Rest ist Verwaltungskram. Eine halbe Stunde später laden wir zwei Hunde und eine Zwergenkutsche in Florians Kombi und fahren zum Tierfachhandel. Voll beladen mit allem, was das Hundeherz begehrt, geht es weiter nach Hause, wo uns ein Empfangskomitee erwartet. Justus, Roswitha und Hannelore sitzen unter der Buche.

»Hast du womöglich verräterische Textnachrichten verschickt?«, frage ich Annika.

»Womöglich habe ich das getan«, antwortet sie verschmitzt, »aber ich hab nur verraten, dass wir jemanden mitbringen. Mehr nicht.«

»Na, die werden Augen machen«, prophezeie ich.

Wir steigen aus dem Wagen, Florian öffnet die Kofferraumklappe, Penelope springt heraus und begrüßt den Rest ihrer neuen Familie so, wie sie auch uns begrüßt hat: voller Überschwang.

»Das ist aber ein komischer Hofhund«, wundert sich Justus, während Penelope um ihn herumspringt, als wäre er der erste und letzte Mensch gleichzeitig. »Ich dachte, solche Hunde transportiert man in der Handtasche.«

»Also für eine Handtasche ist die viel zu groß«, beschwert sich Annika. »Das ist auch nicht der Hofhund. Das ist Penelope. Mein Hund.« Sie platzt fast vor Stolz, als sie es verkündet.

»Wieso kriegt Annika einen Hund?« Justus ist sofort in Habachtstellung. So schrecklich vernünftig meine Kinder sind, in Sachen Rivalität sind sie keinen Deut besser als alle anderen Geschwister dieser Welt.

»Sie hat nett gefragt«, antworte ich lapidar.

»Cool. Liebe Mama, kann ich bitte einen Esel haben?«

»Esel? Geht klar, mein Junge. Florian? Würdest du bitte einen Esel auf die Liste setzen?«

»Natürlich, ist schon notiert.«

Während unseres kleinen Wortgefechts hat sich Penelope die Oma als nächstes Begrüßungsopfer auserkoren. Genervt schiebt sie den Hund mit dem Fuß beiseite. Hätte sie mehr Kraft, würde sie treten. Es macht mich immer wieder fassungslos, wie garstig sie sein kann.

»Geh weg, Hund. Geh weg! Mir reicht die flohverseuchte Ziege.«

Ich bitte Annika, Penelope wegzulocken. Fuchur liegt derweil gemütlich und tiefenentspannt im Kofferraum, weswegen mein

Sohn zu Recht fragt: »Also haben wir noch keinen Hofhund und ihr sucht weiter?«

»Nicht ganz«, antwortet Florian mit verschwörerischer Miene, geht zum Wagen und klopft auffordernd auf die Ladefläche. »Komm, Junge, die Familie wartet auf dich.«

»Ihr habt den nicht richtig montieren lassen«, stellt Justus fest, nachdem Fuchur aus dem Kofferraum gesprungen ist.

»Das stimmt. Er war im Sonderangebot. Zwei zum Preis von einem. Leider war dieses Mängelexemplar dabei, aber wir haben uns sagen lassen, es würde Fuchur nicht davon abhalten, der beste Hofhund zu sein, den die Welt je gesehen hat.«

Florian geht in die Hocke und krault den tiefergelegten Hund am Hals. Der schließt genießerisch die Augen.

Bis zum Abend kennen wir nur ein Thema. Die Hunde. Wir zeigen ihnen den Hof, suchen Schlafplätze und den Platz für ihre Näpfe. Wir bewundern die Kutsche, trauen uns aber noch nicht, Fuchur anzuschirren. Ein besonderer Glanzpunkt ist die erste Begegnung mit Bambi. Unbedarft stürmt der Ziegenbock auf die Hunde zu, woraufhin Penelope sich vor lauter Schreck in der hintersten Ecke der Scheune versteckt. Wir benötigen etliche Leckerlis, um sie wieder hervorzulocken, und gehen dann mit allen gemeinsam spazieren. Keine halbe Stunde später haben die Hunde die Ziege als eine der ihren akzeptiert, und am Ende des Tages sind die beiden Neuzugänge auf unserem Schwarzwaldhof gut angekommen.

# »Brauchen Sie vielleicht meine Brille?«

Am nächsten Tag kommen die Umzugswagen und bringen Florians und unsere Möbel sowie die Habseligkeiten der Oma, die diese auf der wohl letzten großen Reise ihres Lebens mitnehmen wollte. Mit jedem Möbelstück, das wir hineintragen, wird das große Schwarzwaldhaus ein wenig mehr zu unserem Zuhause. Die Kinder sind hoch motiviert und helfen fleißig mit. Roswitha hält Hannelore bei Laune und kümmert sich um unser leibliches Wohl. Allein dafür hätte sie einen Orden verdient.

Während der Ostertage gönnen wir uns eine Auszeit, gehen mit den Hunden spazieren, essen in einer Vesperstube zu Mittag, sitzen auf dem Hof und lassen uns die Frühlingssonne auf den Bauch scheinen, die sich immer wieder den Weg durch die Wolkendecke sucht, um den Winter zu vertreiben. Es ist der Monat, in dem Frühling, Sommer und Winter sich an einem einzigen Tag die Hand reichen können, und deswegen genießen wir diese Sonnenstrahlen, als seien sie abgezählt. Die Arbeit läuft nicht weg, sagen wir uns, und das wird noch lange so bleiben.

Den letzten freien Tag möchte ich für eine Wanderung nutzen. Alleine. Familie ist schön, Zeit für mich ab und an schöner. Ich hole die Leine, schultere einen Rucksack mit Buch, Wasserflasche und Schokoriegel und rufe Fuchur. Penelope ist mit Annika unterwegs. Sie verbringt jede freie Minute mit der Hündin, stöbert auf Hundeseiten nach Erziehungstipps, und alles andere gerät ins Hintertreffen.

Die Luft ist frisch und klar, reingewaschen von einem nächtlichen Regen, der Himmel grau, aber dennoch freundlich. Wanderwetter. Schrittweise möchte ich mir die Wege der Umgebung erschließen, um sie dann, je nach Wetter, Laune oder Zeit, miteinander zu kombinieren. So kann jeder Spaziergang anders sein und für jedes Bedürfnis gibt es eine Runde. Dazu der Wechsel der Jahreszeiten – es wird nie langweilig, auch wenn man immer dieselben Wege geht.

Zunächst geht es auf einem Trampelpfad über die Wiese, auf der schon bald die Holzhäuser stehen. Durch eine Senke führt der Weg am Bach entlang und stößt dann auf einen sorgsam ausgezeichneten Wanderweg. Er ist schmal und mäandert in unzähligen Serpentinen den Berg hinauf, dem er mühsam abgerungen wurde. Der Boden ist weich, dicht beieinanderstehende Fichten dämpfen das Licht und geben keiner anderen Pflanze die Chance, auf dem Waldboden zu gedeihen. Einen Hotzenplotzwald hätte Annika ihn früher genannt. Ich bin außer Atem, als ich endlich oben ankomme, aber der Aufstieg hat sich gelohnt, denn die Welt hat sich in ein Miniatur-Wunderland verwandelt. Der Blick ins Tal ist atemberaubend. Nicht, weil er besonders spektakulär ist. Es sind die kleinen Dinge – Schwarzwaldhöfe, wie Tupfen in der grün-schattierten Landschaft. Das Gluckern eines Baches, das Summen unzähliger Bienen im Hintergrund. Ich bin inmitten eines Gemäldes, das ich mit allen Sinnen spüren kann.

Ohne größere Steigungen geht es einen holprigen Weg weiter durch den Wald. Immer wieder öffnet er seine dunklen Pforten und gibt den Blick frei. Ich durchquere Weiden und Wiesen, die den Frühling in Gelb und Weiß verkünden. Allzeit gegenwärtig sind die schwarzen Berge im Hintergrund. Auch wenn sie gar nicht mehr so schwarz sind, seitdem Lothar 1999 über sie hinweggefegt ist. Aus der ehemaligen Fichten-Monokultur ist hier im mittleren Schwarzwald in weiten Teilen ein abwechslungsreicher Mischwald geworden.

Ich denke an die Arbeit, die noch vor mir liegt, und dann lieber an das, was ich schon geschafft habe. Ich erlaube es mir, stolz zu sein. Den Umzug haben wir gemeistert, auf dem Hof sind erste Fortschritte zu sehen, die Kinder fühlen sich wohl, und ich habe einen Hund. Er erzwingt die Pausen, die ich mir im Trubel des Alltags sonst nicht gönne.

»Ich habe einen Hund, Fuchur, das ist einfach wunderbar!«, rufe ich über die Berge hinweg in die Welt hinaus.

Fuchur richtet die Ohren auf, als hätte er mich genau verstanden.

Ich erreiche eine Weggabelung. Ein Weg führt weiter geradeaus, der andere den Berg hinab ins Tal. Zeit für eine Pause. Am Waldrand, vor einer kleinen Felswand und im Schatten großer Douglasien, stehen eine rustikale Holzbank und daneben ein Brunnen. Diese steinernen Tröge aus rotem Sandstein findet man überall im Schwarzwald. Das Wasser kommt aus den Tiefen des Gesteins, und weil Fuchur sich sofort auf den Rand stellt und losschlabbert, gönne ich mir ebenfalls ein paar Handvoll, ehe ich mich setze.

Vor mir erstreckt sich eine Wiese mit weit voneinander entfernt stehenden alten Obstbäumen den Berg hinab. Äpfel, Kirschen, Pflaumen und Mirabellen. Ein saftig grünes Kunstwerk der Natur. Gänseblümchen, Wiesenschaumkraut, Löwenzahn. In den letzten Tagen hat die Natur in den Frühling gewechselt. Ein leichter Wind spielt mit den Blumen und Gräsern, als wolle er sie necken. Die Wolkendecke ist aufgebrochen und die Sonne angenehm warm. Ich lasse Fuchur von der Leine, und er legt sich hechelnd neben der Bank in den Schatten. Ich hole das Buch aus dem Rucksack, lege es mir auf den Schoß, schließe die Augen und genieße die Ruhe. Niemals werde ich davon genug bekommen.

Voller Genuss halte ich mein sommersprossiges Gesicht in die Sonne. Anfang April kann ich mir das noch erlauben, im Sommer meide ich sie wegen meiner hellen Haut lieber.

Fuchur entschließt sich, die Umgebung zu erschnüffeln, Nachrichten finden sich schließlich überall. Ein Fuchs war vor gut einer Stunde hier, danach kam ein Dachs vorbei, und vorgestern hat auf dieser Bank jemand ein Bier getrunken und den Rest ins Gras gekippt. Am spannendsten sind natürlich die Duftmarken der anderen Hunde. Eine läufige Hündin war erst vor Kurzem hier, und gleich zwei Rüden haben im Umkreis von zehn Metern markiert. Das geht natürlich gar nicht. Als könne er meine Gedanken hören, setzt sich Fuchur aufmerksam hin und stellt die Ohren auf.

»Na, hast du deine Zeitung fertig gelesen?«

Er wedelt sacht mit dem Schwanz, stupst mich mit der Schnauze an und gibt mir sein Pfötchen. Ich bedanke mich und befehle ihm, sich neben mich in die Sonne zu legen. Entspannt rollt er sich ein. Es kommt mir vor, als würde ich ihn schon ewig kennen. Ich nehme mein Buch, lehne mich zurück, schlage die Beine übereinander und fange an zu lesen.

Hm, ich weiß noch nicht, ob ich die Hauptfigur mag, zwei Kapitel reichen für den Anfang. Ich stecke das Buch wieder in den Rucksack und schnalze mit der Zunge. »Komm, kleiner Drache, weiter geht's. Schauen wir, wohin uns der Weg führt.«

Fuchur schaut mich aufmerksam an.

»Was ist denn los? Auf, auf!«

Ich befestige die Leine am Halsband und schicke mich an zu gehen, als ich sehe, wie Fuchur an seiner Vorderpfote knabbert.

Ich deute das als Aufforderung, knie mich neben ihn und untersuche die Pfote. Fuchur fiept ein weiteres Mal, als ich die richtige Stelle erwische. Ich würde sie mir gerne genauer anschauen, aber dafür bräuchte ich meine Brille. So ein Mist. Altersweitsicht ist wirklich ein Handicap.

»Ich kann leider nicht sehen, was du da hast, weil ich eine alte blinde Frau bin. Tut es so weh? Komm, probier's wenigstens.«

Fuchur versteckt die Nase unter der Pfote und jault. Ich seufze. Er ist schrecklich süß, und ich bin ebenso ratlos. Ich nehme mir die Pfote erneut vor, versuche, irgendetwas zu erkennen, doch es ist zwecklos. Was mache ich denn jetzt? Weder kann ich den Hund nach Hause tragen, noch habe ich ein Handy dabei, weil es dringend geladen werden musste.

»Entschuldigen Sie. Ich möchte nicht aufdringlich sein. Aber brauchen Sie vielleicht meine Brille?«

Ich zucke zusammen und drehe mich um. Vor mir steht, in höflichem Abstand, ein Mann meines Alters. Typ Buchhalter. Randlose Brille, dunkelblondes, akkurat geschnittenes Haar mit Seitenscheitel, schlaksig. Er trägt Jeans und Funktionsjacke. Sein Lächeln ist unsicher, so als wäre es ihm ein bisschen peinlich, mir seine Brille anzubieten. Er tut es dennoch.

»Ähm.« Was sage ich denn jetzt? Ich kann doch nicht einfach die Brille eines Fremden … dabei ist es so ein nettes Angebot. Die Situation ist merkwürdig, und ich habe immer noch nicht geantwortet, stattdessen fühle ich die Hitze in mir aufsteigen. Diese Hitze, die mich in unangenehmen Situationen gerne lähmt.

»Entschuldigen Sie«, sagt der Kerl hastig. »Ich will nicht aufdringlich sein, selbstverständlich kann ich Ihnen auch meine Augen leihen, wenn Ihnen das mit der Brille unangenehm ist. Ich würde wirklich gerne helfen.« Er grinst unsicher.

»Wie wollen Sie mir denn Ihre Augen leihen?«, frage ich begriffsstutzig, und es ist bestimmt nicht der beste erste Satz, der je gesagt wurde. Ich stehe auf und schaue den Fremden, der einen guten Kopf größer ist, von unten an. Er grinst verlegen, ich grinse verlegen.

»Na ja, ich kann sie Ihnen natürlich schlecht ausleihen«, er zuckt mit den Schultern, »aber ich könnte ja für Sie nachschauen.«

Ich werde rot. Und dann noch röter. »Ach so«, murmle ich verlegen.

Der Fremde schmunzelt, blickt sich um und pfeift. Prompt saust ein kuscheliger weiß-brauner Blitz über die Wiese, bellt, entdeckt Fuchur, flitzt auf ihn zu und springt wie ein Flummi um ihn herum. »Das ist Renate. Der Grund, warum ich hier bin und wir über Leihaugen und Leihbrillen sprechen. Ein sehr merkwürdiges Gespräch, wenn Sie mich fragen, aber trotzdem amüsant.« Er lächelt, und doch verrät ein angespannter Mundwinkel die Unsicherheit.

Ich lächle zurück und überlege gleichzeitig, was man wohl an meinen Mundwinkeln ablesen kann. »Ich fand es auch merkwürdig und lustig zugleich.«

»Dann nutzen wir doch diesen Umstand und schauen, ob wir Ihrem Hund helfen können. Er hat sich bestimmt einen Splitter eingefangen.«

»Danke. Das ist wirklich freundlich von Ihnen. Ich habe meine Brille nicht dabei. Lesen geht noch gut ohne, aber Fitzelkram nicht mehr. Wer rechnet denn auch damit, auf einem Spaziergang Fitzelkram machen zu müssen?«

Der Mann lacht. Ansteckend, volltönend und herzlich.

»Nun, ich bin so blind, dass ich meine Brille ständig auf der Nase trage, und kann mir den Fitzelkram gern mal anschauen.«

Wir wenden uns Fuchur zu, und der Mann reibt sich verwundert das glatt rasierte Kinn. »Ich fasse es nicht. Das hat Renate noch nie gemacht.« Das Wollknäuel hat sich bei Fuchur eingekuschelt und leckt ihm liebevoll die Pfote. Sein Kopf liegt auf ihrem Rücken, beide haben die Augen geschlossen.

»Wenn das nicht Liebe auf den ersten Blick ist, weiß ich es auch nicht«, sage ich belustigt. »Das ist übrigens Fuchur. Fuchur, darf ich vorstellen, das sind Renate und ...« Ich werde wieder rot, als mir auffällt, dass ich ganz schön vorpresche. Doch er scheint die Frage nicht registriert zu haben.

»Wenn mein Hund freiwillig zur Ruhe kommt und mich nicht in den Wahnsinn treibt, muss es Liebe sein«, sagt er seufzend. »Fuchur ist auf jeden Fall der richtige Name für Ihren Hund.«

»Er war nicht meine Idee, aber ich finde ihn auch passend. Ich bin übrigens Elli.« Ich gehe erneut in die Offensive. Er hat so was Nettes und Vertrauenerweckendes.

»Elli?«, fragt er erstaunt und nimmt die Hand, die ich ihm reiche. »Jetzt weiß ich, was mich stutzig gemacht hat. Du warst als Kind öfter auf dem Huberhof, richtig? Du kamst mir bekannt vor, aber ich konnte dich nicht einordnen.«

Jetzt bin ich diejenige, die verdutzt ist. Nicht nur, weil er ohne Vorwarnung zum Du übergegangen ist. Kennen wir uns? Verwunderlich wäre es nicht.

»Johann«, hilft er mir auf die Sprünge. »Falls du dich erinnerst. Ich bin Johann.«

Bilder aus einer fernen Zeit sausen herbei, und ich erinnere mich tatsächlich. An einen kleinen, schmächtigen Jungen mit großer Brille, der nie richtig dazugehörte. »Ich glaube, ich habe dich in meinen Erinnerungen gefunden«, sage ich. »Aber ich hätte dich nicht wiedererkannt. Du warst der kleine Johann mit der großen Brille, richtig? Klein bist du ja nun nicht mehr.«

»Kein Problem, ich habe dich ja auch nicht sofort erkannt. Meine Mutter meinte immer, sie hätte das Düngemittel erst an meinem sechzehnten Geburtstag wiedergefunden und dann reichlich dosiert.«

Ich lache laut auf, und das Eis ist endgültig gebrochen.

Johann hockt sich zu Fuchur auf den Boden und untersucht die Pfote. Ich bin dankbar für die Pause. Erst Tina, jetzt Johann. Ständig klopft meine Kindheit an, und das wirft Fragen auf. Was für ein Kind war ich eigentlich? Wie haben sie mich in Erinnerung? Welche Elli glauben sie wiederzutreffen? War ich ein nettes Kind? Eines, das man mögen konnte? Fragen, die ich mir noch nie gestellt habe. Johann wurde gehänselt, daran erinnere ich mich. Ich war eine Beobachterin, jemand, der still mitleidet, aber niemals den Mut gehabt hätte, sich gegen diese Demütigungen zu stellen. Schüchtern. Oder feige.

Johann ist fündig geworden. Er kramt in der Hosentasche, fördert ein Taschenmesser zutage und fummelt eine kleine Pinzette aus der roten Verschalung. Nach zwei, drei Versuchen zieht er einen fingernagellangen Splitter aus der Pfote und präsentiert ihn stolz. »Da haben wir den Übeltäter. Jetzt sollte er keine Probleme mehr haben.«

Fuchur leckt sich die Pfote, springt auf, schüttelt sich, stupst seine neue Freundin an, und dann lässt er sich tatsächlich dazu herab, eine Runde zu spielen. Ich bin verblüfft. Er liebt seine Penelope, doch wir haben die beiden noch nicht spielen sehen.

»Ich weiß gar nicht, wie ich dir danken soll.« Ich strahle Johann an.

Es folgt ein Moment der Stille. Wir schauen uns kurz in die Augen, dann sehen wir wieder weg. Ich betrachte meine ausgetretenen Turnschuhe und den ausgefransten Saum der Jeans, Johann hat sich für die Ferne entschieden. Ich suche nach Worten, die die Stille unterbrechen, da schaut er auf seine Uhr und wird hektisch.

»Ach, Mist, es tut mir leid, aber ich muss gehen.«

Ich bin verwirrt und fühle mich unangenehm berührt. Bin ich so schlimm, dass er flüchtet? »Kein Problem. Wir kommen nun alleine zurecht. Du kannst also ruhig flüchten.« Das Wort rutscht von meinem Kopf direkt auf die Zunge, ohne dass ich es aufhalten kann. »Ähm, ich meine natürlich gehen. Du kannst gehen, du darfst gehen ...« Mein Gesicht glüht.

»Du denkst, ich will flüchten?«, fragt Johann erst entgeistert, dann presst sich ein kurzes Lachen aus seiner Kehle.

»Entschuldige, es ging so schnell, da dachte ich eben ...«

»Nein, ich kann dich beruhigen. Ich muss meinem Vater nur dringend Gebissreiniger besorgen, sonst wird er grantig.«

»Ah, o.k.« Was soll ich darauf sagen?

»Wir treffen uns bestimmt wieder. Mit Hund ist das so. Und dann erzählst du mir vom Huberhof. Das würde mich interessieren.«

Er lächelt etwas verschämt, und ich versuche, seine Worte einzuordnen. Gleichzeitig frage ich mich, warum es mir so wichtig ist, das zu tun. Johann deutet eine Verbeugung an, verabschiedet sich und geht. Nicht nur unsere ersten Sätze waren skurril, die letzten waren es definitiv auch.

»Ich glaube, wir gehen jetzt nach Hause, mein Junge«, sage ich zu Fuchur, »das muss ich unbedingt erzählen.«

Dampf kommt mir in Schwaden entgegen, als Florian auf mein energisches Klopfen hin endlich die Badezimmertür öffnet. Er hat ein Handtuch um die Hüften gewickelt und einen Rasierer in der Hand. »Darf ich vielleicht in Ruhe duschen, ohne von meiner kleinen Schwester belästigt zu werden?«

Ich ignoriere seine Beschwerde, obwohl sie durchaus ernst zu nehmend klang. »Kannst du dich noch an den kleinen Johann erinnern?«, frage ich eifrig.

Er überlegt. »Ich glaube schon. Etwas jünger als wir, dünn und mit Brille? Den haben sie geärgert, richtig?«

»Genau der.« Ich erzähle ihm von der Begegnung. »Ich habe vorher keinen Gedanken daran verschwendet, dass Kinder von damals immer noch hier leben. Ganz schön naiv, oder?«

»Mir war es klar, aber ich fand es nicht so bedeutsam. Die meisten waren ja nett. Nur aus der kleinen Ziege ist eben eine große geworden.«

»Du hast ja recht. Ich weiß auch nicht, warum mir diese Wiederbegegnungen so nahegehen.«

»Weil du dir stets zu viele Gedanken machst.«

Ich verziehe mein Gesicht und lasse ihn stehen. Ich brauche etwas, das mich ablenkt, und deshalb nehme ich einen Stapel Blätter aus dem Drucker, suche Stifte zusammen und gehe in die Werkstatt. Dort setze ich mich auf einen Schemel an die Werkbank und erstelle eine Liste. Was brauche ich, was behalte ich, was kann weg? Es ist eine ruhige Arbeit, eine, in der ich versinken kann. Ich möchte der leichten Melancholie entfliehen, von der ich nicht weiß, woher sie kommt. Die Begegnung mit Johann war doch schön. Ich verstehe mich selbst nicht, und diese Listen sind eine so wunderbare Ablenkung, dass ich sogar auf das Abendessen verzichte. Immer wieder unternehme ich Rundgänge, schaue in Schränke und Schubladen und überlege, wie ich meine Werkstatt organisiere. Es ist Schlafenszeit, als ich zusammenpacke und mir Feierabend verordne.

Bevor ich mich jedoch ins Bett kuschle, stapfe ich den kurzen Weg zu Roswitha hinauf und bewundere einen Sternenhimmel mit so vielen Sternen, wie man sie in der Stadt nie sieht. Es ist kalt. So kalt, dass mein Atem Wölkchen formt. Ich schlinge die graue Strickjacke enger um mich und klopfe leise an Roswithas Tür. Sie öffnet mir im roten Pyjama mit weißen Streifen und rosafarbenen Puschelpantoffeln.

»Komm rein«, sagt sie, »möchtest du einen Punsch?«

»Sehr gerne. Das ist jetzt genau das Richtige.«

»Ich mache mir oft einen, wenn es mich abends fröstelt. Hannelore habe ich auch überredet, einen zu trinken. Komm, das musst du dir anschauen.«

Wir betreten die Stube. Die Oma sitzt auf dem Sofa, auf der Häkeldecke daneben schläft Bambi. Sie hält einen getöpferten Becher mit beiden Händen auf ihren Knien fest, hat die Augen geschlossen und nickt im Takt zu einer Ballade, die sehnsüchtig aus den Lautsprechern schallt.

»Ich dachte, ich spiele ihr die alten Platten meines Vaters vor. Erst war sie ziemlich ungehalten, aber dann ... du siehst es ja selbst.«

»Ist das Elvis?«, frage ich, weil mir nicht das Lied, wohl aber die Stimme bekannt vorkommt.

»Aber ja. *Anyway You Want Me* aus dem Jahr 1956. Es ist die B-Seite von *Love Me Tender*, ziemlich unbekannt, aber es muss etwas bedeuten, dass sie so darauf reagiert. Mich würde die Geschichte dahinter wirklich interessieren, doch sie verweigert jede Auskunft.«

»Musik lässt einen in der Zeit reisen«, sage ich versonnen. Wer kennt nicht dieses Gefühl, wieder sechzehn zu sein, wenn das *eine* Lied im Radio gespielt wird? Wir lassen die Musik laufen, Roswitha holt mir den versprochenen Punsch, und wir setzen uns an den Küchentisch.

»Nicht nur sie hat eine Zeitreise unternommen, ich ebenfalls. Die Gesellschaft tut uns beiden gut. Auch wenn sie es niemals zugeben würde.«

»Sie kann es nicht komplett verbergen«, sage ich mit einem Nicken in Richtung Oma.

»Nein, das kann sie nicht. Aber nun lass mal hören. Wie war dein Tag?«

»Ich weiß es nicht. Eigentlich gut. Wir haben viel geschafft, und ich habe einen alten Bekannten wiedergetroffen. Es war eine nette Begegnung, trotzdem fühle ich mich grade so schwer ... ich war so zuversichtlich. Aber nun ist ein Teil davon einfach verschwunden, und ich weiß nicht, wieso. Oder wohin.«

Roswitha mustert mich. »Ich schon.« Sie macht eine Pause, und dann zitiert sie mit getragener Stimme Hermann Hesse. »*Es muss das Herz bei jedem Lebensrufe bereit zum Abschied sein und Neubeginn.* Du kennst die Zeilen?«

Ich nicke.

»Bist du zu Abschied und Neubeginn wirklich bereit? Hast du deine Vergangenheit hinter dir gelassen? Und macht dir die Zukunft vielleicht doch Angst? Du bist ein disziplinierter Mensch, der die Dinge gerne im Griff hat, das ist offensichtlich. Alles, was nicht auf dem Plan steht, verwirrt dich. Du möchtest, dass der Weg nun geradeaus geht. Aber das tut er nie.«

Ich nicke. »Tja, da ist was dran. Aber wäre es nicht seltsam, wenn ich diese Ängste nicht hätte? Darum geht es doch bei einem Neuanfang, oder nicht? Um den Mut und die Kraft, alle Hürden und Ängste zu überwinden.«

»*Um sich in Tapferkeit und ohne Trauern in andre, neue Bindungen zu geben. Und jedem Anfang wohnt ein Zauber inne, der uns beschützt und der uns hilft zu leben.* Da musst du ansetzen.« Sie lächelt. »Du musst dich dem Zauber ergeben.«

»Danke, Roswitha, ich werde darüber nachdenken. Ich habe noch nie ein Gedicht als Ratschlag bekommen. Das war wirklich schön.«

»Das war ein schneidiger Kerl, der Hesse, ja, den mochte ich«, tönt es plötzlich vom Sofa.

Wir zucken ob des plötzlichen Kommentars zusammen. Die Oma nickt zufrieden, und dann helfe ich Roswitha, sie für die Nacht vorzubereiten. Sie klagt wie gewohnt, doch diesmal geht es nur um die Musik, die sie gerne weiterhören würde. Das ist ein Novum.

»Wir sollten ihr eine Box besorgen«, sage ich, »dann kann sie mit ein wenig Hilfe die alten Lieder hören. Justus könnte ihr dabei helfen.«

Das ist eine wunderbare Idee, befindet Roswitha. Wir drücken uns zum Abschied, und dann verweile ich noch ein bisschen draußen unterm Sternenhimmel.

\*\*\*

Jutta: Das ist ja eine süße Geschichte mit der Brille. Richtig niedlich. 😊

Elli: Ja, fand ich auch. Auch wenn ich mich wieder in Grund und Boden geschämt habe. Aber ihm war es auch unangenehm, da war es nur noch halb so schlimm.

Jutta: Vielleicht sollte man mal ein Dating-Portal für Menschen erfinden, die ständig rot werden. Das würde vieles erleichtern.

Jutta: Und damit meine ich nicht dich, sondern prinzipiell. Na, hab ich dich erwischt?

Elli: Ja, hast du!!! 😣

Jutta: 😁

Egal, wie der Tag war. Jutta ist mein gut gelauntes Betthupferl.

# Ärgernisse

Die Feiertage sind vorbei, die Schokoladeneier vertilgt. Die zweite Ferienwoche ist angebrochen, und wir sind wieder emsig. Florian werkelt im Stall, ich halte mich an meine Listen und miste die Werkstatt aus. Nächste Woche wird das Inventar der Polsterei geliefert – ganz bewusst haben wir ihre Ankunft später geplant, damit ich die Räumlichkeiten in Ruhe vorbereiten kann. Ich kann es kaum erwarten, wieder zu arbeiten, doch gefühlt liegt das Ziel in weiter Ferne. Ich sichte, sortiere und räume schon den ganzen Vormittag, ohne einen Fortschritt zu sehen. Frustriert lege ich eine Pause ein, gehe ins Haus, koche Kaffee und trage zwei dampfende Tassen in den Stall. Florian sitzt auf einem umgedrehten Eimer und starrt finster auf sein Handy.

»Was ist los?«, frage ich.

»Ach«, sagt er unwirsch, »der Architekt meldet sich nicht. Das ist los. Und jetzt geht nicht mal mehr die Mailbox ran. Erst cancelt er den Termin und vertröstet mich auf diese Woche, dann das! Wenn ich mal eben einen anderen anheuern könnte, würde ich das tun, aber das würde uns weit zurückwerfen.«

»Oje.« Ich stelle die Tassen auf den Boden. »Er hat bestimmt einen nachvollziehbaren Grund und meldet sich, sobald er kann. Ostern ist ja gerade erst vorbei.«

»Meine Schwester, die unerschütterlich an das Gute im Menschen glaubt.« Sein Ton klingt genervt.

»Genau. Weswegen ich mehr Geduld habe, als zuweilen angebracht wäre«, gebe ich giftig zurück.

»Und lässt dir deshalb auch gerne auf der Nase herumtanzen.«

Ich weiß sofort, worauf er anspielt. Meine Ehe. Und das ist eine Ohrfeige, die ich ihm übel nehme, denn darüber spreche ich nicht. »Es mag sein, dass ich mit meiner Gutmütigkeit bisweilen auf die Nase falle, aber das gibt dir keinen Grund, mich so anzugehen.«

»Elli, ich ... «

Wir werden von Motorengeräuschen unterbrochen.

»Geschenkt«, sage ich, weil ich die Auseinandersetzung schnell wieder vergessen möchte.

Gemeinsam gehen wir nach draußen. Ein grüner Traktor tuckert den Weg entlang und hält mitten im Hof. Vom Bock steigt ein Mann zwischen sechzig und siebzig, der aussieht, als käme er gerade aus Wacken: lange Haare, leicht ungepflegt, ein wuchtiger Rauschebart, schwarzes Iron-Maiden-T-Shirt und Lederhose. Ein Heavy-Metal-Fan mit Traktor? Das könnte interessant werden.

»Kann ich Ihnen helfen?«, fragt Florian, nachdem der Mann vom Bock gestiegen ist und vor uns steht. Er macht einen fast schüchternen Eindruck, räuspert sich, starrt auf einen imaginären Fleck am Boden, und erst, als ich mich beginne zu fragen, wie lange er noch auf diesen Punkt starren will, redet er endlich.

»Entschuldigen Sie, dass ich einfach hier auftauche.« Er sagt es höflich und in breitestem Badisch. »Hab gehört, dass wieder jemand hier wohnt. War ewig nicht hier. Hat ja nichts mehr gemerkt zum Schluss, der Ludwig, und die rote Madame, die sich um ihn gekümmert hat, hat mich immer mit Blicken erdolcht. Da hatt ich keine Lust mehr.« Er überwindet die letzten Meter zwischen uns. »Entschuldigen Sie, ich sollte mich vorstellen. Als hätt ich keine Manieren. Na ja, ich hab nicht viel mit Menschen zu tun, da kommt man aus der Übung. Ich bin der Jürgen. Mir gehört einer der Berghöfe da oben.«

Florian reicht ihm die Hand, und ich atme unmerklich auf und fühle mich ertappt. Wenn jemand aussieht wie ein böser Bube, könnte er schließlich auch einer sein. Wir stellen uns ebenfalls vor, ich schüttle ihm die Hand und weise ihn netterweise darauf hin, dass die rote Madame hier wohnt.

»*Awa*. Die ist noch da? Dann sollte ich lieber verschwinden. Sonst steht sie gleich mit der Mistgabel hier.«

»Was hat Roswitha gegen Sie? Ich kann sie mir nur schwer mit einer Mistgabel vorstellen«, fragt Florian frei heraus.

»Sag ruhig Du. Bin ja älter, kann das einfordern. Und ich habe keine Ahnung, was sie gegen mich hat. Vielleicht dachte sie, ich will beim Ludwig Schutzgeld erpressen.« Er lässt einen tönenden Lacher los, der durch Mark und Bein geht. »Ganz am Anfang, als sie da war, hab ich mal das Geld unserer monatlichen Pokerrunde eingetrieben. Seitdem war sie argwöhnisch. Ich seh ja auch nicht grad harmlos aus.«

Wieder dieses markante Lachen, bei dem man nicht weiß, ob man mitlachen oder weglaufen soll. Ich bin fasziniert.

»Dabei war das nur unser kleiner Ausflug in die Männerwelt. War aber dann leider vorbei, weil der Ludwig sich nix mehr merken konnte.«

»Na, das Missverständnis könnte man ja aufklären«, schlägt Florian pragmatisch vor. »Uns freut es auf jeden Fall, dass du vorbeischaust.«

Wacken-Jürgen grinst. »Wenn sie mich nicht vorher ermordet, würd ich das gerne tun, aber ich mach mir keine Hoffnungen. Ihr werdet noch erleben, wie arg die ist.«

»Nicht auf unserem Hof«, verspricht ihm Florian. »Hier sind Friede, Freude und Eierkuchen angesagt. Mord und Totschlag haben wir nicht im Programm.«

»Na, das ist mal ein Spruch für 'nen Grabstein«, flachst Jürgen. »Ihr seid die Kinder, die immer in den Sommerferien da waren, oder? Ludwig hat mir mal erzählt, dass er euch den Hof vererbt. Hätt aber gedacht, ihr verkauft den Hof, und hab mich schon auf Ärger eingestellt. Man weiß ja nie, wen man als Nachbarn kriegt.«

»Das Leben hat uns diese Chance geboten, und wir haben sie ergriffen«, sage ich achselzuckend.

»Einfach neu anfangen. Gute Entscheidung. Respekt. Was habt ihr mit dem Hof vor? Entschuldigt. Bin neugierig.«

Wir bieten ihm eine Hofführung an, und nur zu gerne lässt sich Jürgen zeigen und erklären, welche Pläne wir haben.

»Hört sich durchdacht an«, stellt er nach dem Rundgang fest. »Könnte richtig gut werden. Und das mit den Häusern ist 'ne gute Idee. Wenn's läuft, kann ich mir ja auch ein paar auf die Wiese stellen.«

Gerade als der nette Metal-Fan uns anbietet, die Wiesen zu mähen, bis wir selbst die Möglichkeit dazu haben, stapft Roswitha mit Bambi im Gefolge über den Hof. »Was macht der denn hier?«, fragt sie unwirsch, als sie mit in die Seiten gestemmten Armen vor uns steht. Im roten Jogginganzug.

»*Salli*, Rosi, hab schon gehört, dass du noch hier bist«, sagt Jürgen, doch sie ignoriert die Begrüßung geflissentlich.

Bis jetzt konnte ich mir Roswitha als angriffslustige Madame kaum vorstellen. Das ändert sich gerade.

»Jürgen war so nett, sich vorzustellen, und wir haben ihm den Hof gezeigt«, erkläre ich schnell.

»Ich bekomme das Wort *nett* nicht in Zusammenhang mit diesem Mann, aber es ist ja auch nicht mein Hof.« Roswitha sagt es, verschränkt die Arme und dreht ab.

»Okay, sie mag dich wirklich nicht«, stellt Florian fest und krault Bambi am Kopf, der sich zutraulich an seine Beine drückt und keine Anstalten macht, Roswitha zu folgen.

»Ich übertreibe selten«, entgegnet Jürgen. »Ich mach mich dann wieder fort. Danke für die nette Führung und sagt Bescheid, wenn ich mähen soll oder ihr sonst Hilfe braucht. Spezielle Ausrüstung, dicke Trecker, halb gare Ratschläge oder so was, ich bin da. Helfe gerne. Sogar, wenn ich Gefahr laufe, im Ofen einer Hexe zu landen.«

Wir tauschen Telefonnummern aus und verabschieden uns herzlich. Jürgen klopft Florian brüderlich auf den Rücken, und mir legt er seine Pranke auf die Schulter.

»Man könnte glatt meinen, er will uns adoptieren«, sagt Florian und schaut dem Traktor hinterher, der gerade den Schotterweg entlangzuckelt.

»Solange wir dafür nicht in Lederklamotten rumlaufen müssen, soll's mir recht sein. Ich finde es irgendwie schön, dass er ein alter Freund von Ludwig ist.«

»Ja, das ist es«, antwortet Florian.

Wir beschließen einvernehmlich, uns nicht weiter zu streiten, und begeben uns wieder an die Arbeit.

Nach einem wolkenverhangenen und verregneten Vormittag schenkt uns die Sonne nachmittags ein wenig Wärme. Jeden Tag entdecke ich neue Blumen und Pflanzen, die am Vortag noch nicht da waren. Wiesensalbei, Leberblümchen und Löwenzahn, dazwischen flattern Schwalbenschwänze. Ein paar sonnige Tage noch, und die Natur explodiert. Die Apfel- und Kirschbäume hängen voller Knospen, und ich freue mich auf den Tag, an dem sich unsere Streuobstwiesen in ein Blütenparadies verwandeln. Annika und Justus sind mit Florian ins *Städtle* gefahren und melden sich bei der Bücherei an, während Florian einen Friseurtermin wahrnimmt. Es wurde Zeit, seine Haare ähneln mittlerweile einem Vogelnest. Ich koche mir einen Kaffee, setze mich auf die Stufen des Eingangs und bin einfach nur da. Diese Momente der Besinnung und des Innehaltens gab es in meinem alten Leben nicht.

Doch die Idylle währt nicht lange. Ich habe noch keinen

Schluck genommen, als ein schwarzer Mercedes in den Zufahrtsweg biegt. Meine Güte, was ist denn heute los? Mit zusammengekniffenen Augen versuche ich zu erkennen, wer in dem Wagen sitzt. Vielleicht ist es ja endlich der Architekt. Er fährt schneller als angemessen, bremst abrupt ab und hält mitten im Hof. Dem Wagen entsteigen Tina und ein älterer Herr mit Hut. Mein Magen rumort, als sie mit steinernem Gesichtsausdruck auf mich zukommen. Ich habe eine böse Vorahnung, doch ich bleibe, wie immer, freundlich.

»Hallo, Tina, was für eine Überraschung. Möchtet ihr den Hof besichtigen?«

»Hallo, Elli«, entgegnet Tina trocken. »Das ist Herr Armbruster, unser Ortsvorsteher und mein Onkel. Sigismund, das ist Elisabeth Seidel. Sie und ihr Bruder sind die neuen Besitzer des Hofes.«

Ich höre die leichte Verachtung in ihrer Stimme und der Gesichtsausdruck des Herrn *Armbruschter* zeugt ebenfalls von Voreingenommenheit.

»Guten Tag, Herr Armbruster, es freut mich, Sie kennenzulernen. Wir freuen uns über jeden Besuch. Ich erkläre Ihnen gerne, was wir hier vorhaben.«

Mit seiner erdfarbenen Garderobe und dem Hütchen, an dem sogar dieser Wedel befestigt ist, von dem ich nie weiß, wie er heißt, sieht der Herr Ortsvorsteher Sigismund Armbruster genauso aus, wie man sich einen Mann mit diesem Namen vorstellt. Er reagiert auf die Begrüßung nur mit abwesendem Nicken und starrt stattdessen Bambi an, der sich neugierig zu uns gesellt. Auch Tina scheint die Ziege aus dem Konzept gebracht zu haben. Jedenfalls wechselt ihr Blick im Sekundentakt zwischen mir und Bambi, als hätte sie einen Systemfehler. Links ... rechts ... links ... rechts.

Es irritiert mich, gleichzeitig frage ich mich, was sie hier wollen. Es kann nichts Gutes bedeuten, wenn sie mit dem Ortsvorsteher aufkreuzt, der Ziegenbock verschafft mir immerhin die Zeit, mich innerlich zu wappnen.

Endlich ergreift Herr Armbruster das Wort, er hat sich wohl zu Ende gewundert. »Frau Allgaier erzählte mir, dass Sie einen Ferienbauernhof planen. Ich wollte mich selbst überzeugen. Ich fände es höchst unangebracht, wenn dies geplant wurde, ohne den Dorfvorstand zu unterrichten. Schließlich werden alle von dieser Veränderung betroffen sein.«

Ich gehe sofort in die Defensive. Wenn Menschen zu bestimmt auftreten, mangelt es mir immer wieder an Selbstbewusstsein. »Es tut mir leid, wenn Sie das Gefühl haben, übergangen zu werden«, antworte ich in liebenswürdigem Ton, während mein Herz bis zum Hals klopft. »Wir hätten uns noch vorgestellt, haben im Moment aber unglaublich viel Arbeit. Entschuldigen Sie, wenn das in dem ganzen Tohuwabohu bisher nicht passiert ist. Wir freuen uns sehr, hier zu sein, und wünschen uns ein gutes Verhältnis zu den Dorfbewohnern.«

Bevor ich weiter Abbitte leisten kann, fällt mir Herr Armbruster ins Wort. »Sie hätten ohne unsere Zustimmung überhaupt nicht anfangen dürfen, irgendwelche Planungen in die Tat umzusetzen.« Sein Ton ist eisern.

Tina trägt ein süffisantes Grinsen zur Schau, und ich balle die Fäuste. Es stimmt nicht, was Herr Armbruster sagt, gleichzeitig ist es wieder diese Tina, die mich in die Enge treibt. Nach so vielen Jahren gelingt es ihr erneut. Es ist armselig. Und deswegen muss ich ihr jetzt den Wind aus den Segeln nehmen. Ich wünschte wirklich, Florian wäre hier.

»Darf ich Ihnen eine Tasse Kaffee anbieten? Dann können wir das in Ruhe besprechen.«

»Ein Kaffee ändert nichts an der Tatsache, dass ...«

Herr Armbruster setzt zu einer weiteren Rechthaberei an, als zum Glück Florian angebraust kommt. Der Ortsvorsteher unterbricht seinen Satz, ich kündige freudestrahlend meinen Bruder an, Bambi springt auf und rennt dem Wagen entgegen. Der kleine Tumult rettet mich, während meine Kinder mit Baumwollbeuteln voller Bücher ins Haus verschwinden.

Florian, frisch gestutzt, erkennt meine Mimik, versteht und lässt seinen Charme spielen. »TINA! Unglaublich! So viele Jahre, und du siehst aus, als wäre kein Tag vergangen.«

Ich beiße mir auf die Lippen. Mein Bruder trägt dick auf, und ich kann mir kaum vorstellen, dass Tina ihm die Nummer abnimmt. Aber mich erwartet eine Überraschung.

»Florian«, haucht sie, und ihre Wangen färben sich verräterisch rosa, »das stimmt doch gar nicht. Du Schmeichler.« Sie winkt kichernd ab, und ich möchte am liebsten losprusten. Ist sie so simpel gestrickt? Ein gut aussehender Mann, ein Kompliment, und sie vergisst ihren Vornamen? Florian versichert sie der Ernsthaftigkeit seiner Bemerkung und begrüßt dann Herrn Armbruster. Vorbildlich. Leider kann er den Ortsvorsteher nicht hypnotisieren.

Dieser wiederholt also die Anklage und bekräftigt sein Begehren mit Nachdruck. »Wir werden das nicht auf sich beruhen lassen.«

»Nun, ich verstehe Ihr Anliegen, aber im Grunde haben wir nichts falsch gemacht. Wir haben den Hof geerbt und die entsprechenden Anträge für den Umbau und die Eröffnung eines Ferienhofes werden natürlich gestellt. Ich gebe zu, wir haben nicht daran gedacht, Sie zu informieren. Der Hof liegt ja nicht *im* Dorf. Das war vielleicht ein Versäumnis und keinesfalls böse Absicht. Dafür entschuldigen wir uns. Ich würde vorschlagen, wir lassen die Tölpelei Vergangenheit sein und blicken gemeinsam in die Zukunft. Wir haben viele Ideen, und ich bin mir sicher, dass das Dorf langfristig von unserem Hof profitieren wird.«

Es ist fast eine Rede, die Florian da schwingt, und ich versuche ebenfalls mein Bestes. »Dein Laden zum Beispiel«, sage ich eifrig. »Wir werden den Gästen empfehlen, dort einzukaufen. Er ist wirklich schön. Außerdem könnten wir eine Partnerschaft eingehen – deine Produkte bei uns und unsere bei dir. Was meinst du?«

Tina wirft mir einen irritierten Blick zu. Ihre Ablehnung bröckelt. Erst Florian, nun mein verlockendes Angebot. »Ähm«, macht sie nur und ist offensichtlich froh, als ihr halsstarriger Onkel erneut das Wort ergreift.

»Das ist ja alles schön und gut. Ich halte es für selbstverständlich, dass Sie mir die Baugenehmigungen vorlegen. Sollte es jedoch Unstimmigkeiten geben, werden Sie von mir hören. Darüber hinaus erwarte ich Kooperation.«

Mit keinem Wort geht er auf Florians Entschuldigung ein. Vielmehr erklärt er das Gespräch für beendet, fordert seine Nichte zum Mitkommen auf, und ehe wir uns versehen, sehen wir nur noch die Staubwolke des Mercedes.

»Sie können doch nichts machen, oder?«

Florian reibt sich das Kinn. »Nein. Offiziell nicht. Und das wird er wissen. Mir bereiten eher die inoffiziellen Möglichkeiten Sorge. Schlechte Stimmung können wir nicht gebrauchen. Schließlich wollen wir hier leben.«

»Ja, so sehe ich das auch.«

»Ob Tina wusste, was sie lostritt, als sie ihren Onkel scharf gemacht hat?«

»Natürlich«, sage ich vehement.

»Ich bin mir nicht so sicher«, meint Florian, »es schien ihr unangenehm zu sein.«

»Ich hatte eher den Eindruck, sie freut sich königlich.«

»Du solltest diese blöde Diebstahlgeschichte endlich hinter dir lassen, Elli. Sie verzerrt deine Perspektive. Ich finde, du wirkst richtig verbittert.«

Der Angriff kommt aus dem Nichts, aber er kommt mir bekannt vor. Es ist der fiese große Bruder, der Florian auch sein konnte und der gerne auf meinen Schwächen herumritt und -reitet. Zum zweiten Mal heute. Was ist nur mit ihm los? Nun, ich will darauf gerade keine Antwort haben. Stattdessen drehe ich mich um und kehre in meine Werkstatt zurück. Soll er sein Gift doch woanders versprühen!

Erst beim Frühstück am nächsten Morgen treffen wir uns wieder. Florian steht mit einer Kaffeetasse in der Hand am Herd und tippt wild auf seinem Handy herum.

»Immer noch nicht erreicht?«, frage ich und möchte ihm damit eine Brücke bauen.

»Nein«, lautet seine knappe Antwort.

Ich schenke mir eine Tasse Kaffee ein, schmiere mir ein Brot und setze mich auf die Eckbank. Florian trinkt den letzten Schluck, knallt die Tasse auf die Anrichte und verlässt den Raum. Was habe ich falsch gemacht? Langsam beginnt er zu nerven.

Nach dem Frühstück drucke ich die Liste aus, die wir von der neuen Schule bekommen haben, und brause mit Annika in die nächstgrößere Stadt. Im *Städtle* gibt es in bescheidener Auswahl alles, was man im Alltag so braucht. Supermärkte, Metzger, Bäcker, einen Drogeriemarkt und einen Schreibwarenladen mit Bücherecke. Das Städtchen ist beschaulich, die gepflasterten Straßen werden gesäumt von stattlichen Fachwerkhäusern. Wir spazieren durch die Gassen, entdecken Kleinigkeiten, und ein *Bächle* führt uns durch sein steinernes Bett zu einem mittelalterlichen Waschplatz, der deutlich macht, wie bequem das Wäschewaschen heute ist.

»Waschmaschinen sind schon was Feines«, sage ich, aber Annika hört mir gar nicht zu. Auch als wir im Schreibwarenladen Hefte, Stifte und Buchhüllen zusammensuchen, wirkt sie seltsam abwesend. »Möchtest du dir ein neues Buch aussuchen? Ich spendiere es dir.«

»Nee, danke, ich brauche grad kein Buch.«

Sie will weitergehen, aber ich packe sie sanft an der Schulter. »Dann erzählst du mir jetzt bitte, was los ist.«

Sie sieht mich nicht an. »Nix.«

Ich stemme die Arme in die Seiten und lege den Kopf schief.

»Na gut«, sagt sie zerknirscht. »Ich habe vielleicht ein bisschen Angst vor der Schule.«

Sie sagt es nicht gerne, das sehe ich. Leider bin ich der Grund dafür. Sie möchte nicht, dass ich mir Vorwürfe mache. Aber das ist nicht richtig. Es ist nicht ihr Problem. Es ist meins.

»Das ist doch selbstverständlich, Schatz«, sage ich. »Natürlich ist es beängstigend, in eine neue Klasse zu kommen. Ich sehe es als gutes Zeichen. Du bist eben ein normaler Teenager mit völlig verständlichen Gefühlen.«

Annika grinst gequält. »Meinst du wirklich?«

»Aber ja.«

»Und du bist nicht enttäuscht?«

»Nein, bin ich nicht. Was meinst du? Sollen wir dir einen Roman suchen, in dem ein dreizehnjähriges Mädchen in eine andere Stadt zieht und unglaubliche Abenteuer erlebt?«

Ich habe das Richtige gesagt. Annika grinst nun nicht mehr gequält. Erst zurückhaltend, weil sie die schlechte Laune zunächst nur widerwillig abschüttelt, und dann breit.

»Sie könnte zum Beispiel dahinterkommen, dass sie eine Hexe ist. Eine gute natürlich.«

»Das sollte machbar sein«, sage ich und schiebe meine Tochter glücklich Richtung Bücherregal.

Es nützt nichts. Ich muss mit Florian sprechen und herausfinden, warum unser harmonischer Luftballon so plötzlich zerplatzt ist. Wenn er zweifelt, zweifle ich auch.

Während wir in der Stadt waren, wurde Bauholz geliefert, das

Florian letzte Woche im Sägewerk am Ortseingang bestellt hat. Schwarzwälder Fichte mit kurzen Transportwegen – so etwas gefällt ihm, deswegen hoffe ich auf bessere Laune. Ich schicke Annika mit den Einkäufen ins Haus und finde Florian in den ehemaligen Jungtierstallungen, einem Seitentrakt des Kuhstalls. Diese in einen behaglichen Kleintierstall für unsere Tiere zu verwandeln ist sein Herzensprojekt. Monatelang hat er an den Plänen getüftelt, die er in Eigenregie umsetzen möchte.

»Das wird mein Projekt im Projekt. Ich will eine Sache von Anfang bis Ende selbst machen. Und damit mir niemand reinredet, verrate ich nichts.«

Ich erwarte also einen emsigen Florian – und finde ihn trübsinnig auf seinem umgedrehten Eimer sitzend. Ich suche mir ebenfalls einen und setze mich ihm gegenüber. Er sieht von seinem Handy auf. Sein Gesichtsausdruck hat sich nicht geändert. Meine Güte, da *muss* etwas dahinterstecken.

»Ich sehe darüber hinweg, dass du zweimal wirklich verletzend warst, wenn du mir endlich erzählst, was los ist. Selbst wenn es an mir liegt.«

Florian sieht mich an. »Du kümmerst dich um deine Werkstatt, die Kinder und die Oma. Ich kümmere mich um alles andere. Ziemlich alleine, und das war so nicht abgemacht. Ich bin davon ausgegangen, dass du dich auf dem Hof mehr einbringst.«

Ich schnappe kurz nach Luft. Es ist ja nicht so, als würde ich Däumchen drehen. Doch dann nehme ich die Kritik an. »Das tut mir leid, so habe ich es nicht wahrgenommen. Wir sollten uns wohl besser absprechen und können die Arbeit auch gerne anders aufteilen.«

»Okay, akzeptiert. Außerdem finde ich, dass du zu viel Drama um diese Tina-Geschichte machst. Die Welt dreht sich nicht um dich, und sie wird Besseres zu tun haben, als Kinderkram aufzuwärmen.«

Puh, das sitzt. Dabei weiß ich selbst, wie albern meine Gefühle sind. »Hm, die Kritik ist angekommen. Versprichst du mir im Gegenzug, meine Ehe außen vor zu lassen? So was vermiest mir echt den Tag.«

Wir spielen das alte Spiel. Wenn du mir zwei Brausetabletten gibst, kriegst du die Leckmuschel.

»Ich versuche es. Aber irgendwann musst du damit abschließen. Mit beidem.«

»Gut, dann sind wir uns einig.« Ich schaue ihn an. »War's das?«

»Ja, nein, das ist noch nicht alles. Livia hat beschlossen, sich nach ihrem Auslandssemester regulär in Edinburgh einzuschreiben. Vor Weihnachten wird sie nicht mehr nach Deutschland kommen.«

»Und das sagst du erst jetzt?« Ich bin bestürzt, und plötzlich wird mir alles klar. Er hatte sich auf die Rückkehr seiner Tochter gefreut. Ende Mai sollte sie aus Schottland zurückkehren. Nun sieht er sie bis Weihnachten nicht.

»Das ist schön für Livia«, ich wähle meine Worte mit Bedacht, »aber für dich tut es mir leid.«

»Es ist grad ein bisschen viel auf einmal.«

»Das ist es.« Ich stehe auf, schiebe meinen Eimer neben seinen, setze mich wieder und lege ihm den Arm um die Schulter. »Gib dir Zeit, Flo. Es klappt doch eh nie alles ganz genau, wie man es geplant hat.«

»Als wenn ich das nicht selbst wüsste. Aber ich brauche jetzt einen Erfolg.«

»Der kommt. Ganz sicher.«

\*\*\*

Jutta: Oje, das ist ganz schön viel auf einmal. Aber ihr müsst die Rückschläge als kleine Umwege betrachten, die ihr auf dem Weg zu eurem Ziel geht.

Elli: Ja, da hast du recht. Ich versuche ja, zuversichtlich zu bleiben, aber wenn alles auf einmal kommt, ist das nicht immer so leicht.

Jutta: Dafür hast du ja mich. Ich muntere dich auf. Mit brandheißen Neuigkeiten zum Beispiel. Kittys Sohn trägt jetzt einen blauen Irokesen. Man munkelt, sie hätte einen Schwächeanfall gehabt, als er damit nach Hause kam.

Elli: Wie cool ist das denn? Da wäre ich zu gerne Mäuschen gewesen. Danke, meine moralisch verkommene Seite hat jetzt etwas, woran sie sich erfreuen kann!

Jutta: Stets zu Diensten. Halt mich auf dem Laufenden. Gute Nacht.

Elli: Guets Nächtle! 😜

# Wir können alles. Außer Hochdeutsch.

Der erste Schultag zerrt an unser aller Nerven. Annika bekommt keinen Bissen hinunter und ist so gereizt, dass sie bei der kleinsten Bemerkung in die Luft geht, als wäre sie ein übervoller Ballon, und Justus bringt bis auf eine genuschelte Begrüßung kein Wort heraus. Ich entlasse sie mit wohlmeinenden Sätzen, einer liebevoll zusammengestellten Vesperbox und einem mulmigen Gefühl im Bauch.

Hoffentlich wird es kein Desaster. Ich könnte es mir nie verzeihen, wenn sie in ihrer neuen Schule unglücklich würden. Als sie mit ihren Rucksäcken auf dem langen Weg zur Bushaltestelle an der Landstraße sind, von wo aus sie in die nächste Kleinstadt fahren, stehe ich noch lange am Fenster.

»Blutet das Mutterherz, oder sieht es den Kindern voller Freude und Stolz hinterher?« Florian tritt neben mich und legt mir die Hand auf die Schulter. Ich wische mir die Tränen aus den Augenwinkeln, die sich dorthin gemogelt haben. »Aha, das Mutterherz blutet.«

»Ich habe Angst, dass es ihnen nicht gefällt. Was mache ich denn dann?«

»Dann bist du für sie da, und es dauert eben länger, bis sie sich eingelebt haben.«

»Und wenn nicht? Wenn sie es fürchterlich bereuen, hierhergezogen zu sein?«

»Ach, Elli, wann vertraust du deinen Kindern endlich? Sie

werden ihren Weg gehen. Ob du dir Sorgen machst oder nicht. Und wann verstehst du endlich, dass du jedes Recht hattest, diese Entscheidung für dich zu treffen?«

Ich gebe keine Antwort, schließlich wissen wir beide, dass er recht hat. Stattdessen deute ich auf das Tablet, das er in der Hand hält. »Was gibt's?«

»Ich wollte mit dir die Kalkulation durchgehen, ehe ich auf den roten Button drücke und ein Vermögen für fünf Pippi-Langstrumpf-Villen ausgebe. Vermutlich sollte ich das zuerst mit dem Architekten besprechen, aber das ist mir egal, das kriegen wir auch alleine hin. Wenn sie halten, was sie mir versprochen haben, stehen sie übrigens in nicht einmal vier Wochen fix und fertig auf der Wiese am Bach. Die Firma kümmert sich wirklich um alles, sogar ums WLAN. Wir müssen nur noch eine Gartenbaufirma beauftragen.«

Ich schaue mir die Zahlen an, stelle noch ein paar praktische Fragen zu Küche, Unterkonstruktionen und Heizung – die Häuser sind ganzjährig bewohnbar – und segne die Kalkulation ab. Dann mache ich mich fertig, Einkauf und Besorgungen warten auf mich. Weil nichts mehr gleich um die Ecke liegt, müssen diese Touren gut geplant sein. Vorratshaltung ist das neue Zauberwort, und meine Liste so lang wie Annikas Wunschzettel zu Weihnachten.

Doch ausgerechnet heute klappt nichts wie geplant. Dabei will ich unbedingt rechtzeitig zu Hause sein, denn beim Mittagessen klappt das Kinderausquetschen am besten. Die Erinnerungen des Schultags sind frisch, die Kinder hungrig und redselig. Danach verwandeln sie sich für ein paar Stunden in maulfaule Teenager, die ihre Ruhe haben wollen. Ein kleiner Miesepeter jedoch möchte mir mein Erzähldate verderben und stellt mir gleich mehrere Beinchen: Im Getränkemarkt funktioniert die Kartenzahlung nicht. Da wir dringend Getränke brauchen und ich schon alles aus den Regalen gewuchtet habe, fahre ich zum nächsten Geldautomaten, den ich über Google-Maps erst einmal ausfindig machen muss. Die halbe Stunde wird mich nicht aus dem Zeitplan werfen. Leider hat direkt im Anschluss die Post Mittagspause. Ich bin es nicht gewohnt, dass eine Post Mittagspause macht, und das Schreiben an die Versicherung muss dringend raus, also fahre ich in die nächstgrößere Stadt. So geht es weiter – und als meine Kinder schon Schulschluss haben, bin ich immer noch unterwegs. Blöd! Zwischendurch rufe ich Florian an, der wenigstens das Mittagessen übernimmt. Es ist fast drei, als ich endlich auf den Hof fahre. Schweißgebadet und entnervt. Ich lasse die Hunde raus, die Einkäufe aber im Wagen.

Jetzt suche ich erst mal meine Kinder. Basta!

Da Justus nicht in seinem Zimmer ist, vermute ich ihn in seiner Dachkammer. Vorsichtig schleiche ich die Treppe hinauf. Manchmal habe ich das unerklärliche Bedürfnis, die beiden zu überraschen. Eigentlich vertraue ich ihnen zu hundert Prozent. Eigentlich. Was, wenn ich mich irre? Was, wenn sie doch Dinge tun, die gefährlich sind oder verboten? Was, wenn sie in die Fänge Krimineller geraten? Was, wenn sie doch einen falschen Weg einschlagen? Der mütterlichen Fantasie sind bekanntlich keine Grenzen gesetzt, weshalb ich dann und wann die Gelegenheit für eine Stichprobe nutze. Im Zweifel hilft es zwar nicht, aber es macht ein besseres Gefühl.

»Ach du liebes bisschen!«, platze ich heraus, als ich die Höhle meines Sohnes durch die niedrige Holztür betrete. Es hat den Anschein, als würde er hier schon seit Monaten, ach, was sage ich, seit Jahren wohnen. »Wow, das ist richtig gut geworden!«

Justus hat nicht übertrieben, als er von einer Kommandozentrale redete. Drei Monitore stehen nebeneinander auf zwei Tischen, die er in der Scheune aufgetrieben hat. An der Wand, die der Tür gegenüberliegt, hängt eine alte Schullandkarte, die Dachschrägen sind mit Postern, Zeichnungen und Plänen tapeziert.

Das Sofa steht auf dem Perserteppich, den Ludwig gehütet hat wie seinen Augapfel. Er verbreitet eine gedämpfte und gemütliche Stimmung.

»Ist gut geworden, oder?« Mein Sohn lehnt lässig mit in die Seiten gestützten Händen an einem der Tische, über den ich sicher irgendwann noch diskutieren muss, weil er – aufbereitet – wunderbar in eine der Ferienwohnungen passen würde.

»Allerdings.«

»Es ehrt mich, dass sich meine Mutter hier wohlfühlt. Was kann ich für dich tun?«

Ich klopfe den Staub vom Sofa, kicke die Schuhe von den Füßen und hocke mich im Schneidersitz hin. Justus zieht fragend eine Augenbraue nach oben. »Ich erhoffe mir einen detaillierten Bericht über den ersten Schultag. Ich wollte unbedingt zum Mittagessen da sein, aber nichts hat so geklappt, wie ich es mir vorgestellt habe. Ich weiß, danach braucht ihr eure Ruhe, aber hab Mitleid mit deiner armen Mutter.«

Justus grinst. »Schon o.k. Also, wie war es?« Er legt den Zeigefinger ans Kinn und tut, als würde er über eine Antwort nachdenken. »Der Schulweg zur Bushaltestelle ist amüsant. Man ist auf jeden Fall wach, wenn man unten ankommt. Hoch ist … man könnte es als Sporteinheit deklarieren, dann kann man auch damit leben. Aber wir brauchen bessere Jacken für schlechtes Wetter. Der Dialekt ist definitiv gewöhnungsbedürftig. Überall wird nur *geschwätzt*. Man setzt sich nicht hin, sondern *hockt* immer nur, und an das *Ade* muss ich mich auch gewöhnen. Die Uhrzeit ist ebenfalls so eine Sache für sich. Viertel, dreiviertel, ich habe erst gedacht, die sind zu doof, die Uhrzeit richtig zu sagen, bevor ich das Prinzip verstanden habe. Meine neuen Mitschüler waren freundlich und haben sich sogar bemüht, Hochdeutsch zu sprechen, was ihnen aber nur mäßig gelungen ist.«

Ich lache, denn er hat es schön zusammengefasst. Der Dialekt ist sehr präsent in dieser Ecke Deutschlands, und daran muss man sich *erscht gwöhne*. Ob meine Kinder wohl auch irgendwann *schwätzen* und *hocken*? »Es gab mal eine Werbung für Baden-Württemberg: ›Wir können alles, außer Hochdeutsch.‹ Ich finde, die trifft es ganz gut.«

»Jau, sogar die Lehrer reden Dialekt. Der eine mehr, der andere weniger, nur den Chemielehrer habe ich überhaupt nicht verstanden. Da hatte ich das Gefühl, in ein mir gänzlich unbekanntes Land entführt worden zu sein.«

»Es freut mich, dass es gut gelaufen ist. Hoffentlich bleibt es so, ich hatte ein bisschen Angst, dass ihr euch nicht wohlfühlt ...«

»... und wir es postwendend bereuen, dass du uns hierherverschleppt hast«, beendet Justus meinen Satz, schwingt sich zu mir aufs Sofa und drückt mich. »Wann hören Mütter auf, aus allem direkt ein tiefenpsychologisches Drama zu machen?«

»Niemals.«

»Aber gib wenigstens zu, dass du ein besonders schlimmes Exemplar bist und wir sehr vernünftige Kinder sind. Deswegen ist die Schere größer als bei anderen.«

Ich gebe mich geschlagen und lasse Justus in Ruhe weitermachen.

Meine Tochter finde ich in der Reifenschaukel. Vor ihr liegt ein frisches Englischbuch aufgeschlagen im Gras, Penelope schläft daneben. Annika hängt in der Schaukel, den Rücken durchgestreckt. Gedankenverloren starrt sie in den Himmel. Entweder sie träumt, oder sie plant ihr neuestes Projekt.

Ich wiederhole mein Sprüchlein. »Hallo, mein Schatz, ich wollte unbedingt rechtzeitig da sein, aber die Läden im Schwarzwald waren heute alle gegen mich. Wie war's?«

»Es fühlt sich an, als ob ich mitten im Himmel bin. Die Wolken sind ganz nah, und das Blau hört überhaupt nicht auf. Mir ist noch nie aufgefallen, wie schön es sein kann, einfach nur nach oben zu schauen.«

Ich folge ihrem Blick, sehe die Wiesen, die Berge und den weiten Himmel. Schäfchenwolken ziehen in Zeitlupe an uns vorbei, eine nicht enden wollende Herde mit demselben Ziel. »Du hast recht, wenn man es von deiner Warte aus betrachtet, scheint es, als würde man in die Wolken schaukeln.«

»Wir wohnen sozusagen in den Wolken.« Annika kichert, will noch etwas sagen, doch ich komme ihr zuvor.

»Natürlich! Das ist es!«

»Was?«

»Der Name! Annika, ich glaube, wir haben ihn gefunden!«

Sie stutzt, überlegt und strahlt mich an. »Wolkenhof?«

»Genau!« Ich nicke zufrieden. Gute Einfälle machen ein wunderbares Gefühl im Bauch.

»Wolkenhof«, wiederholt sie, und dann sagt sie es noch einmal betont. »Wol-ken-hof. Das ist echt gut, Mama. Wir müssen es den anderen sagen.« Sie springt von der Schaukel und flitzt Richtung Haus.

»Was ist mit meinem Schulbericht?«, rufe ich ihr hinterher.

Sie bleibt kurz stehen. »Alles ist *goldig*, es gibt keine Jungs, sondern nur *Kerle*, und ich verstehe nur die Hälfte von dem, was sie sagen, aber es war o.k. Irgendwie witzig. Komm jetzt, wir müssen die anderen fragen, wie sie den Namen finden.«

Ich lächle und gehe ihr hinterher. Natürlich dürstet es mich nach weiteren Einzelheiten, die werde ich hoffentlich noch erfahren. Für den Augenblick freut sich mein Mutterherz. Vielleicht habe ich ja doch alles richtig gemacht.

Wir trommeln die Familie zusammen und der Name wird einstimmig angenommen. Annika ist sogar noch zu Roswitha und Hannelore geflitzt, um deren Meinung einzuholen.

»Das war wohl nichts mit dem groß angelegten Auswahlverfahren«, necke ich Florian. Wir überqueren den Hof. Ich habe die Hunde angeleint und will spazieren gehen, Florian kehrt zurück in den Stall. Er verzieht das Gesicht.

»Weißt du, wie egal mir das ist? Ich habe andere Sorgen. Ich habe heute nämlich den guten Herrn Armbruster getroffen, der wieder auf einer für die ›Gemeinde notwendigen Zusammenarbeit‹ rumritt. Als ich sagte, er hätte kein Recht, die Baugenehmigungen einzusehen, faselte er was von anderen Möglichkeiten. Ehrlich. Ich habe genug.«

Obwohl wir unser Kriegsbeil begraben haben, hat sich seine Grundstimmung nicht geändert. Ich habe keine Ahnung, wie ich ihm helfen kann, außerdem mache ich mir selbst Sorgen. Was, wenn unsere Pläne nicht aufgehen?

Florian biegt ohne ein weiteres Wort in Richtung Stall ab, ich schüttle die Zweifel ab – und marschiere los. Ich freue mich auf den Spaziergang. Fuchur ist ein selbstständiger und unauffälliger Begleiter, und bei Penelope folgt ein aufregendes Erlebnis dem nächsten. Zumindest aus ihrer Sicht. Wie schön ist es eigentlich, wenn jede Blume, jeder feine (und nicht so feine) Geruch und jedes Wiedersehen ein Fest sind? Wäre man da nicht gerne eine Penelope?

Ich möchte heute den Weg hinter Roswithas Haus erkunden. Bisher bin ich immer an der ersten Weggabelung abgebogen, weil es geradeaus steil den Berg hinaufgeht. Jetzt werde ich diesen Weg endlich gehen und wieder eine neue Ecke kennenlernen. Außerdem lenkt mich der Aufstieg von unserem schief hängenden Haussegen ab. Belohnt werde ich mit einer wunderbaren Aussicht auf die Umgebung. Vor mir erstreckt sich das gesamte Tal. Wie auf einer Luftaufnahme sehe ich Straßen und Häuser, Industriegebiete und Fußballplätze. Autos fahren lautlos durch dieses Bild. Ich bin so weit oben, dass ich sie nicht mehr höre. Und Gipfel, soweit ich blicken kann, erstrecken sich unter mir.

»Na, das hat sich ja gelohnt«, sage ich zu den Hunden, trinke eine halbe Flasche Wasser, schnüre die Wanderschuhe neu und mache mich an den Abstieg. Das ist zwar weniger anstrengend, aber meine Gelenke werden auch nicht jünger. Ich durchwandere einen dichten Fichtenwald, genieße die kühle Waldluft und erreiche nach kurzer Zeit eine weitläufige Hochebene. Eine *Matt*. Hier oben liegen die Berghöfe, die sich mit ihren großen Dächern an den Wiesenhang schmiegen, und auf einem davon wohnt Jürgen. Die Idee ist sofort da. Ich beschleunige meine Schritte und denke nicht mehr an meine Gelenke.

Jürgen, der mir in denselben Lederhosen und dem Shirt einer Band namens Evanescence die Tür öffnet, begrüßt mich, wie er mich verabschiedet hat. Mit einer Pranke auf der Schulter und ganz viel Rockerliebe, die jede Aufgeregtheit im Keim erstickt. Wir wechseln ein paar einleitende Worte, dann frage ich ihn, wie viel Arbeit er noch mit seinem Hof hat.

»Das Vieh hab ich verkauft, die meisten Felder sind verpachtet. Hab ja keinen Nachfolger. Zu tun ist trotzdem genug. Warum willst du das wissen?«

Ich erzähle ihm von Florians Unmut und meiner Idee, und Jürgen lacht laut auf. Ich zucke zusammen und entspanne mich gleich wieder. »Also findest du die Idee gut?«, frage ich vorsichtig.

»Gut? Die Idee ist brutal genial. Ich schaff doch auch die ganz Zeit allein vor mich hin, das ist nicht immer schön. Sich zusammentun und die Sachen gemeinsam erledigen ist 'ne super Idee. Außerdem mag ich euch. Also, *Mädle*, wann erzählen wir es deinem Bruder?«

Kurz entschlossen besteigen wir seinen Traktor. Ich kauere auf einem der Sitze über den Traktorreifen, die Hunde bellen vergnügt im Anhänger, und die Fahrt macht einen Heidenspaß. Bei uns angekommen, schicke ich Jürgen in den Stall und marschiere geradewegs zu Roswitha. Es ist eine Präventivmaßnahme.

Wieder läuft Elvis, aber diesmal kenne ich das Lied. Weil niemand auf mein Klopfen hin öffnet, trete ich einfach ein. Tagsüber schließen wir unsere Türen nur ab, wenn niemand da ist. Auf dem Esstisch steht eine kleine Box, daneben liegt ein altersgerechtes Smartphone. Hannelore kauert davor und wiegt ihren Kopf hin und her, Justus sitzt neben ihr und wartet darauf, dass sie wieder aus der Vergangenheit auftaucht. Ich bleibe im Türrahmen stehen und genieße das Bild. Sie ist neunundachtzig Jahre alt und ihr Leben verändert sich. Sie nimmt es an – und das hätte ich niemals von ihr gedacht. Roswitha steht am Küchentisch und rührt mit einem Kochlöffel in einer Metallschüssel. Auf dem Herd brodelt heißes Öl in einem Topf.

»Was wird das?«, frage ich neugierig.

»*Striebele*. Ich drück den Teig gleich durch den Trichter da, und dann gibt's lange *Würmle*, die sich im Öl ausbacken. Dazu isst man Puderzucker und Apfelmus. Eigentlich macht man die nur an Fasnacht, aber der Justus hilft der Hannelore so lieb, da wollt ich was Besonderes machen. Es ist genug für alle da.«

»Das ist wirklich toll von dir. Sind sie ein bisschen wie Churros?«

»Ganz genau, nur dass wir die hier schon seit Jahrzehnten essen. Wolltest du etwas Bestimmtes?«

»Ja, aber es wird dir nicht gefallen. Jürgen wird Florian bei der Arbeit auf dem Hof helfen und demnächst öfter hier sein.« Sie nimmt die Nachricht gelassener auf als vermutet.

»Es ist ja nicht mein Hof. Das ist allein eure Entscheidung.«

»Da hast du recht, aber wir möchten, dass sich alle hier wohlfühlen. Was hast du eigentlich gegen ihn?«

Roswitha nuschelt etwas, unwirsch, dann reißt sie sich zusammen. »Ich mag ihn einfach nicht«, sagt sie achselzuckend, »er ist ungehobelt und aufdringlich.«

»Aber er hat dir nichts getan, oder?«, vergewissere ich mich.

»Nein.«

»Dann sei doch bitte die weise Frau, von der ich glaube, dass du sie bist, und gib dem Mann eine Chance.«

»Was soll ich dazu noch sagen«, sagt sie in brummigem Ton und ringt sich ein Lächeln ab.

»Wirklich gut argumentiert«, lobt mich Justus.

»Welches Lied hören wir jetzt?«, fragt Hannelore, die just in diesem Augenblick die Augen aufschlägt.

Zehn Minuten später sind die *Striebele* fertig, und wir verputzen einen riesigen Berg. Eine zweite Ladung trage ich in einer Tonschüssel über den Hof. Der Traktor steht noch da. Mit leicht klopfendem Herzen öffne ich die Stalltür. Jürgen und Florian stehen mit einem in DIN-A3-Größe ausgedruckten Plan vor dem Fenster. »Auf der Seite soll der Bereich für die Kaninchen entstehen –«

Florian bricht ab, als ich die Tür schließe, und beide drehen sich zu mir um. Ich halte ihnen die Schüssel entgegen. »Ich dachte, ihr freut euch über eine Stärkung.«

»Neiiin«, ruft Jürgen, »*Striebele*, die habe ich ja schon ewig nicht mehr gegessen.« Er wischt sich die Hände an der Lederhose ab, zuckt entschuldigend mit den Schultern und fischt sich dann gleich eine ganze Handvoll knuspriger Würmer aus der Schüssel.

»Sind saulecker«, nuschelt er mit vollem Mund, »die musst du essen. Komm, Junge.«

Florian legt ihm die Hand auf die Schulter und greift sich ebenfalls eine ordentliche Portion.

»Echt lecker«, bestätigt er. »Von Roswitha?«

Ich nicke.

»*Awa?*«, sagt Jürgen. »Was sagt die rote Zora?«

Ich grinse. »Sie war gnädig und hat versprochen, dich nicht umzubringen.«

»Respekt«, sagt er und nickt bewundernd. »Hätt ich nicht gedacht. Nun denn, Nachbar« – er gibt sich mit Florian die Faust – »wir haben einen Deal.«

»Den haben wir.« Florian lacht und wendet sich dann an mich. »Danke, Elli. Die Idee war echt super. Nur über die Musikauswahl und die Biermarke müssen wir uns noch einig werden.«

Ich bin erleichtert und stolz zugleich. Das habe ich wirklich gut hingekriegt.

# Eine echte Eselei

Nach dem Mittagessen sitze ich mit Justus träge auf der Bank unter der Buche, genieße die Sonne und den Anblick Abertausender Apfelblüten. Seit gestern stehen sie in voller Blüte und verwandeln unseren altehrwürdigen Schwarzwaldhof in ein Märchenschloss. Die Luft ist frisch, doch mit einer Fleecejacke und einer Tasse Tee in der Hand lässt es sich gut aushalten. Der weite Blick über die Landschaft, der Geruch nach Frühling und nach Regen – eine Pause ist hier oben wie ein kleiner Urlaub. Ob ich mich jemals sattsehen und sattatmen werde? Als Kind hatte ich kein Auge für die Schönheit dieses Fleckchens. Als wäre das etwas, das man erst als Erwachsener lernt.

Den Vormittag habe ich wieder in der Werkstatt verbracht, während Florian sein erstes Arbeitstreffen mit Jürgen hatte. Gemeinsam haben sie das gelieferte Holz, die Balken, Latten und unbehauenen, geschälten Stämme mit männlichem Getöse in den Stall verfrachtet. Morgen sind sie bei Jürgen auf dem Hof und reparieren Zäune. Auch bei mir ist Land in Sicht, ich bin fast fertig, meine Sachen können kommen. Die Werkzeuge und Nähmaschinen, der riesige Arbeitstisch, die Regale für meine Stoffe, die Polstermaterialien und Musterbücher. Bei der vielen Arbeit, bei allem, was neu und ungewohnt ist, ist meine Polsterei ein Stück altes Leben und Beständigkeit, das hier einziehen wird. Ich freue mich darauf, in Ruhe und ganz für mich aus Altem Neues zu erschaffen.

Justus sitzt mit geschlossenen Augen neben mir. Er tankt Vitamin D, bevor er in seiner Höhle verschwindet und die Welt rettet.

»Ich könnte auch zocken«, überlegt er soeben laut.

»Das solltest du ernsthaft in Erwägung ziehen, sogar Weltenretter brauchen Entspannung.« Ich gähne herzhaft. »Welches Projekt habt ihr aktuell?«

»Wir basteln an einer Idee, die mir die Tage gekommen ist. Die Community ist begeistert. Mein neuer Schulhof ist nämlich eine Frechheit. Kein Baum, kein Grashalm, nichts. Eine öde Teerwüste. Und so sehen leider die meisten Schulhöfe aus. Aber wie soll sich der Geist erholen, wenn man fünfundzwanzig Minuten auf einem asphaltierten Parkplatz steht? Diese Flächen müssen umweltgerechter gestaltet werden. Schulgärten, Insektenhotels, Wiesenflächen, schattige Flächen. Und warum müssen die komplett versiegelt sein? Gibt es keine anderen Lösungen? Im Moment sind wir in der Findungsphase. Webseite, Online-Petition, der Kontakt zu Lokalpolitikern – oder direkt zum Bildungsministerium? Sponsoren wären auch möglich. Das ist alles noch offen. Mal sehen, was wir umsetzen, um für das Thema zu sensibilisieren. Im Moment sind wir mitten im Brainstorming.«

Wie so oft bin ich fasziniert. Mein Sohn tanzt auf vielen Hochzeiten. Er unterstützt große und kleine Projekte im In- und Ausland, und auch lokal lassen sich er und seine Gruppe immer wieder etwas einfallen, auch wenn ich das Prinzip, nach dem diese Gemeinschaft funktioniert, bis heute nicht wirklich verstanden habe.

»Was soll ich sagen? Ich bin beeindruckt.«

»MITKOMMEN!«

Florian tritt aus der Tür und sein Ton ist harsch, am Rande zur Unverschämtheit. Definitiv stört er unsere wohlige Stimmung.

»Wer?«, frage ich.

»Justus.«

»Warum soll ich mitkommen und Mama darf hierbleiben? Und warum bist du so unfreundlich?«

»Ich bin nicht unfreundlich, ich habe nur versucht, einen Ton zu finden, der mir sämtliche Erklärungen erspart.«

»Das ist leider nicht der Fall«, erwidert Justus. »Der Ton fordert Fragen geradezu heraus.«

Florian seufzt. »Manchmal wünschte ich, du hättest deine Kinder nicht zu Freigeistern erzogen, da wäre der Alltag leichter.«

»Das stimmt«, gebe ich grinsend zu, »eine harte Hand würde unser Leben sicher erleichtern.«

Justus ist fassungslos. »Ihr würdet gerne auf Prügel und Stubenarrest zurückgreifen, tut es aber nicht, weil ...«

»... ich selbstbewusste Kinder haben will und mir eure geistige Gesundheit am Herzen liegt.«

»Gut, dann hätten wir das geklärt«, befindet Florian. »Dann kann ich nämlich jetzt autoritär sein, weil du das einordnen kannst. Zieh deine Schuhe an, wir fahren in fünf Minuten.«

»Ausnahmsweise, aber nur weil die Argumentation super ist«, antwortet mein Sohn, springt von der Bank und verschwindet im Haus.

»So geht das also«, sinniere ich. »Verrätst du mir wenigstens, was du vorhast?«

»Nein«, antwortet Florian knapp, lässt mich unwissend sitzen und verlässt mit meinem Sohn fünf Minuten später den Hof mit unbekanntem Ziel.

Stunden später genieße ich die letzten Strahlen der Abendsonne. In wenigen Augenblicken verschwindet sie hinter den Bergen, nur um morgen früh auf der gegenüberliegenden Seite wiederaufzutauchen und mich wachzukitzeln. Unsere Buche bereitet sich ebenfalls auf den Frühling vor und präsentiert ihr neues Kleid.

Frischgrüne, knittrige Blätter schieben sich aus den Knospen. Schon in ein paar Tagen ist die Krone üppig und dicht und dieser Baum der beste Sonnenschirm, den man sich wünschen kann.

Ich überlege gerade, was ich morgen koche und ab wann ich mir Sorgen um Florian und Justus machen soll, die seit Stunden unterwegs sind, als sie auf den Schotterweg biegen. Mir schwant, welches Ziel die Exkursion hatte, denn sie ziehen einen Pferdeanhänger hinter sich her. Ich eile dem Wagen entgegen, und auch Annika und Penelope stürmen aus dem Haus. Meine Tochter fragt schon seit Tagen, wann endlich das nächste Tier einzieht.

»Was ist es, was ist es?«, ruft sie und stürmt über den Hof.

»Ja, was ist es?«, frage ich Florian, der aus dem Wagen steigt und mich angrinst. Justus trägt denselben Gesichtsausdruck zur Schau.

»Dein Sohn hat einen bestellt, nun ist er hier! Wollt ihr ihn sehen?«

»Jaaa«, skandieren wir einstimmig, und Penelope hüpft bellend um uns herum.

Florian lässt sich Zeit, löst in aller Seelenruhe die Befestigungen, sagt kein weiteres Wort und öffnet die Klappe des Anhängers. Zum Vorschein kommt ein riesiger brauner Esel mit kuschelig-zotteligem Fell und langen Ohren, der uns sein Hinterteil entgegenstreckt.

Annika quiekt, dann fliegen uns ihre Fragen um die Ohren. »Ein Esel? Wie cool ist das denn? Wo habt ihr den her? Wie heißt er? Wo wohnt er? Wem gehört er? Was frisst er? Kann man ihn reiten?«

Florian rollt amüsiert mit den Augen. »Alles der Reihe nach. Nun komm raus, alter Junge, wir wollen dich in deiner ganzen Pracht bewundern.«

»Wie heißt er?«, jault Annika. »Verrat wenigstens das!«

»Pogo«, antwortet Florian mit einem Schmunzeln.

»Toller Name, tolles Tier.« Ich bin ebenfalls begeistert. »War er deine Idee, oder hieß er so? Wo hast du ihn her? Wie alt ist er? Gehört er zu einer bestimmten Rasse?«

»Kannst du dich bitte hinter Annika anstellen? Die hatte auch schon eine lange Liste an Fragen. Jetzt holen wir ihn erst mal raus.«

»Hab dich nicht so«, murre ich.

Florian ignoriert mich und tätschelt dem Esel die Flanke. »Du musst da raus, Junge.« Doch das Tier reagiert nicht. »Na gut«, sagt Florian, »er braucht wohl noch ein bisschen. Lassen wir ihm einen Moment.«

»Dann kannst du ja unsere Fragen beantworten«, folgert Annika messerscharf.

Florian seufzt, kommt der Bitte jedoch nach. »Pogo stand heute Morgen in den Kleinanzeigen. Er ist ein Poitou-Esel. Deswegen ist er so zottelig. Der größte Esel überhaupt. Die Besitzerin hat ihn nur ungern weggegeben, aber ihr Mann ist gestorben, die Kinder sind aus dem Haus, und Pogo hat seine Partnerin verloren. Seine Besitzerin wollte unbedingt, dass er in gute Hände kommt, und da kommen wir ins Spiel. Sie will uns übrigens in ein paar Wochen besuchen, um zu sehen, ob er gut untergebracht ist, und das finde ich super. Pogo ist achtzehn, quasi volljährig, und kinderlieb. Er machte einen tollen Eindruck, also haben wir ihn gleich mitgenommen. Die anderen Fragen habe ich jetzt vergessen.«

»Die stellen wir später«, entscheide ich, »wir wollen Pogo sehen.«

Florian startet einen neuen Anlauf, redet dem Esel gut zu und klopft ihm noch ein paarmal sachte auf die Flanke.

»Entweder wir brauchen eine Bedienungsanleitung, oder er ist noch nicht gebootet«, meint Justus. »Soll ich mal?«

»Das merke ich langsam auch. Du kannst es gerne versuchen.« Florian lässt Justus den Vortritt, und abwechselnd probieren sie, den Esel zum Aussteigen zu bewegen. Sie säuseln ihm warme Worte ins Ohr, geben klare Anweisungen und klopfen dem Tier mal sanft und mal etwas fester auf die Schenkel. Florian klettert sogar auf die Anhängerkupplung, um dem Esel durchs Fenster gut zuzureden, danach dreht er fluchend eine Runde über den Hof. Egal, was sie versuchen, Pogo bewegt sich keinen Millimeter.

»Bist du sicher, dass es ein echter Esel ist und kein überdimensionales Plüschtier?«, frage ich.

»Sehr witzig.« Florians Ton ist leicht ungehalten.

»Wie habt ihr ihn denn überhaupt reingekriegt?«

»Die Besitzerin hat ihn in den Anhänger gebracht.«

»Und nichts dazu gesagt?«

»Nein, nichts.«

»Kann ich es mal probieren?«, fragt Annika.

»Bitte, tu dir keinen Zwang an. Ich bin kurz davor, das Vieh zurückzubringen.«

»Neiiin«, protestiert sie und klettert nun selbst auf die Anhängerkupplung. Jetzt redet sie dem Tier durchs Fenster gut zu. »Komm, Pogo, wir sind wirklich ganz lieb. Du kannst ruhig rauskommen. Penelope freut sich auch schon, und sogar Fuchur ist hier, um dich zu begrüßen.«

Als wäre das die gesuchte Zauberformel, kommt plötzlich Leben in den Esel – und gemütlich zottelt er rückwärts aus dem Hänger. Als er draußen ist, greift Florian erleichtert nach dem Halfter. »Willkommen auf dem Wolkenhof. Schön, dass du dich entschlossen hast, ihn dir anzuschauen. Na, dann los, wir zeigen dir den Stall. Erst mal wohnst du im alten Kuhstall, aber wenn der Kleintierstall fertig ist, kriegst du ein tolles neues Zuhause.«

Florian zieht am Führstrick, um den Esel in die richtige Richtung zu führen, doch der mimt erneut das Stofftier. Als hätte jemand die Stopptaste gedrückt. »Das gibt es nicht«, ruft er empört, lässt den Strick fallen und stapft eine weitere Runde über den Hof. »Das Vieh macht mich irre.«

»Aber schön ist er.« Ich traue mich näher heran und schaue in dunkle und schlaue Augen. Können Augen schlau sein? Diese sind es für mich. Vorsichtig streichle ich ihn am Hals. Seine Schnauze ist hell, so wie der Ring rund um seine Augen. Das Fell ist flauschig und rau zugleich. Und er ist wirklich riesig. Pogo lässt die Inspektion ohne eine Regung über sich ergehen.

»Ich sag doch, der hat einen Systemfehler.« Justus amüsiert sich sichtlich.

»Möchtest du in der Scheune schlafen, Junge? Ich sperre dich nämlich aus, wenn du weiter Öl ins Feuer gießt«, verkündet Florian übertrieben liebenswürdig.

Justus hebt verteidigend die Hände, tritt zurück und überlässt seinem Onkel das Terrain.

»Soll ich noch mal?«, flüstert mir Annika zu.

»Nee, überlass das mal Florian.«

Dem steht die Verzweiflung ins Gesicht geschrieben. »So habe ich mir das nicht vorgestellt. Verdammt!« Wieder versucht er sein Glück, zerrt unglücklich am Strick und redet nicht mehr ganz so sanft auf den Esel ein.

»Vielleicht mag er uns nicht«, vermutet Justus.

»Das ist mir langsam egal«, knurrt Florian.

»Pogo.exe funktioniert nicht mehr ...« In dem Augenblick, als die Worte seinen Mund verlassen haben, begreift Justus, dass Rückzug eine hervorragende Idee ist. »Äh ... ich ... ich habe gleich eine Videokonferenz, wir müssen in der Gruppe was klären. Sorry.«

»Esel sind doch dafür bekannt«, wage ich einen Versuch, um meinen Bruder zu beruhigen, »das ist nichts Neues. Der hier allerdings muss vom störrischsten Exemplar aller Zeiten abstammen.«

»Oder er kann mich wirklich nicht leiden.«

Hannelore und Roswitha gesellen sich zu uns, und Roswitha schlägt vor, Pogo mit Essbarem zu locken. Das klingt nach einer tollen Idee, Heu, Möhren und Äpfel sind jedoch genauso wenig der Zauber, den wir suchen.

»Warum holt man sich auch einen Esel?« Die Oma sitzt gemütlich auf dem Rollator mit einem verräterischen Funkeln in den Augen. Nun denn, wenn Omas Augen funkeln, ist es die Aufregung wert. Irgendwie freue ich mich für sie. Ihre Stänkereien sind ... humorvoller geworden. Sie wirkt nicht mehr ganz so verbittert. Und das ist vor allem Rosis Verdienst. »Wer einen Esel hat, ist ja selbst einer«, setzt die Oma nach – und trifft.

»Das ist ein riesiger Spaß für euch, was?« Florian knurrt weiter.

Annika will es noch einmal versuchen.

»Warum sollte es bei dir funktionieren?«

»Weil es eben auch geklappt hat, er hat ja schließlich den Anhänger verlassen«, entgegnet Annika selbstbewusst, schnappt sich eine Möhre, hält sie Pogo vor die Nase und nimmt den Führstrick in die Hand. Und als wollte der Esel meinen Bruder verhöhnen, setzt er sich in Bewegung.

»Das ist echt schräg«, sage ich, und Florian schweigt.

Wir folgen Annika und Pogo in den Kuhstall, wo er sich problemlos in die Box führen lässt, die Florian zuvor heimlich hergerichtet hat, um die Überraschung perfekt zu machen. Pogo macht sich gleich an der gut gefüllten Heuraufe zu schaffen, die Ohren interessiert aufgerichtet.

Florians Blick spricht Bände.

»Sei dem Esel nicht böse«, sage ich milde. »Es ist alles neu für ihn, und auf mich hat er auch nicht gehört.«

»Hast ja recht«, antwortet er und seufzt. »Ich hatte mir die Ankunft nur, nun ja, heroischer vorgestellt.«

Ich klopfe ihm ermutigend auf die Schulter. Florian betritt die

Box und öffnet das Tor, das auf die eingezäunte Streuobstwiese hinter dem Stall führt. Der obere Teil soll als Weide für die Tiere erhalten bleiben, auf dem unteren werden bald Gäste wohnen.

»Auf dieser Wiese bist du der Chef, zumindest bis Gesellschaft kommt. Leb dich erst mal ein, dann wirst du schon auf mich hören.«

Annika tätschelt dem Tier noch einmal liebevoll die Flanke, dann lassen wir Pogo in Ruhe und gehen zurück zum Haus. Auf halber Strecke kommt uns Justus entgegen.

»Ist er im Stall?«

»Ja, endlich. Jetzt brauche ich erst mal einen Schnaps.« Florian stapft mit großen Schritten weiter zur Haustür, während ich mich bei Justus einhake.

»Und, freust du dich über deinen Esel?«

Er verzieht amüsiert das Gesicht. »Mir war gar nicht klar, dass spontan ausgesprochene Wünsche erfüllt werden.«

Ich lache. »Sag bloß, du wolltest keinen Esel? Oder hast du nur keine Lust auszumisten?«

»Ausmisten wird sicher nicht zu meinen liebsten Aufgaben gehören, aber ich mach's.«

»Braver Sohn. Und was meinst du, wie die Mädels ausflippen, wenn du ihnen von Pogo erzählst?«

»Danke, aber ich habe keinen Bedarf, Mädchen zu beeindrucken.« Justus rollt mit den Augen und sucht das Weite.

Okay, der Satz war blöd.

Zwei Tage später setzt Florian sich erneut in den Wagen. Diesmal nimmt er den Pferdeanhänger, den er zusammen mit dem Esel gekauft hat, gleich mit und fährt zu einem Hof, der fast zweihundert Kilometer entfernt liegt. Ob er das nicht ein wenig übertrieben findet, frage ich ihn.

»Die Entfernung ist mir egal, wenn das Bauchgefühl stimmt.«

Ich stöhne. »Warum habe ich diese Antwort erwartet?«

»Weil du meine Schwester bist und mich besser kennst als alle anderen?«

»Eine Bürde, mein Lieber, eine echte Bürde. Und was dein Bauchgefühl angeht. Das hat bei Pogo ja leider nicht so gut funktioniert.«

»Nur weil er nicht auf mich hört, heißt es nicht, dass er nicht hierhergehört. Er wird seine Meinung noch ändern.«

Tatsächlich lässt sich Pogo auch an Tag drei ausschließlich von Annika herumkommandieren. Florian nimmt es zum Glück mit Humor und entwickelt immer ausgefeiltere Methoden, das Tier zur Mitarbeit zu bewegen. Er hat sich in einem Eselforum angemeldet, drei Fachbücher liegen auf dem Wohnzimmertisch, und wenn das so weitergeht, kann er bald eine Doktorarbeit über Esel schreiben. Nicht dass Pogo das beeindrucken würde.

Unsere Neuzugänge diesmal sind eine besondere Freude für Bambi. Drei braunweiße Angora-Ziegen, die wir spontan Ute, Schnute und Kasimir taufen, haben Bambi in Windeseile in ihre Mitte aufgenommen, und nun springen sie über die Wiese, als wären sie schon immer zu viert gewesen. Pogo steht in gebührendem Abstand und beobachtet das Treiben mit aufgerichteten Ohren und gespitzten Lippen. Ihm scheint zu gefallen, was er sieht. Wir wollen ihm möglichst bald eine Partnerin oder einen Partner schenken, doch für den Anfang sind die Ziegen besser als gar keine Gesellschaft. Gemeinsam mit Roswitha stehe ich am Zaun und schaue dem bunten Treiben zu. Die Ankunft war aufregend. Im Gegensatz zu Pogo schoss das Ziegen-Trio aus dem Anhänger, und wir waren fast eine halbe Stunde damit beschäftigt, die Bande wieder einzufangen. Bambi hatte zunächst Berührungsängste, aber so ist es eben, wenn man zum ersten Mal der eigenen Art begegnet.

Rosi, heute in roten Jeans und weißer Bluse mit bunten Stickereien, steht ergriffen neben mir und strahlt. »Es ist wunderbar. Endlich hat er Artgenossen, mit denen er spielen kann. Zuerst ging es für ihn ums nackte Überleben, dann hatten wir uns aneinander gewöhnt. Aber ja, er braucht Artgenossen, um glücklich zu werden.«

»Du bist nicht traurig, wenn er von deinem Sofa in den Stall umzieht?«

»Natürlich bin ich das, aber es geht ja nicht um mich. Und weißt du, was? Ich glaube, das hier musste alles so sein. Für Bambi. Für uns alle. Die Entscheidung, die ihr getroffen habt, wird unser aller Leben in positiver Weise beeinflussen.«

Ich lächle und lasse meinen Blick versonnen in die Ferne schweifen. Ob sie recht hat?

»Hey, du hast es geschafft!«

Florian steht mit Pogo im Hof, und ich freue mich für ihn. Wie hat er ihn wohl überredet? Vielleicht hat der Esel ja einfach was Schönes geträumt. Träumen Esel? Warum eigentlich nicht?

Ich nicke Florian aufmunternd zu und bemerke erst jetzt seinen grimmigen Gesichtsausdruck.

»Oh, was ist los?«

»Dieses Vieh treibt mich in den Wahnsinn. Ich dachte, jetzt hab ich den Esel so weit, dabei ist er nur mit rausgekommen, um mich reinzulegen. Der verschaukelt mich! Dabei muss ich dringend aufs Klo und dann hoch zu Jürgen. Passt du mal kurz auf ihn auf?«

Florian ist wirklich ungehalten. Trotzdem entwischt mir ein Lacher, weil mein verzweifelter Bruder mit dem Esel im Schlepptau ein zu lustiges Bild abgibt. Ich ernte einen bösen Blick, entschuldige mich sofort und scheuche ihn aufs Klo. Pogo bringt ihn ernsthaft an seine Grenzen.

»Langsam verliere ich die Lust.« Drei Minuten später setzt

sich Florian mit hängenden Schultern auf die Bank unter der Buche, während ich weiter den Führstrick halte. »Was mache ich jetzt mit Pogo? Jürgen wartet, und ich habe keine Lust, hier zu stehen, bis Annika aus der Schule kommt und Pogo auf Trab bringt.«

Ich denke kurz nach, dann werfe ich Florian einen Blick zu und grinse. »Was passiert eigentlich, wenn wir ihn einfach hier im Hof stehen lassen?«

»Wenn ich das wüsste. Spontan würde ich sagen, der geht in die nächste Kneipe, nur um uns zu ärgern.«

»Darauf lasse ich es ankommen.« Ich lasse den Strick fallen und trete zurück. »Meine Verantwortung.«

Zunächst passiert gar nichts. Ich warte ein paar Augenblicke, werde mutiger und vergrößere den Abstand.

Florian beobachtet mich mit gerunzelter Stirn, dann gesellt er sich zu mir. »Komm! Wir verstecken uns.«

Wir stehlen uns hinters Haus und lugen unauffällig um die Ecke. Verschwörerisch lege ich den Finger an die Lippen. Und dann tut sich etwas. Kaum wähnt sich Pogo in Sicherheit, kommt Leben in seine Ohren. Aufmerksam streckt er sie in alle Richtungen.

»Ich fasse es nicht. Der checkt ab, ob er alleine ist«, flüstert Florian.

Der Esel knabbert an seiner Flanke, stößt mit dem Hinterhuf auf den Boden, setzt sich in Bewegung und trottet in den Stall. Wir wechseln einen verwunderten Blick und lachen los.

»Also gut, er hört auf Annika und hat uns gerade bewiesen, dass er uns verarscht. Ich attestiere ihm Intelligenz und versuche, es nicht allzu persönlich zu nehmen.«

Mein Bruder hat seinen Humor wiedergefunden.

Ich klopfe ihm aufmunternd auf den Rücken. »Sieh es als Herausforderung. Irgendwann wirst du die Fernbedienung finden – und alles andere wird sich auch lösen.«

»Deine Zuversicht möchte ich haben.« Sagt's und macht sich endlich auf den Weg zu Jürgen.

Von der ist allerdings schon am nächsten Tag nicht mehr viel übrig.
»Verdammte Scheiße.«
Ich höre Florians Fluchen bis auf den Hof. So sollte kein Tag anfangen. Schon gar nicht dieser Tag. Denn heute kommt endlich der Umzugswagen aus Hannover, der alles das aus der alten Werkstatt bringt, was ich brauche, um hier meinen Betrieb neu zu eröffnen. Seitdem ich die Augen aufgeschlagen habe, bin ich voller Vorfreude. Um zehn soll es losgehen, bis dahin ist alles, was ich tue, Ablenkung. Selbst Florians Gebrüll. Ich setze den Wäschekorb, mit dem ich gerade auf dem Weg zur Wäscheleine bin, ab und suche die Quelle seines Unmutes. Das Gebrüll kam aus dem Stall. Hoffentlich ist nichts passiert. In meiner Fantasie drückt Pogo seinen Huf auf den am Boden liegenden Florian, als wäre er eine Jagdtrophäe. Mit Schwung reiße ich die Stalltür auf, Florian sitzt tief über sein Handy gebeugt auf einem der Strohballen und zuckt zusammen, als ich hereinplatze.
»Oh, wie schön. Du lebst noch.«
Florian guckt irritiert.
»Ich dachte, es sei was Schlimmes passiert.«
»Ist es leider«, antwortet er und hält mir das Handy entgegen. »Gerade hat der Architekt unseren Auftrag gecancelt. Langfristige Krankheit. Mehr weiß ich auch nicht. Es ist ein Standardschreiben. Hört sich auf jeden Fall nicht gut an.«
Desillusioniert lasse ich mich ebenfalls auf einen Strohballen plumpsen. »Scheiße!«
»Sag ich doch.«
Wir schweigen – und starren enttäuscht auf die Stallwand. Ich versuche, die Tragweite zu begreifen, doch in meinem Kopf herrscht nichts als Leere.

»Tja, nun wissen wir wenigstens, *warum* wir nichts von ihm gehört haben.«

»Und was machen wir jetzt?«

»Kein Architekt, kein Bauleiter, vermutlich gibt es nicht mal irgendwelche Pläne«, resümiert Florian resigniert. »Ich versuche natürlich weiter, jemanden zu erreichen. Es muss doch Mitarbeiter geben, die sich wenigstens um die Übergabe kümmern können. Und vielleicht ist ja schon irgendwas zu Papier gebracht, mit dem wir arbeiten können. Auch wenn ich nicht daran glaube.«

»Also fangen wir ganz von vorne an?«

»So ist es.« Florian seufzt. »Dann werde ich wohl ein paar Telefonate führen müssen. Nützt ja nichts.«

»Wenn du Hilfe brauchst, sag Bescheid.«

Ludwigs Werkstatt ist Vergangenheit. Es war ein schweißtreibender Tag, aber nun habe ich wieder eine Polsterei. *Meine* Polsterei. Ich habe sie vermisst – dennoch war ich nicht auf diesen Überschwang vorbereitet, der jede Faser meines Körpers erfüllt. Ich setze mich auf den Arbeitstisch in der Mitte des Raumes. Er hat die Größe eines Ehebettes, ein massives Gestell aus schwarzem Eisen und einer buchdicken Eichenplatte. Ich stütze mich mit den Händen ab, spüre die Kerben, die Jahrzehnte von Arbeit hinterlassen haben, und betrachte das Ergebnis voller Stolz.

Die alten Sprossenfenster und die weiß gekalkten Wände geben meiner Werkstatt eine heimelige Atmosphäre. Massive jahrzehntealte Stahlregale verdecken nun einen Großteil der Wandfläche und beherbergen meine Materialien. Die industriellen Federkörbe, die ich in den meisten Sitzmöbeln benutze, weil es für die Kunden einfach günstiger ist. Den Schaumstoff und das Polstervlies. Am liebsten arbeite ich jedoch auf die traditionelle Weise und habe deswegen auch die alten Materialien auf Lager. Kokosfasermatten, Kupferfedern in allen Größen und

Juteschnur, mit der die Kupferfedern kunstvoll miteinander verknotet werden.

Ein massives Stahlregal ist alleine für meine Stoffe reserviert. Stoffe jeder Couleur, die ich als Muster von den Herstellern erhalten habe, aber auch die, die ich auf Flohmärkten oder im Urlaub in Frankreich, Holland oder Italien aufgespürt habe. Ich habe eine Schwäche für Textilien, seidig oder grob, geschaffen aus kleinen Fäden und jeder Faden Teil eines Kunstwerks. Jedes Material hat seine eigene Haptik, am liebsten sind mir die Handschmeichler, die ein gutes Gefühl erzeugen, nur wenn man darüberstreicht. Im Laufe der Jahre habe ich mehr Stoffe gesammelt, als ich je verarbeiten kann, aber es ist eine Leidenschaft, die ich nicht steuern kann, und oft stehe ich gedankenversunken an diesem Regal und streichle über die Stoffe.

Daneben das Regal mit den Musterbüchern. Hersteller aus aller Welt stehen in Reih und Glied, in meiner Werkstatt kann man auf Weltreise gehen. Seidenstoffe aus China, Damast aus Frankreich, Leder aus Italien. Die Auswahl ist grenzenlos, und ich beneide meine Kunden nicht darum, eine Wahl treffen zu müssen. Gleichwohl habe ich Lieblingsbücher, deren abgenutzte Rücken von vielen Kunden erzählen, die darin geblättert haben. Alleine oder in meinem Beisein, jeder Kunde hat seine ganz eigene Art, eine Entscheidung zu treffen. Die Nähmaschinen, eine für normale Näharbeiten und eine, mit der ich sogar mehrere Schichten Leder vernähen kann, haben einen perfekten Platz auf Ludwigs alter Werkbank mit Blick in den Hof. Davor steht mein ergonomischer Rollhocker, mit dem ich durch die Werkstatt flitzen kann, ohne aufzustehen.

Ich bin mehr als zufrieden, habe nur noch wenig Arbeit vor mir und koche mir einen Kaffee. Florian sitzt in der Essecke am PC, und ich nutze die Gelegenheit, meine Freude zu teilen.

»Ich freue mich für dich, aber unsere Probleme löst es nicht.

Schenk mir einen neuen Architekten, dann kann ich vielleicht auch deine Werkstatt würdigen.« Er zuckt entschuldigend mit den Schultern. »Na ja, ich geh jetzt noch ein bisschen in den Kleintierstall. Es wird Zeit, dass er fertig wird. Morgen ziehe ich mit Jürgen Zwischenwände ein. Was hast du noch vor?«

»Ich schaue bei Roswitha und Hannelore vorbei und hole die *Késspätzle*, die Rosi für uns gemacht hat, danach gehe ich eine große Runde mit den Hunden. Ich kann ja unterwegs nach Optimismus und Architekten Ausschau halten.«

»Bring reichlich davon mit!«

Optimismus habe ich gefunden, Bauleute sind mir leider nicht begegnet. Zum Abendessen, bei dem wir vier eine riesige Portion *Késspätzle* verputzen, springen zum Glück andere Themen kreuz und quer über den Küchentisch – und auch Florian kann sich wieder entspannen.

Zufrieden überlasse ich den dreien den Abwasch und widme ich mich einer Aufgabe, auf die ich mich ganz besonders freue: Ich bereite meine Polsterei für die Arbeit vor. Ab morgen werde ich Käthes Biedermeiersofa mit dem geschwungenen Rand aus poliertem Kirschholz und einem abgenutzten dunkelgrünen Samtpolster neu beziehen. Früher stand es neben dem Webstuhl, und ich habe gerne darauf gelegen, gelesen oder geträumt und den Geräuschen gelauscht. Dem Klackklack des Schiffchens und dem kurzen und lauten Knattern beim Fadenwechsel. Manchmal war sie in ihre Arbeit versunken und kaum ansprechbar, dann wieder erzählte sie uns *Grimms Märchen* und die aus *1001 Nacht*. Sie konnte sie fast alle auswendig. Es waren gemütliche Stunden an regnerischen Nachmittagen.

Diese Erinnerungen sind ein Stück Kindheit, weswegen dieses Sofa das erste Möbelstück sein soll, das ich in meiner neuen Werkstatt polstere und neu beziehe. Das Sofa steht bereits in der Mitte des Raumes. Verschlissen, mit Macken und Kanten, die ich jedoch lassen möchte, weil die Seele des Sofas dann trotz des neuen Bezugs erhalten bleibt.

Ich trete an das nach Farben sortierte Stoffregal und ziehe ein in Seidenpapier eingeschlagenes Paket heraus. Diesen Stoff habe ich für eine besondere Gelegenheit aufbewahrt, vor Jahren gekauft auf einem Flohmarkt in Paris. Er lag ganz unten in einer Kiste mit antiken Stoffen, einer schöner als der andere. Ein beinahe zweihundert Jahre alter Damast, handgewebt, dick und schwer, in einem tiefen Nachtblau mit silbrig schimmernden Ornamenten. Er passt perfekt.

Meine Arbeitsvorbereitungen sind ein Ritual. Jedes Werkzeug gehört an den richtigen Platz, damit die Handgriffe später sitzen. Der Arbeitsplatz muss aufgeräumt und präpariert sein. Erst dann kann ich mit der Arbeit beginnen. Die äußere Ordnung schafft eine innere Ordnung, und ich kann strukturierter und überlegter arbeiten. Tacker und Heftklammern, Polsterhammer, Maßband, Schneiderschere und Gurtspanner. Erst als die letzte Nadel an ihrem Platz liegt, ziehe ich mit einem Lächeln auf den Lippen die Tür hinter mir zu. Morgen mache ich mich ans Werk.

Polstereimeisterin Elisabeth Seidel ist wieder da!

# Ihr gehört doch in den Stall!

Florian telefoniert sich erfolglos durch die baden-württembergische Architektenlandschaft. Auch drei Tage nach der Hiobsbotschaft ist keine Lösung – und damit auch kein Baubeginn – in Sicht.

»Entweder ich erreiche niemanden, oder sie bieten mir Termine fürs nächste Jahr an. Bis dahin kann ich selbst ein Studium abschließen. Es ist zum Mäusemelken.«

Wir zucken gemeinschaftlich mit den Achseln, als Florian beim Mittagessen seinen Kummer kundtut. Selbst die Kinder wirken bedrückt, also versuche ich es mit Schadensbegrenzung.

»Immerhin haben wir schon bald die Tiny Houses. Die wollen wir ja schon im Sommer vermieten. Du könntest doch bis dahin an unserem Internetauftritt feilen und Plattformen raussuchen, auf denen wir sie anbieten.«

»Das ist eine gute Idee, aber auch die Werbung muss erst mal Früchte tragen, und wir müssen damit rechnen, dass sich nicht von Anfang an alles durchfinanziert. Spätestens nächstes Jahr muss Geld reinkommen. Ich will anfangen, verstehst du?« Florians Frust sitzt abgrundtief – und ich verstehe ihn. Mein Bruder will loslegen, unserem Hof – dem Wolkenhof! – ein Gesicht geben. Das alles scheint in weite Ferne gerückt.

»Was uns hier leider fehlt, sind Beziehungen«, stelle ich fest, als wir zusammen den Tisch abdecken. Die Kinder haben sich verzogen, sobald die Teller leer waren. Sie hatten genug von der

Begräbnisstimmung. »Wenn man jemanden kennt, der jemanden kennt, ist alles leichter.«

»Zieh mich nur noch mehr runter«, grummelt Florian und pfeffert den Stapel Teller auf die Anrichte.

Ich werfe ihm einen schrägen Blick zu, nehme das Geschirr, stelle es zur Seite, dann drücke ich den Stopfen in die alte Steinspüle, um Wasser einzulassen. Eine Spülmaschine gehört zu den Dingen, die ich am meisten vermisse.

»Ich weiß ja, du hast recht«, sagt Florian in diesem Moment, »irgendwie kriegen wir das hin. Ich glaube, ich gehe noch eine Runde mit den Hunden ...«

»Lass dir Zeit, die zündende Idee findet sich vielleicht in Wald und Flur.« Damit scheuche ich ihn aus dem Haus und unterziehe die Küche einer gründlichen Reinigung. So wie es aussieht, werden wir noch eine Weile mit ihr leben müssen.

Nachdem alles blitzt und blinkt, hänge ich Wäsche ab. Hinter dem Haus gibt es Wäscheleinen, wie sie früher üblich waren. Meterlang erstrecken sie sich zwischen drei Metallstützen über die Streuobstwiese unterhalb des Backhäuschens. Wie in der Werbung. Es macht Spaß, die Wäsche von den alten Holzklammern zu befreien. Ich fühle mich wie eine Bauersfrau vor fünfzig Jahren und spiele mit dem Gedanken, mir für die Hausarbeit eine Kittelschürze zuzulegen. Waren das nicht recht praktische Kleidungsstücke? Alles kommt wieder in Mode, warum nicht auch Kittelschürzen? Vielleicht werde ich damit zur Trendsetterin, und schon nächstes Jahr laufen die Frauen im Dorf mit den stylischsten Kittelschürzen herum, die die Welt je gesehen hat. Ich könnte Schürzen designen und nähen und mir ein zweites Standbein aufbauen, falls das mit dem Hof nichts wird. Ich grinse in mich hinein. Lässt man der Fantasie ihren Lauf, sind ihr keine Grenzen gesetzt. *Stylische Kittelschürzen*. Wenn es so weit kommt, haben wir wirklich ein Problem.

Ich sauge die frische Aprilluft ein, nehme eines der weißen Bettlaken von der Leine, schüttle es, falte es, streiche es glatt und falte es noch einmal. Es ist warm und windig, bedeckt zwar, trotzdem trocknet alles wie im Zeitraffer, und die Bettwäsche riecht frisch und sauber. Gleich anschließend werde ich unsere Betten beziehen, und beim Einschlafen werden wir dann alle diesen himmlischen Geruch in der Nase haben. Ich falte gerade die letzten Kissenbezüge, als Florian meinen Namen über den Hof brüllt, als gäbe es etwas wirklich Dringendes. Also werfe ich die Kopfkissen in den übervollen Weidenkorb, klemme ihn mir unter den Arm und stiefle Richtung Hof. Auf halber Strecke kommt mir Penelope entgegen und winselt, als sähe sie mich seit Monaten zum ersten Mal. Das Leben muss schön sein, wenn jedes Wiedersehen ein kleines Fest ist. Ich biege um die Ecke und staune.

Auf dem Hof stehen Florian – und Johann. Um sie herum hüpft Kuschelblitz Renate, Fuchur sitzt stoisch neben den beiden Männern, die sich angeregt unterhalten. Die Stimmung ist gelöst, Florians Lachen dröhnt zu mir herüber, und Johann grinst in einem fort. Sie bemerken mich erst, als ich mich vernehmlich räuspere.

»Hey, Elli«, sagt Florian, »du hast mir zwar von deiner Begegnung mit Johann erzählt, aber das Beste hast du nicht herausgefunden.« Er grinst, als hätte er den Heiligen Gral aufgestöbert. Auch Johann trägt einen mehr als gefälligen Gesichtsausdruck zur Schau. Das verwirrt mich. Ich stehe zwischen den beiden, und mein Blick pendelt hin und her. Wie beim Tennis. Links, rechts, links, rechts.

»Klärt mich auf«, sage ich, als ich es bemerke und wieder einmal rot werde.

»Eine Begegnung aus Kindertagen, ein gutes Männergespräch, und …« Florian macht eine strategische Pause. »… ta-daaa, wir haben einen neuen Architekten. Was sagst du?«

Ich sage gar nichts mehr, während Florian feixend vor mir steht. Ich bin mir nicht sicher, ob ich ihn richtig verstanden habe. »Wo ... wo hast du den Architekten denn so schnell hergezaubert?«

Florian zeigt mit beiden Zeigefingern auf Johann. »Er ist unser Mann. Darf ich vorstellen? Architekt und Inhaber eines Architekturbüros für nachhaltiges Bauen. Vom Universum frei Haus geliefert. Was sagst du?«

»Ist nicht wahr!« Wir fangen alle an zu lachen, vor Erleichterung und weil der Zufall etwas Wundersames ist. Unser Problem hat sich in Luft aufgelöst. Als sich die erste Aufregung und Freude gelegt haben, hole ich Getränke und den badischen *Rahmkuchen*, den Roswitha gestern gebacken hat, aus der Küche, und wir setzen uns unter die Buche.

»Eigentlich gönne ich mir gerade eine Auszeit«, erklärt Johann, nachdem wir mit einer Holunderschorle auf den glücklichen Zufall angestoßen haben. »Ich wollte mich nach dem Tod meiner Mutter in Ruhe um meinen Vater kümmern und wohne für drei Monate bei ihm. Sonst lebe ich schon seit zwanzig Jahren in Hamburg. Allerdings ist mein Vater selbstständiger und willensstärker, als ich dachte. Deswegen kommt mir euer Projekt gelegen. Außerdem finde ich die Aussicht, den alten Huberhof umzugestalten, reizvoll. Die Substanz zu erhalten und trotzdem etwas Modernes daraus zu machen – das ist genau mein Thema.«

»Das klingt wunderbar!«, rufe ich. »Und der Huberhof ist übrigens auch gar nicht mehr der Huberhof, sondern der *Wolkenhof*.« Meiner Stimme ist der Stolz anzuhören.

»Wolkenhof? Ein schöner Name«, befindet Johann, schaut in die Ferne und versinkt kurz in sich selbst. »Das könnte man natürlich wunderbar als Thema für den Umbau nutzen. Leicht und licht, wolkig und behaglich.«

Mit vier Adjektiven hat Johann auf den Punkt gebracht, wie wir uns das Ganze vorstellen.

»Du hast recht, in meiner Vorstellung wird der Hof genau das. Licht und behaglich.« Ich strahle ihn an.

»Wir hatten natürlich schon Vorstellungen«, wendet Florian ein, »aber da wir sowieso bei null anfangen, werden wir auf deine Vorschläge gespannt sein. – Was meinst du, Elli?«

»Wir wollen deine Vorschläge auf jeden Fall hören.«

Johann lächelt. Ein Lächeln, das mir gut gefällt. Diesen Menschen muss man gernhaben. Unaufdringlich und freundlich, ein bisschen unsicher. Und nun hilft er uns auch noch aus der Bredouille. Bei wem können wir uns bedanken, dass er in unser Leben getreten ist?

»Es freut mich, dass ihr so offen seid, das ist nicht selbstverständlich. Aber letztendlich muss es euch gefallen, denkt daran.«

»Es wäre unvernünftig, diese Chance nicht zu nutzen.« Florian findet die richtige Antwort.

»Vielen Dank für euer Vertrauen und die Vorschusslorbeeren. Wir schauen einfach, wohin uns diese Reise führt.«

»Eine Reise, auf die ich mich richtig freue.« Florian hebt sein Glas erneut. »Elli, du könntest Johann den Hof zeigen, wenn du möchtest. Ich habe ja noch diesen blöden Zahnarzttermin – hab mich ja lange genug davor gedrückt –, aber ihr könnt gerne ohne mich loslegen.«

»Das mache ich gern.« Ich schenke Johann ein Lächeln. »Immerhin musst du mir heute nicht deine Brille ausleihen.« Ich bereue den Satz, denn wieder einmal schießt mir die Röte ins Gesicht. Manchmal sind mir die profansten Dinge unangenehm. Das ärgert mich, denn natürlich hat Florian es sofort bemerkt.

»Eigentlich schade«, stellt er süffisant fest.

Ich verziehe das Gesicht.

»Sorry, Schwesterchen«, ruft er fröhlich, »ich bin dann mal weg.«

Spricht's, verabschiedet sich und verschwindet.

»Geschwister sind was Feines«, sage ich und seufze hörbar. »Meine Schwester wohnt in den USA, aber wenn wir uns alle paar Jahre sehen, brauchen wir keine Viertelstunde, um uns zu streiten, als wären wir zwölf.«

Ich schmunzle. »Dann weißt du ja, wovon ich rede. Komm, ich zeig dir den Hof.«

Während ich Johann den Hof zeige, macht er mit seinem Handy Fotos und ist erstaunlich wortkarg. Ich führe ihn zunächst durch das Haupthaus und erläutere ihm, wie wir Wirtschaftsräume, die Wohnungen für Florian, mich und Hannelore sowie eine der Gastfamilien hier unterbringen möchten. Danach zeige ich ihm die Tenne und das *Backhäusle* und erkläre ihm, wie wir uns den Hof vorstellen.

»Ich verstehe die Menschen, die sich ihre individuellen Traumhäuser bauen, aber ich finde es schöner, wenn sie zur Architektur der Gegend passen. Alle Veränderungen sollen sich in die Landschaft einfügen. Zudem wünschen wir uns das Ganze nachhaltig, hell, freundlich und natürlich.«

Wir stehen nun vor dem Stall und blicken auf die übrigen Gebäude, die Wiesen und die Berge, die aussehen, als hätte jemand einen Filter darübergelegt.

»Ich glaube, unsere Vorstellungen werden gut zusammenpassen«, antwortet Johann, folgt meinem Blick und scheint die Stimmung ebenso zu genießen wie ich.

Ich zeige ihm nun den Stall, in dem zwei weitere Gästewohnungen entstehen sollen. Johann hört aufmerksam zu und spricht kaum ein Wort, was mich ein wenig irritiert. Aber vielleicht lässt er auch erst alles auf sich wirken und denkt gleichzeitig über tausend Dinge nach?

»So«, schließe ich meine Ausführungen, »das ist im Groben das, was wir geplant haben. Die Einzelheiten kriegst du von Florian – die alten Baupläne hat der Architekt leider noch nicht zurückgeschickt, aber Florian hatte sie zum Glück vorher eingescannt und wird sie dir per E-Mail schicken. Außerdem kannst du dich auf Exceltabellen biblischen Ausmaßes freuen.«

»Das kann ich mir irgendwie gut vorstellen«, sagt er mit einem Augenzwinkern.

»Und? Übernimmst du das Projekt immer noch?«

Meine Worte hallen von den Wänden des Stalls, fast verloren wirken unsere Tiere in den zwei einsamen Boxen, die sie belegen. Diffuses Licht dringt durch schmutzig-braune Scheiben und malt ein Bild aus verwaschenem Sepia: *Frau und Mann im Kuhstall, stehend.* Ich stelle mir das Bild in einer Galerie vor. Es wirkt geheimnisvoll und macht neugierig.

»Darf ich ehrlich sein?«

Ich unterdrücke jeden Anflug von Panik. Was, wenn er Nein sagt? Meine Antwort klingt wachsam. »Ja. Natürlich.«

Johann räuspert sich, als wolle er sich für irgendetwas wappnen. »Ich finde eure Pläne insgesamt überzeugend.«

Erleichtert atme ich aus, traue dem Ganzen aber noch nicht so recht. Ich möchte, dass ihm das, was wir uns über Monate hinweg ersonnen haben, wirklich gefällt. »Aber?«

»Ich habe schon ein paar zusätzliche Ideen im Kopf, über die ihr nachdenken könnt. Vor allem, was Nachhaltigkeit und Energieeffizienz angeht, aber ...«

Da ist es ja, das große Aber.

»Warum wollt ihr eigentlich unbedingt im Haupthaus wohnen? Ich würde es anders machen. Kurzum, ich finde, ihr gehört in den Stall.«

»WAS?« Ich posaune es geradezu heraus, ungläubig und überrumpelt. Mit einem Satz hat er einen zentralen Teil unserer Pläne über den Haufen geworfen. »Du willst, dass wir komplett umplanen?«

»Nun, nicht alles. Es ist ja auch nur eine erste Idee. Als Architekt würde ich meinen Job allerdings nicht richtig machen, wenn ich gute Ideen für mich behielte. Letztendlich seid ihr die Bauherren und entscheidet, ich berate und setze um.«

Das beruhigt mich. »Okay, dann erkläre mir deine Alternative.«

Johann deutet rundum. »Ich finde, es gibt gleich drei gute Gründe für meinen Vorschlag. Zunächst einmal würde es mich an eurer Stelle stören, ständig fremde Menschen unter eurem privaten Dach zu haben. Selbst wenn die Ferienwohnung im Haupthaus einen eigenen Eingang hätte. Das wäre übrigens das Mindeste, was ich euch empfehlen würde.«

Stimmt, wir hätten immer Fremde im Haus. Daran haben wir noch gar nicht gedacht, das wird mir gerade klar. Sind die Verzögerungen am Ende gar ein Geschenk?

»Du hast recht«, sage ich verwundert. »Darüber wurde nicht gesprochen. Vermutlich hielten wir unsere Pläne für alternativlos.«

»Lass mich raten«, sagt Johann mit einem netten Lächeln, »ihr habt euch kaum bis gar keine Gedanken darüber gemacht, wo und wie *ihr* leben wollt. Ihr habt den Hof ausschließlich aus der Perspektive der Gäste geplant.«

»Hm, du hast recht.«

»Das dachte ich mir. Doch in erster Linie müsst ihr hier leben, nicht eure Gäste. Sie sind eben nur das: Gäste.«

»Wir haben also vergessen, unsere eigene Perspektive einzunehmen?«

»Ganz genau.«

»Und wenn ich das tue, wenn ich die Sichtweise wechsle – warum gehören wir dann in den Stall?«

Angesichts meiner Worte muss Johann laut lachen, und ich stimme ein.

Johann schreitet durch den Stall und deutet auf zwei Stellen in der Außenwand, die Richtung Hof zeigt. »Hier und hier könnten eure separaten Eingänge entstehen.«

Er ist in seinem Element, bewegt sich frei, ausladend und raumgreifend. Seine Zurückhaltung ist verschwunden, der Architekt in ihm hat das Ruder übernommen.

»Außerdem«, er deutet zur Decke mit den Dachbalken voller Spinnweben und alter Schwalbennester, »ist das Gebäude hoch genug, um es auf einer zweiten Etage zu nutzen, wenn man nur ein bisschen aufstockt. Zwei Wohnungen nebeneinander, auf je zwei Ebenen, offen und hell. Die Balken sind in gutem Zustand. Wenn ihr euch für eine Galerie und einen hohen Wohnraum entscheidet, könnte man sie wunderbar integrieren. Großzügige Fenster nach hinten raus, dann schaut ihr ins Tal, wenn ihr auf dem Sofa oder am Esstisch sitzt.«

»Und wohin käme die Heuherberge, die hier geplant ist?«

Johann denkt nach. Dabei blickt er über den Rand seiner Brille hinweg in die Ferne. Er steht etwas schief, die Schultern sacken leicht nach vorne. Nun sieht er wieder aus wie der kleine, schüchterne Johann, der immer nur im Hintergrund stand. Ich mag seine latente Unsicherheit. Sie lässt meine eigene weniger bedeutsam erscheinen.

»Dort, wo es jetzt schon lagert, natürlich. Auf dem Heuboden!« Er reibt sein Kinn. »Ja, genau! Alles, was zusammengehört, wäre unter einem Dach versammelt. Der Freizeitbereich für die Gäste und die Heuherberge werden in der Scheune untergebracht. Das Haupthaus beherbergt Wirtschaftsräume, Ferienwohnungen und die Wohnung der alten Dame. Und alles, was euch betrifft, bleibt hier in diesem Gebäude.«

Ich halte sie noch zurück, die Freude, die in mir zu sprudeln beginnt wie feinster Champagner, denn plötzlich ist die Erkenntnis da: *Das ist unser Hof*, genau so soll er aussehen. *Unser Wolkenhof!* Ich möchte Johann, diesen netten Kerl, am liebsten drücken und ihm sagen, dass er gerade mein, Nein!, unser Zuhause geschaffen hat. Stattdessen strahle ich ihn an, und mein Strahlen überträgt sich auf seine Augen.

»Es ist perfekt. Einfach perfekt. Wir werden natürlich mit Florian sprechen müssen, aber ich denke, er wird genauso begeistert sein wie ich.«

»Das ist großartig und der Moment, der mir am liebsten ist. Der, in dem alle wissen: So *muss* es sein! Weißt du, was? Ich fahre jetzt zu meinem Vater und erstelle anhand der eingescannten Pläne mit meinem Architekturprogramm ein grobes Modell inklusive Inneneinrichtung. Das dauert nicht lang, und dann lassen wir die Bilder sprechen.«

»Wunderbar!«, rufe ich und drücke Johann dann doch kurz an mich.

Florian ist so begeistert, wie ich es erwartet habe, und das Abendessen entspannt wie seit Tagen nicht mehr. Die Damen aus dem *Häusle* sitzen ebenfalls mit am Tisch. Roswitha hat einen *Straßburger Wurstsalat* gemacht aus feinen Käse- und Fleischwurststreifen, hier *Lyoner* genannt. Sie überrascht uns gern mit badischen Leckereien.

»Ich finde es lustig, dass man es Salat nennt. Eigentlich ist es nur die Abwandlung eines Butterbrotes«, sagt Justus und deutet mit der Gabel auf den spaghettiartigen Batzen auf seinem Teller.

»Es sind Gürkchen drin und Zwiebeln«, verteidigt Roswitha ihren Salat.

»Nicht dass wir uns falsch verstehen. Es schmeckt prima. Aber es ist kein Salat. Gürkchen und Zwiebeln kann ich auch auf ein Wurstbrot legen«, beharrt Justus auf seiner Meinung.

»Salat heißt, dass er mit Essig und Öl angemacht ist. Egal, ob Gemüse oder Fleisch.« Auch Hannelore hat einen Standpunkt, eindeutig wie immer, aber im Ton nicht unfreundlich. Ja, sie verändert sich. Es sind kleine Anzeichen, die ich wahrnehme. Ich fange an, die alte Dame mit anderen Augen zu sehen. Als würde ich sie gerade neu kennenlernen.

»Mit dem Argument kann ich leben«, erklärt Justus.

»Prima, Bub«, lobt Rosi, »und am wichtigsten ist, dass es dir schmeckt.«

Und das tut es, uns allen. Die riesige Schüssel, die auf dem altehrwürdigen Bauerntisch steht, ist am Ende restlos leer geputzt.

»Wie war's eigentlich heute in der Schule?«, erkundige ich mich, nachdem der Abendbrottisch aufgehoben ist. Annika war beim Abendessen in Gedanken. Ich spüle, Justus trocknet ab, und Annika sitzt mit zahlreichen Kissen und einer Wolldecke auf der Ofenbank und blättert in einem Baumarktkatalog. Die Nächte sind immer noch kühl, und an manchen Abenden macht Florian sich die Mühe, den Ofen anzustochern. Wir haben seitdem eine dreizehnjährige Katze, sobald die Ofenkacheln glühen.

»Die war in Ordnung«, greift Justus meine Frage auf. »Ich habe die Lehrer langsam durchschaut und werde wie immer erstklassige Noten haben. Und ein paar Leute sind echt ganz nett. Man kann sich gut mit ihnen unterhalten. Zufrieden?«

»Aber ja! Es freut mich, dass du Anschluss gefunden hast.«

»Dachte ich mir«, antwortet er und nimmt mir den Topf, den ich fertig gespült habe, aus der Hand.

»Bei mir war's auch o.k.«, sagt Annika träge. »Aber, Mama, manchmal verstehe ich überhaupt nicht, was die von mir wollen.«

»Tja, ein Badischkurs vorweg wäre eine gute Investition für deine Kinder gewesen.« Justus grinst breit von einem Ohr zum anderen.

»Warum nicht gleich ein Integrationskurs?«, frage ich mit einem Augenzwinkern.

»Du nimmst uns nicht ernst, Mama!« Annika legt den Katalog beiseite und richtet sich auf.

»Doch, tue ich«, sage ich und werde wieder ernst. »Gab es denn einen Anlass, Annika?«

»Ja«, antwortet sie zerknirscht. »Da ist dieses Mädchen, Melissa heißt die. Die Eltern sind irgendwie reich und deswegen spricht sie wohl Hochdeutsch. So wie wir und eigentlich auch als Einzige. Aber sie findet es lustig, mir vorzuführen, was ich alles nicht kenne oder verstehe.«

»Welche ist es? Soll ich in der Pause mal vorbeikommen und großen Bruder spielen?«

Annika verzieht das Gesicht. »Nee, lass mal. Heute in der Pause kam sie sogar zu mir und fragte, ob ich ein *Gutzele* will.«

»Ein was?«, fragt Justus.

Ich lache, weil ich das Wort von früher kenne. »Weißt du denn jetzt, was es ist?«

Annika verdreht die Augen. »Das ist ein Bonbon. Das kommt aus dem Französischen. Bon-bon. Gut-gut.«

»Macht Sinn, aber schräg ist es schon«, befindet Justus.

»Es ist sinnvoll oder es hat einen Sinn«, korrigiere ich meinen Sohn, weil ich mich an diese falsche Floskel einfach nicht gewöhnen kann.

»Sprache wandelt sich, Sprache hat sich immer gewandelt und wird es auch weiterhin tun. Aber gut. Sagen wir einfach, die Herleitung des Wortes *Gutzele* klingt logisch.«

»Einverstanden. Aber tut mir einen Gefallen, ja?«

Meine Kinder nicken.

»Lasst uns das Bonbon bitte weiter Bonbon nennen.«

Erst als ich im Bett liege, fällt mir auf, dass ich bei Annika nicht weiter nachgehakt habe. Ich habe ein ungutes Gefühl, doch die

Stimmung war dann so gelöst ... Ich wollte nicht weiter insistieren und werde in den nächsten Tagen aufmerksamer sein. Ich bin auf eine gute Art erschöpft und kuschle mich tief unter die Decke. Die Ereignisse des Tages wiegen mich in den Schlaf. Am Ende war die ganze Aufregung um den erkrankten Architekten nicht umsonst. Im Gegenteil, Johann ist in unser Leben getreten.

# Schwarzwaldklinik

Mein Sofa. Nackt steht es in der Mitte des Raumes. Das war die erste Phase. Ich befreie die Polstermöbel von ihren alten Kleidern, dem Bezug, den Kokosfasern, Federn und Gurten. Übrig bleibt nur das Holzgestell. Danach flechte ich die Jutegurte neu, die Grundlage jeder Polsterung, nähe neue Federn auf und verknote sie nach einem komplizierten System. Der nächste Schritt ist der Aufbau des Polsters, aber nicht mehr heute, denn der Haushalt wartet. Auf dem Weg ins Haupthaus, quer über den Hof, die Holztreppe hinauf, denke ich nach. Über kurz oder lang muss ich auch hier im Schwarzwald Kundschaft finden und mir einen Namen machen, auch wenn für den Anfang die Aufträge einer erklecklichen Anzahl von Stammkunden ausreichen sollten. Sie halten der Polsterei zum Teil seit Jahrzehnten die Treue, erst Jakob, dann Jakob und mir und danach mir alleine – sie wollen auch nach meinem Umzug daran festhalten, was mich wirklich ehrt. Zunächst jedoch steht der Ferienhof im Vordergrund.

Bis die Kinder kommen, dauert es noch eine Weile, deswegen werfe ich die Waschmaschine an, sauge die Stube, gönne den Hunden eine kurze Runde und schaue dann beim zukünftigen Kleintierstall vorbei, der schon bald das neue Heim für unsere Tiere wird. Behauptet zumindest Florian, denn schon seit Tagen dürfen wir nicht mehr da hinein, wo er mit Jürgen werkelt. Mein großer Bruder macht es gerne spannend. Ich klopfe also an, Florian kommt raus und schließt die Tür hinter sich.

»Zwei Minuten«, ruft er Jürgen zu, der im Hintergrund pfeift. Sie haben Gefallen an ihrer Zusammenarbeit gefunden und Rockerbauer Jürgen gehört schon fast zum Bild des Hofes dazu. Roswitha allerdings ist auf wundersame Weise nie zu sehen, wenn er da ist. Darüber werde ich noch einmal mit ihr sprechen müssen.

»Ich habe eine Kartoffelsuppe auf dem Herd stehen. Wir essen um zwei, oder ihr nehmt euch einfach, wann ihr wollt.«

»Danke, Schwesterchen, ich denke, wir arbeiten durch und holen uns die Suppe später. Wir sind grad im Fluss.«

»Alles klar.«

»Johann hat mir übrigens geschrieben. Er hat einen Hof aufgetan, den er uns zeigen möchte. Leider geht es nur heute Nachmittag, und ich will grade nicht aufhören. Jürgen kann die nächsten Tage nicht, wir wollen heute unbedingt was fertig kriegen.« Er kratzt sich am Kopf. »Auf der anderen Seite würde ich das Haus wirklich gerne sehen. Johann kommt um drei.«

»Die Entscheidung kann ich dir nicht abnehmen, ich schaue es mir auf jeden Fall an.« Und freue mich darauf, Johann wiederzusehen.

»Hm ...« Florian überlegt. »Wie wäre es mit einem Videoanruf?«

»Gute Idee, das kriegen wir hin. Aber pass auf, dass du nicht versehentlich im Stall bleibst, sonst lüftest du noch dein großes Geheimnis.«

»Das werde ich nicht, mach dir keine Hoffnung.«

Auf der Hinfahrt erzählt mir Johann, wie er auf das Haus gekommen ist, das er mir zeigen möchte. Spontan haben wir Fuchur und Renate in den Kofferraum gepackt, weil wir auf dem Rückweg noch eine Runde spazieren gehen wollen. Annika wollte Penelope nicht hergeben.

»Es gibt einen badischen Architekturpreis, und da habe ich mich durch die Liste der Nominierten geklickt. Wie gehofft, war ein Schwarzwaldhaus dabei. Ich habe den Kollegen angerufen, der hat den Besitzer kontaktiert, und der wiederum hat nur heute Zeit, weil danach eine längere Dienstreise ansteht. Deswegen ist es so kurzfristig.«

Wir geraten ins Plaudern und fahren quer durch die Region Richtung Freiburg. Über Höhen und Pässe, durch schmale und ganz weite Täler. Immer tiefer in den südlichen Schwarzwald hinein, bis wir das Glottertal erreichen. Es ist eine vielfältige Landschaft mit Weinbergen und Streuobstwiesen entlang der Glotter, lieblich und bunt in schmeichelndem Sonnenlicht.

»Weißt du, dass die *Schwarzwaldklinik* mein Bild von dieser Gegend so nachhaltig geprägt hat, dass ich völlig verwundert war, als es keinen Professor Dr. Brinkmann gab? Unsere Oma hat die Serie immer mit uns geschaut. Bei meinem ersten Besuch im Schwarzwald war ich sieben. Ich hatte einen Fahrradunfall mit einer Platzwunde, die genäht werden musste. Aber niemand war da. Professor Brinkmann nicht, Schwester Helga nicht und Mischa auch nicht. Dabei fand ich seine Witze immer so lustig. Nur deshalb bin ich überhaupt mit ins Krankenhaus gefahren.«

Johann lacht los. »Das ist echt eine goldige Geschichte. Aber weißt du, was? Ich habe mit meinem Vater letztens ein paar Folgen geschaut, weil meine Mutter die Serie damals liebte. Und die Witze von Pfleger Mischa ... nun ja ... die sind aus heutiger Sicht richtig, richtig schlecht.«

»Ehrlich? Das muss ich überprüfen.«

»Genau. Ein Serienmarathon mit der *Schwarzwaldklinik*, Popcorn und einer Weinschorle.«

»Wenn es so weit kommt, zwinge ich dich mitzuschauen.«

»Ich glaube, darauf lasse ich es ankommen.« Sein Mundwinkel zuckt, und wir lachen, unbeschwert und frei heraus. Sind wir dabei, Freundschaft zu schließen?

Das fast zweihundertjährige strohgedeckte Haus ist bemerkenswert. Die Besitzer, ein Ehepaar aus Freiburg, sind freundlich und zuvorkommend. Sie seien beruflich viel unterwegs und wollten ein Haus schaffen, das ihre Wurzeln verrät und dennoch modern ist, erklären sie. Und das ist ihnen gelungen. Großzügig und hell hat es dennoch nicht seine Seele verloren. Es ist ein Schwarzwaldhaus 2.0.
Die beiden zeigen uns jeden Winkel, berichten von Unwägbarkeiten, Herausforderungen und Überraschungen. Wir sprechen über Materialien und Lichtverhältnisse, und zum Schluss bin ich dem Bild von unserem Hof wieder ein Stück näher gekommen. Johann stellt gezielte Fragen, weiß genau, auf was es ankommt – und Florian ist tatsächlich live dabei. Vorstellungen werden konkreter und Inspirationen bereichern unsere eigenen Ideen. Nach über zwei Stunden, in denen sie uns alles ganz genau zeigen, bedanken wir uns herzlich, und sie wünschen viel Glück beim Umbau und keine unerwarteten Baustellen.
Danach fahren wir ein Stück weiter zu einem Wanderparkplatz, diskutieren, überlegen und planen. Als wir mit den Hunden einen schmalen Wiesenpfad entlanglaufen, begleitet vom Brummen unzähliger Insekten, sprechen wir auch über persönlichere Dinge. Über unsere Geschwister und unsere Kindheit, dann fragt Johann nach meinen Eltern und ob sie den Hof schon gesehen haben.
»Meine Eltern konnten mit Käthes und Ludwigs Aussteigerleben hier oben nie viel anfangen und sind auch nicht so gerne gereist«, sage ich, »ich glaube, darum ist Florian ein Weltenbummler geworden. Und nun fühlen sie sich zu alt dazu. Ihr Radius hat sich sehr verkleinert. Aber wir besuchen sie regelmäßig, zumal die

Kinder Opa und Oma lieben, und einmal im Monat telefonieren wir. Wir haben eine recht gute Beziehung, führen aber alle unser eigenes Leben – zumindest bis Flo und ich uns hier zusammengetan haben.«

»Ja, so war es mit meinen Eltern bis zum Tod meiner Mutter auch. Das wird sich nun wohl ändern. Wenn ein Elternteil plötzlich alleine ist, ändert sich alles … Und welches Leben hast du hinter dir gelassen?«

Ich merke, dass ihn diese Frage mehr interessiert als alle davor, doch ich gehe nicht auf Abwehr wie sonst, denn ich mag seine Worte. Sie sind wertfrei. Er sagt eben nicht: »Bist du verheiratet?« Oder: »Oh, du bist geschieden? Das tut mir leid, das wusste ich nicht.« Oder: »Würdest du denn noch mal heiraten?« Immer, wirklich immer, wird suggeriert, dass eine Lücke entstanden sei, wo früher der Platz des Ehemannes war.

»Es ist eine sehr spießige Vergangenheit. Mann, zwei Kinder, Doppelhaushälfte in einer Neubausiedlung. Wobei, der Vollständigkeit halber, der Mann schon länger Vergangenheit ist.«

»›Ich wohne mit meinem Bruder auf einem Schwarzwaldhof‹ hört sich definitiv interessanter an.«

»Ja, nicht wahr?«

»Und unabhängig von dem Mann, der schon länger Vergangenheit ist – vermisst du dein altes Leben?«

»Erschreckenderweise gar nicht. Dabei habe ich so gekämpft, um das Haus nach der Trennung halten zu können. Aber letztendlich war mir in der Neubausiedlung alles zu viel. Zu viel Zusammenhalt, zu viel gleicher Lebensabschnitt, zu viel Beobachtung. Und Hannover und die Umgebung? Nein, das alles vermisse ich nicht. Jutta fehlt mir, sie wohnte zwei Häuser weiter. Dass wir wirkliche Freundinnen sind, merken wir erst, seitdem ich weg bin. Wir texten oft, und es tut gut, in Verbindung mit einer Freundin zu sein.«

»In der Distanz merkt man, wie fest eine Beziehung ist. Entweder sie geht sang- und klanglos auseinander oder sie ist etwas fürs Leben.«

»Da ist was dran. Und du? In welche Gegenwart kehrst du zurück, wenn du wieder in Hamburg bist?«

Johann schmunzelt. »Eine schöne Frage. Ich kehre zurück in eine Ehe, die mittlerweile eine Freundschaft ist.«

»Oh.« Ich reagiere genauso, wie ich es selbst nicht mag.

»Soll ich es näher erklären?«

»Nein, das musst du nicht«, drucke ich etwas hektisch herum. »Meine Reaktion war blöd. Ich zumindest hätte sie blöd gefunden. Obwohl, eigentlich musst du doch. So ein Satz macht schon neugierig.«

Johann lacht. »Das stimmt. Genauso war's gedacht.« Er sieht mich an. »Deshalb brauchst du nicht rot zu werden.«

»Schön, dass wir das geklärt haben«, brummle ich und werde noch röter. Es ist nicht nur eine simple körperliche Eigenheit. Es ist ein Blaulicht auf dem Kopf, das jeden auf deine Verlegenheit aufmerksam macht. Und das ist unangenehm. Zum Glück lenkt mich Johanns Antwort ab.

»Eigentlich ist es einfach. Wir haben vor einigen Jahren festgestellt, dass die Luft raus ist. Wir waren kein Paar mehr, jeder hat nur noch sein eigenes Ding gemacht. Aber wir verstehen uns gut und sind schlicht zu faul, alles auseinanderzudividieren. Unser Haus ist ganz offiziell eine WG. Jeder hat zwei Zimmer und ein Bad, die Küche und das Gästezimmer teilen wir uns. Obendrein morgens einen Kaffee und abends manchmal ein Glas Wein. Natürlich wissen wir, dass sich alles ändert, wenn neue Partner im Spiel sind, aber bislang gab es keinen Handlungsbedarf. Also bleiben wir bequem. Für unsere Söhne ist es auch schöner. Wir sind als Eltern immer noch gemeinsam greifbar und ansprechbar.«

Er erzählt die Geschichte routiniert, so als hätte er sie schon oft vorgetragen. »Wie lange hast du an diesem Text gefeilt, ehe du eine Version hattest, die keine Fragen mehr offenlässt?«

»Ist es so offensichtlich?«

»Wenn man selbst so einen Text hat, ja.«

Johann nickt. »Sobald man nicht in einer klassischen Viererbeziehung lebt, gerät man in Erklärungsnot. An Patchworkfamilien haben die Menschen sich ja einigermaßen gewöhnt, aber wie man sich trennen kann und trotzdem weiter zusammenlebt, das geht in ihren Kopf nicht rein.«

»Das glaube ich dir sofort.«

»Dann sag mir doch mal deinen Text auf, der keine Fragen offenlässt.«

Ich zaudere und denke dann: *Warum eigentlich nicht?* »Ich bin die klassische gehörnte Ehefrau, deren Mann zu den zehn Prozent gehört, die ihre Frau für die Geliebte verlassen haben, und der anschließend vergessen hat, dass er Kinder hat. Und ja, er zahlt Unterhalt. Ich komme finanziell über die Runden und finde es auch ganz toll, wie gut ich alles meistere.«

Wir grinsen uns an, setzen einträchtig unseren Spaziergang fort, ein Thema reiht sich an das nächste. Die Hunde schnüffeln eifrig, und auch wir halten unsere Nasen in die Luft. Ich kann nicht genug kriegen vom Tannenduft, dem würzig-süßen Geruch nach Waldmeister und dem verheißenden Zwitschern der Vögel.

Als wir beide Hunger spüren, steuern wir spontan eine Gaststätte mit dem wunderbaren Namen Zum Rössle an. Wie die meisten Gaststätten der Gegend ist es ein beeindruckendes Gebäude in typisch Schwarzwälder Manier: Sprossenfenster, hölzerne Balkone an der Vorderfront und ein kunstreich geschmiedetes Wirtshausschild in Grün und Gold. Die Gaststube in rustikal-gutbürgerlichem Stil ist licht und hell, überall stehen Osterglocken in kleinen Vasen auf den Tischen, und an den weiß gekalkten Wänden hängen farbenfrohe Landschaftsgemälde. Sie stammen alle von demselben Künstler, wirken modern und zeigen den Schwarzwald aus einer anderen spannenden Perspektive.

Hinter der Theke steht eine Frau in den Fünfzigern oder Sechzigern mit kurzen grauen Locken und poliert einen dieser Weinkelche mit grünem Fuß, aus denen das badische *Viertele* getrunken wird. Sie begrüßt uns mit warmer Stimme und offenem, freundlichem Gesichtsausdruck. Wir suchen uns einen Platz mit einer Eckbank, weil wir beide gerne auf der Bank sitzen und sich die Hunde darunter vom Spaziergang erholen können. Wir trinken eine Weinschorle und essen *Schäufele* mit *Schupfnudeln* und Sauerkraut.

»Ich habe wirklich eine Schwäche für die badische Küche«, sage ich, während ich mit dem Messer durch das butterweiche *Schäufele*-Fleisch schneide. Es ist so viel besser als Kassler, das oft ein bisschen trocken ist.

»Wir wissen halt, was gut ist, und haben immer den richtigen Wein dazu«, sagt Johann schmunzelnd, und wir stoßen an auf diesen schönen Tag.


Als ich wieder zu Hause bin, koche ich mir einen Tee und gönne mir Ich-Zeit in meinem Zimmer. Ich möchte lesen, doch zunächst tippe ich eine Nachricht an Jutta und erzähle von unserem Ausflug ins Glottertal.

Postwendend klingelt das Telefon, und wir verbringen die nächste Minute damit, uns zu begrüßen und gegenseitig zu begründen, wie schwer es doch geworden ist, ein anständiges Telefonat zu organisieren.

»So, und nun kommen wir zu deiner Bekanntschaft. Ein Junge aus der Vergangenheit, ein Retter in der Not, sympathisch, unaufdringlich. Das weiß ich alles. Aber die wichtigste Frage ist doch: Ist er Single?«

Ich amüsiere mich. Natürlich hatte ich die Frage über kurz oder lang erwartet. »Ja, er ist Single. Allerdings hat er eher die Ausstrahlung eines Welpen. Ich möchte ihn viel lieber adoptieren und ihm ein kuscheliges Körbchen schenken.«

»Nun, ein Welpe ist zwangsläufig Single. Und er wächst und wird älter, und dann ist er vielleicht doch ein geeigneter Kandidat.«

»Ach, Jutta. Ich weiß, dass du es nur gut meinst. Aber in diesem speziellen Fall gönn mir die neue Freundschaft und alles andere ...«

»... alles andere? Das ist keine vollumfängliche Abneigung mehr.«

»Jutta!«

Jutta wird ernst. »Die erste Zeit war deine Entscheidung, alleine zu bleiben, vielleicht richtig, Elli. Doch mittlerweile ist das Zölibat, das du dir auferlegt hast, einfach falsch. Nicht, weil ich finde, dass eine Frau ohne Mann nichts wert ist, sondern weil es die falschen Gründe sind.«

»Ach, Jutta«, sage ich noch einmal, und dann erzählt sie mir den neuesten Klatsch aus der Nachbarschaft. Der pingelige Herr Schneider musste seinen liebevoll geschotterten Vorgarten renaturieren, beim letzten Sperrmüll sind wieder etliche Räder verschwunden, und Kitty hat jetzt einen Schoßhund, den sie in einer weißen Lacktasche durch die Gegend trägt. So ein Accessoire fehlte ihr tatsächlich noch, damit sie perfekt in die Schublade passt, die sie sich selbst ausgesucht hat.

# Cinderella

»Junger Mann, ich brauche eine Pause, jetzt bist du dran.«

Mit diesen Worten ziehe ich Fuchurs Kutsche aus der Scheune. Ich habe den ganzen Vormittag am Biedermeiersofa gearbeitet. Nun fehlt nur noch der Bezug. Es ist der letzte und gleichzeitig spannendste Arbeitsschritt, denn er verleiht dem Möbelstück sein neues Gesicht.

Die Kutsche sieht aus wie einer dieser Bollerwagen, die man in Zoos oder Freizeitparks mieten kann. Das Gestänge und das Geschirr allerdings geben mir Rätsel auf. Zuerst stülpe ich das Riemenzeug verkehrt herum über den Hund. Beim nächsten Versuch bleiben zwei Riemen übrig, für die ich absolut keine Verwendung finde, und als endlich alles da sitzt, wo es soll, hadere ich mit den Schnallen. Ich zweifle schon an meinen Fähigkeiten. Fuchur lässt die unbeholfenen Versuche stoisch über sich ergehen. »Du bist wirklich ein Schatz«, lobe ich ihn, als die Konstruktion endlich aussieht, als wäre alles an seinem Platz.

Fuchur trabt fröhlich hechelnd den Feldweg entlang, das leere Wägelchen rattert im Takt seiner Schritte. Das Wetter ist perfekt. Die Sonne steht hoch bei behaglichen zwanzig Grad, und ein lauer Wind weht Apfelblüten wie Schnee von den Bäumen. Kein Schwitzen. Kein Frieren. Der April ist der Monat, in dem alles möglich ist, doch bisher verkündet er nichts als Frühling. Bei dieser Temperatur fühle ich mich pudelwohl und könnte bis ans Ende der Welt laufen. Ich bin Cinderella, mit ein paar Mäusen und einem Kürbis auf dem Weg ins Abenteuer, aber ohne Prinz, bitte schön, auf den kann eine moderne, emanzipierte und selbstständige Frau nämlich verzichten.

Auf der Hauptstraße, gleich hinter dem Ortsschild, begegnet uns ein blondes Mädchen in Annikas Alter. Ihre Augen werden groß, als sie uns sieht.

»Ist das echt eine Kutsche, die der lustige Hund da zieht?«, fragt sie keck.

»Stopp«, befehle ich Fuchur und schenke ihr meine Aufmerksamkeit. »Ganz genau, das ist es.«

»Wieso habt ihr die?« Sie tippelt von einem Bein auf das andere.

Ich erzähle ihr, wie Fuchur und die Kutsche zu uns gekommen sind.

»Das ist ja cool. So einen Hund hätte ich auch gerne.«

Mir kommt eine Idee, und ich spreche sie aus, ohne darüber nachzudenken. Annika wird nicht begeistert sein. »Weißt du, was? Wir wohnen oben auf dem Huberhof«, ich deute in die Richtung, aus der ich gekommen bin, »und ich habe eine Tochter in deinem Alter.«

»Heißt sie vielleicht Annika? Wir haben nämlich seit den Ferien ein neues Mädchen in unserer Klasse, und die fährt immer bei mir im Bus.«

»Ganz genau. Du kannst gerne mal vorbeikommen. Annika hat einen eigenen Hund. Ihr könntet die beiden Hunde ja vielleicht mal zusammen ausführen.« Ich beiße mir auf die Zunge. *So* eine Mutter wollte ich nie sein, und nun ist es doch passiert.

Das Mädchen grinst verlegen. Zu Recht. So wird das nichts, mahnt meine innere Stimme. Selten schließen Teenager Freundschaften, die ihre Mütter für sie angebahnt haben.

»Das ist nur ein Angebot«, füge ich abschwächend hinzu, »also nur, wenn du Lust hast.«

Das Mädchen zögert. »Hmm ... warum nicht? Ist ja auch doof, neu zu sein.«

»Ja, das ist nicht einfach. Ich bin übrigens Elli. Es war nett, dich kennengelernt zu haben.«

»Ich bin Antonia«, stellt sie sich vor. Ich biete ihr an, Fuchur zu streicheln, dann trennen sich unsere Wege wieder. Ich bin beschwingt. Wir werden nette Menschen kennenlernen, und wir werden neue Freunde finden! Tina ist nicht das ganze Dorf. Das muss ich endlich begreifen.

Vor Tinas Dorfladen binde ich Fuchur an die dafür vorgesehene Befestigung und befehle ihm zu warten.

»Guten Morgen!« Olga begrüßt mich fröhlich. Mit einem Etikettiergerät zeichnet sie Konserven aus. »Du hast einen Hund mit Kutsche dabei? Das ist zu lustig und wird sicher schnell zum Gesprächsthema.«

Ich wünsche ihr ebenfalls einen Guten Morgen. »Du meinst, wir fallen auf wie 'n bunter Hund?«

Olga lacht. »Bunt ist er ja nicht, nur die Beine sind ein bisschen kurz geraten.«

»Nun ja, die Farbe könnten wir ändern. Haarfarbe ist schnell gekauft.«

»Das wär ein Spaß, da mach ich mit.« Olga lächelt mich offen an. »Wie seid ihr auf die Idee gekommen, den Hund vor eine Kutsche zu spannen?« Auch ihr erzähle ich die Geschichte.

»Das ist wirklich lustig. Ein Hund wie ein Miniaturesel.«

»Wir haben sogar einen echten Esel. Der ist allerdings genauso stur, wie man es erwartet.«

Wir plaudern über unsere Tiere und kommen dann zum Geschäftlichen. Kartoffeln, Äpfel aus der Region, Butter und Milch. Meine Liste ist nicht lang. Als ich das Restgeld einpacke, stößt Tina dazu. Ich atme tief in den Bauch.

»Hallo«, grüßt sie trocken.

»Hallo«, grüße ich zurück und schwinge mich gleich zu neuer Lockerheit auf »Ich mag deinen Laden.«

Tina stutzt. »Das ... das freut mich. Und eigentlich ist es gut, dass du da bist. So kann ich dir direkt sagen, dass mein Onkel wirklich enttäuscht ist. Er wartet nicht mehr lange, bevor er Einsicht in die Bauakte beantragt. Seit zwei Wochen wartet er bereits auf die Baugenehmigungen, und er meinte, dein Bruder sei das letzte Mal nicht besonders freundlich gewesen.« Sie sagt es in vertraulichem Ton, als wären wir Freundinnen, und das verwirrt mich. Ich suche nach einer passenden Antwort, aber Tina scheint keine zu erwarten, denn nun wendet sie sich an Olga. »Du hast schon wieder die Bananen neben die Äpfel gestellt. Meine Güte. Ruf mich später an, wenn du die Kasse machst, ich will dabei sein.« Ihr Ton ist Tinabrüsk.

Olga nickt. »Tut mir leid, ich habe wohl geträumt.«

»Fürs Träumen wirst du nicht bezahlt«, tadelt Tina, verabschiedet sich von mir mit einem Nicken und rauscht ab.

Olga rollt mit den Augen.

»Ist sie immer so zu dir?«

»Ja, leider sehr oft. Sie kann auch nett sein, aber sie ist eine unglückliche Frau und lässt ihren Frust an anderen aus. Ich versuche, es nicht persönlich zu nehmen. Außerdem brauche ich den Job.«

»Aber sie demütigt dich! Tina war schon kein nettes Kind, und scheinbar hat sie sich kaum geändert. Und was den Job angeht – es muss doch andere Möglichkeiten geben.« Die Worte platzen aus mir heraus.

»Sicher, aber ich habe gerade erst gewechselt. Wenn ich jetzt kündige, sieht es so aus, als wäre ich keine zuverlässige Mitarbeiterin. Das ist schon ein Problem, wenn du aus Deutschland kommst – und ein noch größeres, wenn du Polin bist.«

»Du hast recht, ein zu häufiger Stellenwechsel macht sich

nicht gut«, sage ich. »Und ja, wahrscheinlich ist manches leichter, wenn der Name deutsch klingt. Was hast du denn vorher gemacht?«

»Ich habe mich um einen alten Mann im Dorf gekümmert. Er ist vor zwei Monaten gestorben. Ich bin dafür aus Polen gekommen, und ich möchte nicht mehr zurück.«

»Warum?« Ich bin neugierig und bereue es sofort. Die Frage ist nicht angemessen.

»Ich habe mich verliebt«, antwortet Olga jedoch wie selbstverständlich, begleitet von einem versonnenen Lächeln. Sie hat den Ausdruck derjenigen im Gesicht, die voller Liebe an einen anderen Menschen denken. Werde ich je wieder so schauen? Ich verdränge den aufkeimenden Gedanken. »Sag mal, Elli, wollen wir uns mal verabreden? Dann könnten wir in Ruhe quatschen. Was meinst du?«

»Das ist eine fabelhafte Idee. Gerne bei uns. Oder auch bei dir. Wie du möchtest.«

»Ich habe noch eine bessere Idee.« Olga strahlt. »Wie wäre es, wenn ihr diesen Sonntag zum Tanz in den Mai kommt? Das ist immer lustig. Du bringst deine Familie mit und lernst Olli und andere aus dem Dorf kennen. Dann fragt mich auch endlich niemand mehr, wer da auf den Huberhof gezogen ist.«

»*Wolkenhof* heißt er jetzt. Und das ist großartig! Wir wollen unbedingt neue Kontakte knüpfen – und auf deinen Olli bin ich natürlich gespannt.« Ich zwinkere ihr zu.

Olga sagt mir noch, wann und wo genau wie uns treffen, dann verabschieden wir uns. Ich belade den Wagen, und Fuchur zieht ihn ohne Murren, wofür ich ihn nach unserer Rückkehr mit einem Schweineohr belohne. Beim Mittagessen erzähle ich den anderen von dem Fest und ernte Zustimmung. Der Sonntag kann kommen.

So stelle ich mir mein neues Leben vor. Genau so.

Sie ist ein wichtiges Symbol.

Ich genieße meine Arbeit als Polsterin so wie früher, vor meiner Trennung. Viele der Handgriffe sind fast meditativ. Ich kann stundenlang damit zubringen, mit der Spitzzange alte Tackernadeln aus den Polstern zu ziehen oder in aller Ruhe auch noch die letzte Naht zu setzen. Nähte, die von außen genäht werden und dennoch unsichtbar sind.

Meine Arbeit ist aber auch körperlich anstrengend. Wenn ich zum Beispiel alte Polster von den Sitzmöbeln zerre oder mit dem Hammer Dutzende Polsternägel hineinklopfe, kann ich mich verausgaben. Und am Ende erfüllt mich jedes Möbelstück, das ich aufbereitet habe, mit Stolz.

Was die Polsterei angeht, gibt es weder Unsicherheit noch Erröten. Ich habe mein Handwerk von der Pieke auf gelernt, bei einem hervorragenden, geduldigen und sehr kreativen Lehrmeister, und im Laufe der Jahre bin ich immer besser geworden.

Ja, ich liebe meine Arbeit, und mit dem blank geputzten Messingschild, das ich nun mit Bohrer und Wasserwaage neben der Eingangstür anbringe, bin ich endgültig angekommen.

## Elisabeth Seidel
## Polstereimeisterin

Ich stemme die Arme in die Hüften und grinse. Meine Güte, bin ich stolz! *Mein* Bauernhof, *meine* Polsterei. Ich habe etwas geleistet im Leben. Dann und wann muss man sich das klarmachen. Und dann noch mein Biedermeiersofa! Schön ist es geworden, umwerfend. Mein erstes Schwarzwald-Stück. Für mich. Fast zärtlich streiche ich noch einmal über den Damaststoff, stelle mir vor, wie er vor Jahrhunderten gefertigt wurde. Ja, ich muss das gute Stück, das im Arbeitszimmer meiner neuen Wohnung stehen soll, unbedingt und sofort jemandem zeigen.

Florian allerdings ist mit den Hunden beim Tierarzt, die Kinder sind mit dem Zug in die Kreisstadt gefahren, um ein bisschen Taschengeld loszuwerden, bleiben also Roswitha und Hannelore. Ich stapfe den Hügel hinauf, klopfe an, bekomme – wie so oft – keine Antwort und trete ein. Einmütig sitzen die beiden in der Küche, vor ihnen auf dem Tisch stehen Kaffeegeschirr und Gebäck sowie ein Keyboard. Roswitha hat ihre Brille aufgesetzt und studiert mit zusammengekniffenen Augen die Bedienungsanleitung.

»*Hallöle*«, sage ich fröhlich. »Wie geht es den Damen?« Früher war ich froh, wenn ich meine Pflichten bei Hannelore erfüllt hatte, heute fühlt es sich anders an. Freier. Unvoreingenommener. »Ich wusste gar nicht, dass du Klavier spielst, Rosi.«

»Tu ich auch nicht«, antwortet sie und scheint fündig geworden zu sein. »Aha, so geht das also.« Sie drückt eine Tastenkombination, probiert ein paar Töne aus und schiebt das Keyboard rüber zu Hannelore. »Jetzt haben wir endlich ein Klavier. Du kannst loslegen.« Und dann, mit Blick auf mich: »Da war eine Trompete auf den Tasten, und Hannelore will schließlich Klavier spielen und nicht Trompete.«

»Du spielst Klavier?«, frage ich verwundert. »Das wusste ich gar nicht.«

»Hast ja auch nie gefragt, Kind«, antwortet Hannelore trocken.

»Wir sind gestern draufgekommen«, erklärt Roswitha. »Da habe ich spontan bei einer Bekannten das Keyboard besorgt. Es stand bei ihr sowieso nur im Keller. Und nun, lass hören, Hannelore.«

Die Oma, und das schlägt dem Fass den Boden aus, lächelt verlegen. Es steht ihr gut, dieses Lächeln. »Weiß ja nicht, ob meine Finger noch mitmachen. Ist lange her.«

Dann fängt sie an, erst ein bisschen ungelenk und mit dem einen oder anderen falschen Ton, doch sie wird mit jedem Stück sicherer. Fünf sind es am Ende, darunter Beethovens *Mondscheinsonate*. Rosi und ich haben Tränen in den Augen. Und ich erkenne plötzlich eine Frau, die leidenschaftlich ist, sensibel und voller Überraschungen.

Als wir anschließend gemeinsam zur Werkstatt laufen, sitzt Jürgen unter der Buche und raucht eine Zigarette. Automatisch gehe ich in Habachtstellung. Jetzt kann sich Roswitha nicht verstecken.

»Hallo, Jürgen«, begrüße ich ihn, »Florian ist nicht da. Hat er eine Verabredung versäumt?«

»*Awa*, ich wusste, dass er zum Tierarzt fahren wollte. Hab gefragt, ob ich alleine in den Stall kann. Meinte, du wärst da.« Mit einem Grinsen wendet er sich an Roswitha. »Hallo, Rosi. Schön, dich mal wiederzusehen.«

»Das lässt sich leider nicht vermeiden«, antwortet sie und geht einfach weiter.

Entschuldigend zucke ich mit den Achseln.

»Weiß ja, wie sie ist«, meint Jürgen, »nehm's nicht persönlich.«

# Wer bringt den Esel zum Tanzen?

Ich liebe diese Ruhe, wenn alle beschäftigt sind: Die Kinder in der Schule, Roswitha begleitet Hannelore zum Arzt, und Florian gönnt sich in der Sauna eine Auszeit von Tier und Hof. Heute Morgen gönne ich mir ein kleine Pause auf der Reifenschaukel, mit einer großen Tasse Kaffee in der Hand und Blick auf den Hof. Auf unseren Hof, den Wolkenhof. Ich stelle mir die Tiny Houses vor, die schon bald auf der Wiese am Bach ihren Platz finden. Es wird einfach nur idyllisch werden. Und mit ihnen kommen auch bald schon die ersten Gäste. Ich spüre Freude, Neugier und Erleichterung. Denn mit dem Umbau geht endlich alles seinen Gang. Johann hat in den letzten Tagen die Umbaupläne ausgearbeitet, einen ehemaligen Schulkameraden aus der Gegend überredet, die Bauleitung zu übernehmen, und die Bauanträge im Landratsamt eingereicht, wo sie auf die weitere Bearbeitung warten.

Zwei Abende lang haben Florian, Johann und ich bei Bier und Chardonnay über den Einzelheiten gebrütet und außerdem entschieden, Herrn Armbruster die Baugenehmigungen freiwillig zur Verfügung zu stellen, sobald sie vorliegen. Verpflichtet sind wir nicht, aber es wird den ungehaltenen Ortsvorsteher hoffentlich besänftigen und uns das Einleben erleichtern. Was Johann für uns in Bewegung setzt, ist einmalig, und er wird immer mehr zu einem Menschen, den wir nicht mehr missen möchten.

Ich lausche dem Knarzen und Knacken des Schwarzwaldhauses, während ich mit meinem Notebook in der Essecke in der Stube sitze und Bankgeschäfte erledige. Die großzügige Eckbank aus Eichenholz an dem wuchtigen Tisch, den man kaum zu zweit bewegen kann, ist ein wunderbarer Platz. Viele Möbel standen schon hier, als Käthe und Ludwig den Hof gekauft haben, sie müssen so alt sein wie der Hof selbst. Tiefe und weniger tiefe Kerben verraten die Jahrzehnte. Viele Generationen haben an diesem Tisch gesessen, gegessen, gespielt, gestritten und gelacht. Es ist ein schöner Platz zum Arbeiten – und die vielen Sprossenfenster in beiden Außenwänden bieten einen wunderbaren Blick über die Berge. Über ihnen hängt noch der Morgennebel, doch die Sonne gibt sich alle Mühe, ihn zu vertreiben.

Nach den Bankgeschäften bestelle ich Polstermaterial. Gestern wurde der Sessel eines Stammkunden aus Hannover geliefert. Sein Besitzer sammelt Möbel aus den Siebzigern, und ich liebe es, die Stücke so aufzubereiten, dass sie zwar neu und modern wirken, ihr Charme dennoch erhalten bleibt.

In aller Ruhe klicke ich mich durch das Angebot. Für den Sessel brauche ich spezielle Palmfasermatten, aber ich packe auch in den Warenkorb, was in meinen Regalen langsam knapp wird: Polsterwatte, Ziernägel, Juteleinen, Schaumstoff. Ein leeres Haus ist etwas Feines. So schön es ist, liebe Menschen um mich zu haben, fehlen mir doch manchmal die Stunden, in denen ich keinen sehe, mit niemandem rede und einfach nur da bin.

Als alles bestellt ist, nutze ich die Gunst der Stunde, hole meine Bluetooth-Box aus dem Schlafzimmer, starte die Playlist, bei der ich am besten abschalten kann, und nehme mir das *Backhäusle* vor. Die Küche ist aufgeräumt, für den Sessel fehlt Material, und ich habe Lust auf eine neue Aufgabe. Eine, die uns dem Ferienhof einen Schritt näher bringt. Denn Annika hat nur noch Penelope im Kopf, ihr Plan von der eigenen Küche scheint völlig vergessen zu sein, und auch andere Projekte sind nicht in Sicht.

Ich schnappe mir Eimer, Lappen, Putzzeug und Müllbeutel, trage alles summend hinüber und lege los. Vielleicht können wir auch bald den Ofen in Betrieb nehmen. Ich träume vom feinen Duft frischer Backwaren, der über den Hof zieht – und diesmal werden meine eigenen Kinder auf der Suche nach Leckereien um das *Häusle* stromern.

Zunächst sortiere ich aus. Einen wackeligen Stuhl, verrostete Backformen, alte Mehltüten. Es ist über zehn Jahre her, dass Tante Käthe hier gewirbelt hat, und doch ist sie immer noch da. Was ich in die Hand nehme, hat auch sie in ihren Händen gehabt. Danach kehre ich den Holzofen aus, schrubbe die Außenseite, nehme den Weidenkorb, der gleich daneben steht, und besorge Holz, das in rauen Mengen hinter der Scheune gestapelt ist. Wie viel braucht man wohl? Ich werde mir dazu ein Tutorial ansehen, vorerst schleppe ich nach der ersten Ladung auch noch eine zweite und dritte ins *Häusle*. Daran soll es nicht scheitern.

Als ich das vierte Mal um die Ecke biege, steht ein Polizeiwagen mitten auf dem Hof. Mein Herz stockt. Die Kinder? Florian? Die Oma? Ich gehe die Liste der Menschen durch, über die ich keine schlechten Nachrichten hören möchte. Eine junge rothaarige Frau öffnet die Beifahrertür und steigt aus.

»Ist was passiert?«, rufe ich, doch sie schaut nur stumm zu Boden. Dann steigt auf der Fahrerseite ein Polizist aus, und als wäre mein Adrenalinspiegel nicht eh schon hoch genug, erkenne ich den alten Bekannten sofort. *Alex*. Der Alex, der früher immer einen weiblichen Fanklub hatte, und von dem auch ich eine Weile geträumt habe, wenn ich abends im Bett lag. Ich muss zwölf oder dreizehn gewesen sein, und Alex, zwei Jahre älter, war unerreichbar wie das Mitglied einer Boygroup. Er sah schon früher unverschämt gut aus, und er tut es noch.

»Hallo, Elli«, sagt er freundlich, »ich habe gehört, dass ihr den Huberhof übernommen habt.«

Seine direkte Begrüßung bringt mich aus der Fassung. »Ähm.«

»Ich bin Alex, falls du dich erinnerst«, hilft er mir auf die Sprünge, »ich weiß, die Uniform lenkt ab. Tina hat mir erzählt, dass ihr hierhergezogen seid, und ich wusste sofort, wen sie meint. Die Geschwister, die jeden Sommer hier waren. Kein Blatt passte zwischen euch, daran erinnere ich mich, und dein Bruder hatte ein Auge auf seine kleine Schwester.« Er freut sich sichtlich über die Begegnung, während meine Gedanken rotieren.

»Ähm, hallo, Alex. Ich habe dich tatsächlich gleich erkannt, aber was machst du hier?« Und setze noch einmal nach: »Ist was passiert?«

»Nein, alles gut«, beruhigt mich Alex der Polizist.

Ich atme erleichtert auf, doch die Situation wirkt merkwürdig. Ich habe das Gefühl, hier passieren gerade zwei Dinge, die nicht zusammengehören.

»Oder sagen wir, es ist nichts passiert, was dich beunruhigen sollte«, fährt Alex fort. »Das ist übrigens unsere Polizeianwärterin, Jana Bergmann, die ihr erstes Praktikum bei uns absolviert. Und als hätte jemand da oben Humor, ist ihr erster Fall, nun ja, ungewöhnlich.«

Er umrundet, während er kurz Richtung Himmel schaut, den Wagen und steht mir nun gegenüber. Groß ist er und in der Uniform ... nun ja, er macht was her. Das hätte zumindest die dreizehnjährige Elli gedacht – die erwachsene Elli schüttelt darüber nur den Kopf. Trotzdem tippelt auch die erwachsene unruhig von einem Fuß auf den anderen – ich will endlich wissen, was los ist.

»Frau Bergmann. Erklären Sie doch Frau Seidel, worum es geht.«

Frau Bergmann errötet bis in die Ohrläppchen, was sie mir gleich sympathisch macht, und räuspert sich. »Entschuldigen Sie, das ist alles neu für mich.«

»Kein Problem«, erwidere ich.

Sie kramt Block und Kugelschreiber aus einer ihrer Hosentaschen und versteckt sich dahinter. Sie ist wirklich niedlich.

»Haben Sie vielleicht einen Esel?«, fragt sie dann.

Auf die Frage bin ich nun gar nicht vorbereitet. »Ähm, ja ... haben wir. Gibt es Beschwerden? Haben wir eine Verordnung übersehen?«

»Also«, räuspert sich die Polizeianwärterin und bemüht sich um einen ebenso formellen Ton wie um Hochdeutsch. Den badischen Akzent kann sie selbstverständlich nicht verbergen. »Laut Zeugenbefragung gibt es nur den einen Esel in diesem Dorf. Deswegen haben wir den Verdacht, es könnte Ihrer sein. Es ist ihm nichts passiert, keine Sorge.«

Sie versucht, verständnisvoll zu wirken, ihre Unsicherheit bleibt. Sie übt noch, sage ich mir. In schwierigeren Situationen Mitgefühl zeigen, steht sicher auf dem Lehrplan, wenn es hier auch etwas überambitioniert scheint.

»Also«, setzt sie neu an, »Frau Bauer aus der Höllengasse hat um 10:23 Uhr in der Leitstelle angerufen und sich beschwert, dass ein Esel ihre Rosen frisst.«

Ich muss mir ein Grinsen verkneifen, gleichzeitig klingeln alle Alarmglocken. Unser Esel marodiert durchs Dorf? Wie kann das sein? Heute Morgen stand er noch auf der Weide, und bis gerade eben bin ich fest davon ausgegangen, dass er zusammen mit den Ziegen im Stall ist. Ist er wohl nicht. Na prima!

Frau Bergmann unterrichtet mich über die Details. »Wir sind dann hingefahren, um den, ähm, Sachverhalt aufzunehmen. Es sind wirklich keine Rosen mehr im Vorgarten. Alle abgefressen.« Sie atmet tief durch und vergewissert sich mit unsicherem Blick bei Alex. Der nickt ihr aufmunternd zu. »Wir haben Zeugen befragt, und ähm ... « Sie blättert umständlich durch die Seiten ihres Blöckchens. »Bei Familie Engler hat der Esel ebenfalls die Rosen

gefressen, und bei Frau Schubert hat er in den Garten gekackt ...«
Die Polizistin in spe wird noch röter. »Also, er hat sich in den Garten erleichtert.«

»Ist schon o.k.«, versuche ich, ihr den Fauxpas zu erleichtern.

»Für den Anfang«, wendet Alex freundlich ein, »in Zukunft vermeiden wir Fäkalausdrücke vor den Bürgern und Bürgerinnen.«

Das Rot vertieft sich. »Entschuldigung.«

»Kein Problem, zum Lernen bist du hier, und Fehler gehören dazu.«

Eins muss man dem Kerl lassen. Er hat die Ruhe weg und lässt seinem Neuzugang Zeit. Ich möchte allerdings gar nicht wissen, was der Esel – und war es wirklich Pogo? – alles angestellt hat. Auf einmal habe ich ein Dorf vor Augen, in dem es keine einzige Blume mehr gibt.

»Also. Wir haben also Zeugen befragt, und Frau ... ähm ... Mercek, die im Dorfladen arbeitet, hat uns gesagt, dass Sie einen Esel besitzen, und deswegen sind wir hier.« Die junge Frau atmet erleichtert aus, und ihre Schultern sacken ein gutes Stück nach unten. Die erste Feuerprobe ist geschafft.

»Wenn es hier tatsächlich nur einen Esel gibt, dann gehe ich davon aus, dass es unser Esel ist«, antworte ich und versuche, der Anwärterin mit dem Respekt zu begegnen, der ihr zusteht. »Allerdings dachte ich bis jetzt, er ist im Stall. Schauen wir doch mal nach.«

Gemeinsam tun wir genau das.

»Oh nein. Die Ziegen sind ja auch verschwunden.« Ich seufze vernehmlich, während Frau Bergmann erneut den Kugelschreiber zückt und das Ziegenquartett hinzufügt. Ich würde den Polizeibericht hinterher zu gerne sehen.

Alex greift wieder in das Geschehen ein. Er macht das richtig gut. »Also, wir wissen nun, dass es der Esel von Frau Seidel ist und dass die Ziegen ebenfalls verschwunden sind. Wie gehen wir weiter vor?«

Die junge Kollegin geht in sich, und ich inspiziere die Verriegelungen der Boxen, die völlig in Ordnung sind. Anschließend werfe ich einen Blick auf die Weide, aber auch der Zaun ist intakt und das Gatter geschlossen. Wie sollen die Tiere denn ausgebüxt sein? Und, ebenso essenziell ist: Wie kommen sie hierher zurück?

Die Anwärterin hat sich indessen das weitere Vorgehen überlegt. »Sie müssen die Tiere natürlich einfangen, und die Geschädigten können sich überlegen, ob sie Anzeige erstatten.«

Ratlos zucke ich mit den Achseln. »Ich habe leider keine Ahnung, wie ich das tun soll. Es ist das erste Mal, dass mir die Tiere abhandengekommen sind.« Nun bin ich an der Reihe, rot zu werden.

»Ist denn niemand da, der dir helfen kann?«, fragt Alex.

»Leider nein.«

»Nun ja, es wäre unhöflich, dich mit dem Problem allein zu lassen«, schlussfolgert er lächelnd.

Ich bin verwirrt. Der Polizist, dein Freund und Helfer? So soll es sein. Und das beinhaltet auch das Einfangen ausgebüxter Tiere? Ich schaue ihn an, sein Lächeln wird breiter, und in meiner Magengegend formieren sich merkwürdige Gefühle. Gefühle, die ich nicht verstehe, und die angenehm und unangenehm zugleich sind. Alex lächelt immer noch. Oder wieder? Fältchen in den Augenwinkeln geben ihm etwas Spitzbübisches. Sie stehen ihm gut, die Jahre, denke ich. Erst jetzt bemerke ich Frau Bergmanns gespannten Blick. Natürlich erwarten sie eine Reaktion. Wie peinlich! Ich brauche zwei Augenblicke, ehe ich meine Verwirrung in den Griff bekomme.

»Die Polizei würde mir helfen?«

»Ich habe gerade keinen Mord auf dem Tisch, und der letzte Banküberfall ist auch schon eine Weile her. In der Dienststelle wartet nur Verwaltungskram, und Frau Bergmann soll noch ihren Enkelkindern von ihrem ersten Einsatz erzählen können. Also ja, wir helfen dir.«

Noch einmal lächelt er mich so entwaffnend an, dass ich erneut die Hitze spüre, die in meine Wangen steigt. Verdammt, der Kerl irritiert mich. Und das lehne ich ganz und gar ab ... Trotzdem bedanke ich mich gleich mehrfach für das Angebot, sammle Halfter und Führstricke zusammen, packe Möhren und Leckerlis ein und steige dann zum ersten Mal in meinem Leben in ein Polizeiauto. Durch ein Gitter getrennt von den Polizisten, sitze ich auf der Rückbank. So fühlt sich das also an.

Nach einer kurzen Fahrt hinunter ins Dorf parken wir den Wagen vor der Kirche und klappern nacheinander die Straßen ab. Was mache ich eigentlich, wenn wir ihn finden? Das störrische Tier wird sich nicht vom Fleck rühren, und das habe ich bisher nicht erwähnt. Nun brauche ich eine gute Ausrede, wenn Pogo das Stofftier mimt. Er muss sich erst eingewöhnen? Er hat einen schlechten Tag? Insgeheim hoffe ich auf ein Wunder und einen artigen Esel. Das wäre doch mal was. Ob er sich wohl mit Rosen locken lässt? Einen Versuch wäre es wert. Wenn es denn noch Rosen gibt.

Just in diesem Augenblick marschiert eine ältere Dame strammen Schrittes auf uns zu. »Herr Polizist«, tönt sie von Weitem, »wie gut, dass Sie da sind. Auf dem Friedhof steht ein Esel und frisst Rosen. Die schönen Blüten für meinen Edgar. Alle weg. Eine Schande ist das.«

Mir bleibt keine Zeit, peinlich berührt zu sein, denn in Windeseile sind wir an der Kirche, eilen über den Friedhof und finden Pogo am Brunnen, genüsslich trinkend. Rosen machen wohl durstig.

»Po-go!«, schimpfe ich und verpasse seinem Hinterteil einen sachten Klaps. »Du tust wirklich alles, um uns in den Wahnsinn zu treiben. Wo sind die Ziegen, und wie hast du überhaupt das Gatter aufgekriegt? Oder hat dich jemand rausgelassen?«

Pogo lässt meinen Redestrom leidenschaftslos über sich ergehen.

»Nun, da haben wir ja den Übeltäter.« Ich drehe mich um. Alex steht hinter mir mit in die Seiten gestützten Armen.

»Ja, und ich weiß gar nicht, wie wir uns dafür entschuldigen sollen. Leider können wir die Rosen nicht wieder ankleben …«

»Ähm«, macht die Praktikantin auf sich aufmerksam, die in respektvollem Abstand zum Esel steht.

»Schießen Sie los«, sagt Alex freundlich.

Frau Bergmann zückt ihr Blöckchen und tippt mit dem Kuli auf ihre Notizen. »Wie schon erwähnt, können die betroffenen Personen Anzeige erstatten und Sie müssten dann eventuell Schadenersatz zahlen. Sind Sie denn versichert?« Ihre Öhrchen strahlen in leuchtendem Rosa.

»Warum können sie Anzeige erstatten?«, fragt Lehrmeister Alex.

»Weil Frau Seidel ihre Aufsichtspflicht verletzt hat.«

Ich folge dem Wortwechsel und bekomme es langsam mit der Angst zu tun. Sind unsere Tiere versichert? Florian erwähnte es, aber hat er es schon erledigt? Als mir klar wird, dass die Wahrscheinlichkeit gering ist angesichts der Tatsache, dass Pogo ja noch nicht allzu lange bei uns wohnt, wird mir heiß und kalt gleichzeitig.

»Theoretisch haben Sie recht«, doziert Alex, »aber wie oft sind schon irgendwelche Pferde ausgebüxt. In der Regel klären wir das hier auf dem Land untereinander.«

Ich atme hörbar erleichtert aus, und Alex verzieht amüsiert die Mundwinkel.

»Ihr solltet euch aber auf jeden Fall bei den Geschädigten entschuldigen.«

Ich nicke hektisch. »Natürlich. Natürlich tun wir das! Es ist mir wirklich furchtbar unangenehm. Auf der anderen Seite bin ich froh, dass Pogo nichts Schlimmeres angestellt hat.«

»Sehr gut«, antwortet der Profi. »Frau Bergmann, notieren Sie das. Jetzt muss der Esel auf jeden Fall erst mal runter vom Friedhof. Auf geht's!« Er nickt mir zu, dreht sich um und schickt sich an zu gehen.

»Ähm. Es gibt da ein klitzekleines Problemchen.«

Alex stutzt. »Welches Problemchen, Elli?«

Ich ringe um die richtigen Worte und entscheide mich für die Wahrheit. Alles andere wäre albern. »Also, nun ja, wir ... wir wissen noch nicht genau, warum, aber irgendwie hört das Tier nicht auf uns. Beziehungsweise hört es nur auf meine Tochter, und die ist leider in der Schule.«

»Warum hast du das nicht gleich gesagt?« Auch diese Eröffnung bringt Alex den Polizisten nicht aus der Ruhe. Im Gegenteil, er schmunzelt noch mehr, und ich entspanne mich. Ein bisschen.

»Es war alles so aufregend«, murmle ich verschämt.

»Wenn ... wenn ich etwas dazu sagen darf?« Jetzt ist es Frau Bergmann, die erneut um Worte ringt. Ich habe fast das Gefühl, eine verschollene Tochter neben mir stehen zu haben, doch sie belehrt mich gleich eines Besseren. »Also, vielleicht ist es ja auch nicht ihr Esel, und Frau Seidel hat die Geschichte gerade erfunden, um, ähm, sich das Tier unrechtmäßig anzueignen.«

»Nun, das ist tatsächlich eine Option, die wir überprüfen sollten. Gut, Frau Bergmann«, antwortet Alex zu meinem Entsetzen bierernst. »Dann wäre es keine Verletzung der Aufsichtspflicht, sondern ein Eigentumsdelikt.«

Ich schüttle vehement den Kopf und weiß nicht, ob ich lachen oder weinen soll.

Alex zwinkert mir zu, und meine Atmung normalisiert sich. »Nun, Frau Bergmann, ich denke jedoch, das können wir ausschließen. Es gibt ja Zeugen, die bestätigen, dass Frau Seidel einen Esel besitzt. Und es erscheint eher unwahrscheinlich, dass sie sich auf diese ungewöhnliche Art einen zweiten aneignen will. – Trotzdem beweisen Sie kriminalistisches Gespür, Frau Bergmann. Sehr gut!«

Und die Praktikantin freut sich sichtlich über die in ein Kompliment verpackte Lehreinheit.

»Die Frage ist demnach folgende«, setzt Alex nach. »Wie kriegen wir die Kuh vom Eis, oder in diesem Falle den Esel vom Friedhof?«

Frau Bergmann kann ihre Professionalität nicht länger aufrechterhalten und bricht in Gelächter aus. Und dann ist es auch um den älteren Kollegen geschehen, der wiederum mich ansteckt. Etwas verlegen stehen wir da und gackern im Trio vor uns hin. Diesen Einsatz werden wir wohl alle nicht so schnell vergessen.

»Hört er wirklich nur auf Ihre Tochter?«, fragt Frau Bergmann und nimmt überraschenderweise die Zügel wieder in die Hand.

»Wir haben alles versucht, leider ja. Verlässlich hört er nur auf Annika.«

»Wie alt ist sie denn?«

»Dreizehn.«

»Also, dann habe ich eine Theorie«, sagt sie sichtlich stolz. »Kann es sein, dass Ihr Esel nur auf Kinder hört und nicht auf Erwachsene? Vielleicht ist er ja geschlagen worden oder hat ein anderes Trauma erlitten und hat nun kein Vertrauen mehr.«

Ich schaue sie erstaunt an. »Ja, tatsächlich, das wäre eine Möglichkeit.«

»Also brauchen wir ein Kind«, stellt Alex nüchtern fest.

»Einen Versuch wäre es wert«, sagt Frau Bergmann.

»Aber Kinder sind gerade nicht verfügbar, weil sie alle in der Schule sind«, wende ich ein.

»Nicht alle«, antwortet Alex mit einem wissenden Lächeln,

zückt sein Handy, schreibt eine Nachricht, bekommt sofort eine Antwort und verabschiedet sich.

Ich werfe Frau Bergmann einen kurzen Blick zu, stelle mich ein wenig abseits und nutze die Zeit, um mit Jutta zu texten. Die Antwort lässt nicht lange auf sich warten.

Jutta: Huiuiui, was ist denn bei dir schon wieder los? Der Esel steht auf dem Friedhof, und ein Polizist besorgt ein Kind? Ich bin geneigt, dich Fieber messen zu lassen.

Elli: Ich weiß, es klingt verrückt. Aber das ist noch nicht alles. Ich kenne ihn ebenfalls von früher.

Jutta: Wie cool ist das denn? Schon wieder ein alter Bekannter. Und? Wie hat er sich gemacht? Bierbauch und Schnäuzer, oder ist er eher der Typ gut gereifter Whiskey?

Ich lache kurz auf und fange mir einen amüsierten Blick von Frau Bergmann ein, die ebenfalls mit dem Handy beschäftigt ist.

Elli: Tatsächlich eher ein Whiskey, auch wenn ich es jetzt gerne abstreiten würde.

Jutta: Hervorragend! Wenn's der Architekt nicht ist, könnte ja der Polizist für ein bisschen Schwung sorgen.

In diesem Augenblick kehrt Alex zurück, in Begleitung einer Frau mit einem Kleinkind in einer Rückentrage, und ich stopfe mein Handy zurück in die Hosentasche. Das Mädchen ist zwei, vielleicht drei Jahre alt.

»Echt jetzt?«, entfährt es mir, als sie vor uns stehen.

»Darf ich vorstellen? Das sind meine Nachbarinnen Rieke und

Finja. Die junge Dame ist hochmotiviert, und wenn Frau Bergmanns Theorie stimmt, dürfte das Alter egal sein. Nicht wahr, Finchen?« Alex kitzelt das Mädchen am Fuß, und es kichert.

»Vielen Dank, dass Sie uns so spontan helfen. Ich bin Elli, wohne auf dem Huberhof – und einen Versuch ist es auf jeden Fall wert.«

»Ein entlaufener Esel ist doch ein tolles Vormittagsprogramm«, antwortet die Frau, etwa Mitte dreißig, mit sichtlichem Vergnügen. »Finja ist schon ganz aufgeregt, weil sie vielleicht einen Esel nach Hause bringen darf.« Lachend deutet sie über ihre Schulter.

Das Mädchen streckt sich nach Pogo. »Esel Hause bringen«, sagt sie mit heller Stimme und lacht übers ganze Gesicht.

»Nun denn, versuchen wir's.«

Rieke folgt mir zu Pogo, der sich prompt aus seiner Starre löst und Finja in der Trage mit der Nase anstupst. Frau Bergmanns Theorie scheint tatsächlich des Rätsels Lösung zu sein.

»Das ist großartig! Endlich haben wir eine Erklärung für Pogos seltsames Verhalten. Und was für eine! Wir haben einen Ferienbauernhof und einen Esel, der nur auf Kinder hört. Besser geht's doch gar nicht!« Ich bin begeistert.

Auch Alex staunt. »Das ist ja mal 'ne Nummer. Kinder also.« Er nähert sich dem Esel und streichelt ihm den Hals. »Hast du eine Ahnung, warum das so ist?«

»Nein. Bisher haben wir geglaubt, er verarscht uns.« Ich schaue kurz in die Runde, und die Mundwinkel beider Staatsbediensteter zucken.

Vorsichtig drücke ich der mutigen Finja den Führstrick in die Hände. Sie umgreift ihn mit beiden Händchen und zappelt voller Stolz in ihrer Trage hin und her. Ihre Mutter wartet nicht lange. Sie setzt sich in Bewegung, und als wäre es das Selbstverständlichste auf der Welt, läuft ihnen Pogo hinterher. Unglaublich.

Ich bedanke mich gefühlte tausendmal bei Alex und Frau Bergmann, versichere ihnen, dass wir die Ziegen alleine wiederfinden, und wünsche der jungen Frau viel Glück für das Praktikum und ihre Ausbildung. Dann schließe ich zu Rieke und Finja auf und erweitere so, dem sturen Esel sei Dank, auch noch meinen Bekanntenkreis.

# Canossa

Pogo ist zurück im Stall, meine Retterinnen verabschieden sich, und ich muss Finja schwören, dass sie »ihren« Pogo jederzeit besuchen darf.

»Mein Pogo, lieber Pogo.«

Den ganzen Berg hinauf haben uns diese Worte begleitet. Natürlich lade ich gleich auch noch all ihre Freunde samt Eltern ein. Gelegenheiten müssen schließlich genutzt werden. Für das Mittagessen ist in der ganzen Aufregung keine Zeit, und als meine Kinder nach Hause kommen, drücke ich ihnen ein schnelles Käsebrot in die Hand und kläre sie über ihre Nachmittagsbeschäftigung auf.

Ziegensuche! Annika ist ein bisschen beleidigt, weil sie die Geschichte des Tages, nein, der Woche, wenn nicht des ganzen Monats oder Jahres, verpasst hat. Die gemeinsame Suche versöhnt sie allerdings wieder. Wir finden die vier nur drei Höfe weiter. Ein nettes altes Ehepaar, das absolut herzig ist, obwohl wir kaum ein Wort verstehen, hat Ute, Schnute, Kasimir und Bambi in die Scheune gesperrt, nachdem sie versucht hatten, den liebevoll gehegten Bauerngarten zu plündern. Wir bekommen sogar noch einen Kaffee und ein großzügig bemessenes Stück Schwarzwälder Kirschtorte, frisch gebacken, und schon ist der nächste Kontakt geknüpft!

Eine Stunde später scheuchen wir unter Mühen vier angeleinte Ziegen nach Hause, und als endlich alle Tiere wohlbehalten und versorgt hinter Schloss und Riegel sind, habe ich für den Moment die Nase voll von Getier und Bauernhof. Also ignoriere ich meine heutige To-do-Liste komplett, spaziere zum Laden, um mir eine Limo zu kaufen und Olga zu besuchen. Ich habe eine Schwäche für Limonade und belohne mich gerne damit, wenn der Tag anstrengend oder stressig war.

»Die Spatzen pfeifen es schon von den Dächern.« Mit diesen Worten begrüßt mich Olga und berichtet vom ärgerlichsten Opfer der Pogo'schen Plünderungstour: Tina. *Danke, Karma!* Und die hatte wohl deutliche Worte für das Attentat auf ihren penibel gepflegten Vorgarten. »Sie meinte, das hätte Konsequenzen. Ihr kämt einfach hierher und verhieltet euch wie die Trampeltiere. Arrogante Städter seid ihr.«

Ich bedanke mich für den Hinweis, leere die Limo direkt im Laden und breche eine Lanze für Pogo, den kinderliebsten Esel im weiten Umkreis.

»Wir müssen leider nach Canossa.«

Als ich zurückkehre, lädt Florian gerade ein paar Wasserkisten aus dem Auto. Zum Glück hat er daran gedacht, die letzte Kiste ist fast leer.

»Wieso Canossa? Was hast du angestellt?«

»Nicht ich. Pogo.«

Jetzt habe ich Florians volle Aufmerksamkeit. »Schieß los. Der Esel treibt mich noch in den Wahnsinn.«

»Zu Recht.« Ich erzähle ihm die Geschichte.

»Da bin ich mal einen Tag nicht da, und schon marodiert dieses Tier rosenfressend durchs Dorf und wird von einer Zweijährigen nach Hause gebracht?« Florian schüttelt entgeistert, aber auch amüsiert den Kopf. »Wie sind die Tiere überhaupt getürmt?«

»Das ist ein Rätsel, das es noch zu lösen gilt. Wir vermuten,

Pogo hat das Gatter selbst geöffnet. Du musst wohl nach einer eselsicheren Verriegelung Ausschau halten.«

Florian runzelt die Stirn. »Worauf du dich verlassen kannst!«

Da fällt mir noch etwas ein. »Sind unsere Tiere eigentlich versichert?«

»Ja, sind sie. Das habe ich jeweils am Tag ihrer Ankunft angeleiert.«

»Uff, das erleichtert mich wirklich. Ich hatte ein bisschen Schiss, dass du es vielleicht vor dir hergeschoben hättest.«

»Glaub mir, Schwesterchen, so was schiebe ich nicht vor mir her. – Eigentlich ist die Geschichte ja ausgesprochen witzig. Außerdem hast du schon wieder einen alten Bekannten getroffen, und wir haben endlich die Fernbedienung für diesen Sturkopf gefunden. Die Theorie der Polizistin erscheint mir schlüssig. Pogo hatte vorher mehrere andere Besitzer. Wer weiß, wie die mit ihm umgegangen sind. Aber wo ist der Haken? Abgesehen davon, dass wir mit einer Lastwagenfuhre Baccara-Rosen Abbitte leisten müssen.«

»Tja, einer der Vorgärten gehört Tina.«

»Ach herrje. In Sachen Tina hast du wohl ein Abo.«

Bereits am nächsten Nachmittag begeben wir uns auf Vergebungstour.

Florian war der Ansicht, wir müssten nicht kleckern, sondern klotzen. »Es wäre doch schade, wenn wir diesen Fauxpas nicht nutzen würden, um ihnen zu zeigen, dass wir der netteste Neuzugang seit dem Bau der Kirche sind.«

Deswegen transportiert Fuchur nun in seiner Kutsche Rosen, Rosenstöcke und Pralinen, und Florian, Annika und ich leisten gemeinsam Abbitte. Dabei ist es nicht schwer, des Esels Weg zu verfolgen. In den Vorgärten, in denen er gewütet hat, findet sich kaum eine Blüte mehr.

Das erste Haus gehört einer alten Dame, die in jeder Beziehung zauberhaft ist. Sie nimmt den Verlust ihrer Blütenpracht mit Humor und freut sich so sehr über Rosen und Pralinen, dass wir schon überlegen, Pogo öfter vorbeizuschicken.

Im zweiten Haus treffen wir auf eine Familie mit Zwillingen im Kindergartenalter. Demütig stehen wir vor der Haustür, darauf gefasst, in ärgerliche Gesichter zu schauen.

»Wir möchten uns für die Raubtour unseres Esels entschuldigen«, fange ich an.

»Das ist aber lieb.« Die junge Frau in Jogginghosen und mit einem unordentlichen Knoten auf dem Kopf hat ein Kind auf dem Arm, das andere versteckt sich hinter ihren Beinen.

»Na ja«, sagt Florian galant, »es gebietet die Höflichkeit, es wiedergutzumachen.«

Die Frau bietet uns einen Kaffee an. »Der ist schnell gemacht. Ich könnte auch ein Vesper machen, Sie sind ja noch eine Weile unterwegs.«

Wir lehnen dankend ab, werden aber auf nette Weise dazu gezwungen, wenigstens ein Glas Limo zu trinken und kurz von uns und unserem Hof zu erzählen.

»Wenn es so weitergeht, brauchen wir drei Tage, können hinterher nicht mehr Piep sagen und haben jede Menge neuer Fans akquiriert«, raunt Florian mir zu, als die junge Mutter in der Küche verschwindet, um die Getränke zu holen.

»Dann ist Pogo wohl das Beste, was uns passieren konnte«, raune ich zurück.

»Wissen Sie«, erklärt die Frau, als sie nach ein paar Minuten mit einer Karaffe und Gläsern auftaucht, »der Vormittag war schrecklich. Die Kinder waren unausstehlich – und Ihr Esel war meine Erlösung. Was für ein Highlight! Plötzlich hatten sie keine Zeit mehr für schlechte Laune und reden seitdem von nichts anderem. Können wir ihn nicht mal besuchen? Das wäre toll.«

»Jederzeit«, sagt Florian, »es ist eigentlich immer jemand da. Unser Hof soll ja ein Ferienhof werden, da freuen wir uns sehr über Besuch aus dem Ort.«

Mit nunmehr gutem Gefühl spazieren wir weiter, und auch im dritten und vierten Haus werden wir auf ähnlich freundliche Weise begrüßt. Annika platzt vor Stolz, weil Pogo und Fuchur so gut ankommen. Ihre Laune ist heute richtig gut, und das freut mich. Doch natürlich hat die Glückssträhne ein abruptes Ende, gerade als wir uns so schön an sie gewöhnt haben.

»Eine Frechheit ist das!« Der Herr in den Sechzigern, der in Anzug und Krawatte vor uns steht, ist sichtlich entrüstet. »Wissen Sie, wie viel Zeit meine Frau in diese Rosen steckt? Stunden! Das können Sie mit einem Rosenstock und ein paar Pralinen nicht wiedergutmachen.«

Jetzt ist Florians diplomatisches Geschick gefragt. Ich möchte nämlich am liebsten abhauen, zurück zu netten Leuten. Es ist schrecklich, wie schnell ich mich noch als Erwachsene einschüchtern lasse.

»Das tut uns natürlich mehr als leid«, säuselt Florian. »Wir sind nicht so vermessen zu glauben, dass diese Geste den Schaden ersetzt. Wir möchten lediglich zeigen, *wie* leid es uns tut.«

Ich finde, es sind genau die richtigen Worte.

»Die Arbeit, die meine Frau in die Rosen investiert hat, ist nicht ersetzbar, ganz zu schweigen davon, wie furchtbar der Garten ausschaut.«

Ich sehe, dass Florian die Hände zu Fäusten ballt. Der Ton des Herrn ist rüde, und wir stehen vor seiner Tür wie Pennäler, denen gleich die Ohren lang gezogen werden. Trotzdem, Florian bleibt ruhig. »Darf ich mir die Schäden genauer ansehen? Ich habe während meines Studiums in einer Gärtnerei gejobbt und kenne mich mit Rosen aus.«

Der Mann schnaubt konsterniert, so als wäre es ein Affront,

den Aushilfsjob in einer Gärtnerei mit dem Können seiner Frau gleichzusetzen. Die steht mittlerweile auch in der Tür. In Kittelschürze und mit peinlich berührtem Gesichtsausdruck.

»Karl, ich ...«, murmelt sie, doch weiter kommt sie nicht, denn Karl hat das Zepter und gibt es auch nicht wieder her.

»Helga, ich mache das. Du bist viel zu gutmütig, dabei hast du dich so geärgert.«

Wut keimt in mir auf. Wut auf ein System, in dem Männer glauben, ihr Geschlecht sei privilegiert. Gleichzeitig steigt die Wut auf uns Frauen in mir hoch, weil wir uns immer noch so wenig dagegen wehren. Die Frau tut mir leid, und ich weiß meine Selbstständigkeit ein weiteres Mal mehr zu schätzen.

»Wir können nicht mehr, als uns entschuldigen und Schadenersatz leisten«, wende ich mich an den Ehemann. »Dazu sind wir bereit. Also melden Sie sich gerne bei uns, wenn es noch etwas zu klären gibt.«

Florian will einen letzten Anlauf starten, da schlägt uns der Mann mit einem »Das werde ich ganz sicher!« glatt die Tür vor der Nase zu.

»Es lief einfach viel zu gut«, sage ich trocken, als wir uns etwas konsterniert anschauen.

Das ist allerdings nicht die letzte Prüfung. Denn das spannendste oder auch das schrecklichste Haus, da gehen die Meinungen auseinander, ist Tinas. Es ist das letzte auf unserem Rundgang, und ich habe diese unvermeidliche Begegnung ganz bewusst hinausgezögert, das gebe ich gerne zu.

Ihr Haus gehört zu den prunkvollsten im Dorf. Es ist ein gelber, eckiger Neubau mit Säulen vor dem Eingang und Schottervorgarten, in dem gestern wenigstens ein paar Rosen blühten. Dank Pogo macht die Schotterwüste ihrem Namen nun alle Ehre. Die Größe des Hauses überrascht mich nicht, wohl aber die neureiche Geschmacklosigkeit. Da hätte ich Tina mehr zugetraut.

Die Kutsche ist mittlerweile fast leer, allein ein etwas lädierter Rosenstock und eine Schachtel Pralinen sind noch übrig. Den letzten Rosenstrauß hat Florian einer alten Dame geschenkt, die uns unverhofft begegnet ist. Ich war ein wenig sauer, aber er verteidigte seinen Einsatz. »Die Dame war so entzückend, ich konnte nicht anders.«

Nun, ich hoffe, die weniger entzückende Tina wird nicht direkt mit der Nase darauf gestoßen, dass sie die Reste bekommt. In Reih und Glied beziehen wir Position vor der Haustür, ich stelle mich hinter Florian, der das mit einem gemeinen Grinsen quittiert, und Annika klingelt.

Die Klingel gibt Beethovens *Neunte* in einer schrecklich metallischen Version zum Besten. Das hier ist wahrlich der Gang nach Canossa. Mein Herz erhöht unweigerlich seine Geschwindigkeit.

»Wer installiert denn freiwillig so eine Klingel?«, unkt Florian. Ich halte reflexartig den Zeigefinger vor die Lippen, als sich die Tür öffnet und Tina vor uns steht. Mit mehligen Händen, einer rosafarbenen Schürze und schmalem Lächeln.

»Aha!«, stößt sie hervor. »Ich dachte schon, ihr lasst mich aus. Ihr seid großzügig, heißt es. Wenn ihr jedoch glaubt, mit diesen Mitbringseln sei es getan, muss ich euch enttäuschen.«

Die Begrüßung überrascht mich nicht, sie passt perfekt ins Bild. Dennoch frage ich mich, warum Tina so ist, wie sie ist. Kann sie nicht anders oder will sie nicht?

»Tiiina! Schön, dass wir uns wiedersehen. Ja, du hast so recht. Es ist geradezu unverzeihlich, was unser Pogo da angerichtet hat. Dafür gibt es keine Entschuldigung. Und dich hat es, wie man eindeutig sieht, ganz besonders getroffen.«

Florian drückt Tiiina den Rosenstrauch und die letzten Pralinen in die Hand. Sie nimmt sie und lächelt ihn an. Ich kichere innerlich. Mein Bruder wickelt sie um den Finger, Widerstand zwecklos.

»Es ist nur eine Geste. Sag uns einfach, was wir tun können, um den Schaden auszubügeln.«

Er macht das gut. Und Tina hat sich eindeutig nicht so unter Kontrolle, wie sie das gerne hätte.

»Danke. Ähm. Gut. Ich weiß Bescheid und werde sehen, ob ich die Rosen retten kann. Den Gärtner habe ich bereits kontaktiert. Ich denke, ihr habt nichts dagegen, wenn ich euch die Rechnung zukommen lasse?«

»Natürlich übernehmen wir die Rechnung. Das ist doch selbstverständlich.«

Ich bin insgeheim neidisch, wie souverän Florian mit ihr umgeht. Ich kann doch nicht immer ihn vorschicken, wenn es unangenehm wird. Ich sollte selber den Mund aufmachen. Gleichzeitig weiß ich, dass mir in einem solchen Fall immer die richtigen Worte fehlen werden.

»Gut«, sagt Tina, »es sind nämlich sehr besondere Rosen, das könnte teuer werden.«

»Kein Problem.« Florian bleibt freundlich, aber ich sehe seinen Adamsapfel zucken, und das heißt, er muss sich ordentlich zusammenreißen. »Und falls wir sonst noch etwas tun können, lass es uns wissen.«

Tina nickt und wird von Geräuschen im Haus abgelenkt. Neben ihr im Türrahmen erscheint ein blondes Mädchen, das sich an sie lehnt und fragend schaut. Es ist das Mädchen, dem ich angeboten habe, Annika zu besuchen. Antonia. Oje! Ich versuche, nicht allzu überrascht zu wirken, und verfluche gleichzeitig den Zufall. Warum knüpft er so viele Verbindungen zu dieser Frau? Ich blicke zu Annika, doch die steht im Hintergrund, starrt zu Boden und verweigert jeden Blickkontakt. Die Situation ist ihr sichtlich unangenehm.

Tina streichelt ihrer Tochter über den Kopf und wirkt sofort ein wenig milder. Das zeigt sich auch in ihrem Tonfall. Nicht dass die Botschaft dadurch weniger aussagekräftig wäre. »Das ist freundlich, Florian. Und wenn ihr schon mal hier seid, kann ich euch auch gleich auf den neuesten Stand bringen. Herr Armbruster plant, eine Dorfversammlung einzuberufen. Er hat immer noch nichts von euch gehört, stattdessen aber von dieser Wiese, die ihr bebauen wollt. Ich kann ihn verstehen, Kooperation sieht anders aus. Ich gebe euch noch einmal den guten Rat, ihm die Baugenehmigungen freiwillig zu zeigen und mit dem Dorfvorstand zusammenzuarbeiten.«

»Herr Armbruster kriegt die Baugenehmigungen, sobald wir sie haben. Ein bisschen wird er sich noch gedulden müssen, weil die Anträge gerade erst eingereicht wurden, da uns kurzfristig der Architekt abhandengekommen ist. Mehr können wir im Moment nicht tun«, erklärt Florian und versucht sich an einem entschuldigenden Lächeln.

»Nun gut, ich gebe das so weiter«, antwortet sie und verabschiedet uns im gewohnt kühlen Tina-Ton.

# Schunkeln für den Hof

Ich habe meine beste Hose aus dem Schrank geholt. Die, die einen schönen Hintern macht. Dazu trage ich die blaue Bluse, in der ich mich jederzeit gut angezogen fühle, und schlichte weiße Sneakers. Ich habe geduscht, mir eine Haarkur gegönnt, mit einer Gesichtsmaske den Teint verfeinert, die Haare geföhnt, und ganz zuletzt trage ich Mascara auf. Annika steht vor der Badezimmertür und drängelt. Wenn sich alle zeitgleich fertig machen, ist unser muffiges Bad ein Nadelöhr. Doch ich lasse mich nicht stressen, denn ich freue mich darauf auszugehen, und möchte mich in meiner Haut wohlfühlen. Gleichzeitig habe ich Bedenken.

Wie werden die Dorfbewohner auf uns reagieren?

Was erwartet mich auf einem Dorffest?

Was erwartet mich auf *diesem* Dorffest?

Ich kann mich nicht erinnern, jemals eines erlebt zu haben. Florian und ich sind in Hannover aufgewachsen. Wenn wir im Teeniealter gefeiert haben, dann in der Stadt. Mein Vater war Lehrer, meine Mutter Logopädin, und Ausflüge mit ihnen waren überwiegend kulturell geprägt. Theaterstücke, Lesungen, Museen, Konzerte. Wir haben eine solide bildungsbürgerliche Grundausbildung. Unsere Eltern waren der Meinung, es genügt, die Kinder im Sommer in den Schwarzwald zu schicken, um das Thema Natur und Tradition abzudecken. Käthe und Ludwig waren nämlich waschechte Aussteiger. In den Siebzigerjahren zogen sie von Berlin in den Süden, um sich ihren Traum vom Leben in der Natur zu erfüllen. Käthe und Ludwig gingen nie aus, weil sie mit sich selbst zufrieden waren. Und wir taten es auch nicht, wenn wir bei ihnen waren.

Ich frage Florian, ob er je auf einem Dorffest war, während wir auf den Dorfplatz zulaufen, der sich herausgeputzt hat. Vor dem kleinen Rathaus aus dem 19. Jahrhundert in typischem Weiß und Sandsteinrot steht der Maibaum – ein polierter, imposanter Fichtenstamm, geschmückt mit bunten Bändern und einem Kranz aus Tannenzweigen. Rund um den Narrenbrunnen, auf dem über Jahrhunderte blank gescheuerten Pflaster, stehen auf alt getrimmte Verkaufshütten, die Wein, Bier oder Vesper anbieten, und ein wenig abseits ein Toilettenwagen. Bierzeltgarnituren unter mit Kreppbandkreationen und Lampions dekorierten Bäumen tragen weiße Hussen, und auf einer Tanzfläche aus Holzplanken steht ein mittelalter DJ in Jeans und Scorpions-T-Shirt am Mischpult und spielt Schlagerpop. Wir sind zu sechst, denn selbst Hannelore hat es sich nicht nehmen lassen, uns zu begleiten. Also musste auch Roswitha mit. Auf ganz besonderen Wunsch.

»Na klar. Du nicht?«

»Nein, noch nie. Du weißt doch, wie Mama und Papa waren.«

»Ja, aber sie haben uns ja nicht davon abgehalten«, meint er lapidar. »In Münster war ich während des Studiums oft auf Landpartys unterwegs. Viele meiner Kommilitonen kamen aus der Gegend. Ich war sogar auf Schützenfesten.« Er reibt sich vor Vergnügen die Hände. »Das waren richtig gute Stunden. Anders, aber trotzdem gut. Und deswegen freue ich mich auf den Abend.«

Wir erreichen unser Ziel, während ich darüber nachdenke, was ich in meinem Leben wohl noch alles verpasst habe. Ich bin eine echte Städterin auf neuem Terrain.

Florian grinst wissend, als er unsere Gesichter sieht. Ich habe es genau so erwartet, meine Kinder erleben einen kleinen Kulturschock. Mit gerunzelter Stirn schleichen sie durch die Bankreihen, nachdem wir einen freien Tisch ganz am Rand entdeckt haben. Die Reihen sind gut gefüllt, an den Buden herrscht reger Andrang, und jeder unserer Schritte wird registriert. Menschen stecken ihre Köpfe zusammen, Stimmen werden leiser. Ich bin froh, dass ich der Oma durch die Bankreihen helfen kann. Ihren Rollator haben wir zusammengeklappt, und nun stütze ich sie, oder sie stützt mich, weil ich einen wunderbaren Grund habe, nur auf sie achten zu müssen. Ich habe Johann gefragt, ob er nicht mitkommen möchte, aber er mag solche Veranstaltungen nicht. Das ist schade, denn er wäre jemand aus dem Dorf gewesen, der mit uns an einem Tisch sitzt. Eine gefühlte Ewigkeit später setzen wir uns endlich. Die erste Hürde ist geschafft.

»Es gibt eine Welt da draußen, die du uns bisher vorenthalten hast, Mama«, stellt Justus vorwurfsvoll und gleichzeitig staunend fest.

»Die haben uns angestarrt«, konstatiert Annika. »Das war nicht schön.«

Florian nickt. »Ich bin mir vorgekommen, als hätte ich ein Clownskostüm auf einer Beerdigung an.«

»Nun, im Grunde *habt* ihr ein Clownskostüm an«, gibt Roswitha ihm recht.

»Das ist das Gute am Alter. Wird einem alles egal«, lässt uns Hannelore wissen, die gut geschützt zwischen Roswitha und Florian mir schräg gegenübersitzt.

»Wir sind eben die Neuen«, sage ich achselzuckend. »Wie oft ziehen Leute hierher? Das passiert wahrscheinlich so selten, dass es jedes Mal einen Eintrag in die Annalen wert ist.«

»Das kann ich so unterschreiben.« Roswitha nickt bekräftigend und krempelt dabei die Ärmel ihrer Bluse nach oben. Sie ist weiß mit roten Stickereien. Dazu trägt sie eine blaue Jeans. Heute ist sie fast inkognito unterwegs.

»Außerdem sind wir keine konventionelle Familie«, gibt

Florian zu bedenken. »Bruder, Schwester, zwei Kinder und eine Oma – ich weiß nicht, inwieweit unsere Familienkonstellation schon die Runde gemacht hat, aber sie werden sich fragen, warum es ist, wie es ist.«

»Natürlich tun sie das«, sage ich verdrossen, »alles, was nicht ins Raster passt, wird beäugt. Und Tina und Herr Armbruster machen vermutlich Stimmung gegen uns. Noch haben wir die Genehmigungen nicht.«

»Nicht alle werden ihnen zuhören«, Roswitha schlägt einen milden Ton an. »Außerdem habt ihr schon viele freundliche Menschen kennengelernt.«

»Warten wir den Abend ab«, unke ich, »danach wissen wir mehr.«

»Ihr müsst den Menschen Zeit geben«, rät sie uns zu Geduld. »Es ist überall das Gleiche. Es gibt die Bekloppten und die Netten. Ihr müsst sie nur voneinander unterscheiden lernen.«

Wir lachen gemeinschaftlich, denn genauso ist es.

Florian, Justus und ich besorgen Essen und Getränke. Wir schleppen unsere Beute, eine riesige Vesperplatte, Cola für die Kinder, ein *Tannenzäpfle* für Florian und weißen Burgunder für die Damen an den Tisch, ignorieren die neugierigen Blicke und prosten einander zu. Sogar die Oma. Mit einer süßen Weinschorle und einem ausdrücklich georderten *Schnäpsle*.

Unsere erste Bekannte trippelt wenige Minuten später in Form von Olga wie ein keckes Eichhörnchen durch die Reihen. Im Schlepptau hat sie einen blonden, schlaksigen Mann in den Dreißigern. Schon von Weitem winkt sie überschwänglich, am Tisch angekommen, schenkt sie uns ein Strahlen, das Zyklopen blenden könnte. Dann schiebt sie ihre Begleitung näher an uns heran. »Und das hier ist Olli, mein Liebster.« Wieder strahlt sie, und man weiß sofort, es ist die große Liebe. Ein melancholisches

Wölkchen huscht vorbei, löst sich gleich wieder auf, und ich freue mich für ihr offensichtliches Glück.

Olli begrüßt mich mit angenehmem Händedruck. »Endlich lerne ich euch kennen. Olga hat nur Gutes erzählt.« Er spricht mit dunklerer Stimme, als seine Erscheinung vermuten lässt.

Ich rutsche auf der Bank ein Stückchen zur Seite, damit Olga sich setzen kann, Olli nimmt ihr gegenüber neben Florian Platz. Wir stellen sie den anderen vor, neue Getränke werden geholt, und wir unterhalten uns angeregt. Dabei essen wir frisches Bauernbrot, *Bibliskäs* und Schwarzwälder Schinken, den sein ganz besonderes Aroma unverwechselbar macht. Es fühlt sich an, als wären wir alte Freunde, die sich viel zu lange nicht gesehen haben. Olli ist humorvoll und bodenständig, Olga ein elfenhaftes Highlight. Leicht überdreht, im Herzen bunt und fröhlich, und dennoch tiefgründig.

Rieke gesellt sich zu uns – Finja sei beim Papa, erklärt sie uns. Sie und Olga kennen sich ebenfalls. Und weil es plötzlich scheint, als wären wir Teil des Ganzen, kommen auch fremde Menschen an unseren Tisch. Wir stellen uns vor, wir werden vorgestellt, wir führen nette Kurzgespräche. Mit der Frau, die morgens die Zeitungen austrägt, dem Besitzer des Sägewerks, Müttern und Vätern, die von Pogo gehört haben. Immer neue Getränke werden geholt, Bekanntschaften geschlossen und noch mehr Getränke besorgt. Ich steige nach dem dritten Weißwein aus, denn er steigt mir zu Kopf, und den möchte ich unter Kontrolle halten. Es läuft also, wie man so schön sagt. Ich denke nicht mehr nach. Ich bin im Hier und Jetzt, in keinem Augenblick davor oder danach.

Meine Kinder tauen ebenfalls auf. Rege beteiligen sie sich an den Gesprächen, aber sie haben auch eigene Kontakte. Justus grüßt zwei Jungs im Vorbeigehen und unterhält sich länger mit einem von ihnen an der Theke. Annika wird von einem Mädchen mit Pferdeschwanz und Zahnspange angesprochen. Als Antonia,

Tinas Tochter, in unserer Nähe steht, möchte ich Annika, die neben mir sitzt, auf sie aufmerksam machen. Doch die hat das Mädchen bereits gesichtet, zuckt zusammen und duckt sich unmerklich. Was ist denn da los?

»Heeey, Olli. Was geht ab? Und du bist Florian? Einen Teil eurer Familie durfte ich ja schon kennenlernen.«

Ich habe sein Kommen nicht bemerkt, doch die Stimme erkenne ich sofort. Zum Glück dauern männliche Begrüßungsrituale ihre Zeit, derweil versuche ich, meine Verblüffung zu verbergen und den Polizisten Alex mit dem privaten Alex in Einklang zu bringen. Jeans, T-Shirt und Turnschuhe stehen ihm. Der Fokus liegt nicht mehr auf der Uniform, sondern auf ihm. Locker wirkt er, freundlich. Rundum sympathisch. Er macht es einem leicht, für ihn zu schwärmen. Nur ein wenig, aus der Ferne und in Erinnerung an erwachende Gefühle in der Pubertät. Alex begrüßt uns nun ebenfalls und schenkt mir ein Lächeln. Vielleicht bilde ich mir das aber auch nur ein.

»Es ist schön, euch kennenzulernen«, sagt er in die Runde. »Euer Esel hatte ja bereits die Ehre. Das war wirklich ein toller erster Einsatz für die Polizeianwärterin.«

»Und die Polizei hat das Geheimnis um unseren sturen Esel gelüftet, dafür können wir gar nicht genug danken.« Florian zieht pantomimisch den Hut.

»Kein Problem, an so einen Einsatz denkt man gerne zurück. Ich finde es übrigens super, dass ihr hergezogen seid. Ich kann mich nämlich noch gut an euch erinnern. Am meisten hat mich beeindruckt, dass ihr mit der Straßenbahn zur Schule gefahren seid. Das fand ich ziemlich abgefahren. Für mich als Bub aus dem Tal war das fast wie Science-Fiction. Wie alt waren wir da? Neun? Zehn?« Er lacht.

Ich mag sein Lachen.

Alex geht jetzt von einem zum anderen, begrüßt Hannelore, die ihn freundlich anbrummt, meine Kinder und Roswitha. Für alle hat er nette Worte oder eine interessierte Frage. Und nun hat er den Tisch umrundet, plaudert mit Annika über ihre Rolle in der Pogo-Geschichte, und ich bin die Nächste. Alex geht einen Schritt weiter, und ich stehe im selben Augenblick auf, warum auch immer. Viel zu nah stehen wir einander gegenüber. Alex zuckt, als wolle er mich drücken. Ich sehe es genau. Stattdessen bietet er mir seine Hand. Das alles im Bruchteil einer Sekunde. Es ist wie ein Blitzlicht. Etwas passiert, dann ist es vorbei, und mein Gehirn ist … leer. So schrecklich leer, dass …

»Elli?«

»Ähm … ähm … es freut mich, dass Frau Bergmann ihr erster Einsatz so gut gefallen hat. Wenn du wieder eine Praktikantin hast, ruf ruhig an, dann organisiere ich was Nettes. Dafür laufe ich auch gerne am nächsten Tag durchs Dorf und verteile Rosen.« Der Satz ist aus mir raus, ehe ich denken kann, und natürlich werde ich rot.

»Danke für das Angebot.« Sein Lächeln ist entwaffnend. »Ich komme vielleicht sogar darauf zurück.«

Mir dröhnen die Ohren, es ist, als wäre ich da und dann wieder nicht. Verdammt, irgendetwas stimmt nicht. Der Rest des Gespräches verschwindet hinter einem eigentümlichen Rauschen. Zum Glück setzt Alex sich nicht zu uns, sondern verabschiedet sich bald wieder. Die nächsten Bekannten warten auf seine Begrüßung. Roswitha und Olga ziehen beide die Augenbrauen nach oben. Ich sehe es genau.

Nachdem er Olli um Erlaubnis gefragt hat, schnappt sich Florian Olga und zieht sie auf die mittlerweile gut gefüllte Tanzfläche. Die herannahende Nacht lässt erste Sterne funkeln, und der Dorfplatz verwandelt sich in ein schwarz glitzerndes Festzelt. Es ist windstill, die Musik schallt bis hinauf in die Berge. Mein Bruder hat sich für seine Jugendliebe durch etliche Tanzkurse bis hin zum Goldstar gequält, wohingegen ich lediglich eine einzige Not-Tanzstunde vor meiner Hochzeit hatte. Routiniert und mit einem Heidenspaß wirbeln Florian und die zierliche Olga über die Tanzfläche. Nach dem ersten Lied übernimmt Olli seine Olga, und Florian schnappt sich die nächste Dame, eine zarte Blondine mit durchscheinender Haut. Er führt sie galant übers Parkett, unterhält sich angeregt und wechselt nach zwei Tänzen erneut die Partnerin. Die Musik ist akzeptabel. Schlager werden gespielt, aber auch Pop-Songs. Für jeden ist etwas dabei. Mein Bruder ist ein Charmeur, die Frauen erliegen ihm alle. Seine Charmeoffensive ist natürlich volle Absicht, doch alle haben ihren Spaß dabei.

Am Tisch hingegen ist es zäh geworden. Hannelore fallen immer wieder die Augen zu, die Kinder albern herum, und Roswitha ist seit bestimmt zehn Minuten auf der Toilette. Ich beobachte die Tanzenden. Es sind fast nur Paare. Einige wenige Frauen tanzen alleine am Rand. Es kitzelt mich in den Beinen. Wäre es nicht schön, mal wieder zu tanzen? Wann habe ich das letzte Mal getanzt? Es war in einem anderen Leben.

Und während ich darüber nachdenke, schält sich aus der Menge ein mittelalter, recht gut aussehender Mann mit einem verschmitzten Lächeln. Er kommt auf mich zu. In Zeitlupe unter einem Sternenhimmel, eingehüllt in die schaurig-schöne Musik von Roland Kaiser. Wie in einem dieser Filme, die schrecklich kitschig sind und trotzdem irgendwie schön. Und dann steht er vor mir und reicht mir die Hand. Das Lied verklingt.

»Na, gibst du mir bei einem Tanz die Gelegenheit, über andere Dinge als Esel zu reden?«

Mein Herz pocht, mein Verstand sucht einen Ausweg. »Ich kann aber gar nicht tanzen.«

»Nie einen Tanzkurs besucht?«

»Nein, leider nicht. Aber was heißt leider? So traurig bin ich gar nicht darüber ...«

»Ach, das macht gar nichts«, sagt er, zieht mich auf die Tanzfläche, umgreift meine Taille und führt mich zu Wolle Petry unter dem Sternenhimmel so sicher über die Tanzfläche, als hätte ich die letzten fünfundzwanzig Jahre nichts anderes gemacht. Ich tanze mit Alex. Dem Alex, von dem alle Mädchen geschwärmt haben, und er sieht immer noch richtig, richtig gut aus ... Es ist eine hormonelle Sintflut, und der bin ich hilflos ausgeliefert.

»Du bist gut«, sage ich nach zwei Runden schwer atmend, »und ich bin dir nicht auf die Füße getreten.«

Alex lässt mich los, tritt einen Schritt zurück und legt den Kopf schief. »Wärst du mir denn gern auf die Füße getreten?«

»Ach Quatsch, du hast den Esel-Code geknackt, es ist nur fair, wenn ich mit dir tanze, ohne dich zu verletzen.«

»Genau, und dafür schuldest ...«

Mir tippt jemand auf die Schulter. Ich drehe mich um und blicke Tina ins Gesicht. Natürlich. Ich schlucke, dann lächle ich.

»Darf ich abklatschen?«, fragt sie freundlich und lächelt mich ebenfalls an, allerdings mit einem sehr falschen Lächeln. Wie selbstverständlich drängt sie sich zwischen mich und Alex, fällt ihm um den Hals und begrüßt ihn mit gekünstelten französischen Küsschen. Es folgen überschwängliche Begrüßungsfloskeln, und dann beginnt ein neues Lied. Tina legt Alex den Arm um die Hüfte, schiebt ihn weiter auf die Tanzfläche, und die beiden tanzen, als gäbe es mich gar nicht.

Ein Moment der Starre.

Dann verlasse ich das Parkett und bin einfach nur froh, dass dieser merkwürdige Anflug von Gefühlen im Keim erstickt wurde.

»Alex ist geschieden«, raunt mir Olga zu, als ich an den Tisch zurückkehre. »Und Tinas Mann ist tot. Aber er war auch fünfundzwanzig Jahre älter. Niemand hat verstanden, warum sie ihn geheiratet hat.«

»Wohlhabend war er, das war wohl seine herausragendste Qualität«, erklärt Olli trocken. »Auch wenn sie es immer abstreitet.«

»Tina glaubt, dass sie und Alex füreinander bestimmt sind«, fügt Olga hinzu, »allerdings muss sie ihn davon noch überzeugen. Wenn du mich fragst, verschwendet sie ihre Zeit.«

Ich ächze. Egal, was ich hier im Dorf anpacke, Tina klebt dran. Auf der anderen Seite hat dieser Mann mich gerade eiskalt stehen lassen. »Das interessiert mich nicht die Bohne, und vermutlich haben sie einander verdient.« Ich schnaube verächtlich durch die Nase und schließe das Thema ab, weil auch die Kinder mit am Tisch sitzen. Zum Glück basteln sie gerade konzentriert an einem Turm aus Bierdeckeln. »Ist Roswitha immer noch nicht zurück?«, frage ich in die Runde.

»Nee, wieso?«, fragt Annika. »Sie war mal kurz da, aber dann war sie wieder weg.«

»Ja«, meint Justus, »weil der gute Jürgen schnurstracks auf sie zugelaufen ist. Da musste sie plötzlich wieder zum Klo. Sie glaubt, es hätte keiner mitgekriegt.«

»Hat es aber«, mischt sich Hannelore ein, die ihr Tief offenbar überwunden hat. »Und wenn ihr mich fragt, tut sie gut daran, vor diesem Radaubruder wegzulaufen.«

Ich seufze. Ich werde ein ernsthaftes Wörtchen mit Rosi reden müssen, aber nicht heute. Ich entschuldige mich Richtung Toilettenwagen. Die Schlange ist lang. Ich stelle mich hinten an und lausche zur Ablenkung den Gesprächen der anderen.

»Du kannst es nicht wissen«, tönt plötzlich Tinas Stimme hinter mir. Vorsichtig drehe ich mich um, eine Flucht ist leider unmöglich. Ich blicke in ein Gesicht, das vor aufgesetzter Liebenswürdigkeit wie erstarrt wirkt.

»Was kann ich nicht wissen?«, frage ich befremdet.

»Dass Alex und ich eine besondere Beziehung haben. Genauso wenig weißt du, dass er zu jedem nett und freundlich ist. Er ist schließlich Polizist. Du solltest dir also nichts erhoffen und kannst aufhören, ihm sehnsüchtige Blicke zuzuwerfen.«

Ehe ich Worte finde, die diesem Angriff gerecht werden, ist sie schon wieder verschwunden. Warum sagt mir ständig jemand, ich solle die Finger von irgendwelchen Männern lassen? Dabei liegt mir nichts ferner. Ich habe es mir geschworen. Ich grüble und grüble, während die Schlange langsam vorwärtsrückt und ich endlich an der Reihe bin.

Am Waschbecken treffe ich Roswitha.

»Wo hast du denn so lange gesteckt?«

»Frag nicht«, sagt sie frustriert. »Und bei dir? Alles in Ordnung?«

»Frag nicht«, sage ich.

Wir tauschen einen amüsierten und gleichzeitig wissenden Blick, dann kehren wir gemeinsam zu unserem Platz zurück. Einvernehmlich beschließen wir zu gehen, überlassen Florian der dörflichen Damenwelt und fahren nach Hause. Ich habe genug für heute. Ich will nicht mehr reden. Ich will nicht mehr denken. Ich will nur noch schlafen.

# Katerfrühstück für verantwortungslose Erwachsene

Nach einem tiefen und traumlosen Schlaf erwartet uns ein von Justus und Annika liebevoll gedeckter Frühstückstisch.

*Katerfrühstück für verantwortungslose Erwachsene* steht auf einem Pappschild. Neben Orangensaft, Rollmöpsen und Kaffee gibt es auch eine Packung Schmerztabletten.

»Na, besten Dank. Was passiert denn, wenn wir uns wirklich betrinken?«, fragt Florian, der im Pyjama, mit strubbeligen Haaren und Ringen unter den Augen aufschlägt.

»Dann gibt es einen Gutschein für die Anonymen Alkoholiker«, entgegnet mein Sohn trocken. Manchmal ist sein Humor nur schwer zu ertragen.

Ich wedle mit der Hand. »Sei bitte ein normaler Teenager und geh in deiner Höhle zocken und stinken.«

»Mütterliche Aufträge werden prompt erledigt«, antwortet Justus charmant, klaubt sein Käsebrötchen vom Teller und verlässt das Haus.

Mein Bruder und ich mümmeln beinahe stumm an unseren Brötchen, Annika plaudert munter vor sich hin. Ihr hat der gestrige Abend gefallen.

»Das war mal was anderes und irgendwie spannend.«

»Wer war denn das Mädchen, mit dem du dich unterhalten hast?«, frage ich.

»Die ist in meiner Parallelklasse.« Sie lächelt verlegen, denn natürlich weiß sie, worauf meine Frage abzielt.

»Schön, das freut mich«, sage ich deswegen nur und lasse jede weitere Frage unter den Tisch fallen.

Nachdem auch Annika das Feld geräumt hat, scheinen Florians Lebensgeister wieder geweckt. Er reibt sich die Hände. »Endlich. Jetzt können wir den Abend nachbereiten.«

»Konntest du überhaupt schlafen oder hast du nur Telefonnummern sortiert«, necke ich ihn.

»Dafür habe ich eine Agentur beauftragt.« Er seufzt theatralisch. »Alleine wäre es nicht zu schaffen.«

»Du armer, armer Mann«, frotzle ich, schütte meinen Kaffeebecher zur Hälfte voll, gieße Milch hinterher und rühre anschließend drei Löffel Zucker hinein. Kaffee weckt nicht nur die Lebensgeister, er ist eine Süßigkeit. »Also gut, lästern wir ein bisschen.«

Er greift nach seiner Tasse, umfasst sie mit beiden Händen und lehnt sich genüsslich zurück. »Dann erzähl mir doch mal die Geschichte vom Polizisten. Der ist so forsch auf dich zumarschiert, ich wollte schon eingreifen.«

»Um mich dann bei der erstbesten Gelegenheit stehen zu lassen.«

»Er hat dich stehen lassen? Das habe ich wiederum nicht mitbekommen.«

Ich erzähle ihm von Tinas Auftritten und von dem, was Olga mir erzählt hat.

»Wenn er Tinas Must-have ist, ist es keine gute Idee, in ihrem Revier zu stöbern.«

»Ich habe nicht vor, in irgendeinem Revier zu stöbern, und wenn er mit Tina befreundet ist, kann er nur halb so nett sein, wie ich dachte.«

»Sorry. Ich wollte nichts hineininterpretieren.« Florian hebt beschwichtigend die Hände, und ich bin wütend auf mich selbst. Meine Reaktion war zu heftig. Nur deswegen gibt Florian so schnell auf. Ich nutze sein Einlenken zur Ablenkung.

»Aber jetzt erzähl du. Mit wie vielen Frauen hast du getanzt? Ich habe irgendwann aufgehört zu zählen.«

»Ja, weil ihr alle abgehauen seid und mich alleine gelassen habt. Es waren wirklich viele. So viele, dass ich die Auswahl meiner Tanzpartnerinnen schon statistisch betrieben habe.«

»Das musst du mir aber genauer erklären.«

»Ich habe akribisch darauf geachtet, eine ausgewogene Mischung an Tanzpartnerinnen zu bedienen. Sowohl was das Alters- als auch das Attraktivitätslevel angeht. Ich bin schließlich nicht auf Brautschau, sondern will nur das Beste für unseren Hof.«

»Und wie viele von denen sind jetzt trotzdem in dich verknallt?«

»Ich würde auf etwa ...«, er nimmt eine übertriebene Denkerpose ein, »... zwanzig Prozent tippen.«

»Du hast das richtig genossen, oder?«

»Welcher Mann würde das *nicht* genießen?«

»Aber mal abgesehen davon, dass es dein Ego aufpoliert hat – hast du Ergebnisse erzielt?«

Genüsslich nimmt Florian seine Hände und zählt anhand seiner Finger auf. »Die Frau des Sägewerkbesitzers hat mir schon nach der ersten Drehung aus der Hand gefressen, und die Friseurin hat uns einen Sonderpreis versprochen. Dann waren da ein paar junge Dinger. Sie haben zwar die ganze Zeit gekichert, aber direkt einen Fanklub mit dazugehöriger WhatsApp-Gruppe gegründet. Ich darf allerdings nicht dabei sein, was ich ziemlich unerhört finde. Eine weitere Dorfschönheit war so begeistert von meinen Tanzkünsten, dass sie gleich noch ihre Mutter und Großmutter vorbeigebracht hat. Letztere kennt sich übrigens ganz hervorragend mit Steinbacköfen aus ...«

»Stopp!«, rufe ich und hebe lachend die Hände. »Es war ein sehr erfolgreicher Abend. Ich habe es verstanden. Wie hast du denn die jungen Dinger bezirzt?«

Florian grinst. »Ich habe erzählt, dass wir einen Esel haben, der nur auf Kinder hört, einen kutschenziehenden Hund, der tiefergelegt ist, und eine Schwester, die im Steinbackofen bald die beste Pizza weit und breit backen wird.«

»Essen und Tiere ziehen immer. Aber das mit der Pizza war gemein. Du baust unnötig Druck auf.«

»Natürlich, es kann ja nicht sein, dass ich die ganze Arbeit alleine mache«, sagt er verschmitzt, und ich pikse ihn dafür in den Bauch. Das war echt mal wieder nötig.

»Wenigstens hast *du* die Sache mit dem Networking richtig verstanden«, sage ich seufzend.

»So gut, dass ich sogar mit Tina getanzt habe.«

»Du hast was?!«

»Aber natürlich. Schenk dem Feind ein Lächeln.«

»Verräter«, befinde ich trotzdem und bewerfe ihn mit dem auf dem Tisch herumliegenden Frischkäsedeckel.

Beim Mittagessen, das heute in allgemeiner Übereinstimmung erst am frühen Nachmittag stattfindet, kündigt Florian eine Überraschung an.

»In einer Stunde weihen wir den neuen Kleintierstall ein«, sagt er feierlich und nimmt sich von dem Spargel, den Roswitha und Hannelore vorbereitet haben. Sie sei mittlerweile richtig hilfreich, hat Rosi mir verraten, aber natürlich dürfe man sie darauf niemals aufmerksam machen. Genauso wenig wie auf alle anderen Veränderungen. Ich habe dafür nur eine einzige und sehr platte Erklärung: Sie will ihren Ruf wahren, und das zeugt von einem gewissen Sinn für Humor. Wenn mich nicht alles täuscht, merkt man Hannelore an, dass sie auch ihre Hände wieder mehr benutzt. Ihre Bewegungen wirken geschmeidiger.

In der Zwischenzeit bringe ich endlich Jutta auf den neuesten Stand. Dreimal hat sie schon nachgefragt, die dritte Nachricht enthielt ziemlich viele Smileys, die mir unmissverständlich klarmachen sollen, dass Eile geboten ist. Kurzerhand rufe ich sie an. Die Chance, jemanden feiertags faul auf dem Sofa anzutreffen, ist groß.

»Schön, dass Florian so einen Spaß hatte, aber was ist mit dir?«

Ich habe im Vorfeld überlegt, ob ich ihr erzählen soll, was passiert ist. Es ist mir ein wenig unangenehm, denn die Schmetterlinge, die für ein paar Augenblicke unterwegs waren, könnten bedeuten, dass sie die ganze Zeit recht hatte. Aber sie ist meine Freundin, also muss ich mir auch die unerfreulichen Dinge anhören können. Erst mal sagt sie aber gar nichts.

»Jutta?«

»Schade. Einfach schade. Du hast richtig reagiert, aber schade ist es trotzdem. Mensch, dabei hatte ich echte Hoffnung in den gut gereiften Whiskey gesetzt.«

»Ich bin froh, dass es so gekommen ist. Es war verwirrend, weißt du?«

»Natürlich war es das. Du willst ja keine Beziehung.«

»Genau.«

»Weißt du, Elli, ich habe immer verstanden, warum du so handelst, doch ich glaube fest daran, dass sich das wieder ändert. Von ganz allein. Ich bin nur leider ein sehr ungeduldiger Mensch und erhoffe mir das viel, viel früher. Aber die Zeit kommt. Ganz sicher.«

Unser Gespräch rumort nun in mir. Umso schöner ist die Einweihung unseres neuen Stalls. Wir sind alle versammelt. Sogar Rosi. Und das, obwohl Jürgen mit auf dem Hof steht.

»Ich weiß ja, was sich gehört«, knurrte sie unwirsch am Mittagstisch, als wir sie alle erwartungsvoll anblickten.

Aufgereiht stehen wir vor dem Eingang. Darüber hängt ein Bettlaken. Links und rechts weilen zwei Männer. Ein langhaariger

Metal-Fan und ein Riese mit Dreitagebart. Mit feierlichen Gesichtern und stolzgeschwellter Brust. Jürgen zählt bis drei, dann ziehen sie das Bettlaken hinunter. Zum Vorschein kommt ein poliertes Holzschild.

## POGOS RANCH

Es ist einen Applaus wert. Dann öffnen die Männer die Tür und präsentieren uns, was sie geschaffen haben. Die groben Wände sind weiß gestrichen, die alten Fenster wurden gegen moderne Sprossenfenster getauscht, die jetzt viel Licht hineinlassen. Sonnenstrahlen lassen Staubpartikel tanzen und beleuchten den Stall fast mystisch.

Er ist dreigeteilt. Auf der linken Seite befinden sich die Boxen für Pogo und die Ziegen. In der Mitte, mit Holzdielen ausgelegt, ist der Bereich für die Kinder, die es sich auf einer Burg aus Strohballen gemütlich machen können. Die halbhohen Trennwände haben Florian und Jürgen selbst gezimmert. Naturbelassene Rundhölzer, die dem Ganzen ein behagliches und rustikales Flair verleihen. Sie sind ein Hingucker an sich. Auf der rechten Seite ist der Bereich für Kaninchen. Er ist fast dreißig Quadratmeter groß. Eine Hälfte ist abgetrennt – sie ist für Gäste nicht zugänglich. Dort steht ein fast herrschaftliches Kaninchenlabyrinth mit Gängen, Höhlen und Treppen, die mit kleinen Tonfigürchen aus Roswithas Hand dekoriert sind. Ganz heimlich hat sie diese nach Florians Wünschen angefertigt. In der anderen Hälfte dürfen die Gäste die Kaninchen streicheln und umsorgen. Alle Boxen haben einen Zugang nach draußen, wo auf der Weide hinter dem Stall schon bald ein großzügiges Außengehege entstehen soll.

»Und da haben sie dann ebenfalls ihre Ruhe. Wenn sie also gestreichelt werden, dann wollen sie es auch«, erklärt Florian.

Wir staunen in einem fort und wollen den Tieren umgehend ihr neues Zuhause vorstellen. Wir Geschwister verlassen den Stall als Letzte. Vor der Tür halte ich Florian kurz zurück.

»Es ist unglaublich schön geworden. Behaglich, hell. Wir schaffen hier wirklich etwas Besonderes.«

»Hatten wir nicht genau das vor?«, neckt er mich.

»Ja, aber das hier – es zeigt mir, dass alles gut wird. Wir sind auf dem Weg. Meine Werkstatt ist da, die Tiere haben einen neuen Stall. Danke, Florian, danke für deine Arbeit, und danke, dass du mich überredet hast hierherzuziehen.« Mein Herz ist voll. Voll von überbordender Zuversicht, und das tut verdammt gut.

»Wow, jetzt werde ich rot. Aber ja, du hast recht, wir schaffen das. Dieser Stall ist ein erster Schritt in die Richtung, die wir gehen werden, und er ist nur der Anfang. Übermorgen kommen die Häuser. Endlich! Ich bin verdammt aufgeregt. Du auch?«

»Oh ja, das bin ich. Aber jetzt los, sonst verpassen wir das Highlight.«

»Eins noch.« Florian wird ernst. »Und das ist auch alles, was ich dazu sage, Elli. Auch Fesseln, die du dir selbst angelegt hast, sind Fesseln.«

»Ich reagiere nicht so abwehrend wie sonst«, sage ich. »Aber nur, weil du heute schon der Zweite bist, der mir das sagt.«

Er stupst mich liebevoll mit dem Fingerknöchel an die Nase. »Dann denk mal drüber nach, Schwesterchen. Es kann nicht schaden. Im Zweifel bleibst du bei deiner Entscheidung, und dann ist es eben so.«

Ich nicke. »So wie du?«

»Ich habe nie behauptet, dass meine Entscheidung unumstößlich ist. Aber der Hof ist meine große Liebe. Selbst wenn ich wollte, da wäre gar kein Platz.«

»Dann ist es, wie es ist.« Ich hake mich bei ihm unter, und wir laufen hinüber in den nunmehr alten Übergangsstall.

Zunächst holen wir die Ziegen. Bambi, der sich kaum noch bei uns blicken lässt, seitdem er neue Freunde gefunden hat, wird zum aufrührerischen Anstifter. Anstatt in die neue Box zu gehen, büxen alle vier aus, und es dauert fast eine Stunde, bis wir sie wieder eingefangen haben. Zum Schluss ist es Fuchur, der die wild gewordene Bande bellend zurücktreibt. Der Hund ist wirklich ein Goldstück. Pogo lässt sich zunächst mühelos von Annika in den neuen Stall bringen, weigert sich dann aber, die Box zu betreten. Erst zehn Möhren und eine Salatgurke später bequemt er sich dazu.

»Wenn man sich Viehzeug anschafft, muss man sich eben kümmern. Ist wie mit den Kindern. Will man haben und dann haben sie ihren eigenen Kopf. Sagt einem vorher auch keiner.« Wo Hannelore recht hat, hat sie recht.

Die Aufregung legt sich, die Tiere verdienen ein bisschen Ruhe. Florian und Jürgen beschließen, zur Feier des Tages ein Bier zu trinken, Rosi und Hannelore gehen nach Hause, und Justus hat einen wichtigen Call. Ich überrede Annika zu bleiben. Ich möchte diese heimelige Stimmung noch ein bisschen genießen. Das rustikale Flair, der Geruch nach Heu, das Geräusch der kauenden Tiere. Und ich möchte mit Annika sprechen. Wir machen es uns nebeneinander auf den Strohballen gemütlich. Penelope, die bei uns geblieben ist, versucht, mit Annika zu raufen, aber sie streichelt die Hündin einfach müde. Schon bald rollt sie sich zusammen und kommt zur Ruhe.

»Was meinst du? Jetzt, wo wir einen Kaninchenstall haben, wollen wir Florian nicht fragen, ob wir auch ein paar Kaninchen aussuchen dürfen?«

»Au ja«, Annika strahlt, »ich finde Kaninchen so super, aber die werden immer falsch gehalten. Hier ist es echt o.k.«

»Ja, das finde ich auch. Und du hast Florian ja gehört. Der Außenbereich soll richtig groß werden.«

»Ja, und ich möchte, dass viele Kaninchen aus kleinen, engen

Käfigen hier leben dürfen. Meinst du, Penelope und Fuchur jagen sie?«

»Nein, das glaube ich nicht. Sie sind keine Jäger. Sie sind Beschützer.«

»Das wär schön.« Annika lehnt ihren Kopf an meine Schulter und träumt von Kaninchen auf dem Schoß und Hunden, die mit ihnen schmusen. So hätte ich es in ihrem Alter gemacht.

»Annika?«, sage ich, nachdem ich ihr diese Zeit gewährt habe.

»Ja?«

»Ist wirklich alles in Ordnung? Ich weiß, ich stelle die Frage oft, aber ich frage ganz ernst: Geht es dir gut? Ich habe auf dem Fest gesehen, wie du zusammengezuckt bist, als Tinas Tochter in unserer Nähe stand, und als wir vor ihrer Tür standen, hast du auch nur zu Boden geschaut. Außerdem bist du stiller als sonst. Ich mache mir Sorgen und habe Angst, dass sie diesmal begründet sind.«

Annika reagiert unerwartet. »Ich weiß, dass du es bemerkt hast. Obwohl ich mir wirklich Mühe gegeben habe. Es ist kompliziert, Mama. Ja, ich bin traurig. Aber auch vernünftig. Es ist nichts Schlimmes, aber ich will es für mich behalten. Irgendwie ... wenn ich darüber rede, muss ich auch darüber nachdenken, und das will ich gar nicht. Kannst du das verstehen?«

»Ja, das kann ich.« Ich lege meinen Arm um sie und ziehe sie noch ein Stück näher zu mir. Und wie ich es verstehe. Als wir genug haben von der Zweisamkeit, verlassen wir den Stall und werfen einen letzten Blick auf unsere Tiere, die da stehen wie in Bethlehem.

Die Früchte unserer Charmeoffensive, oder vielmehr der Offensive meines Bruders, können wir schneller ernten als gedacht. Ich sitze auf der Schaukel und träume vor mich hin. Ich habe einen arbeitsreichen Tag hinter mir. Der Sessel des Stammkunden ist nicht nur entkleidet, ich habe sogar die Beine abgeschliffen und neue Polstergurte angebracht. Eine mitunter schweißtreibende Tätigkeit, weil die Gurte so fest sitzen sollen wie nur möglich. Nun gönne ich mir eine Pause, träume von meiner Wohnung und verbiete mir jeden Gedanken an den Polizisten, der mich einfach stehen ließ.

Eine kleine Gruppe von Erwachsenen und Kindern schlendert den Schotterweg entlang. Immer wieder laufen Wanderer am Hof vorbei, doch ich glaube, dieser Besuch ist für uns. Ich kann sie eine Weile beobachten und beim Näherkommen identifiziere ich zwei Mütter, drei Kinder und einen Mops. Die Kinder sind klein, alle paar Meter bleiben sie stehen, laufen zurück oder quer über die Wiese, dazwischen tanzt der Hund. Die Frauen hüten einen Flohzirkus.

Ich verlasse meinen Beobachtungsposten und stöbere Florian in der Scheune auf, wo er Heu auf eine Schubkarre lädt. Mit hochgekrempelten Ärmeln, Karohemd und Jeans. Mein Bruder ist wirklich ein Hingucker.

»Dein erster Fanklub ist im Anmarsch. Jetzt musst du ihnen was bieten.«

»Fein«, sagt er und reibt sich die Hände. »Ich weiß auch schon genau, was.«

An meinem Bruder ist ein Clown verloren gegangen. Zunächst begrüßen wir die fünf herzlich, dann beugt er sich zu den drei Mädels im Kindergartenalter.

»Ich habe gehört, ihr wollt unseren Esel kennenlernen?«

»Jaaa«, skandieren sie mit hellen Stimmchen. »Jaaa!«

»Na gut«, sagt Florian nach einer Pause, in der er tut, als würde er angestrengt überlegen. »Dann wartet mal kurz, ich hole ihn. Ihr könnt ja in der Zeit ein bisschen schaukeln.« Er deutet auf die Buche.

Ich ziehe fragend die Augenbrauen nach oben. Wie? Er grinst

mich an. Lass mich nur machen, sagt sein Blick. Er geht, und eine Minute später bekomme ich eine Textnachricht.

Florian: Lenk sie ab. Wo ist Annika?

Elli: Müsste in ihrem Zimmer sein.

Ich lenke den Blick der Kinder vom Hof ab, indem ich ihnen von meiner Heidi-Schaukel erzähle. Aus den Augenwinkeln sehe ich, wie Annika und Florian zum Stall schleichen, Annika Pogo herausführt und Florian mitten im Hof den Führstrick in die Hand drückt.

»Pogo wartet auf euch«, sage ich zu den Kleinen, »schaut doch mal!« So schnell sie die Beinchen tragen, flitzen sie über den Hof, und Florian hat seinen Auftritt.

»Los, braver Junge. Wir zeigen unseren Gästen mal, wie gut du hörst!« Florian geht los, wie selbstverständlich, und als der Strick sich spannt, bleibt er ruckartig stehen und dreht sich verständnislos um. »Was ist los? Warum kommst du denn nicht?« Er kratzt sich am Kopf und bietet das volle Programm. Er zieht und zerrt, bittet den Esel freundlich um Einsehen und wird begleitet von begeistertem Kreischen und gut gemeinten Tipps.

»Wenn du dem ein *Möhrle* gibst, hört er vielleicht auf dich«, schlägt eines der Mädchen vor.

So geht es fünf Minuten. Florian mimt den langsam, aber sicher Verzweifelten, und Annika und ich müssen zwischendurch gehen, um uns nicht vor Lachen auszuschütten.

»Also, ich geb's auf«, stöhnt Florian schließlich resigniert. »Vielleicht möchte es jemand von euch probieren?«

Die Kinder nicken eifrig, und er drückt den Strick dem *Möhrle*-Mädchen in die Hand. Unfassbar stolz führt sie Pogo eine Runde über den Hof, danach die anderen. Wir zeigen ihnen

Bambi und die Ziegen, und als wir auch noch Fuchur vor seine Kutsche spannen und er tatsächlich mit jedem Kind eine Runde dreht, ist die Glückseligkeit der Kinder grenzenlos. Dieses Stück haben wir sicher nicht zum letzten Mal aufgeführt – und Pogo ist der Star.

Die Zeit vergeht wie im Flug, immer wieder bekommen wir in den nächsten Tagen freundlichen Besuch aus dem Dorf. Außerdem werden unsere Tiny Houses geliefert! Es ist ein Schauspiel für sich, wie sich fünf leuchtend rote Lastwagen mit fertigen Häuschen darauf hintereinander den Berg hoch quälen. Florian schießt Dutzende Fotos.

Gestern hat die Firma alles abgesteckt und vorbereitet, drei Tage später sind sie mit allem fertig. Und nächste Woche wird eine Gartenbaufirma aus der Streuobstwiese einen verwunschenen Garten zaubern. Wege, lauschige Sitzplätze, Staudenbeete. Wir wollen ein Miniaturdorf erschaffen, in dem sich die Entspannung wie von alleine einstellt – und schon in wenigen Tagen werden wir sehen, ob uns das gelungen ist. Außerdem wurden früher als erwartet die Baugenehmigungen erteilt, die Florian Herrn Armbruster postwendend persönlich vorbeigebracht hat.

»Der Mann konnte plötzlich freundlich sein. Allerdings gab er mir den dezenten Hinweis, er werde sich die Unterlagen ganz genau anschauen. Mal sehen, was da noch kommt.«

»Hoffen wir einfach das Beste«, sage ich.

Heute zeigt Johann mir die Pläne für den Innenausbau. Einen ganzen Nachmittag haben wir zu dritt über den Einzelheiten gebrütet. Viele kleine Entscheidungen von der genauen Zimmeraufteilung bis zur Ausstattung der Bäder waren zu treffen, und all das hat Johann nun visualisiert. Weil ich nicht da war, als er sie Florian gezeigt hat, sitzen wir jetzt nebeneinander auf der Eckbank am Küchentisch, und ich wische auf seinem Tablet durch unser zukünftiges Zuhause.

»Wie genial ist das denn!« Ich deute auf die Innenansicht meines Wohnzimmers und das geplante großzügige Panoramafenster, das den Blick bis ins Tal frei gibt. Ich wische weiter, und jedes Bild führt zu einer neuen Begeisterungswelle. »Und das hier! Das wird einfach großartig!«

Ja, wir hatten darüber geredet. Die Pläne sind keine Überraschung. Doch die Umsetzung zu sehen ist etwas ganz anderes. Die 3-D-Ansicht der Tenne jedoch toppt alles. Wir wollen sie in eine Mischung aus Café, Wohnzimmer und Spieleparadies verwandeln, was vor allem bei schlechtem Wetter eine willkommene Abwechslung bieten soll. Eine großzügige Fensterfront am Eingang der Tenne sowie große Dachfenster werden für ausreichend Helligkeit sorgen, und im Inneren wird es sich hell und warm anfühlen.

»Das alles ist sooo schön! Wie eine Mischung aus unseren und deinen Ideen, aus Altem und Neuem, hach, ich könnte Stunden weiterschwelgen.« Ich grinse, etwas verschämt, weil ich so überschwänglich bin, doch Johann räumt meine Zweifel sofort aus.

»Das ehrt mich«, sagt er lachend, »aber es passt mit uns dreien eben. Bisher hat es zumindest noch kein Kunde geschafft, dass ich mich fühle wie ein Popstar der Architekturszene.«

Ich stehe auf, einfach, weil ich vor Aufregung nicht mehr sitzen kann. »Das glaub ich dir nicht! Wenn du solche Entwürfe zauberst, müssen dich deine Kunden anbeten. Das sind Kunstwerke! Luftig, leicht, und doch bleibt der Charme der Gebäude erhalten.«

Ich setze mich wieder hin und scrolle weiter durch die Galerie. »Was hat es damit auf sich?« Ich zeige auf die 3-D-Ansicht der Treppe, die vom offenen Wohnraum ins Obergeschoss führt.

Johann tippt darauf, und in jeder Stufe öffnet sich eine Schublade. Die Treppe ist gleichzeitig ein Schrank.

»Wow! Die Idee ist genial.«

»Ich habe überall solche Vorschläge eingebaut. Seht es euch in Ruhe an. Den Stick mit den Dateien habe ich Florian schon gegeben. Ihr habt durch die offene Bauart nicht viel Stellplatz, deshalb habe ich unsichtbaren Stauraum integriert.«

»Du bist wirklich ein Geschenk, Johann. Weißt du das?«

»Solange ihr mir keine Schleife umbindet, kann ich damit leben«, sagt er verlegen.

# Es ist ein Sessel!

Florian hat einen frühen Termin, und ich habe mich bereit erklärt, die Versorgung der Tiere zu übernehmen. Mit Regenschirm und Gummistiefeln haste ich quer durch einen ergiebigen Dauerregen in den Stall. Der Mai-Himmel hängt tief, die Luft ist schwer und feucht, wir können kaum bis zum Waldrand schauen. Das Wetter lässt diesen Ort wie ein Vorhang verschwinden. Ich sehe nicht einmal mehr unsere Tiny Houses, die seit gestern Abend fertig sind.

Sie sind wirklich ein Hingucker. Entgegen der ursprünglichen Planung haben wir uns entschieden, sie nicht farbig zu streichen, sondern die natürliche Farbe des Holzes zu lassen. Annika war ein bisschen traurig, hatte sie sich doch kunterbunte kleine Häuser vorgestellt, doch so fügen sie sich besser in die Landschaft ein. Wir haben sie gebührend eingeweiht und in jedem Haus angestoßen. Zwei Flaschen Sekt waren hinterher leer, und wir ganz schön angeschickert. Spontan habe ich Jutta eingeladen, an unserem kleinen Fest teilzunehmen und sie digital mitfeiern lassen.

Die Tiere haben auch keine Lust, nach draußen zu gehen, und leisten mir Gesellschaft. Bevor ich ausmiste, kraule ich die Ziegen. Sie sind im Gegensatz zu Pogo meistens folgsam. Ute, Schnute und Kasimir lieben Streicheleinheiten und Heu, das sie bereitwillig aus der Hand fressen. Bambi ist etwas eigensinniger. Immer wieder versucht er, die anderen wegzuschieben, um meine Aufmerksamkeit zu erhalten. Ich ermahne ihn mehrfach, doch er legt nur den Kopf schief und schaut mich mit seinen gelben Augen an.

Manchmal meckert er sogar dabei. Es ist so süß, dass man ihm gar nicht böse sein kann.

Während die Ziegen mich in aller Ruhe ihren Mist wegräumen lassen, bleibt Pogo seiner Linie treu und steht stur über seiner Mistecke. Schieben, gut zureden, schimpfen – nichts hilft. Es ist immer dasselbe, und es fuchst mich ebenso wie Florian. Es *muss* doch einen Trick geben. Möhren habe ich noch nicht probiert ... Ach, einen Versuch ist es wert. Ich hechte ins Haus, vergesse den Regenschirm im Stall, werde nass und hole zwei Handvoll *Möhrle* aus dem Vorrat. Auf dem Rückweg werde ich noch nasser. Egal, ich wollte sowieso gleich duschen.

Zurück im Stall baue ich auf der Heuraufe ein appetitliches Möhrenkunstwerk. »Die sind saftig und knackig, Pogo. Sooo gut. Lecker, lecker, lecker«, säusle ich. Wie immer erfolglos. »Du wirst etwas verpassen, du sturer Sack, ich nehme die Möhren nämlich gleich wieder mit. Dann siehst du, was du davon hast«, knurre ich unwirsch.

Unvermittelt setzt sich Pogo in Bewegung, zieht eine Karotte aus der Raufe und tänzelt zurück auf denselben Platz, auf dem er vorher stand.

»Sag mal, willst du mich eigentlich schikanieren?«, rufe ich entrüstet.

»Du und der Esel, ihr seid wirklich nicht die besten Freunde«, kommt es in diesem Moment lachend von der Tür.

Ich drehe mich hastig um. Alex steht lässig an den Türrahmen gelehnt. In Jeans, mit festen Schuhen und einem vor Nässe glänzenden gelben Regenmantel. *Was zum Teufel ... ?*

»Was machst du denn hier?«, frage ich genervt, deutlich und unüberhörbar.

Er erwischt mich auf dem falschen Fuß. Meine Laune ist nicht die beste, und ganz bewusst habe ich (fast) keinen Gedanken mehr an das Fest und an ihn verschwendet. Und doch schiebe ich einen unbedachten Satz hinterher, den ich gleich wieder einfangen möchte.

»Hat Tina dich geschickt?«

Alex lupft erstaunt die Augenbrauen. »Wieso sollte sie?«

Das bringt mich ins Schleudern. »Ähm. Na ja, du hast mich einfach auf der Tanzfläche stehen lassen.« Ich verschränke die Arme, trotzig.

Seine Mundwinkel zucken. »Du hast recht. Das war nicht in Ordnung. Es tut mir leid. Auch wenn wir Männer gemeinhin nicht viel merken, ist es mir aufgefallen, und deswegen bin ich unter anderem hier. Es soll keine Ausrede sein, aber Tina hat mich einfach in Beschlag genommen. Und danach warst du weg. Ich habe nämlich nach dir gesucht.« Er grinst keck und gleichzeitig hoffnungsvoll. »Meinst du, du könntest die Entschuldigung annehmen?« Er streckt mir die Hand entgegen.

Ich weiß gar nicht, was ich denken soll, nehme die Hand, und er schüttelt sie förmlich.

»Sehr schön. Sollen wir nicht einfach zurückspulen und beim Esel anknüpfen?«

Jetzt strahlt er mich an, während er gleichzeitig heldenhaft versucht, seinen Blick von meinem nassen Shirt fernzuhalten. Ich sehe es genau. Was ist hier los? Aber es bleibt keine Zeit nachzudenken. Ich nicke einfach.

»Perfekt. Dann von vorne.« Alex verlässt seinen Platz im Türrahmen und schließt die Tür. Plötzlich ist es still im Stall und der Regen nur noch ein leises Rauschen. Es klopft.

»Ja, bitte?«, sage ich widerwillig. Die Tür geht auf, und wie ferngesteuert spiele ich das Spiel mit. »Oh, Alex, hi, gibt es noch Beschwerden über den Esel?«

»Hallo, Elli. Was für ein Sauwetter da draußen. Ich kann dich beruhigen, ich bin nicht aus dienstlichen Gründen hier. Dein Esel ist nach wie vor störrisch?«

»Ähm. Ja. Das Mistvieh treibt mich mal wieder in den Wahnsinn. Ich muss dringend duschen, aber das kann ich erst, wenn alles ausgemistet ist. Leider streikt Pogo, natürlich ausgerechnet genau über der Mistecke.«

»Stimmt, trockene Kleidung könntest du gebrauchen«, sagt er ernst, und mir fällt auf, dass ich ihm eine perfekte Vorlage gegeben habe. Sein Blick fährt über meinen Körper und diesmal hält er sich nicht zurück. Ein Schmunzeln huscht über sein Gesicht.

Ich grinse verlegen, schaue an mir hinunter und zupfe an meinem Shirt.

»Ich gebe zu, der passende Spruch lag mir auf der Zunge«, sagt Alex, als könne er hören, was ich denke, »aber ich behaupte ganz frech, solche Gedanken lassen sich als Mann kaum vermeiden. Die Kunst besteht darin, sich die blöden Sprüche zu verkneifen. Auch wenn das manchmal schwierig ist. Frauen können durchaus auch ungesagte Sätze falsch verstehen.«

Ich grinse breiter. Dieser Mensch ist einfach völlig entwaffnend. »Du sitzt also gewissermaßen in der Zwickmühle?«, frage ich und bin froh, meine Sprache wiedergefunden zu haben.

»So ist es«, sagt er und seufzt laut und theatralisch.

»Dann verzeihe ich dir alle nicht so gemeinten und nicht ausgesprochenen Sätze. Aber nur, wenn du mir hilfst, diesen Esel von seinem Kackhaufen zu locken.«

»Das ist jetzt aber eine Herausforderung«, sagt er gespielt entrüstet.

»Der Polizist, dein Freund und Helfer?«, erinnere ich ihn liebenswürdig.

Er tippt an eine imaginäre Mütze. »Stets zu Diensten, Frau Seidel.« Und dann geschieht das Unmögliche. Alex steckt sich die Möhren in die Tasche seiner Jacke und hält Pogo eine davon hin. Der Esel muss sich nicht bewegen, also beißt er hinein. Als er den Rest mit seinen langen gelben Zähnen greifen will, hält Alex sie ein Stück weiter weg. Pogo muss einen Schritt machen, um daran zu kommen. Und er macht ihn! Auf diese Weise verfüttert Alex die Möhren, bis die Mistecke frei ist. Ich entsorge in Windeseile den Mist in die dafür vorgesehene Schubkarre, reiße einen der Strohballen auseinander und statte die Ecke neu aus.

»In Sachen Esel sind wir schon mal ein gutes Team«, stellt Alex fest, als ich fertig bin und erleichtert das Törchen schließe.

»Stimmt«, sage ich und wundere mich über das ›schon mal‹. »Aber warum bist du noch hier?«

»Aus beruflichen Gründen. Größtenteils.« Er genießt meinen verblüfften Gesichtsausdruck und lässt sich Zeit.

Ich hebe die Augenbrauen.

»Du hast eine Polsterei, und wir haben da diesen Sessel. Mein Opa hat ihn damals meiner Oma geschenkt. Bei ihrem ersten Besuch in seiner Wohnung hatte er nämlich nicht mal einen Stuhl, den er ihr anbieten konnte. Das war ihm so unangenehm, dass er ihr einen goldenen Thron versprach. Dieses Versprechen hat er zur Silberhochzeit mit einem echten Designersessel eingelöst. Ich habe ihn als Kind geliebt, stundenlang darauf gesessen und meine Märchenplatten gehört. Deswegen habe ich ihn geerbt. Leider steht er bisher nutzlos im Keller herum, weil der Bezug total verschlissen ist. Und als ich hörte, dass du eine Polsterei hast ... Nun ja, es scheint mit mir, dir und dem Sessel ganz gut zu passen.«

Während er erzählt, beobachte ich ihn. Wie er mit seinen Händen redet. Seinen ruhigen Tonfall, der einem dieses Gefühl vermittelt, alles wird gut. Seine Zähne, die bei bestimmten Buchstaben aufblitzen und dann wieder verschwinden. Er ist einer dieser Menschen, dessen Zähne man selten sieht. Sie sind schön. Nicht perfekt, nicht weiß wie in der Zahnpastawerbung, sondern naturschön; wahrscheinlich hatte er nie eine Zahnspange nötig. Das verrät der Eckzahn, der ein bisschen aus der Reihe tanzt und alles noch charmanter macht. Es fühlt sich an, als würde mir dieser Kerl ständig kleine Stromschläge verpassen. Das gefällt mir und dann auch wieder nicht. Es ist verwirrend. Dabei führen wir ein rein berufliches Gespräch, und diese Gedanken sind völlig fehl am Platz.

»Das hört sich nach einem interessanten Stück an«, sage ich und aktiviere die professionelle Polsterin. »Ich liebe solche Berichte. In meinem Beruf sind es oft nicht einfach Möbelstücke, denen man ein neues Leben schenkt. Hinter jedem Stück verbirgt sich eine Geschichte, und oft werden sie mir erzählt. Ich könnte ein Buch darüber schreiben, aber leider habe ich überhaupt kein Talent. Ich scheitere schon an der leichtesten E-Mail.«

»Das hört sich spannend an. Du liebst deinen Beruf, oder?«

Ich nicke.

»Dann haben mein Sessel und ich wohl nur auf diesen Augenblick gewartet.« Die Augen blitzen. Verdammt, ich brauche eine Auszeit. »Ich hab ihn dabei.«

»Oh. Cool. Ich schaue ihn mir gerne an, aber ich friere und muss wirklich unter die Dusche. Hättest du was dagegen zu warten? Wir haben Kaffee da.«

Die heiße Dusche gibt mir Zeit, zu verschnaufen und vor allem: nachzudenken. Was ist hier los? Ist er wirklich nur wegen des Sessels da, oder gibt es noch einen anderen Grund? Flirtet er mit mir? Möchte ich zurückflirten? Kann ich das überhaupt? Alle meine Beziehungen, insgesamt drei, entstanden aus Freundschaften. Ich war eine echte Spätzünderin. Eine, die lieber in Fantasiewelten unterwegs war anstatt im echten Leben. Ich habe nie einen Mann auf *diese* Weise kennengelernt – und habe das dumpfe Gefühl, dass mir das gerade zum Verhängnis wird. Denn wie soll ich meinen Weg, in dem kein Mann einen Platz hat, weitergehen, wenn ich nicht einmal weiß, wie sich so etwas anfühlt? Einen Mann kennenlernen, ihn gut finden, mit ihm flirten, im Bett landen, eine gemeinsame Geschichte beginnen ...

Ich will es nicht, mein Kopf will es nicht. Aber mein Herz, verdammt, interessiert das gar nicht! Ich unterbreche den Gedankengang, spüle das Shampoo aus den Haaren und nehme die Spülung vom Badewannenrand. Ich bin im Begriff, die Kontrolle zu verlieren, und das passt mir nicht.

Ich bemühe die Fakten. Alex ist ein Freund von Tina. Sie hat es auf ihn abgesehen. Allein das reicht. Ich will keine Beziehung, kein Flirten, nichts davon. Ich will meine Ruhe, und deswegen werde ich jetzt diesen Sessel begutachten und Alex zurück auf sein Polizeirevier schicken. Ist denn Freundschaft erlaubt? Ein zartes Stimmchen stellt diese Frage, als ich mich abtrockne und nackt im Bad stehe, während Alex gleich hinter der Wand in der Stube sitzt. Wir kennen uns von früher, wir mögen uns, wir unterhalten uns. Warum eigentlich nicht? Mit Johann möchte ich befreundet sein, warum nicht auch mit Alex? Herrje, kann mein Kopf nicht still sein? Ich will mir diese Gedanken nicht machen. Das Handtuch um den Körper geschlungen, gehe ich in mein Zimmer, ziehe mir frische Sachen an, kämme die Haare, binde sie mit einem Gummi zu einem festen Knoten und fühle mich kein bisschen gewappnet.

»Wow«, sage ich, als Alex den Kofferraumdeckel öffnet und unter einem weißen Laken ein Jacobsen-Ei zum Vorschein kommt. »Der ist wirklich was Besonderes.«

Geradezu ehrfürchtig streiche ich über das zerschlissene dunkelbraune Polster des nur aus Rundungen bestehenden Ohrensessels im Kofferraum des in die Jahre gekommenen Familienvans.

»Du hast recht, ein Egg-Chair, Baujahr 1963. Mein Opa wollte ihn immer mit einem goldenen Stoff beziehen lassen, aber da hat Oma gestreikt.«

Ich lache. »Das ist wirklich eine schöne Geschichte. Und ich finde es gut, dass der Sessel genutzt wurde.« Ich deute auf den verschlissenen Sitzbezug. »Du glaubst gar nicht, wie oft gerade die teuren Stücke nur in der Ecke stehen. Dafür hat sie kein Designer erfunden. Das ist zumindest meine Meinung.« Ich habe die Stimme erhoben. Wenn es um meinen Beruf geht, erfasst mich oft eine Leidenschaft, die ich nicht im Zaum halten kann. Und die ist mir nun unangenehm, weswegen ich verlegen auf den Boden starre. Zum Glück bemerkt Alex es nicht.

»Oh ja, meine Oma liebte diesen Sessel«, erzählt er mit begeisterter Stimme. »Als mein Opa tot war, hat sie jeden Tag zur selben Zeit darin gesessen. Sie sah dann immer traurig und glücklich zugleich aus. Ich habe sie gerne dabei beobachtet. Sie hatten eine tolle Beziehung. So eine habe ich mir immer gewünscht. Bisher ist es mir allerdings nicht gelungen.« Er zuckt belanglos mit den Schultern, so als habe er sich mit der Tatsache abgefunden und kein Problem, darüber zu reden. Sein Geständnis wirft Fragen auf, doch ich habe keine Gelegenheit, darüber nachzudenken.

»Manchmal hat sie mit ihm geredet, und sie tat immer so, als würde er antworten, sogar in unserem Beisein. Aber wehe, sie hatte keine Lust auf seine Kommentare aus dem Jenseits. Dann sagte sie ihm, er solle die Klappe halten, sie würde das hier unten schon geregelt kriegen. Und wenn sie damit fertig wäre, käme sie zu ihm. Ich hatte jedes Mal eine Gänsehaut. Aber keine, die mir Angst gemacht hat. Oh ja, sie liebte diesen Sessel, und wir Kinder liebten ihn auch. Es hat nie interessiert, dass er teuer war. Er war Bestandteil ihres Lebens, unser aller Leben.«

Ich seufze. Liebe bis über den Tod hinaus. Alex' Erzählung berührt mich. Mehr, als ich zugeben möchte.

»Das ist … toll, wirklich toll. Beneidenswert. Ja, wer wünscht sich das nicht?« Ich mache eine kurze Pause und lächle, widerwillig. Seine Augen fangen es auf. »Ich beziehe den Sessel gern. Zum Selbstkostenpreis. Das Material müsstest du bezahlen, aber …«

Alex unterbricht mich. »Natürlich machst du das nicht zum

Selbstkostenpreis. Ich bin ein Kunde, also zahle ich den richtigen Preis. Keine Widerrede.«

Ich nicke artig, während sich meine Gedanken überschlagen. Warum habe ich ihm das angeboten? Ich will unbedingt diesen Sessel machen, aber warum? Alles an dieser Situation ist merkwürdig und auch, wenn ich längst ahne, was mit mir los ist, befehle ich mir Sachlichkeit. Doch meine sonst so verlässliche Stimme der Vernunft bleibt stumm, es folgt ein unsicherer Moment dem nächsten. Keinen meiner Schritte kann ich vorhersehen. Es ist, als würde ich mich von außen beobachten, ohne die Möglichkeit einzuschreiten. Ich zeige ihm die Werkstatt. Ich koche Kaffee und bringe Kekse mit. Ich biete uns mein Sofa an, das immer noch in der Werkstatt steht. Wir plaudern, lachen, finden Gemeinsamkeiten, und wie selbstverständlich fangen wir an, über private Dinge zu reden. Ich lasse es laufen und gebe die Kontrolle ab. Weil ich ihn hierhaben möchte und auf keinen Fall will, dass er wieder geht. Aber warum? Und warum streift mein Arm ständig den seinen?

»Soll ich dir den Hof zeigen?«, frage ich unvermittelt. Eigentlich unterhalten wir uns über Häkeldecken. Ich habe keine Ahnung, wie wir da gelandet sind. Aber sowohl Käthe als auch seine Oma haben für ihr Leben gerne diese filigranen Spitzendeckchen gehäkelt, für die es fast keine Verwendung gibt. Ich habe beim Räumen eine ganze Kiste davon zusammengesammelt, und während wir darüber reden, wächst eine Idee in mir heran. Irgendetwas muss ich mit diesen Deckchen anstellen. Aber was? Ein Häkeldeckchenzimmer? Mir wird sicher etwas einfallen. Und wenn nicht mir, dann Upcycling-Seiten im Internet. Jetzt aber will ich ihm den Hof zeigen. Unbedingt.

»Na klar, sehr gerne.« Alex springt vom Sofa, und ich purzle fast mit hinunter.

»Oh, sorry«, sagt Alex, reicht mir die Hand, und ich nehme sie.

Der Regen hat aufgehört, die Sonne lugt durch die Wolken und lässt die Welt, zuvor noch grau und trübe, in einem anderen Licht erscheinen. Gemütlich trotten wir über den Hof und umschiffen die Pfützen, in denen sich dicke, fluffige Wolken spiegeln. Zunächst zeige ich ihm den Stall.

»Gute Idee, hier wohnen zu wollen und nicht drüben. Hier habt ihr viel mehr Möglichkeiten.«

»Genau das finden wir auch. Wir freuen uns so sehr darauf. Wir sind Johann wirklich dankbar. Seine Ideen sind einfach super.«

Alex nickt, ein undeutbarer Ausdruck huscht über sein Gesicht, dann lächelt er. »Ihr habt Glück, dass Johann gerade jetzt hier im Dorf ist.«

»Ja, das haben wir.«

Ich zeige ihm die Backstube, und er bewundert den Ofen und das gusseiserne Fenster mit Blick ins Tal, über Obstwiesen, Wege und verstreute Bauernhäuser. Dieser Ort ist ein Kleinod, ich freue mich, dass Alex seinen Wert erkennt. Ich zeige ihm die Tenne mit den vielen alten Sachen, denen wir wieder einen Platz geben wollen.

»Ich bin beeindruckt«, sagt er und lehnt sich lässig gegen Ludwigs alten Traktor. Ich stehe ihm gegenüber, mit Abstand und Sonnenstrahlen, die sich durch die Ritzen der Holzwände geschlichen haben und wie Glühwürmchen auf dem Boden tanzen. »Ihr habt tolle Ideen. Tina wird neidisch sein, wenn ich ihr von der exklusiven Hofführung erzähle. Habt ihr schon daran gedacht, mit ihr zusammenzuarbeiten? Sie ist wirklich kreativ und hat ein Händchen dafür, Altes in Neues zu verwandeln.«

*Tina.* Es ist das Thema, das wir bisher ausgespart haben. Und als hätte meine Vernunft ihre Arbeit komplett niedergelegt, purzelt die Frage einfach aus mir heraus. »Tina und du. Seid ihr ein Paar? Oder werdet ihr vielleicht eins?«

Alex entwischt ein kurzer Lacher. »Wie kommst du denn auf die Idee?«

Das Gefühl von Erleichterung macht mich nervös. Verlegen tripple ich auf der Stelle. »Tina hat eine komische Bemerkung gemacht, nachdem sie mit dir getanzt hat.«

Alex beugt sich interessiert nach vorn und schaut mich eindringlich an. Kann er das vielleicht lassen? Ich bin doch schon nervös genug! »Was hat sie denn Komisches gesagt?«

»Dass ich es gar nicht erst versuchen soll, du wärst ihr Revier.«

Mein Gesicht glüht, Alex lässt einen schallenden Lacher los. »Du bist süß, wenn du verlegen bist, weißt du das eigentlich?«

Ich versinke weiter im Boden, lächeln muss ich dennoch.

»Und was Tina angeht. Sie kann glauben, was sie will. Ich habe ihr nie Hoffnungen gemacht. Und falls du es noch genauer wissen möchtest – sie ist für mich so etwas wie eine anstrengende kleine Schwester, die man trotzdem mag. Kann man das verstehen?«

Ich schaue ihn nachdenklich an. Seine frappierend ehrliche Antwort nimmt mir die Unsicherheit. »Ja, das kann man verstehen. Danke, dass du es mir erklärt hast.«

»Warum nicht?«, fragt er mit einem Augenzwinkern. »Wir verstehen uns gut und sprechen über vieles. Warum nicht auch darüber?«

»Du hast recht.«

»Wenn Frauen das zugeben, sollte man sich zurücklehnen und es genießen.«

»Spinner«, sage ich lachend.

»Warum interessiert es dich überhaupt?«

Er stellt die Frage wie beiläufig, dennoch schwingt da etwas mit. Ein letztes Mal appelliere ich an meine Vernunft, und sie meldet sich eindrücklich. Sie hätte keine Lust mehr, der Job wäre schrecklich enervierend und sie würde an Langeweile sterben, wenn das so weiterginge. Dann eben nicht, liebe Vernunft. Und anstatt eine Antwort zu geben, überlasse ich dem Moment die Regie und zeige Alex noch die fünf Tiny Houses.

Als die Tür des ersten Hauses ins Schloss fällt, umschließt uns eine Stille, die endgültig scheint. Und mit dieser Stille wandelt sich auch meine Stimmung, als wären Übermut, Leichtigkeit und Genuss draußen auf der Wiese geblieben. Bei den zwitschernden Kohlmeisen, den emsigen Bienen und den wie Schmuckstücke umherflatternden Schmetterlingen. Dort fällt es leicht, unbesorgt zu sein. Hier drin ist jeder Ton ein Paukenschlag, der an alles erinnert, was dagegenspricht. Das T-Shirt, das an Alex' Hose reibt, das Brummen einer Fliege vor dem Fenster. Meine Atemzüge.

»Es ist erstaunlich, was hier alles untergebracht ist. Trotzdem wirkt es nicht beengt. Eher so ...«, er überwindet die fünf Schritte, die man braucht, um ans andere Ende des Hauses zu gelangen, und bleibt vor der Stiege stehen, die zur Schlafempore hinaufführt, »als wäre jeder weitere Quadratzentimeter Verschwendung.«

Ich lächle. Er hat die Atmosphäre perfekt in Worte gekleidet. »So empfinde ich es auch. Es kommt einem plötzlich maßlos vor, größer zu wohnen.«

»Und trotzdem lässt du dir eine Wohnung über zwei Etagen bauen. Ihr könntet auch hier leben.«

Ich schmunzle. »Du kannst Annika und Justus diesen Vorschlag gerne unterbreiten, aber ich fürchte, sie haben zu viel Zeug.«

Alex lacht, und dieses Lachen ist wie eine Berührung. Meine Nackenhaare stellen sich auf, ein Kribbeln rieselt den Rücken hinunter. Und dann ist sie plötzlich wieder da, die Stimme der Vernunft, laut wie lange nicht mehr. Ich sollte Alex das Haus zeigen und ihn wegschicken, ehe sie sich wieder eine Auszeit nimmt.

Derweil erklimmt Alex die Treppe. Oben angekommen, zieht er den Kopf ein, um den Dachbalken zu umschiffen, der quer durchs Haus verläuft. Dann wirft er sich aufs Bett, wohlbedacht, die Füße draußen zu lassen. Er lehnt sich an das Kopfteil, verschränkt die Arme hinter dem Kopf, schaut aus dem Fenster, das dem Bett gegenüberliegt, und pfeift anerkennend.

»Das ist ein toller Ausblick. Dafür könnt ihr zwanzig Euro extra verlangen.«

»Darauf sind wir ziemlich stolz. Wir haben Stunden damit verbracht, nach den richtigen Plätzen zu suchen.«

Meine Stimme ist zu laut, die Worte klingen unbeholfen.

Alex verlässt seine Genießerposition, dreht sich auf die Seite und lugt durch die Planken des Holzgeländers. »Ist irgendetwas passiert, als wir durch diese Tür getreten sind?«

»Ja. Nein. Eigentlich nicht.«

»Ja, was denn nun?«

»Nicht?«

Alex stutzt, dann lacht er. Und dieses Lachen neutralisiert jedes unbehagliche Gefühl. Ich erobere mir die Leichtigkeit zurück, indem ich auch nach oben klettere. »Es ist merkwürdig, allein mit dir in diesem kleinen Haus zu sein, und außerdem hast du dich direkt aufs Bett gelegt. Offenbar fand ich das irritierend.« Ich stelle mich vor das Fenster, sehe die Aussicht, die er sieht. Wegen der Schräge stehe ich gebückt.

»Es sieht nicht sehr gemütlich aus, was du da tust.«

Ich drehe mich um, und sein Blick ist so offen und freundlich – in meinem Inneren zieht sich alles zusammen. Verdammt. »Es ist eben ein kleines Haus«, sage ich, um mir Zeit zu verschaffen. Es ist ein innerer Schlagabtausch. Jetzt dominiert wieder die Vernunft. Ich muss die Besichtigung für beendet erklären und Alex nach Hause schicken. Aber wie kriege ich ihn aus dem Bett? Warum will ich ihn eigentlich loswerden?

Ich kann die Frage nicht beantworten. Stattdessen verlasse ich meine unbequeme Position und lege mich neben ihn.

»Ja, das ist besser.« Alex wirkt zufrieden.

Und dann passiert alles nur noch. Gleichzeitig bewegen wir uns aufeinander zu. Der Kuss ist kurz und gierig. Wir schauen uns an, gönnen uns einen zweiten hungrigen Kuss und schälen uns aus den Klamotten. Wir helfen uns gegenseitig, ziehen uns selbst dabei aus, und es wird hektisch. Ich schaffe es nicht, ihm das T-Shirt auszuziehen, darüber müssen wir beide lachen. Und dann ...

Wir sind außer Atem. Es ging alles so schnell ...

»Das waren keine zehn Minuten«, sagt Alex nachdenklich, dreht sich auf die Seite und schaut mich an.

Ich liege auf dem Rücken, nackt und erfüllt von den Nachwirkungen des Sex. Der wirklich kurz war, da gebe ich ihm recht. Aber ich bin nicht böse drum. So kann ich es vielleicht als Ausrutscher abhaken.

»In der kurzen Zeit kannst du nicht viel davon gehabt haben«, sinniert Alex weiter.

Auch da liegt er richtig. Ich war gerade erst warm geworden. Ich zucke mit den Achseln und grinse verschämt. »Das heißt aber nicht, dass ich keinen Spaß hatte.«

»Das ist alles, was ich wissen muss«, sagt er leise, »dann kann ich es nämlich jetzt richtig machen.«

Das Ende ist schwierig. Wir kramen uns aus den Laken und ziehen uns an. Ich vermeide den Blickkontakt, denn die Gedanken prasseln auf mich ein wie ein Hagelschauer im Sommer. Was habe ich getan? Das war doch nicht mein Plan. Aber es hat verdammt gutgetan. Alex ist fertig, ich kämpfe noch mit der Hose. Er umrundet das Bett und bleibt vor mir stehen. Ich habe es endlich geschafft und schließe den Gürtel.

Gleichzeitig legt mir Alex eine Hand auf die Schulter. Er will etwas sagen, setzt an und sagt dann etwas anderes.

»Danke.«

»Gern geschehen.« Und dann flüchte ich und drehe mich nicht mehr um. Es ist ein bisschen Drama, aber mir fällt nichts Besseres ein.

## *Nichts war. Gar nichts.*

Wie viel Zeit ist vergangen? Zwei Stunden? Drei? Ich habe jedes Maß verloren. Bis zur letzten Sekunde hoffe ich, mich ungesehen ins Haus stehlen zu können, doch das Glück habe ich nicht. Nicht nur Florian, Justus und Annika sitzen am Tisch unter der Buche, auch Roswitha, Hannelore und Johann sind dabei.

»Da bist du ja. Wir wollten schon eine Vermisstenanzeige aufgeben«, unkt Florian.

»Hey«, grüße ich linkisch in die Runde, »ich habe die Zeit vergessen.«

»Wo warst du denn?«, fragt Annika.

»Spazieren.« Es ist die einzige Ausrede, die mir einfällt.

»Ohne Fuchur und Penelope?«, wundert sie sich.

»Und wem gehört das Auto?«, fragt Florian.

»Und welcher Vogel wollte in deinen Haaren ein Nest bauen?«

Der Satz kommt von Justus – und jetzt gerate ich endgültig ins Schleudern. Florian zuckt zusammen, und ich kann förmlich dabei zusehen, wie er die losen Enden zu einer logischen Erklärung verknüpft. Mit selbstgefälligem Gesichtsausdruck lässt er mich an seiner Erkenntnis teilhaben. Geschwister kennen dich wie niemand sonst. Johanns Blick weiß ich leider gar nicht zu deuten. Er wirkt fast wie eine Wachsfigur.

»Sicher hast du Bärlauch gesucht, richtig? Wir hatten uns ja darüber unterhalten. Ich habe immer noch keinen gefunden. Du?«

»Ähm, ja, genau, Bärlauch. Nee, leider war immer noch keiner da. Ich vermute, er wächst hier gar nicht.« Ich hoffe, das reicht. Danke, Florian!

Doch dann blökt Hannelore von der anderen Seite des Tisches. »Für mich sieht das eher so aus, als wärst du ganz woanders rumgekrochen.«

Ich verschwinde ins Haus, ehe es noch peinlicher werden kann, bringe meine Haare in Ordnung, die wirklich sehr unordentlich sind, und wasche mir das Gesicht. Zum Glück hat sich die Familienversammlung wieder aufgelöst, als ich auf den Hof zurückkehre. Auch Alex' Wagen ist verschwunden. Ich nutze den Umstand gerne, husche in die Werkstatt und igle mich ein.

Nach dem Abendessen begleitet mich Justus spontan beim Hundespaziergang und versucht, mich davon zu überzeugen, dass er einen neuen PC und einen »klitzekleinen« Server benötigt.

»Wir bauen eine Datenbank auf, und es wäre eine gute Tat, wenn du uns unterstützt.«

»Über wie viel reden wir denn?«

Er nennt mir die Preise, ich runzle die Stirn. »Das ist eine ordentliche Summe. Ich kann gerne einen Teil beisteuern, aber du wirst auch eigenes Geld aufbringen müssen. Oder ...«

Er unterbricht mich. »Papa frage ich bestimmt nicht. Weißt du, wie lange er gebraucht hat, um meine letzte Nachricht zu beantworten? Fünf Tage.«

Ich zucke mit den Achseln. Immer wieder verteidige ich Philipp vor den Kindern, denn meine Enttäuschung soll nicht ihre Enttäuschung sein, aber die Realität straft alle Rede Lügen.

»Dann musst du dir wohl einen Job suchen.«

Justus verzieht das Gesicht, aber nur ein bisschen. »Mir war klar, dass du mich nicht komplett sponsern kannst. Aber danke trotzdem. Ein Job wäre tatsächlich eine Idee.«

»Du kämst mal raus aus deiner Höhle.«

»Ich hatte eher an etwas gedacht, das ich am PC erledigen kann.«

»Warum wundert mich das jetzt nicht?«

»Tja. Mein Verhalten scheint vorhersehbar zu sein.«

Auf halber Strecke kreuzt Johann unseren Weg, und ich bin froh, Justus bei mir zu haben. Die Hunde haben bereits ein fröhliches Knäuel gebildet, als er bei uns ankommt.

»Na, ihr beiden? Abendrunde? Wen trifft man immer auf der Straße? Leute mit Hunden und Kindern. Na ja, wir haben uns ja vorhin erst gesehen, ich muss weiter. Mein Vater braucht noch Hilfe bei der Insulinspritze. Wir sehen uns.«

Und bevor ich mehr als »Hallo« sagen kann, ist er Meter von uns entfernt. Täusche ich mich, oder ist ihm eine Laus über die Leber gelaufen?

Ich sitze auf der Eckbank in der Stube, und nur die Lampe über dem Tisch brennt. Der Rest des Raumes verschwindet im Halbdunkel. Es ist kühl, ich habe den Ofen angemacht. Es ist nicht nur Wärme, die er spendet. Auf sämtlichen freien Flächen habe ich Papiere verteilt. Ich erledige meine Buchhaltung, eine Aufgabe, die ich gerne vor mir herschiebe. Heute Abend jedoch ist sie perfekt, denn sie erlaubt kein Nachdenken. Seitdem ich das Tiny House verlassen habe, habe ich vermieden zu denken, und daran möchte ich nichts ändern. Zahlen bevölkern meinen Kopf und stiften Ruhe.

Mathematik bringt Ordnung ins Chaos. Sie hat für alles eine Lösung. (Nun ja, fast.) Sie erklärt die Welt präziser und wahrer, als Worte es vermögen. *Meine* Zahlen sagen mir heute, dass alles bestens ist. Ich hefte die letzten Belege ab und klappe den Ordner zu. Florian kommt herein, auf leisen Sohlen, und schließt übervorsichtig die Tür. Wie ein Geheimagent auf heikler Mission. Es ist zu lustig.

»Was ist los?«

»Jetzt sag, wo hast du gesteckt?«, flüstert er. »Und warum stand Alex' Auto auf dem Hof? Ich nehme mal schwer an, dass es seins war. Zumindest ist es auf wundersame Weise genau in den fünf Minuten verschwunden, als die Luft rein war.«

Ich überlege kurz, es abzustreiten, doch es ist sinnlos. Trotzdem habe ich keine Lust zu reden. Ich möchte ja nicht einmal daran *denken*. Demnach fällt meine Antwort unwirsch aus. »Ich muss niemandem Rechenschaft ablegen, wo ich war.«

Florian hebt abwehrend die Hände. »Entschuldige. So war es nicht gemeint. Aber wenn du reden willst, ich bin da.«

»Ja, danke«, grummle ich und bin ihm doch dankbar. »Aber nicht jetzt.«

»Alles klar«, sagt er und geht.

Ich hole mir ein Glas Wein und lege mich mit einem Krimi ins Bett. Zum Glück ist er wirklich spannend. Gestern Abend konnte ich gar nicht aufhören und bin mit dem Buch in der Hand eingeschlafen. Und wie durch ein Wunder gelingt mir das auch heute.

Ein Sonnenstrahl, der sich durch die nachlässig geschlossenen Fensterläden geschlichen hat, kitzelt mich wach. Ich schlage die Augen auf und bin verwirrt. Wie Gaze hat sich Verwirrung um jede Synapse gelegt. Einen Moment lang weiß ich nicht, wer ich bin und wo ich bin. Ich fühle mich, als hätte ich zwei Flaschen Wein vernichtet und nicht nur Sex gehabt.

Moment mal! Abrupt setze ich mich auf.

Ich hatte Sex. Mit Alex.

Ich lasse mich wieder ins Kissen sinken und versuche, mir etwas bewusst zu machen. Der Sex mit Alex wird Konsequenzen haben. So oder so. Und ich habe überhaupt keine Ahnung, wo ich mit meinen Überlegungen anfangen soll. Ich richte mich erneut auf und schlage die Bettdecke zurück. Mit nackten Füßen taste ich nach den Hausschuhen, schlüpfe hinein, tapse ins Bad. Ein Blick in den Spiegel. Oh weh, mein Gegenüber sieht gar nicht gut aus. Müde, verknittert, ein bisschen aufgedunsen. Je älter man wird, umso länger dauert der morgendliche Entknitterungsprozess. Aber ist da nicht ein kleines Funkeln? Wenn ich genau hinsehe? Ja, doch. Eindeutig. Und wie lange soll ich eigentlich noch verdrängen, dass ich meinen Prinzipien untreu geworden bin und mit einem Mann geschlafen habe?

Bin ich das wirklich? *Untreu?*

Von Sex war nie die Rede. Ich möchte keine Beziehung, was den Sex ja nicht zwingend ausschließt, oder? Ich bin zufrieden mit meiner Argumentation. Sie ist eine Abkürzung, die mir für den Moment das Nachdenken über all die anderen Aspekte erspart. Die, die mir wirklich Kopfzerbrechen bereiten würden. Ich sehe mich an und schüttle den Kopf. Einfältig bist du, Elli. Unfähig, das Geschehene einzuordnen, und deshalb suchst du nach einer Begründung, die alles einfacher macht. »Das weiß ich doch selbst«, maule ich mein Spiegelbild an und putze mir ausgiebig die Zähne. Dabei leuchtet mir mein Ansatz entgegen, der seit mindestens zwei Wochen überfällig ist. Was Alex wohl gedacht hat?

Ich ärgere mich über den Gedanken, und trotzdem bringe ich spontan die Kinder mit dem Auto zur Schule und schleppe eine gute Stunde später einen Großeinkauf aus dem Drogeriemarkt ins Haus. Florians amüsierten Blick ignorierend, verschanze ich mich im Badezimmer. Erwarte ich eine Wiederholung? Ich kämme die Haare sorgfältig nach hinten, mische die Haarfarbe, schüttle das Fläschchen die empfohlenen dreißig Sekunden und länger. Und noch ein bisschen länger. Immer habe ich Angst, die Färberei könnte misslingen, nur weil ich nicht richtig geschüttelt habe.

Strähne für Strähne trage ich Farbe auf. In den letzten Jahren habe ich eine gewisse Professionalität entwickelt, und ich färbe mir gerne die Haare. Es ist eine kleine Verjüngungskur, und ich genieße jedes Mal die erste Woche danach, in der ich mir einbilden kann, dass es meine natürliche Haarfarbe ist. Ich beneide die Frauen, die zu ihren grauen Strähnen stehen. Irgendwann möchte ich dieses Selbstbewusstsein auch haben. Doch noch bin ich nicht so weit. Noch möchte ich mir wenigstens einmal im Monat einbilden, eine jung gebliebene Brünette zu sein. Mit heller Haut und Sommersprossen und dem Gefühl, mich ganz gut gehalten zu haben.

Die Flasche ist leer, die Haare kleben am Kopf und ich umwickle sie mit Frischhaltefolie. Mit Watte und Seife entferne ich die Farbe auf Stirn, Wangen und Ohren, die danebengegangen ist. Die Einwirkzeit nutze ich, um mich um andere, latent vernachlässigte Körperpartien zu kümmern. Und bekomme wieder einen kleinen Schreck. Habe ich wirklich *so* unvorbereitet das erste Mal nach über drei Jahren mit einem Mann geschlafen? Aber sollte das nicht egal sein? Und dann wird mir klar, dass ich mich noch Stunden und Tage ablenken kann, ohne dass es mich weiterbringen wird.

Natürlich behauptet Jutta, sie habe geahnt, dass da noch was kommt. Selbstverständlich erst, nachdem sie mir in der Lautstärke einer Polizeisirene ins Ohr gequiekt hat. Ich wollte ihr eigentlich nur schreiben, doch sie hat sofort angerufen. Dieses »Danke« allerdings verwirrt sie ebenso wie mich.

»Sag einfach, was dir spontan einfällt.«

»Spontan. Hm. Ehrlich gesagt klingt es wie eine Gefälligkeit.«

»Das wollte ich hören. Danke. Das würde die Sache vereinfachen.«

»Du meinst, du könntest es als One-Night-Stand abhaken?«

»Ja, genau. Abhaken und keinen Gedanken mehr daran verschwenden.«

»Es könnte aber auch ein Danke dafür sein, dass du seine Gebete erhört hast und in seine Arme gefallen bist.«

»Das erscheint mir am wenigsten plausibel.«

»Weil Gefühle ja plausibel sind.«

»Von Gefühlen war nie die Rede.«

»Wenn keine Gefühle im Spiel sind, meine Liebe, dann würdest du dir über dieses Wort keine Gedanken machen.«

»Es würde meine Situation erheblich vereinfachen.«

»Ach, Elli. Dann lass es doch einfach so stehen und genieße schlicht die Tatsache, dass du Sex hattest. Ist doch egal, welcher Kerl dafür zuständig war.«

»Ja, du hast recht. So ist es wahrscheinlich am besten. Einfach genießen.« Ich bin nur halb so überzeugt, wie ich klinge.

»War er denn wenigstens gut? Die Frage musst du mir einfach noch beantworten.«

Gute Freundinnen kommen ihren Pflichten natürlich nach. Und während ich ihr davon erzähle, wird mir noch einmal klar, wie schön es war.

# Vom Ende einer Ehe

Natürlich ist es so einfach dann doch nicht. Konnte ich gestern jeden Gedanken beiseiteschieben, prasselt heute einer nach dem anderen auf mich ein wie ein warmer Sommerregen, bei dem man binnen einer Minute nass bis auf die Haut ist. Ich stehe in der Polsterei, und der Sessel, Alex' Sessel, steht mahnend in der Mitte des Raumes. Wie soll ich arbeiten, wenn er mich an jeden einzelnen Augenblick erinnert?

Ich gebe mir also spontan frei, und der nächste Versuch, die Grübeleien einzudämmen, ist ein Spaziergang mit Fuchur und Penelope. Wir drehen eine mittlere Runde. Hinter der Obstwiese mit den Tiny Houses verläuft der Weg in einer leichten Steigung bis zum Waldrand. Es folgt ein kurzer, knackiger Anstieg zu einem Aussichtspunkt, der mit einem Ausblick über die wolkenverhangenen Gipfel des Schwarzwaldes belohnt. Im Tal hängt der Morgennebel, der sich auch jetzt im Mai dann und wann noch einmal blicken lässt, die Luft ist klar und frisch. Man sieht nichts als Natur. Doch ich habe keine Augen für diese Schönheit. Ich ziehe auch keine Beruhigung aus dem Gefühl, hier oben der einzige Mensch auf dem Planeten zu sein. Stattdessen verdränge ich, was mich eigentlich beschäftigt, indem ich forsch durch die Landschaft stapfe, bis ich ganz außer Atem bin und an nichts anderes denken kann als an den nächsten Schritt.

Vierzig Minuten später stehe ich wieder im Hof, bin kein bisschen weniger aufgewühlt, und wie von selbst führt mein Weg zu

Roswitha. Hannelore sitzt am Küchentisch und löst eines ihrer Kreuzworträtsel in Großschrift, Rosi sitzt ihr gegenüber und hat sechs halb fertige Kaffeebecher vor sich auf einem alten Küchentuch stehen. Mit einem zarten Pinsel malt sie filigrane Gräser auf den Henkel. Es ist eine Tätigkeit, die schon beim Zusehen beruhigt.

»Elli, schön, dass du vorbeischaust. Es ist noch heißes Wasser da. Du kannst dir einen Tee machen, wenn du magst.«

Ich nicke dankbar. Ein Tee hilft zwar nicht, aber dann wieder doch. Ich fasse kurz an den Kessel, um zu prüfen, wie heiß er noch ist. Sehr heiß. Ich krame in der Holzkiste nach einem Pfefferminztee, hänge ihn in eine getöpferte Riesentasse und gieße Wasser darüber. Mit einem Seufzer lasse ich mich auf den grünen Stuhl plumpsen. Grün wirkt beruhigend und entspannend, es ist die Farbe der Hoffnung und der Klarheit. Ich brauche mehr Klarheit als Hoffnung.

Roswitha legt den Pinsel beiseite. »Was sagt mir dein zermürbter Gesichtsausdruck?«

»Ja, genau, welche Laus ist dir über die Leber gelaufen. Kriegt man ja selbst schlechte Laune.«

Ich ignoriere Hannelore und seufze. »Ich befinde mich wohl in einer emotionalen Ausnahmesituation.«

Rosi kann nichts darauf erwidern, denn die Tür geht auf, und Florian steht vor uns. »Ah, da seid ihr ja alle. Da kann ich den Hof ja fünfmal absuchen, wenn ihr hier zum Kaffeekränzchen versammelt seid.«

»Ist das ein Vorwurf?«, frage ich.

»Quatsch. Wofür sind wir denn hergezogen, wenn wir uns das Leben nicht schön machen? Die Arbeit läuft ja leider nicht weg. Ich wollte auch nur eure Einkaufslisten einsammeln. Ich fahre ins *Städtle*.«

Ins *Städtle*. Mein Bruder ist angekommen. Ich zücke mein

Handy und schicke ihm den Screenshot meiner Einkaufsliste, Rosi drückt ihm einen handgeschriebenen Zettel in die Hand.

»Den Ton musst du nicht besorgen, das ist ein bisschen weiter draußen, und so dringend ist er nicht.«

Florian verspricht, es trotzdem zu versuchen, und verschwindet wieder. Ich befreie meinen Tee vom Teebeutel, schippe drei Löffel Zucker in die Tasse und rühre um.

»Möchtest du darüber reden? Ich denke, ich weiß, worum es geht.«

»Also ich kann mir gar nix denken und gehe jetzt in mein Zimmer. Ich bin zu alt für so einen Firlefanz.« Die Oma sagt es, ächzt von ihrem Stuhl, klemmt sich hinter ihren Rollator und zuckelt davon.

»Wie klappt es denn mit euch beiden?«

»Es wird. Hannelore ist natürlich nach wie vor garstig und kommandiert mich herum, aber sie taut immer öfter auf. Und wenn sie glaubt, man sieht nicht hin, wirkt sie sehr zufrieden.« Roswitha nimmt sich den Pinsel und tunkt ihn in die Farbe, die sie auf einem Holzbrett angemischt hat. Sie greift nach der nächsten Tasse, setzt ihre Brille auf und pinselt weiter. »Es klappt also ganz wunderbar mit uns beiden. Ich finde sie wirklich unterhaltsam.«

»Du hast recht«, sage ich, »ich sehe sie mit anderen Augen, seitdem wir hier sind. Das Verhältnis ist ... persönlicher geworden. Dabei habe ich noch nie ein privates Wort mit ihr gewechselt. Anfangs habe ich es versucht, aber dann ... Im Grunde weiß ich nichts über sie. Hat sie dir schon mal was über ihre Vergangenheit erzählt?«

»Wo denkst du hin?« Rosi lacht. »Stänkern ist ihr Leben. Aber vielleicht wird man so, wenn man *so* alt ist. Ich denke viel darüber nach, seitdem sie hier ist. Wie fühlt es sich eigentlich an, alt zu sein? Überleg mal: Wir sind alle viel, viel jünger. Es gibt keine Gleichaltrigen mehr, mit denen sie sich austauschen kann. Sie braucht Hilfe, ist eingeschränkt und das Leben fast vorbei, vielleicht schon morgen. Man könnte darüber zynisch und störrisch werden, das gebe ich zu.«

»Ja, du hast recht«, antworte ich nachdenklich. »Von der Seite habe ich es noch nie betrachtet.«

Habe ich überhaupt schon einmal versucht, mich in einen alten Menschen hineinzuversetzen? Manche Erkenntnisse kommen aus dem Nichts. Wie fühlt es sich an, alt zu sein? Im Körper, im Geist, in der Seele? Aber wer macht das schon? Dazu müsste man sich mit dem Tod auseinandersetzen, doch den verdrängen wir, weil er nicht zum Leben passt. Wir wollen alle alt werden, sagte einmal ein Kunde zu mir. Aber alt sein will niemand. Jetzt verstehe ich diesen Satz wirklich.

Ich teile meine Überlegungen mit Rosi.

»Ja«, antwortet sie fröhlich, »man sollte ab und an die Perspektive wechseln. Dann kann man Dinge neu denken.«

»Stimmt«, sage ich eifrig, denn ich habe da plötzlich eine Idee. »Vielleicht sollten wir ihr ermöglichen, Gleichaltrige zu treffen.«

»Das ist eine großartige Idee.« Roswitha fängt sofort Feuer.

»Welche Idee ist großartig?« Wie aus dem Nichts steht Olga plötzlich neben dem Tisch. Es ist fast wie in Filmen und Serien, in denen es nie Klingeln gibt, außer sie werden aus dramaturgischen Gründen benötigt. Ansonsten steht Besuch plötzlich im Raum, als sei es selbstverständlich. Es in der Realität zu erleben birgt manchen Schreckmoment. Auch dieses Mal plumpst in meiner Magenmitte kurz alles nach unten.

»Was machst du denn hier?«, frage ich entgeistert.

Olga nimmt sich eine Tasse von der Anrichte und gießt sich ebenfalls einen Tee auf.

»Rosi und ich sind verabredet. Sie will mir das Töpfern beibringen.«

Die beiden strahlen, und ich freue mich darüber. Manchmal scheint es, als würden alle Puzzleteile nach und nach an ihren Platz fallen.

»Wir überlegen, in welchen Kindergarten wir die Oma schicken, damit sie Gleichaltrige anmeckern kann«, klärt Roswitha Olga auf.

»Wieso wollt ihr eure Oma zum Spielen schicken? Habt ihr genug von ihr?«

Olga kippt mit Schwung den Zucker in ihren Tee.

»Ich hatte schon genug von ihr, seitdem ich mich entschieden habe, sie *nicht* ins Altersheim zu stecken«, antworte ich lachend. »Wenn es danach ginge, hätte ich das schon lange nachgeholt.«

»Es ist toll, dass du genau das nicht getan hast, Elli. Stellt euch nur vor: Keine Verwandtschaft mehr, alle Bekannten sind tot, und es winkt nur noch das einsame Sterben im Altersheim. Was ist es für ein Glück, wenn man jemanden findet, der sich kümmert.« Rosi macht eine kurze Pause. »Wenn ich so darüber nachdenke, ist ihre Unhöflichkeit dir und mir gegenüber schon eine ziemliche Frechheit. Hohes Alter hin oder her.«

»Womit sich der Kreis dieses Gespräches geschlossen hätte«, sage ich.

»Ich höre mich mal um«, schlägt Rosi vor. »Dann sehen wir, wo wir Hannelore unterbringen können. Und nun gibt es ein anderes Thema, das wir besprechen müssen. Natürlich nur, wenn Elli möchte.«

»Ja, möchte ich. Warum nur eine weise Frau um Rat fragen, wenn ich gleich zwei fragen kann?«

»Eine gute Entscheidung. Ich koche mal eine Kanne Tee.«

»Es tut mir leid«, befindet Olga, nachdem ich in groben Zügen mein Tête-à-Tête mit Alex und meine Probleme damit geschildert habe, »ich verstehe deine Zweifel kein bisschen.«

Roswitha nickt, als wüsste sie genau, woran sich Olga stört.

»Warum?«, frage ich verwirrt.

»Weil du es dir unnötig schwer machst. So einfach ist das.«

Sie nickt, Roswitha ebenso, nur über meinem Kopf erscheint ein Fragezeichen. Was daran soll einfach sein?

»Ihr habt euch ziemlich offensichtlich ineinander verguckt.« Olga schlürft vernehmbar an ihrem Tee. »Alles andere ist eine absolute Fehlinterpretation, wenn du mich fragst. Reine Unbeholfenheit von seiner Seite. Auch dieses ominöse Danke.«

»Ja, ich finde, das hat Olga gut zusammengefasst.« Roswitha stellt die fertige Tasse auf ein sauberes Küchentuch und nimmt die nächste. Sie wechselt die Pinsel und beginnt die Prozedur von vorne.

Olga fährt fort mit ihrer Erklärung. »Du bist seit drei Jahren getrennt. Du sagst, du willst keine neue Beziehung. Aber warum nicht? Soll deine gescheiterte Ehe weiter deine Zukunft bestimmen? Du machst dich selbst zur Nonne. Dabei spricht nichts dagegen. Alex hat keine Ehefrau, er ist ein toller Kerl, und ihr mögt euch. Es tut mir leid, ich verstehe es nicht.«

»Ich habe mit der alten Beziehung eben noch nicht abgeschlossen.«

»Hast du mit der alten Beziehung noch nicht abgeschlossen, oder hast du Angst vor einer neuen?« Roswitha stellt die Tasse ab, schiebt ihre Brille nach unten und schaut mich über den Rand hinweg an.

Ich zucke mit den Schultern. »Es ist möglicherweise eine Mischung aus beidem.«

»Warum erzählst du uns nicht einfach mal von deiner Ehe? Vielleicht verstehen wir dich dann besser.« Die Frauen wechseln einen bedeutungsvollen Blick. »Mir ist schon aufgefallen, dass du kaum ein Wort darüber verlierst. Das ist ungewöhnlich. Die geschiedenen Frauen, die ich kenne, lassen keine Gelegenheit aus, über die Verflossenen herzuziehen.« Roswitha sagt es milde und beendet den Satz mit einem feinen Lächeln auf den Lippen. Ihren Pinsel hat sie komplett beiseitegelegt.

Ich starre sie an und kann es kaum erklären. Ihre Aufforderung weckt nicht die gleiche Abwehr wie sonst, wenn ich über meine Ehe reden soll. Es ist fast, als stünde diese Abwehr nur noch für sich selbst. Als wäre sie gar kein Teil mehr von mir. Vielleicht verdanke ich es diesen lieben Frauen, vielleicht entwickle ich mich tatsächlich weiter. Auf jeden Fall kann ich drei Jahre nach dem Ende meiner Ehe und zwei Jahre nach der Scheidung zum ersten Mal frei von bitterer Enttäuschung und tief sitzendem Schmerz von meiner Ehe erzählen.

»Wisst ihr, es ist das eine, enttäuscht zu werden. Diese Enttäuschung, die gescheiterte Ehe – damit hätte ich umgehen können. Das ist der normale Lauf der Dinge. Meine Güte, was stelle ich mich so an? Hinfallen, Krönchen richten, aufstehen, weitermachen. Das ist die Frau von heute. Wir müssen stark sein, wir müssen erfolgreich sein, wir müssen mehr Mann sein und dabei trotzdem Frau bleiben.«

»Was hat das mit dem Ende deiner Beziehung zu tun?«, fragt Rosi mit hochgezogenen Brauen, weil ich mich ein wenig in Rage rede.

Ich seufze. Ich will reden, aber ich brauche den Anlauf, um das alles in Worte zu kleiden. »Ich vermeide es schon lange, darüber nachzudenken oder zu reden. Deshalb eiere ich gerade ein bisschen rum«, sage ich verlegen.

»Du hast alle Zeit der Welt.« Rosi rückt ein Stück näher und drückt mich mütterlich. »Was in Rosis Haus passiert, bleibt in Rosis Haus. Du kannst es rauslassen und lässt es einfach hier, wenn du gehst. Ich packe es dann für dich weg.«

»Das ist ein tolles Angebot«, sagt Olga und verschränkt entschlossen die Arme vor der Brust. »Denn wenn du weg bist, werden wir es quälen und beseitigen, so gut, als wären wir die Mafia.«

»Okay«, sage ich seufzend und stupse beide Frauen mit dem Arm an. Einmal links, einmal rechts. In ihrer Mitte ist es leichter. Und dann erzähle ich ihnen, was mir widerfahren ist.

Ich habe meinen Exmann Philipp während der Ausbildung kennengelernt. Er war der Sohn einer Stammkundin, und Philipp begleitete sie, weil der Chefsessel der Familie nach Beendigung des Studiums offiziell in seinen Besitz übergehen sollte. Philipp stammt aus wohlhabender Familie. Das Familienunternehmen war seit Jahrzehnten in erfolgreicher Hand und der Vater fest davon überzeugt, dass sein Sohn die Firma ebenso erfolgreich weiterführen würde. Der Sessel war Auszeichnung und Trophäe in spe. An diesen Stuhl war eine Lebensaufgabe geknüpft. Das Möbelstück war ein Vertrag.

Und dann lernte er mich kennen. Eine Frau, die mit den Händen arbeitet und der Erfolg und Geld nicht wichtig sind. Er mochte mich, er mochte diese Einstellung und verzichtete auf den Sessel und die Pfründe, die bis an sein Lebensende für ein gutes Auskommen gesorgt hätten. Er wollte kein vorgegebenes Leben, er wollte Unabhängigkeit. Mit mir, so schien es, war er bereit, das für sich einzufordern. Ich unterstützte ihn in seiner Entscheidung, die sowieso nicht verhandelbar war, und wir fühlten uns frei, stark und unabhängig. Wir waren ein gutes Team. Lustig, offen, voller Neugier auf das Leben. Wir standen Seite an Seite, den anderen immer im Blick.

Leider holte uns die Realität ein. Philipps Studienabschluss war nicht gut, und ohne familiären Rückhalt und bei der damaligen Stellensituation hatte er keine große Auswahl. Also fing er in der Buchhaltung einer Großbäckerei an. Ich machte nach der Ausbildung meinen Meister. Es war eine anstrengende Zeit mit wenig Geld, und doch half uns die Euphorie der ersten Stunden immer wieder über Hürden hinweg. Manchmal, wenn wir eine Rechnung nicht bezahlen konnten oder eine andere Hürde im Weg stand, nahm er mich in den Arm und sagte: »Bei uns ist eben der Prinz zum Aschenbrödel gezogen, und das ist einfach nur emanzipiert. Wir müssen der Welt beweisen, dass das auch eine Lösung ist.« In diesen Momenten liebte ich ihn noch mehr als ohnehin schon.

Alles schien gut, und auch die Kinder änderten nichts daran. Doch der Teufel liegt so oft im Detail: Es lief gut für mich, es lief gut zwischen uns, doch es lief nicht gut für Philipp im Job. Der falsche Chef, zermürbende Umstrukturierungen, zahlreiche Jobwechsel, viel zu viel Arbeit und keine Anerkennung. Sein Job wurde immer mehr zu einer Bürde, und im Laufe der Jahre wurde das Familienunternehmen, das er eigentlich hätte führen sollen, in seinem Kopf wieder präsenter. Hatte er doch die falsche Entscheidung getroffen, als er sich gegen die Firma entschied? Dass er damit auch uns hinterfragte, merkte er leider nicht. Aber es verletzte mich, und so formulierte er mit jeder Tirade, die er über seinen Job losließ, unbewusst Vorwürfe an mich. Mit der Zeit ging ich ihm aus dem Weg, wenn er schlecht drauf war, und im Laufe der Jahre entfernten wir uns voneinander. So langsam, dass ich es viel zu spät bemerkte. Am Ende der Klassiker: Er ging fremd. Eine Frau aus seiner Abteilung war bereit, ihm zuzuhören und auch all die anderen Bedürfnisse zu befriedigen, die Schritt für Schritt Auszug aus unserem Ehealltag gehalten hatten.

Ich fand es heraus.

Philipps Reue war groß. Als es darauf ankam, wusste er, was zu tun war. Er fand die richtigen Worte, zeigte mir, wie wichtig ich ihm war, und ich verzieh ihm. Nicht wegen der Kinder, nicht wegen unserer Vergangenheit, sondern um seinetwillen. Umsichtig begleiteten wir unsere Versöhnung und die Rückkehr in eine echte Ehe mit Beratungsstunden und kleinen Aufgaben. Es funktionierte. Und wir konnten wiederbeleben, was wir verloren hatten. Philipp wechselte den Job, schien endlich zufrieden und die

Misere überstanden. Der Glanzpunkt des Sieges über die Krise war ein Urlaub zu zweit. Die Kinder waren im Ferienlager, und wir reisten durch Skandinavien. Eine Reise, von der ich schon immer geträumt hatte und die auch die letzten Zweifel ausräumte. Dort, hoch oben über dem norwegischen Geiranger-Fjord, machte er mir eine Liebeserklärung, die schöner hätte nicht sein können.

Ich liebte den Mann und war glücklich.

Zwei Wochen nach unserer Rückkehr fand ich durch Zufall heraus, dass er die Affäre nie beendet hatte. Es war kein Loch, in das ich fiel. Es war ein endloser Krater mit feuchten, glatten und dunklen Wänden. Mit einem Boden aus brüchigem Stein. Und ich stand in der Mitte und war nicht fähig, auch nur einen Schritt in Richtung Licht, Hoffnung oder Zuversicht zu gehen. Da waren nur noch leere Worte. Und als ich es nach Tausenden Momenten der Aussichtslosigkeit endlich schaffte, den Krater zu verlassen, schwor ich mir, nie wieder so enttäuscht zu werden. Nie wieder. Wenn ich Philipp nicht vertrauen konnte, konnte ich keinem Mann mehr vertrauen.

Bis heute habe ich nicht verstanden, warum er mir das angetan hat. Es gab nicht eine einzige Erklärung. Stattdessen verschwand er aus unserem Leben. Dass er die Kinder abgelegt hat wie einen alten Mantel, hat mir geholfen, ihn komplett aus meinem Leben zu verbannen. Er hockt nun in dem Krater, aus dem ich mich mühsam befreit habe. Und ich werde den Teufel tun, ihn jemals wieder zu betreten.

»Meine Güte«, sagt Roswitha.

»Was für ein Dreckskerl«, sagt Olga.

»Also, wenn der Alex es schafft, dich zu knacken, kann er sich auszeichnen lassen«, stellt Roswitha fest.

Ich atme tief durch. Das Erzählen hat wirklich gutgetan. »Könnt ihr verstehen, dass ich das nie wieder erleben möchte?

Selbst wenn ich es schaffe, wieder zu lieben? Wie soll ich je wieder vertrauen?«

»Das ist nach der Nummer wirklich schwer«, gibt Olga zu. »Aber dein Exmann ist nicht jeder Mann. Außerdem musst du ja nicht gleich alles abblocken. Gegen ein bisschen Spaß ist nichts einzuwenden.«

»Das ist doch eine Illusion. Wir entwickeln *immer* Gefühle. Und die werden enttäuscht. Ob in der Realität oder in meinem Kopf spielt keine Rolle. Glaubt mir, ich habe alles abgewogen, alles durchgespielt, aber ich finde kein Szenario, in dem ich einem Mann noch einmal vertrauen kann.«

»Du hast vollkommen recht.« Roswitha steht auf und holt eine geschwungene Vase aus dem Küchenbüfett. Sie stellt sie vor mir ab und bittet mich, genauer hinzuschauen. Auf der Vase ist ein stilisiertes Pärchen abgebildet. Auf den ersten Blick ist es ein Motiv wie jedes andere, dann fällt mir eine Besonderheit auf. Der Mann ist deutlich kleiner als die Frau.

»Was soll mir diese Vase sagen?«, frage ich verwundert.

»Das sind meine Großeltern. Und die Größe war ein Thema. Für sie selbst, für andere sowieso. Doch irgendwann hatten sich alle daran gewöhnt. Es wurde akzeptiert, und niemand konnte es sich mehr anders vorstellen. Der Mensch ist eben ein Gewohnheitstier. Was ich damit sagen will, ist Folgendes, Elli.« Sie drückt mir die Vase in die Hand, sodass ich mir das Bild genauer anschauen kann. »Ich verstehe dein Denken, ich verstehe auch deine Entscheidung. Aber du hast eines außer Acht gelassen.«

»Was?«, frage ich.

»Du hast vergessen, dass sich das Leben einen Teufel darum schert, ob du etwas möchtest oder nicht. Wenn das Leben entscheidet, dass ihr euch ineinander verliebt, dann passiert das. Und du wirst unglücklich sein, wenn du dich dagegen entscheidest. Egal, ob die Gründe verständlich sind oder nicht.«

# Schwarzwaldhochstraße

Ein Auto nähert sich dem Hof. Ich halte die Hände über die Augen, um etwas zu erkennen. Die Sonne strahlt, als müsse sie sich beeilen. Dabei hat sie den ganzen Tag Zeit, kein Wölkchen soll ihren Auftritt stören, es ist sommerlich warm, und deshalb trage ich zum ersten Mal in diesem Jahr ein Kleid. Mir war heute Morgen danach. Ich besitze welche für kältere Jahreszeiten, aber ich trage sie nur selten, weil immer der Anlass fehlt. Doch in der warmen Jahreszeit liebe ich sie, und heute ist es warm, denn der Mai spielt Sommer. Sie sind leicht und luftig, und ich fühle mich im Kleid besonders: weiblicher. Ich bin mir meiner selbst bewusster. Ich trage das petrolfarbene mit den weißen Punkten. Das Oberteil liegt eng an, der Rock ist weich und fließend und streichelt bei jedem Schritt die Beine. Ich laufe beschwingt über den Hof, spule im Kopf meine Agenda ab und habe noch nicht entschieden, womit ich anfangen werde.

In diesem Moment saust ein kleines dunkelgrünes Cabrio auf den Hof. Alex ist der Fahrer, und mein Herz rutscht dorthin, wo ich es nie wiederfinden werde. Was nun?

Er steigt mit einem breiten Lächeln aus dem kleinen Flitzer. Eigentlich mag ich keine mittelalten Männer, die winzige sportliche Autos ohne Dach fahren. Das bringt mich noch mehr aus dem Takt. Was sage ich? Was will er? Und was will ich?

»Hey, Elli.« Er überwindet die letzten Schritte zwischen uns, drückt mich an sich und gibt mir gleichzeitig einen leichten Kuss auf die Wange.

Ich starre auf den Boden, finde, er könnte sich auftun, doch Alex lässt sich davon nicht stören ...

»Du darfst ruhig Nein sagen, denn es ist ein kleiner Überfall, aber ich habe heute frei, ein Vorteil vom Schichtdienst.« Er stutzt, denn ich starre leider immer noch auf den Boden. »Hast du Lust, einen Ausflug mit mir zu machen?«

Ich starre. Und starre. Und dann geht ein Ruck durch meinen Körper, und ich sage einfach, was mir eben durch den Kopf geschossen ist. »Eigentlich finde ich mittelalte Männer in kleinen Autos ohne Dach total peinlich, aber jetzt hätte ich irgendwie schon Lust, mal in so 'nem Ding zu fahren.«

Alex fängt schallend an zu lachen.

Ich informiere die Familie per Textnachricht, dass ich mir den Tag freinehme und die Suppe von letzter Woche aus der Kühltruhe geholt habe. Dann lasse ich die Hunde vor die Tür und schaue anschließend im Stall und auf der Weide nach dem Rechten. Zum Schluss melde ich mich bei Roswitha ab, die meine Ankündigung, ich würde einen spontanen Ausflug machen, nur mit wild zuckenden Augenbrauen kommentiert. Alex wartet derweil im Auto, und als ich endlich einsteige, verschwitzt und froh, dass ich keine Sekunde zum Nachdenken hatte, scrollt er durch die Musikauswahl.

»Was möchtest du hören?«

Ich schnalle mich an und stelle meinen auf die Schnelle gepackten Lederbeutel in den Fußraum. »Ich weiß nicht, was hast du dir vorgestellt?«

Er schmunzelt. »Fahren wir erst mal ohne Musik, darüber können wir auch später noch streiten.«

»Gute Idee«, sage ich, weil es mir sowieso viel zu anstrengend ist, darüber nachzudenken.

Er schmunzelt wieder, wendet routiniert den Wagen im Hof, dann brausen wir davon. Wir schweigen, aber es ist nicht unangenehm. Ich lasse mir den Wind um die Nase sausen und genieße das völlig neue und ziemlich amüsante Fahrgefühl in dieser Suppenschüssel. Ganz kurz wundere ich mich über dieses entspannte Gefühl, so entspannt, dass selbst das Wundern schnell wieder vergeht. Aus irgendeinem Grund hat mein Unterbewusstsein beschlossen, die App für unschöne Grübeleien zu deaktivieren.

»Wohin fahren wir eigentlich?«, frage ich, als wir das Dorf hinter uns lassen und in engen Kurven die Berge erklimmen. Bäume, dunkel und geheimnisvoll, verschlucken das Licht auf magische Weise. Die Fahrt ist anders in diesem kleinen Auto ohne Dach. Als wäre man mit dem Autoscooter unterwegs. Ich muss zugeben, es macht Spaß!

»Bist du schon mal die Schwarzwaldhochstraße gefahren?«

»Nein. Wenn wir bei Onkel Ludwig waren, haben wir den Bauernhof nur sehr selten verlassen, und seitdem wir hier wohnen, hatten wir noch keine Zeit für Ausflüge.«

»Dann wird es Zeit, dass du die berühmte B 500 kennenlernst«, sagt Alex und lächelt mich an. Mir wird warm ums Herz.

»Ich bin gespannt«, sage ich, und um einer Verlegenheit keinen Raum zu geben, greife ich im Fußraum nach meinem Beutel und hole die Sonnenbrille heraus. Nun fehlt nur noch das Kopftuch, und ich bin ein wandelndes Klischee.

»Hast du das mit dem Auto eben ernst gemeint?«

Oh, wie gut, dass ich eine Sonnenbrille trage! »Ähm ... es tut mir leid, es ist mir rausgerutscht, aber eigentlich ... ja.« Ich grinse verschämt und bin froh, dass Alex seinen Blick auf die Straße richtet. Die Serpentinen sind knifflig.

»Soll ich dir was beichten?« Er wirft mir doch einen kurzen Blick zu. »Ich finde mittelalte Männer in kleinen Autos ohne Dach auch peinlich.«

Sein Satz überrascht mich in jeder Hinsicht, und ich platze los.

Alex fällt ein, laut lachend überqueren wir den Pass, und es geht wieder hinunter.

»Warum zum Teufel hast du dann so ein Auto?«, hake ich nach, als wir uns beruhigt haben.

Er zuckt mit den Achseln. »Ich habe als Kind kleine Cabrios gesammelt. Außerdem liebe ich das Autofahren. Als ich den Führerschein in der Tasche hatte, war das, als würde mein Leben endlich anfangen. Ich weiß, das klingt theatralisch, doch es beschreibt mein damaliges Gefühl. Es war sogar einer der beiden Gründe, warum ich zur Polizei gegangen bin. Ich liebe das Autofahren im Dienst.«

»Was war der andere?«

»Ein ausgeprägter Gerechtigkeitssinn.«

»Das sind zwei hervorragende Voraussetzungen, um zur Polizei zu gehen«, befinde ich, und wieder lachen wir. Es ist unbeschwert mit Alex. Plötzlich wird mir klar, dass dies ein wegweisender Tag werden könnte, und entgegen aller Erwartung macht es mir keine Angst. Nicht in diesem Augenblick.

»Also hast du dir deinen Kindheitstraum erfüllt, als du es endlich konntest?«

»Richtig. Allerdings war ich da eben ein mittelalter, geschiedener Mann. Ganz wohl war mir bei der Sache nicht, aber die Unvernunft hat gesiegt.«

»Immerhin hast du auf die zwanzigjährige, vollbusige Blondine verzichtet.«

Wir lachen. Wieder.

Und dann plaudern wir. Wie zwei Freunde, leicht und unbeschwert. Diese Fahrt soll niemals enden. Wir durchqueren Täler und erklimmen Berge, durchstreifen Weinberge und pittoreske kleine Orte. In einem Auto ohne Dach fühlt man sich vor allem auf den kleinen Straßen frei und unbeschwert. Die Zeit verfliegt, ein Thema folgt auf das nächste, doch mit keinem Wort erwähnen wir, dass wir vor drei Tagen miteinander geschlafen haben. Das fuchst mich ein bisschen, weswegen ich ihm aus dem Bauch heraus die Frage stelle, die auch Johann mir gestellt hat.

»Welche Vergangenheit hast du hinter dir gelassen? Ich bin das letztens selbst gefragt worden und fand die Formulierung so schön.«

»Du meinst, die Frage ist besser als: Und du bist also geschieden?« Er wirft mir einen amüsierten Seitenblick zu.

»Genau. Mit einem Unterschied. Wenn ihr Männer diese Frage mit Ja beantwortet, werfen euch die Frauen schmachtende Blicke zu, während man als Frau ungefähr so angeschaut wird.« Ich drehe mich zu ihm, lasse die Sonnenbrille ein Stück die Nase hinunterrutschen und imitiere diesen ganz besonderen Blick, eine Mischung aus Mitleid, Schadenfreude und – oft bei Frauen in intakter Ehe – purer Freude darüber, dass sie es besser hinkriegen. »Und ihr Männer werdet in etwa so angeguckt, wenn ihr geschieden seid.« Ich setze einen schmachtenden Blick auf, der preisverdächtig ist und mir gar nicht schwerfällt.

»Der erste war wirklich eine Zumutung, den zweiten darfst du mir ruhig öfter zuwerfen.«

Ich werde rot. Sofort. Als hätte mich jemand angeknipst. Dabei habe ich mich sehenden Auges in die Situation manövriert. Aber ich fasse mich schnell wieder, denn bei Alex ist mein Rotwerden nur halb so schlimm. Na ja, bis er seinen Kommentar dazu abgibt.

»Ich finde deinen Tomatenmodus übrigens ganz entzückend.«

Da werde ich noch röter. »Es ist eine Qual«, sage ich, »als wäre ich ein frei laufender Stimmungsring.«

Alex fängt schallend an zu lachen, fährt den Wagen an den Straßenrand, stellt den Motor aus und lacht weiter. Ich stimme ein, und er stupst mich mit dem Fingerknöchel an die Nase. »Du bist schon ein Knaller. Du bist schlagfertig, ohne es zu wissen.«

Bin ich das? Egal. Wichtig ist nur dieses wohlig-warme Gefühl im Bauch und der unerklärliche Drang, mich in seine Arme zu kuscheln. Und wieder stört mich dieser Gedanke nicht so, wie er es eigentlich sollte. Ich entgegne nichts.

»Also gut. Die kurze Version. Die Scheidung ist seit vier Jahren durch. Wir haben zum Schluss nur noch gestritten. Meine Frau hat die Reißleine gezogen. Ich hätte es wohl weiter durchgezogen, aber eher aus Bequemlichkeit, wie ich mir irgendwann eingestehen musste. Zu Anfang hatte das männliche Ego ganz schön zu knabbern.«

Es ist ehrlich und verlangt nach einer Antwort. »Mein Mann hat mich betrogen, ganz klassisch. Aber letztendlich trifft immer beide die Schuld.« Ich bin zufrieden. Mehr kann und will ich noch nicht erzählen.

Alex nickt. »Es ist letztlich Statistik. Es klappt oder es klappt nicht. Nur das Wie ist die große Überraschung.«

Ich danke ihm stumm dafür, dass er nicht nachhakt. In engen Kurven erklimmen wir das Hochplateau des Nationalparks Schwarzwald. Auf knapp tausend Metern Höhe entfalten sich ein Hochmoor und eine Heidelandschaft, die sogenannte *Grinde*, die man auf zahlreichen Wegen und Pfaden durchstreifen kann. Es ist eine Landschaft, karg und lieblich zugleich, und ich liebe sie sofort.

Weil wir unter der Woche unterwegs sind, ist der Wanderparkplatz fast leer. Wir steigen aus, und Alex holt einen prall gefüllten Rucksack aus dem Kofferraum.

»Lust, ein paar Schritte zu laufen? Ich kenne ein schönes Fleckchen, nicht weit von hier.« Er klopft auf seinen Rucksack. »Und da machen wir ein Picknick.«

»Das hört sich toll an.« Ich halte kurz inne, genieße die frische Luft, den erdigen Geruch mit einer würzigen Note, dann marschieren wir los. Ein felsiger, leicht ansteigender Pfad führt von der Straße weg. Jeder Schritt muss wohlbedacht sein. Gelbgrünes Gras steht in Büscheln, es wächst gemeinsam mit Heidelbeere und Heidekraut, dazwischen stehen, einzeln oder in kleinen Formationen, vom Wind niedergerungene Kiefern, Birken und anderes Gehölz – und immer wieder imposante Findlinge. Es ist eine ganz besondere Landschaft. Manchmal mutet es an, als wäre ein Landschaftsarchitekt am Werk gewesen. Die Sonne wärmt, doch hier oben weht ein frischer Wind. Ich bin froh, eine Strickjacke eingepackt zu haben. Wir überblicken die Weiten der Hochebene, im Hintergrund der Schwarzwald, das Rheintal und die Vogesen.

Alex gönnt mir den Genuss. Er sagt nur wenig, lässt mich staunen und die Landschaft in mich aufnehmen. Das gibt mir auch Zeit nachzudenken. Mir steht ein romantisches Picknick bevor. Warum bringt mich das nicht aus der Fassung? Hat Rosis Satz gewirkt? Akzeptiere ich, dass Gefühle nicht planbar sind? Kann ich den unfassbaren Vertrauensbruch vielleicht doch überwinden? Oder trüben Hormone mein Urteilsvermögen? Wie schön! Jetzt gerade ist mir das völlig egal.

»Es ist wirklich unglaublich schön hier oben«, sage ich, als wir das Gipfelkreuz erreichen. Der höchste Punkt des Schliffkopfes liegt nur wenig höher als die ihn umgebende Landschaft, trotzdem hat man einen weiten Blick in die Gegend, fast einmal rundum. Massive Bänke stehen verteilt. Es ist ein wunderbarer Ort für eine Pause. An anderen Tagen pulsiert hier das Leben, jetzt haben wir ihn für uns allein.

»Ich liebe es hier oben«, antwortet Alex. »Ich komme immer dann her, wenn ich den Blick auf das große Ganze brauche.«

Statt einer Antwort drehe ich mich im Kreis. Langsam. Ich sauge die Landschaft, die Weite, dieses Gefühl, alleine auf der Welt zu sein, in mich auf. Dieser Ort befreit die Gedanken. In dieser Weite können sie sich entfalten. »Ja«, sage ich schließlich, »ich verstehe dich vollkommen.«

Alex lächelt, setzt den Rucksack ab, holt eine rot karierte Decke heraus und breitet sie vor einer der Bänke auf der Wiese aus. Ich helfe ihm, sie glatt zu ziehen, dann kniet er sich darauf und packt aus. Eine Plastikschüssel, ein in Papier gewickeltes Baguette, Geschirr, Besteck und zwei Limonaden.

»Ich hatte vorher Dienst und keine Zeit einzukaufen, deswegen gibt es nur die Sparversion eines Picknicks«, sagt er entschuldigend.

»Dann verrate mir, was sich in dieser Schüssel verbirgt.«

»*Badischer Kartoffelsalat.* Nach dem Rezept meiner Oma. Dafür hatte ich gestern Abend alles da. Kartoffeln, Zwiebeln, Schnittlauch, Essig, Brühe und Öl. Mehr gehört nicht rein, und er müsste über Nacht gut durchgezogen sein.«

»Ich lieeebe Kartoffelsalat.« Und als wäre das Rezept seiner Oma eine Art Geheimcode, löst sich in meinem Kopf die letzte Blockade. Ohne zu wissen, ob Alex es möchte, knie ich mich vor ihn, nehme seinen Kopf in die Hände und küsse ihn. Es ist ein Glück, dass wir allein sind und der Kartoffelsalat gut verpackt. Denn aus der Picknickdecke wird für ewige Minuten etwas ganz anderes …

Es hätte keinen besseren Tag geben können, um zum ersten Mal in diesem Sommer ein Kleid anzuziehen. Der erste Gedanke, nachdem ich wieder denken kann. Wegen des Kleides sitze ich nämlich auf der Picknickdecke, als wäre nichts gewesen, während Alex geschäftig mit der Unterhose kämpft. Ich lehne mich zurück und genieße diese leichte Unbeholfenheit. Und das Gefühl, das mich ausfüllt. Es sind die Nachwehen eines fabelhaften Hormonausstoßes. Leichthin ignoriere ich das beharrliche Klopfen des Bedenkenträgers. Ich stelle ihn mir vor als kleinen Mann mit Frack, Zylinder und einer Rose im Knopfloch, ein bisschen pummelig, ein Schnäuzer. Ja, so jemanden kann man doch gar nicht ernst nehmen.

Alex ist mit seiner Rückverwandlung fertig und setzt sich neben mich. Dann gibt er mir einen dicken Schmatzer auf die Wange.

»Ich gebe zu, insgeheim hatte ich gehofft, wir könnten wenigstens knutschen, aber ich habe mich sehr gefreut, dass du gleich richtig über mich hergefallen bist.« Sein lausbübischer Gesichtsausdruck ist ganz zauberhaft.

Mit dem Zeigefinger zeichne ich akribisch die Karos auf der Decke nach. »Es war eher so aus dem Bauch heraus«, nuschle ich.

»Dann danke ich deinem Bauch.« Und wieder bekomme ich einen Schmatzer. Dieser zweite Schmatzer macht was mit mir. Er bringt mich wieder zur Vernunft. Halbwegs.

»Das heißt nicht, dass mein Kopf damit einverstanden ist.«

Alex lehnt sich zurück und betrachtet mich eingehend. Er liest meine Mimik. Er ist Polizist, wahrscheinlich kann er das gut. Was er wohl sieht? »Gibt es vielleicht etwas, das auch deinen Kopf überzeugen könnte? Was hemmt dich?« Sein Blick ist eindringlich, und ich fühle mich plötzlich nackt.

»Ach, Alex, ich ...«

Er unterbricht mich mit sanfter Stimme. »Lass mich zusammenfassen, wie ich es sehe.«

»O.k.«

»Du kannst nicht leugnen, dass zwischen uns etwas ist. Richtig?«

Ich nicke zaghaft.

»Aber du kannst dich aus irgendeinem Grund nicht darauf einlassen. Oder sagen wir, dein Kopf kann es nicht, dein Bauch schon. Immerhin hatten wir nun schon zum zweiten Mal Sex.«

Ich werde rot. Nicht, weil er so frei und geradeheraus ist, das genieße ich sehr, sondern weil seine Worte mein Inneres erneut wohlig wärmen. »Ja, du hast recht.«

»Möchtest du mir verraten, warum du zweifelst?«

Ich schüttle energisch den Kopf. Ich kann nicht.

»O.k.« Er nickt und sucht einen Augenblick nach den passenden Worten. »Ich rate jetzt mal ins Blaue hinein. Ich will dich nicht gleich heiraten, weißt du?«

Sein Ton ist zärtlich, dabei streichelt er meinen Oberarm. Diese Berührung ist so schön, dass ich endlich aufhören möchte, mich dagegen zu wehren. Aber wie? Ich kann doch meine Vergangenheit nicht einfach beiseiteschieben. Sie wird mich einholen.

Alex redet weiter. Er baut mir eine Brücke. »Ich finde außerdem, wir verstehen uns großartig. Und ich glaube, du siehst es genauso. Wie wäre es, wenn wir es langsam angehen lassen? Wir verbringen Zeit miteinander und finden heraus, ob wir uns guttun. Alle anderen Entscheidungen schieben wir in eine ferne Zukunft. Was meinst du?«

»Was hatte es mit diesem Danke auf sich?«

Alex schaut mich irritiert an. »Danke?«

»Im Tiny House. Hinterher. Da hast du nichts gesagt. Nur das eben.«

»Ach sooo.« Und jetzt wird tatsächlich der stattliche Alex rot. Und ich genieße es. »Ja, das war total blöd, aber ich wusste gar nicht, was ich sagen sollte.«

»Ja, aber es hat ja trotzdem was bedeutet.«

»Frauen«, sagt er und schmunzelt, »im Grunde war ich dankbar, dass meine Gebete erhört wurden und du in meine Arme gekommen bist.« Er wirkt verlegen, und mir steht der Mund offen, weil mir Juttas Worte in den Ohren klingeln.

Und dann gehe ich über die Brücke, die er mir gebaut hat. Warum auch nicht? Wer, außer mir, hält mich davon ab? Sein Vorschlag ist fair, und vielleicht haben sie ja alle recht. Alle, die mir sagen, dass es vorbeigeht. Dass ich eines Tages wieder vertrauen kann. Es wäre zu schön ...

»Kann es vielleicht erst mal zwischen dir und mir bleiben? Ich weiß, es ist eine blöde Bitte, aber es wäre mir wichtig. Die Kinder, ich möchte nicht ... «

»Wenn das dein Wunsch ist, gerne«, unterbricht er mich und verschließt meinen Mund mit einem Kuss.

Auf dem Rückweg machen wir noch einen Abstecher. In engen Kurven erreichen wir am Ende eines schmalen Tals, weit oben in den Bergen, eine Vesperstube. Sie ist Bestandteil eines alten Hofes, so zünftig und heimelig wie viele Gaststätten hier. Wir sitzen auf einer Holzterrasse auf Bierbänken mit Blick ins Tal und auf eine Kapelle. Dahinter grasen Kühe. Wir bestellen beide eine Spezi, Alex wählt einen *Straßburger Wurstsalat*, ich *Bibliskäs* mit Pellkartoffeln. Es ist ein schlichtes Essen, aber nichts würde in diese Umgebung besser passen. Wir halten Händchen und sitzen eng aneinandergeschmiegt auf der Bank, weil es langsam kühl wird und weil es sich gut anfühlt.

# Keine sachliche Romanze

Heute muss es ein Liebesroman sein. Ich sitze auf der Schaukel und schwinge sachte Richtung Tal. Es ist ein Gefühl von Heidi, das mich umhüllt wie eine Wolldecke, gestrickt aus Ruhe. Es ist sommerlich warm, schon fast heiß. Das volle Sommerkleid der Buche spendet Schatten, ein lauer Wind streicht durch die Blätter, als spiele er ein leichtes Klavierstück zur Untermalung. Zum Lesen gibt es keinen lauschigeren Ort, und heute muss es der Liebesroman sein. Jutta hat ihn mir geschenkt, als meine Welt noch in Ordnung war.

»So witzig und romantisch. Zwei Tage war ich nicht ansprechbar und mindestens eine Woche habe ich in der Geschichte geschwelgt. Du *musst* ihn lesen.«

Doch dann kam der große Knall, und mein Bedarf an Liebesromanen war für ein ganzes Leben gedeckt. Also landete er ganz unten im Stapel der ungelesenen Bücher. Doch nun möchte ich ihn lesen. Mit allem, was dazugehört. Einer originellen ersten Begegnung, Irrungen und Wirrungen und einem Happy End, das einen das Buch seufzend zur Seite legen lässt. Vielleicht ist es die Sehnsucht nach einem glücklichen Ende, die mich antreibt. Der Wunsch, dass auch bei mir am Ende alles gut wird. Irgendwie.

Eine Woche ist es her, dass wir auf der Hornisgrinde waren. Eine Woche, in der mich eine Heerschar an wohlwollenden Hormonen ständig zum Lächeln zwingt. Natürlich nur, wenn niemand hinschaut. Wie von selbst haben wir uns eingefunden in einer neuen Wirklichkeit. Alex und ich. Denn er akzeptiert, dass es mich nicht anders gibt, und das ist das Beste, was mir passieren konnte.

Wir schicken uns etliche Textnachrichten und nutzen dabei übertrieben viele Smileys. Wir treffen uns, wenn ich mit den Hunden gehe, und ich durfte gestern sein Haus kennenlernen. Wie ein Teenie habe ich mich im Dunkeln hinausgeschlichen und bin ins Dorf gelaufen. Begleitet von einem Sternenhimmel wie ein Glitzervorhang. Wir nehmen uns in den Arm, wenn wir uns sehen, wir kuscheln, wir lachen, wir reden. Ich entspanne mich in seiner Gegenwart und lasse keine Zeit für Zweifel. Ich will es genießen. Und wie ich es genießen will! Und nur Jutta habe ich es erzählt.

»Es ist so aufregend. Und dabei noch nicht einmal verboten. Eigentlich ziemlich cool.« Und dann spart sich diese gute Freundin einfach alle Ratschläge, freut sich für mich, und wir überlegen gemeinsam, wie man eine heimliche Affäre am besten in den Alltag integriert.

Lange geht das natürlich nicht gut.

Ich bin in der Werkstatt und wähle Musterbücher aus. Über dreihundert lagern in dem bis an die Decke reichenden massiven Stahlregal. Ich versuche zu erahnen, was Alex gefallen könnte. Wir haben heute einen ganz offiziellen Termin, bei dem er den Stoff für seinen Sessel aussuchen wird. Ich lege den Fokus auf schlichte, hochwertige Stoffe wie edlen Damast, suche aber auch nach poppigen Retrostoffen. Das Highlight sind jedoch Bezugsstoffe, die in Bussen und U-Bahnen verwendet werden. Ich hatte nämlich mal einen Kunden, dessen Esszimmerstühle nun aussehen, als säße man in der Londoner U-Bahn: ein teppichartiger und robuster Stoff und mit kunterbunten Streifen, die keiner Ordnung folgen. Die Wünsche meiner Kundschaft sind manchmal speziell. Unvergessen ist auch die Dame, deren Sofa ich mit einem pinken Plüsch beziehen durfte. Mit einer aufgestickten goldenen Krone.

Ich muss lächeln, als ich daran denke. Danach hatte ich übergangsweise eine Pink-Plüsch-Allergie.

Die Werkstatttür geht auf, und mein Bruder tritt ein. »Na, Schwesterchen? Für wen wird denn da so emsig gestöbert?«, fragt er provokant.

Ich schaue ihn an und versuche zu ergründen, ob seine Anspielung das meint, was ich hineininterpretiere. Tut es. Dabei möchte ich es doch für mich behalten. Ich zucke mit den Achseln. »Ich weiß nicht, was du meinst.«

»Ach komm, jetzt mach nicht so ein Geheimnis daraus. Die Spatzen sitzen seit Tagen in den Büschen und haben kein anderes Thema mehr. Ach, was rede ich? Nicht nur die Spatzen, auch Eichelhäher und Krähen krakeelen es durch die Gegend.«

»Aha, und was erzählen dir die Piepmätze?« Ich stemme die Arme in die Hüften und versuche, cool zu wirken.

»Sie sind fest davon überzeugt, dass zwischen dir und Alex die Funken fliegen, manche behaupten sogar, dass da was läuft.«

Wieder dieses Grinsen. Genau so war es bei meinem ersten Freund. Stundenlang hat Florian mich weichgeklopft, gebettelt, gefordert, sich kleine Finten überlegt, nur damit ich ihm verrate, dass ich mit einem seiner besten Freunde hinter der Turnhalle geknutscht habe.

Ich schüttle den Kopf. »Selbst wenn es so wäre ...«

»Jetzt hör bitte auf, die Unschuldige zu spielen.«

»Also, selbst wenn es so wäre, rein hypothetisch natürlich«, ich ignoriere Florians Einwurf, »gibt es da diese Frau, die fest davon überzeugt ist, dass Alex ihr gehört. Ich wollte sie nicht mit der Nase darauf stoßen.« Ich wähle die einfachste Begründung.

»Aha, daher weht also der Wind. Du hast Angst vor Tina.«

Ich grummle. »Sie ist mir nicht geheuer, deshalb ist es mir lieber, wenn die Sache erst mal, nun ja, unter uns bleibt. Und damit meine ich nicht dich und mich, sondern Alex und mich.«

»Immerhin streitest du es nicht mehr ab. Das ist ein Anfang.«

Ich zucke mit den Achseln. »Behalte es bitte für dich, ja? Ich bin immer noch unsicher. Du weißt, warum.«

»Klar. Aber, Elli, es ist ein guter Schritt. Und wenn du es auf diese Weise angehst, ist es o.k. Du brauchst Anlauf, das verstehe ich.«

Ich seufze. »Du hast recht. Ich gehe den einfachsten Weg. Aber ich will es so. Endlich kann ich meine Bedenken und Sorgen über Bord werfen und genießen. Und im Moment geht es für mich nur so. Tina ist ein Grund, aber nur einer. Denn eigentlich sollte sie mir egal sein, oder?«

»Auf jeden Fall sollte sie das. Außerdem ist es still geworden. Kein Herr Armbruster, keine Tina. Entweder sie sind überzeugt, oder sie haben keine Lust mehr. Wie findet Alex denn die Heimlichtuerei?«

»Es ist okay für ihn. Er ist wirklich ... toll.«

Florian nimmt mich fest in den Arm. »Egal was, Elli. Ich bin für dich da.«

Alex entscheidet sich für einen edlen cremebeigen Stoff mit neunzig Prozent Wollanteil, und ich kann ihm zu seiner Wahl nur gratulieren. »Der ist allerdings empfindlicher als jede Kunstfaser, das muss dir klar sein.«

»Nun ja, ich weiß ja dann, wo ich neue Klamotten für ihn bekomme. Wenn ich dein privater Wachschutz bin, bist du eben ab jetzt für die Garderobe des Sessels zuständig.« Er sagt es und drückt mir einen dicken Schmatzer auf die Wange. Automatisch wandert mein Blick zum Fenster. Hat uns jemand gesehen? Alex hilft mir, die Musterbücher zurück ins Regal zu sortieren, und verlässt dann vor mir die Werkstatt. Wie ein ganz normaler Kunde. Obwohl es natürlich ein wenig albern ist. Wir sind nachher noch verabredet und genießen im Grunde die Heimlichtuerei sogar. Sie macht unsere Situation aufregender. Verwegener. Sie wird zu einem Abenteuer.

Ich räume in Ruhe mein Werkzeug an den richtigen Platz und trete hinaus in den Hof.

Alex ist noch da. Florian hat ihn abgefangen, und nun fachsimpeln sie über den letzten Spieltag der Bundesliga. Ich geselle mich dazu, höre aber nur mit halbem Ohr zu. Währenddessen fährt Johanns Wagen den Schotterweg entlang. Ich habe ihm natürlich nichts von Alex erzählt, aber er war hier, als wir im Tiny House waren, und anschließend gab es diese seltsame Begegnung. Ich habe darüber nachgedacht, ob ich ihm eine Erklärung schuldig bin. Aber nein, ich will es geheim halten. Außerdem war er danach wie immer, also habe ich mir keine weiteren Gedanken gemacht.

Johann steigt aus und stellt sich zwischen uns. »Hallo, Elli. Hallo, Florian. Hallo, Alex.«

Uns sieht er an, Alex nicht. Der wiederum mustert Johann mit einem schnellen Blick. Johann erklärt Florian und mir den Antrag für den Schwertransport des Krans, den wir für den Umbau benötigen. Danach plaudern wir noch ein bisschen. Johann und Alex ignorieren einander weitestgehend. Ich kann es nicht einordnen, vermutlich interpretiere ich auch zu viel.

»Hast du Lust, gleich eine Runde mit Renate und mir zu laufen?«, fragt Johann in diesem Augenblick.

Er erwischt mich auf dem völlig falschen Fuß. »Ähm ... nein ... eigentlich nicht, ich muss noch einen Auftrag fertig machen. Der Abgabetermin drängt.« Mit diesen Worten winke ich dem Männertrio zu und kehre in meine Werkstatt zurück. Mit klopfendem Herzen.

Kaum dass Johann den Hof verlassen hat, husche ich aus der Werkstatt, hole die Wagenschlüssel und die Tasche mit den Schwimmsachen, die ich heute Morgen gepackt habe, quittiere die zuckenden Augenbrauen meines Bruders mit einem Achselzucken und brause mit dem Auto in ein Freibad, das etwa eine halbe Stunde entfernt liegt. Dort bin ich mit Alex verabredet. Seit ein paar Tagen haben die Freibäder geöffnet. Es ist nicht heiß, aber ich gehe gerne bei diesem Wetter, weil es dann nicht so voll ist. Nur vereinzelt liegen Strandmatten, Picknickdecken oder Handtücher auf der großzügigen Anlage. Das Gras strahlt saftig grün, hier und da stehen große Bäume und spenden Schatten. Ich atme durch, schön ist es hier.

Nachdem wir uns umgezogen haben, tapsen wir mit nackten Füßen durchs Gras und suchen uns ein leicht verschwiegenes Plätzchen hinter einem kleinen Birkenhain. Lange bleiben wir nicht im noch kühlen Wasser, aber wir schwimmen ein paar Bahnen, albern herum, dann teilen wir uns eine Portion Pommes rotweiß und liegen in der Sonne, während die Wassertropfen auf den Beinen trocknen.

Ich schiebe mir die letzte Pommes mit dem Holzpiker in den Mund, lege ihn in die leere Pommesschale und stelle sie neben die Picknickdecke, auf der wir unsere Handtücher ausgebreitet haben. Dann stütze ich mich rücklings auf die Unterarme und schaue in die Berge, einmal rundum, sie wirken, als wollten sie die Anlage umarmen. Und die Schäfchenwolken sehen aus, als habe jemand eine Ladung Wattebäusche über dem Schwarzwald ausgekippt. Es ist einer dieser Augenblicke, die niemals enden sollten. Und dennoch, am Ende tun sie es doch

Nein, keine Schwermut, Elli!, rufe ich mir selbst zu. Weg mit den dunklen Wolken! Sie gehören nicht hierher.

»Elli?«

»Entschuldige, ich war in Gedanken.«

Ich krame eine Flasche Wasser aus meiner Strandtasche, öffne sie und trinke in großen Schlucken. Pommes machen durstig. Alex beobachtet mich dabei.

»Was?«, frage ich gespielt genervt.

»Wo ist der Schalter?«

»Welcher Schalter?«

»Na der, mit dem man deinen Kopf ausschalten kann? Ich beobachte das. Manchmal bist du einfach verschwunden, und es macht keinen Unterschied, ob du neben mir sitzt oder eine Schaufensterpuppe. Obwohl, die würde mehr lächeln, du dagegen siehst aus, als müsste ich Angst vor dir haben.«

Diese liebenswerte Beleidigung muss ich erst mal verdauen. Nach einem kurzen Moment winke ich ab. »Das war schon immer so. Früher konnte ich stundenlang irgendwo sitzen und denken, träumen oder grübeln. Ich habe einfach eine lebendige Fantasie und habe mir gerne Geschichten ausgedacht. Meine Eltern dachten allerdings ständig, mir wäre langweilig, dabei habe ich in den meisten Fällen gerade ein Epos erdacht.«

»Nach Epos sah mir das aber gerade nicht aus.«

»Nein, das war nur eine lästige Grübelei, die sowieso zu nichts führt.«

»Warum lässt du es dann nicht einfach?«

Ich muss lachen.

Alex nimmt seine Sporttasche, kramt nach Kugelschreiber und Notizblock und dreht sich von mir weg. Geheimniskrämerisch kritzelt er darauf herum. Als er fertig ist, dreht er sich wieder zu mir und präsentiert mir eine Fernbedienung.

»Du fieser Kerl.«

Alex lacht. »Nicht fies, pragmatisch, jetzt habe ich eine Fernbedienung und kann mir meine Elli zurückholen, wenn sie wieder fort ist.«

*Meine Elli.* Ich stutze kurz. Schöne Worte sind das. Worte, die ein wohliges Gefühl in der Magengegend machen.

»Aber wir müssen sie testen. Wie sieht es aus? Grübelst du gerade?«

Ich überlege, ob ich grüble.

Alex grinst. »Ja, tust du. Also drücke ich jetzt auf Aus.«

Ich ziehe die Stirn kraus und lächle. Nicht zu viel.

»Na, das ist ein Anfang. Siehst du, es funktioniert. Perfekt. Ich habe aber darüber hinaus noch ein paar Sonderfunktionen eingebaut.«

»Die da wären?«

Er deutet auf einen Kreis in der Mitte. Rundherum sind verschiedene Smileys gemalt. »Hier ist das Feintuning. Im Moment ist deine Laune neutral. Jetzt hätte ich gern so ein Grinsen, das man sich verkneifen möchte, aber nicht kann.« Er dreht an dem imaginären Schalter, und ich muss grinsen, obwohl ich mich wirklich dagegen wehre.

»Wunderbar. Das funktioniert ja super. Nun werden wir mutig und probieren ein schönes, befreites Lachen.« Er dreht den Knopf bis zum Anschlag.

Und ich fange schallend an zu lachen. »Du bist echt ein Spinner, weißt du das?«, sage ich und drücke ihm einen dicken Schmatzer auf die Wange.

»Selbstverständlich weiß ich das. Hey, ich bin Alex, Spinner, toller Mann, privater Polizeischutz. Was will Frau eigentlich mehr.«

»Das stimmt.« Ich schüttle lachend meinen Kopf. Der Kerl ist wirklich entwaffnend.

Alex nickt zufrieden.

»Wofür sind die anderen Tasten?«

»Nun ja, die sind nicht ganz jugendfrei«, antwortet er schelmisch, und ich versinke in funkelnden braunen Augen.

# Ein Schnäpsle auf die Feindschaft

Ich brauche Milch für das Püree, das die Kinder, Hannelore und Rosi in knapp einer Stunde verputzen wollen. Ich stehe in der Küche und verfluche unsere Vorratshaltung, die nur halb so gut funktioniert, wie wir uns das vorgestellt haben. Ich will mich schon ins Auto setzen, da fällt mir Florians neues Spielzeug ein. Er hat ein E-Bike angeschafft. Während man unten im Tal ziemlich gut Rad fahren kann, zieht sich der Weg den Berg hinauf ganz schrecklich, was die Lust am Fahrradfahren schnell verleidet. Florian überlegt, gleich mehrere Elektroräder für uns und die Gäste anzuschaffen, und möchte es zunächst testen. Deswegen steht seit gestern ein nagelneues E-Bike in der Scheune.

Leider ist das mit der Elektronik nicht so selbsterklärend wie erwartet. Der voreingestellte Turbo katapultiert mich beim ersten Versuch fast zu Pogo und den Ziegen auf die Weide. Florian hatte mir gestern Abend eine Einführung angeboten, als wir munter über die Anschaffung diskutierten, doch ich habe sie dummerweise abgelehnt.

»Das E-Bike ist keine Faulheit, sondern es erweitert unseren Radius. Ich bin heute Nachmittag über zwanzig Kilometer gefahren und habe eine gute Stunde gebraucht. Mal eben so. Ein elektrisches Lastenbike für kleinere Besorgungen wäre zudem eine Alternative zum Auto. Außerdem wird die Hürde niedriger, überhaupt aufs Rad zu steigen, der Berg hier rauf ist ja ein echter Motivationskiller.«

»Wir haben es verstanden, alle Gegenargumente sind entkräftet, du hast recht«, sagte ich wohlwollend und lachte.

Ich gebe zu, ich hatte Bedenken und Bilder im Kopf von grauhaarigen Rentnern, die viel zu schnell unterwegs sind. Ich war und bin eine Verfechterin des klassischen Fahrrads, muss aber zugeben, dass E-Bikes ihre Berechtigung haben. Allerdings sind sie ein weiterer Sonderposten auf einer immer länger werdenden Ausgabenliste. Noch verfügen wir über genügend Reserven, gleichwohl habe ich die leichte Sorge, Florian könne kein Ende finden. Einen kurzen Moment habe ich überlegt, das anzusprechen, es dann aber gelassen. Der Grat zwischen inniger Geschwisterbeziehung und einer Geschäftsbeziehung ist manchmal schmal.

»Dann zeige ich dir nach dem Essen, wie es geht«, meinte Florian.

»Nee, heute nicht mehr. Und außerdem kriegen wir Frauen so was auch ganz gut alleine hin.«

»Wenn du meinst«, lautete seine achselzuckende Antwort. »Ich war froh, dass mich der Händler eingewiesen hat.«

Und ich habe es hingekriegt, werter Bruder. Ein bisschen technisches Grundverständnis, und das Rad läuft. Und ich liebe es. Stolz über meine erste erfolgreiche Fahrt, schließe ich es vor dem Lädchen ab.

»Ach, schau an, du traust dich also doch noch hierhin, wenn ich da bin. Ich habe nicht mehr damit gerechnet.«

Ich hätte auf Holz klopfen sollen. Anstatt der erwarteten Olga steht Tina hinter der Theke und sortiert einen Ständer mit Nähzubehör. Ich schließe die Ladentür besonders vorsichtig und nutze die Zeit, um mir eine passende Erwiderung zu überlegen. Leider fällt mir keine ein.

»Na ja«, wage ich dann einen Vorstoß, »es war ja auch nicht besonders nett, was du gesagt hast.«

Ihre Mundwinkel verziehen sich herablassend. »Du kannst es

wohl keiner Frau übel nehmen, wenn sie ihre Ansprüche geltend macht.«

Ich muss unbedingt raus aus dieser Situation. Ich schlafe mit dem Mann, auf den sie aus unerklärlichen Gründen Anspruch erhebt ... »Ich habe es verstanden«, sage ich und hole die Milch aus dem Kühlregal.

»Gut«, sagt sie, »den Rest macht dann Olga.« Damit verschwindet sie, und ich höre nur noch das Zuschlagen einer Hintertür.

Mäuschen Olga huscht aus ihrem Versteck.

»Die Luft ist rein«, unke ich.

Olga verzieht das Gesicht und hievt eine Kiste mit Konserven auf die Theke. »Du hast es wieder ganz schön abgekriegt. Du glaubst nicht, *wie* gereizt die im Moment ist. Schrecklich. Ob sie wohl in die Wechseljahre kommt? Manchmal schwitzt sie deutlich. Bei meiner Mutter hat es auch so früh angefangen. Das war nicht lustig.«

»Lass das bloß nicht Tina hören, ich glaube, das würde ihr zusetzen«, sage ich verschwörerisch.

»Bestimmt nicht, ich bin ja nicht blöd.«

Während ich in meinem Geldbeutel krame, kommt mir eine Idee. »Hast du vielleicht Lust, mit mir ins Möbelhaus zu fahren? Mit dem Anhänger? Unsere Tiny Houses brauchen endlich die passende Ausstattung und ein bisschen Deko. Die Möbel waren dabei, nun möchte ich ihnen ein Gesicht geben. Bettwäsche, Handtücher, Gläser, Besteck, Bilder, die Badeinrichtung. Das wird eine riesige Shoppingtour, und ich habe ein kleines Vermögen dafür reserviert.«

Olga hibbelt auf der Stelle und klatscht begeistert in die Hände. Weiß sie eigentlich, wie zauberhaft sie ist? Eine Elfe mit Sinn für Humor *und* die Realität. »Wann fahren wir?«

»Wann hast du deinen nächsten freien Tag?«

»Morgen«, antwortet sie triumphierend.
»Dann also morgen.«

Zwei überquillende Einkaufswagen haben wir bereits durch die Kassen geschleust und im Anhänger verstaut. Wir sind im Kaufrausch, haben eine Menge Spaß und den gleichen Geschmack. Aber die Füße tun weh, die Luft und die Geräuschkulisse ermüden zusätzlich. Doch ein gutes Möbelhaus besitzt ein Restaurant, und so sitzen wir nun bei Waffeln und einer Tasse Kaffee in gepflegter Kantinenatmosphäre. Es ist so laut, dass man ungestört plaudern kann, und Olga nutzt den Umstand gerne aus.

»Wir müssen reden«, sagt sie. »Du weißt schon. Ein Gespräch unter Frauen über Männer, wie sich das gehört. Ich erzähle auch von Olli, wenn du willst, aber viel wichtiger ist, dass du mir endlich von Alex erzählst und wie es weitergegangen ist. Und streite es bitte nicht ab. Das lohnt den Aufwand nicht. Du kannst das nicht alles mit dir alleine ausmachen.«

Ich muss lachen, denn Olga ist so entwaffnend, dass mir sofort klar ist, dass ich sie einweihen werde.

Anschließend rutscht sie von ihrem Stuhl, um mich mitten in dem riesigen Möbelhausrestaurant in den Arm zu nehmen. »Ich gönne es dir so!«, ruft sie, und das freut mich sehr.

Zweimal wandern wir noch durch die Kassen, dann haben wir alles, was wir brauchen, um fünf Ferienhäuser mit dem einzurichten, was man im Alltag so braucht. Ich bin fix und fertig, als ich auf den Hof zurückkehre, nachdem ich Olga bei sich zu Hause abgeliefert habe. Trotzdem führt mein erster Weg in den Stall. Um diese Uhrzeit versorgt Florian die Tiere, und ich möchte ihm unsere Beute präsentieren und die Kassenzettel, mit denen man ein Zimmer tapezieren könnte.

Er telefoniert.

»Verdammt. Das gibt es doch gar nicht. – Ja. – Ja. So machen wir das. – Halt mich auf dem Laufenden. – Danke, Johann.« Florian legt auf und steckt das Handy wieder in die Hosentasche. Sein Blick spricht Bände.

»Was ist los?«

»Paragraf neunundzwanzig Straßenverkehrsordnung ist los.«

»Ich dachte, der wäre eine Formsache.«

»Ja, das dachte ich auch. Aber der Mensch im Straßenverkehrsamt ist leider anderer Meinung.« Florian klingt resigniert.

Morgen starten endlich die Bauarbeiten. Mit fast vier Wochen Verzögerung. Die Aufstockung des Stalls und der Umbau der Tenne erfordern einen Kran auf unserem Grundstück. Und dessen Transport ist nach Paragraf neunundzwanzig, Absatz drei der Straßenverkehrsordnung genehmigungspflichtig. Eine reine Formsache sei das, sagte uns Herr Schmitz, der Bauleiter, den Johann beauftragt hatte und der bisher einen versierten Eindruck machte.

»Wie wurde die Absage begründet?«

»Angeblich wird der bauliche Zustand unseres Zufahrtsweges durch den Transport des Krans beeinträchtigt. Aber das ist Quatsch. Johann meinte, mit diesen Anträgen hätte er noch nie Probleme gehabt.«

»Und jetzt?«

»Legen wir Widerspruch ein.«

Ich lasse mich auf einen Strohballen plumpsen. »Das heißt, der Start verzögert sich noch mal?«

»Genau.«

»Mist!«

Bedrücktes Schweigen.

»Weißt du, was?« Florian schiebt sachte die vier meckernden Ziegen beiseite, die es nicht abwarten können, bis das Heu in der Raufe ist. »Es hat schon ein *Geschmäckle*, wenn das örtliche Straßenverkehrsamt plötzlich so etwas Alltägliches ablehnt. Gerade hier im Schwarzwald mit den abgelegenen Höfen, da müssen doch ständig solche Anträge gestellt werden.«

Ich kann ihm folgen. »Du tippst auf Herrn Armbruster?«

»Und Tina, ja. Sie waren viel zu still.«

Ich stütze den Kopf in die Hände. »Darauf habe ich jetzt überhaupt keine Lust.«

»Ich auch nicht.«

»Und nun?«

»Verlassen wir uns erst mal auf die Fachmänner. Und falls das nicht hilft, muss ich wohl die Ärmel hochkrempeln und in den Kampf ziehen.«

»Dahin ziehen wir gemeinsam!« Ich stehe auf und stupse meinen Bruder mit dem Ellbogen an. »Es ist nur eine weitere Hürde. Bisher haben wir alle gemeistert. Warum nicht auch diese?«

»Liebste Tochter. Was hältst du von einem Ausflug mit deiner Mutter?« Bestgelaunt stehe ich im Türrahmen zu Annikas Zimmer. Ich habe nämlich tolle Nachrichten.

Annika liegt auf dem Bett, dreht mir den Rücken zu und hat sich an Heiner gekuschelt. Penelope liegt eingerollt an ihrem Fußende und schläft. Heiner ist ein überdimensionales Faultier, das Annika sich mit sieben zu Weihnachten gewünscht hat und das seitdem einen festen Platz in ihrem Bett hat.

»Hm. Ja. Weiß nicht.« Ihre Stimme klingt brüchig.

Ich setze mich zu ihr auf die Bettkante und lege die Hand auf ihren Arm. »Hey, was ist los. Weinst du?«

Annika versteckt ihr Gesicht an Heiners Brust. »Melissa ist so eine blöde Kuh, Mama«, schluchzt sie in das Stofftier, dann bricht sich all der Kummer Bahn. »Vom ersten Tag an war die blöd zu mir. Damit kann ich ja leben, aber wegen ihr traut sich Antonia nicht, mit mir befreundet zu sein. Dabei verstehen wir uns im Bus richtig gut. Ich glaube, sie hat Angst vor Melissa. Obwohl die beiden Freundinnen sind.« Die Tränen fließen ungehemmt. Penelope wird wach, hebt den Kopf, zwinkert und huscht dann übers Bett zu Annika, um sie abzulecken. Die Hündin wird in den nächsten Jahren sicher noch einige Tränen trocknen müssen.

Mir wird einiges klar. Ich habe Annika nach unserem letzten Gespräch in Ruhe gelassen, obwohl ich bemerkt habe, dass ihre bedrückte Stimmung nicht besser wurde. Freundinnen-Liebeskummer also. In diesem Fall wegen eines Mädchens, mit dem sie gerne Freundschaft schließen würde. Der Gedanke an Tina drängt sich auf, aber auf schicksalhafte Art scheint ihre Tochter das Opfer und nicht die Täterin zu sein. Und so leid mir Annika in diesem Augenblick tut, freue ich mich gleichzeitig über ihre Entwicklung. Doch was rate ich ihr?

»Hat Antonia dir gesagt, dass sie Angst vor dem Mädchen hat?«

»Nein. Aber ich habe mitgekriegt, wie Melissa wütend geworden ist, weil Antonia mit mir geredet hat. Und danach war sie richtig blöd zu mir. So hintenrum.«

Diese Melissa spielt perfide Spielchen, und da gibt es nur eine Lösung.

»Möchte Antonia denn auch mit dir befreundet sein?«

Annika löst sich aus Heiners Umarmung, dreht mir ihr verweintes Gesicht zu, richtet sich auf, und ich nehme sie fest in den Arm. Sie schnieft. »Ja, ich glaub schon. Wir sind so … vertraut miteinander. Wenn eine was sagt, weiß die andere sofort Bescheid …« Sie verzieht verschämt das Gesicht. Penelope rollt sich auf ihrem Schoß zusammen, und Annika streichelt ihr das Köpfchen.

Ich schiebe ihr eine Haarsträhne hinters Ohr. »Eine echte Freundschaft ist etwas Magisches. Es gibt eine Verbindung, die beide spüren. Ich habe mal gelesen, Stress mit der besten Freundin ist genauso schlimm wie eine Ehekrise. Auch wenn Antonia noch nicht deine Freundin ist ... es ist wie ... wie eine unerfüllte Liebe.«

»Oje«, sagt Annika und vergräbt ihr Gesicht an meiner Brust.

»Darum sehe ich nur einen Ausweg. Ihr müsst um eure Liebe kämpfen.« Ich sage es sehr pathetisch.

»Ma-ma!« Annika schaut mich etwas irritiert an, lacht dabei aber und boxt mich ein bisschen. Teenager eben.

»Ich meine es ernst, Annika. Mädchen wie Melissa – Menschen wie Melissa – darf man nicht gewinnen lassen. Und ihr habt einen Vorteil ihr gegenüber: Ihr seid zu zweit! Du leidest unter Melissa, Antonia ebenso, und ihr mögt euch. Was soll eigentlich passieren, wenn ihr euch zusammentut? Du musst dich nur trauen und mit Antonia darüber sprechen.«

»Echt? Meinst du?« Annika reagiert verhalten. »Und wenn ich mir alles nur einbilde?«

»Dann hast du es wenigstens gewagt. Natürlich hättest du weiter den Freundinnen-Liebeskummer. Den hast du aber auch, wenn du nichts tust.«

Annika kneift nachdenklich die Augen zusammen. »Ja, du hast recht, Mama. Ich muss mutig sein.«

»Und das bist du. Das weiß ich.« Ich nehme sie erneut in den Arm, doch dann rutscht sie plötzlich ein Stück von mir weg und beäugt mich kritisch.

»Warum hast du mir eigentlich verschwiegen, wie anstrengend das mit der Freundschaft sein kann? So toll fühlt sich das nämlich nicht an.«

»So macht man das«, sage ich geheimnisvoll. »Das ist wie beim Kinderkriegen. Da verschweigen sie einem auch den unangenehmen Teil, weil das, was man dafür bekommt, so viel schöner ist.«

»Ach, Mama.«

Ich habe es geschafft. Meine Tochter funkelt wieder. Dieses Funkeln ist zaghaft und noch etwas kraftlos, doch es ist da.

»Wo wolltest du eigentlich mit mir hinfahren?«, fragt sie nun. Wie schön! Das kommt jetzt wie gerufen.

»Du wirst ausflippen, mein Kind. Zieh die Schuhe an, in zehn Minuten geht es los.«

Annika fliegt aus dem Zimmer.

Wir überqueren den Hof auf dem Weg zum Auto. Jürgen, Florian und Justus stehen zusammen, Fuchur schnuppert um sie herum und läuft dann Penelope entgegen, die mit uns aus dem Haus kommt.

»Hey, Jürgen, schön, dass du mal wieder hier bist. Baldowert ihr ein neues Projekt aus?«

»Jawohl. Machen wir. Dachte, wir überbrücken die Warterei, bis der Kran kommt, mit was Sinnvollem. Dein Bruder kann ja gar nicht erwarten, dass es losgeht.«

»Ich bin gespannt. Was wollt ihr bauen?«

»Wir bauen gar nichts«, sagt Justus. »Jürgen will uns das Traktorfahren beibringen.«

»Euch?«

»Natürlich nur, wenn du dein Einverständnis gibst«, ergänzt Florian. »Aber Justus ist sechzehn, und es besteht eine wirtschaftliche Notwendigkeit. Wir haben nämlich einen Bauernhof. Wenn ich mir ein Bein breche, brauche ich jemanden, der für mich einspringt. Außerdem kann er sich was dazuverdienen.«

»Onkel Flo bekommt Hilfe, ich kann den Server finanzieren, und du kannst dich freuen, dass ich mir einen Job suche, der nicht am PC stattfindet. Außerdem macht Traktorfahren bestimmt Laune.« Justus strahlt mich an. Offensichtlich kann nicht einmal er sich dem Reiz großer Maschinen entziehen. Die Argumentation ist auf jeden Fall lückenlos.

»Nun denn, dann leitet mal alles in die Wege. Annika und ich fahren jetzt los.«

Ich zwinkere Florian zu, denn er kennt unser Ziel.

Justus drückt mir einen Schmatzer auf die Wange. »Danke, beste Mutter der Welt.«

Annika löchert mich während der Fahrt mit Fragen und liegt mit ihren Ideen gar nicht so sehr daneben. Aber das verrate ich ihr nicht. Allein die Spannung sorgt dafür, dass sie nicht mehr nachdenkt, und als wir schließlich vor einem gepflegten modernen Einfamilienhaus ein paar Orte weiter halten, ist ihre Verwirrung perfekt.

»Was wollen wir denn hier?«

Es ist eine Geschichte, wie sie das Leben schreibt. Ein zehnjähriges Mädchen bekam zum Geburtstag zwei Kaninchen geschenkt. Kurz darauf fuhr die Familie in Urlaub, und als sie zurückkam, hatte sie neun. Unverhofft, aber trotzdem voller Begeisterung wurde der Zuwachs begrüßt, doch mittlerweile ist dieser ausgewachsen und überfordert den kleinen, gepflegten Garten. Florian ist durch eine Annonce auf die Familie aufmerksam geworden, und weil wir gleich alle Kaninchen nehmen wollen, sind wir gern gesehene Gäste. Das Herz der Familie hängt an den Tieren, besonders Tochter Rosa hat die ganze Zeit über Tränen in den Augen.

Annika erweist sich als einfühlsame Ältere. »Weißt du, was? Du kommst sie einfach besuchen. So weit weg wohnen wir ja nicht, und deine Kaninchen kriegen ein ganz, ganz tolles Zuhause. Ihr könnt gerne auch mal eine Nacht in unseren kleinen Häuschen schlafen und die anderen Tiere kennenlernen. Außerdem finde ich es blöd, dass sie noch keinen Namen haben. Die sollten wir zusammen für sie aussuchen. Dann bleibst du irgendwie bei ihnen.«

Das Mädchen nickt tapfer, und während ich mit einer nicht weniger traurigen Mutter das Praktische regle, bekommen sieben

Kaninchenkinder ihre Namen. Die kleine Rosa erstellt eine Liste mit den Erkennungsmerkmalen der einzelnen Tiere, damit es auch keine Verwechslung gibt.

»Ich hänge die Liste an den Stall, damit jedes Kind, das bei uns Urlaub macht, weiß, wie sie heißen.«

Wir Mütter trinken währenddessen eine ganze Kanne Tee. Zwei Stunden später fahren wir mit unseren Neuzugängen nach Hause – mit Struppel, Honig, Flusi, Möhrle, Conny, Lisbeth und Prömmel.

»Hm, es wird schwer, sich alle Namen zu merken«, sage ich, als wir auf der Rückfahrt sind.

»So alt bist du jetzt auch nicht.«

»Besten Dank, Tochter.«

Annika ist selig. Alle Sorgen scheinen vergessen, denn an diesem Tag gibt es nur noch unsere neuen Mitbewohner, die sich wie selbstverständlich in ihrem neuen Zuhause einfinden. Selbst Justus lässt sich dazu hinreißen, sich ins Stroh zu setzen und Struppel zu kraulen. Den hat Annika ihm mit den Worten »Der passt zu dir!« gleich auf den Schoß gesetzt, und nun vergisst mein Sohn für weitere Momente seine digitale Welt.

»Es ist echt cool, auf einem Bauernhof zu wohnen«, stellt er fest, »hier ist immer was los und für jeden was dabei.«

Ich finde, das kann man uneingeschränkt stehen lassen.

»Gibt es Neuigkeiten?«

Florian sitzt auf der Eckbank in der Stube und wälzt Unterlagen. Den ganzen Tag haben wir uns nicht gesehen, jetzt will ich unbedingt wissen, ob sie in Sachen Krantransport und Alternativen etwas erreicht haben.

»Mit den Gängen habe ich noch meine Probleme, aber es ist definitiv ein Männerspielzeug. Es ist schwer, das nicht richtig geil zu finden.«

»Das meinte ich gar nicht«, sage ich lachend, »aber es ist schön, dass dir Traktorfahren so viel Spaß macht, dass du nicht mehr an den vermaledeiten Paragrafen denkst.«

Florian rollt mit den Augen. »Pass auf, das ist total skurril. Johann und Herr Schmitz haben beide dort angerufen, aber der Sachbearbeiter war nicht zu sprechen. Der Kollege hat sie richtiggehend abgewimmelt. Deswegen habe ich mich spontan ins Auto gesetzt. Auf zum Straßenverkehrsamt! Ich dachte aber, wenn ich mich vorher offiziell anmelde, kassiere ich nur eine Absage. Also habe ich ein schüchternes Kerlchen nach dem Weg zum Sachbearbeiter gefragt. Das ist sofort nervös geworden, da hab ich ein bisschen nachgehakt. Und siehe da, ich hatte direkt den Richtigen an der Angel. Ich hab ihn mir zur Brust genommen, und es stellte sich heraus, dass er der Sachbearbeiter und der Neffe des guten Herrn Armbruster ist. Der Junge tat mir leid. Also habe ich ihn während seiner Mittagspause auf einen Kaffee eingeladen, ihm gut zugeredet und mir dann erklären lassen, wie wir an die Genehmigung gelangen, ohne dass der Onkel davon erfährt. Aber das war nur Teil eins meiner Taktik.« Er grinst so selbstgefällig, als habe er den Stein der Weisen und den Heiligen Gral gleichzeitig gefunden.

Der Stein der Weisen entpuppt sich als feucht-fröhliches Besäufnis.

Ich kann nicht glauben, was ich sehe, als ich am späteren Abend auf der Schaukel sitze und nach Florian Ausschau halte. Er ist seit Stunden verschwunden, und langsam mache ich mir Sorgen. In meiner Fantasie hat Herr Armbruster Florian und Johann mit der Jagdflinte erschossen. Denn zu ihm sind sie gemeinsam aufgebrochen, um ein letztes Mal an seine Vernunft zu appellieren. Umso erstaunter bin ich, als die Männer am Ende des Weges auftauchen. Ohne Auto und Arm in Arm. Ich habe genügend Zeit, sie zu beobachten, und schnell wird klar, dass sie sich nicht gegenseitig festhalten, weil sie sich furchtbar gernhaben, sondern weil sie zu tief ins Glas geschaut haben. Ich verlasse meinen Beobachtungsposten und gehe ihnen entgegen. Sie sind laut und sie singen. Udo Jürgens. Das Interview könnte interessant werden.

»Was um alles in der Welt habt ihr veranstaltet?« Ich stehe mit in die Seiten gestützten Händen vor ihnen.

Johann schaut ein wenig desorientiert vor sich hin. Seine Augen können keinen festen Punkt mehr fixieren. Florian will einen nüchternen Eindruck machen, indem er versucht, sich gerade hinzustellen, was ihm nicht ansatzweise gelingt.

»Ich war noch niemals in New York, ich war noch niemals auf H...«, schmettert er.

Wider Willen muss ich lachen.

»Krieg ich noch was Aussagekräftiges aus euch raus, oder soll ich euch gleich ins Bett schicken? Den Gutschein für die Anonymen Alkoholiker kann ich wohl bei Justus schon mal in Auftrag geben.«

Beide starren mich an, als spräche ich chinesisch. Wie sie überhaupt den richtigen Weg gefunden haben, ist mir ein Rätsel. Im Haus möchte ich sie nicht unterbringen, wohin also schicke ich sie?

»Mitkommen!«, befehle ich schließlich, weil jedes weitere Wort Verschwendung wäre, und lotse sie zum Stall. »Setzt euch aufs Stroh, bin gleich wieder da.«

Im Haus suche ich Decken, Kissen, Wasser, Kopfschmerztabletten und zwei Eimer zusammen. Justus, der auf den letzten Drücker mit seinen Hausaufgaben in der Stube sitzt, beobachtet meine Bemühungen mit gekrauster Stirn. »Ich habe keine Antwort. Florian und Johann sind stockbetrunken, wundere dich also über nix.«

»Na, da habe ich ja morgen was, womit ich ihn aufziehen kann.«

»Definitiv.«

Ich trage alles hinüber zum Stall. Die beiden Alkoholisierten sitzen genauso einträchtig auf den Strohballen, wie ich sie verlassen habe. Sie sind völlig willenlos, und Pogo nutzt die Gunst der Stunde, Florians Holzfällerhemd anzuknabbern.

»Hau ab«, sage ich in liebevollem Ton, und tatsächlich gehorcht er mir. Er legt den Kopf schief, wendet sich ab und dreht uns sein Hinterteil zu. Dann drücke ich Florian und Johann die Decken in die Arme und lege alles andere so bereit, dass sie es hoffentlich finden, wenn sie es brauchen.

»*Ziebärtle*«, lallt Florian. »Das war echt lecker.«

»*Un Kirschwässerle* auch, hm ...«, lallt Johann. »Der Siggi kann feine *Schnäpsle brenne* ...« Er rülpst leise und hält sich entschuldigend die Hand vor den Mund. Selbst total stockbetrunken hat er Anstand.

»*Un den Rossler*, den macht er auch gut. *Un den Willi*, den auch.« Florian stützt seinen Kopf auf die Arme und schielt mich von unten an. »Weißte, was das Beste is?« Er hickst. »Der Siggi und ich, wir sind jetzt so ...« Er presst Zeigefinger und Mittelfinger zusammen. Dann klopft er mit der flachen Hand auf den Strohballen. »Komm, Bruder, wir schlafen.«

Johann nickt mit rollendem Kopf, dann kuscheln sie sich selig auf ihr Lager und fangen postwendend an zu schnarchen. Glucksend verlasse ich den Stall.

Mit dröhnenden Kopfschmerzen erzählen sie mir am nächsten Morgen, was passiert ist. So in etwa, denn natürlich klaffen Erinnerungslücken. Sie haben Herrn Armbruster in seiner Brennerei besucht, die er im Nebenerwerb betreibt. Und was als kleine Verkostung begann und nur der Auftakt zu einer ausgeklügelten

Charmeoffensive sein sollte, endete in einem Besäufnis erster Klasse. Siggi, wie der bis dato unzugängliche Herr nun plötzlich heißt, hatten sie endgültig an der Angel, als Florian anbot, seine *Schnäpsle* über unseren Hof zu vertreiben.

»Der sollte uns keine Probleme mehr machen«, beendet Florian seinen unvollständigen Bericht, der fast alle Fragen offenlässt.

# Gäste!

Tatsächlich hat sich das Problem mit Herrn Armbruster durch den alkohollastigen Einsatz Florians und Johanns in Luft aufgelöst. Schon am nächsten Tag bringt Siggi, wie ich ihn nun auch nennen darf, eine kleine Auswahl seines Sortiments vorbei und ist ein anderer Mensch. Den verknöcherten Alten kann er nicht ganz verbergen, aber innerhalb dieser Grenzen ist er plötzlich zugänglich. So, als brauche er die persönliche Bindung für seinen Seelenfrieden. Zuvor waren wir ein unbekannter Faktor in einer in sich geschlossenen Welt, und Sigismund Armbruster war ihr gestrenger Türsteher. Nun haben wir die Tür aufgestoßen und dürfen eintreten. Das ist ein schönes Gefühl!

Und wir können in den letzten Tagen, bevor an diesem Wochenende Anfang Juni unsere Testgäste eintreffen, alle Kräfte darauf konzentrieren, unser Wohlfühl-Dorf in Szene zu setzen. Florian hatte die Idee, mit drei Häusern ein Testwochenende zu veranstalten, ehe wir sie in den späten baden-württembergischen Sommerferien offiziell in Betrieb nehmen. So standen die drei Tiny Houses für genau diesen Testzeitraum auf einer Plattform im Internet – und bereits zwei Tage später hatten wir die Reservierungen unter Dach und Fach. Was uns für die Zukunft froh und zuversichtlich stimmt.

Die Verschönerung der Wiese wird uns zweifelsohne gelingen. Eine Gartenbaufirma hat Blumenbeete und Kieswege angelegt, Bänke aufgestellt und Leuchten installiert. Ein besonderer Blickfang ist die kleine Brücke über den Bach – ein Bausatz aus Holzplanken und Seemannstau, den Jürgen und Florian an nur einem Nachmittag zusammengezimmert haben.

Beim Gärtner laden wir den Pferdeanhänger mit Blumen, Kübeln und Erde voll und verwandeln unser Dorf in ein Blumenparadies. Zusammen mit Olga und Roswitha richte ich die Häuser her. Wir beziehen Betten, verteilen Handtücher und Rosis getöpferte Vasen mit frischen Blumen. Wir putzen die Bäder, wischen Staub und entfernen auch noch die letzten Spinnweben. Wir werden rechtzeitig fertig, und das ist ein gutes Gefühl.

Wir sind nervös wie Schüler vor dem Abschlussball. Es ist schon fast peinlich. Florian hat ohne Frühstück und mit elender Laune das Haus verlassen, um noch einmal sämtliche Leitungen und Anschlüsse zu überprüfen, und ich vergesse ständig, was ich will. Selbst Annika und Justus sind aufgeregt, dabei haben sie einen ganz normalen Schultag vor sich.

»Könnt ihr nicht irgendwelche vergessenen Hausaufgaben machen, bevor ihr zum Bus geht? Heute treibt ihr mich noch alle in den Wahnsinn.« Ich stehe mit gerunzelter Stirn mitten in der Küche.

Annika hat mir gerade einen fünfminütigen Vortrag darüber gehalten, wie die Gäste auf keinen Fall mit den Tieren umgehen dürfen.

»Du bist uns ja gleich los, Mama.« Justus steht an den Kühlschrank gelehnt und löffelt sein Müsli. »Das ist auch für uns ein spezieller Tag. Wir sind jetzt nicht mehr alleine. Ich weiß noch gar nicht, wie ich es finden soll, wenn hier ständig fremde Menschen rumlaufen.«

»Du hast recht. Darüber habe ich auch schon nachgedacht. Andererseits freue ich mich auf den Trubel. Außerdem ist es *unser* Hof. Wir können bestimmen, was erlaubt ist und was nicht.«

»Dann hoffe ich mal, dass die Gäste sich auch dran halten. Achtest du bitte darauf, dass niemand in meine Kommandozentrale geht?«

Da ich sowieso kurz in die Werkstatt muss, weil ich gestern Abend meine Lesebrille dort habe liegen lassen, stiefele ich hinüber und hole ein kleines Vorhängeschloss aus einer Schublade, in der ich sammle, was man vielleicht brauchen könnte.

»Hier«, sage ich und stopfe es Justus in die Hosentasche. »Ich verstehe deine Sorge, auch wenn ich glaube, dass sie unbegründet ist. Aber man weiß ja nie. Schließ deine Bude einfach ab.«

»Du bist die Beste. Ehrlich. Kann ich nur empfehlen. Eine pragmatische Mutter, die sich nicht mit den Problemen, sondern mit den Lösungen beschäftigt. Natürlich nur, wenn sie nicht gerade träumt oder mit einem ihrer Sofas beschäftigt ist.«

»Sohn, ein Danke hätte auch gereicht.«

»Danke, Mama«, sagt er artig und gibt mir einen dicken Schmatzer auf die Wange. »Ich bin dann mal zum Bus, oder, wie man hier *schwätzt*: *uff de Bus*. Ich warte draußen auf dich, Annika. Mama, ich würde übrigens gerne Luisa zum Mittagessen mitbringen. Wär das okay?«

Er sagt es nebenbei, ganz lapidar, und ich kann nur nicken. Natürlich darf er Luisa mitbringen. Davon träume ich seit Ewigkeiten. Aber wer ist Luisa? Justus reicht mein Nicken, und ehe ich meine Neugier befriedigen kann, ist er verschwunden.

Zeit zum Verarbeiten dieser Neuigkeit habe ich nicht, denn Annika bekommt den Reißverschluss ihres Schulrucksacks nicht zu. »Ich brauche wirklich einen neuen.«

»Jaja, er ist kaputt, und du bist sowieso zu alt für einen Fünftklässlerrucksack. Ich weiß, ich weiß. Können wir das Thema trotzdem vertagen?«

»Weil heute die Gäste kommen und unendlich viel zu tun ist?«

»Ja.«

Annika spart sich einen Kommentar, schnappt sich ihr Butterbrot und wirft die Tür hinter sich zu. Mist. Ich habe wieder vergessen, sie nach Antonia zu fragen.

Florian stiefelt im Blaumann in die Küche. Er besitzt mittlerweile eine Kollektion an Arbeitshosen, und dazu gehört eben auch ein echter Blaumann. Leider kann ich ihn nie richtig ernst nehmen, wenn er damit vor mir steht.

»Hast du die Liste gesehen?«

»Welche Liste?«

Er verdreht die Augen. »Die, auf der steht, was noch besorgt werden muss. Du warst doch dabei, als ich sie geschrieben habe.«

»Ich habe keine Ahnung, wo sie ist.«

»Na toll«, grummelt er, »dann vergesse ich bestimmt die Hälfte.«

»Mach doch demnächst ein Foto«, schlage ich vor, aber mein Bruder verzieht nur das Gesicht und stiefelt wieder hinaus. »Danke schön, liebe Elli«, rufe ich ihm hinterher.

Seit gestern steht er unter Strom. Die ersten Gäste sind für ihn so etwas wie eine Feuerprobe. Hat er die richtige Entscheidung getroffen? Ich denke, er macht es größer, als es ist. Denn was soll schon schiefgehen?

Weil wir so fleißig waren, müssen wir heute nur noch die Kaffeetafel vorbereiten. Gestern haben Annika, Rosi, Olga und ich – mithilfe von Hannelore! – fünf verschiedene Kuchen gebacken und einen der schönsten Abende miteinander verbracht, seitdem wir hier sind. Nun zähle ich die Stunden, bis das Leben beginnt, für das wir uns entschieden haben. Ich spüle. Ich hänge Wäsche ab und wieder auf. Ich gehe in die Werkstatt und entferne das Polster eines Art-déco-Stuhls aus glatt poliertem Buchenholz. Ein Kunde hat aufgrund einer Empfehlung durch einen Bekannten gleich zwölf dieser Stühle geschickt. Dies ist der siebte und mir fehlt langsam die Abwechslung. Die Minuten sind endlos. Als würde ein unsichtbarer Gnom mit aller Kraft den Minutenzeiger festhalten.

Nun, wenn mich nicht einmal die Arbeit ablenkt, kann ich mich auch in die Sonne setzen und an etwas Schönes denken. An Alex zum Beispiel. Ich schwinge auf der Schaukel sacht ins Tal. Sonnenschein, getupfte Wolken und ein Himmel so klar, als hätte jemand das Firmament geputzt. Ich denke an unser gestriges Treffen. Zwei Stunden meiner Zeit habe ich abgeknapst, in seiner Wohnung verbracht und jede Minute genossen. *Der Alex.* Er hat mit seiner Fernbedienung einfach alle Zweifel ausgeschaltet. Es ist wirklich verrückt, wie sorglos ich bin. Ich schließe die Augen und träume ein bisschen vor mich hin.

Als ich sie wieder öffne, steht Roswitha mit einem Karton, über dem ein Küchentuch liegt, vor mir.

»Jetzt schleich dich doch nicht so an«, rufe ich entrüstet und deute dann auf den Karton. »Was ist das?«

»Sieh nach«, antwortet sie lächelnd.

Ich ziehe das Tuch hinunter und staune. Fünf getöpferte Namensschilder, in zartem Grün und Beige, stilvoll und in sich stimmig, wie alles, was Roswitha töpfert.

»Ich dachte, dann sind die Häuser komplett.«

Ich nehme eines der Schilder in die Hand. »Sie sind wunderschön! Danke, Rosi. Was würden wir nur ohne dich machen?«

»Es wäre nicht so bunt hier, und mein Lorchen hätte dich schon in den Wahnsinn getrieben.«

»Lorchen«, sage ich belustigt, »lass sie das bloß nicht hören.«

»Gott bewahre«, antwortet sie gespielt entrüstet. »Ich habe übrigens auch eine Nachricht, die dich freuen wird. Beim Arzt haben wir eine alte Dame aus dem Dorf getroffen. Siebenundachtzig, geistig wach, freundlich, neugierig. Du wirst es nicht glauben, aber sie hat Hannelore zum Kaffeekränzchen eingeladen, acht Damen und ein verwitweter alter Herr als Hahn im Korb. Es findet regelmäßig zweimal die Woche statt, immer rundum. Ist das nicht großartig?«

»Das ist toll. Und was hat Hannelore dazu gesagt? Ich kann mir kaum vorstellen, dass sie in Jubel ausgebrochen ist.«

»Wo denkst du hin? Aber sie meinte, sie könne sich dieses Kränzchen ja mal anschauen. Schlimmer als hier wäre es schon nicht.«

»Warum habe ich das Gefühl, dass ich die Antwort schon hätte kennen müssen?«, frage ich lachend.

»Na, weil die Oma einfach unverwechselbar ist.«

Nachdem das geklärt ist, schaue ich mir die Schilder aufmerksam an. Die Namen sind das Ergebnis einer hitzigen Diskussion. Letztendlich haben wir uns für Namen entschieden, die in die Gegend und zum Hof passen. Und deswegen sind *Bächle*, *Städtle*, *Kuckucksuhr*, *Bollenhut* und *Kirschtorte* nun in Ton verewigt.

»Sie sind zauberhaft. Wann hast du die denn noch gemacht?«

»Sofort, nachdem die Namen feststanden. Allerdings hatte ich ein bisschen Angst, dass ihr es euch noch anders überlegt.«

»Das glaube ich dir gern. Doch nun sind die in Stein gemeißelt, jetzt wird nichts mehr geändert. Und weißt du, was? Ich hole Werkzeug und bringe sie gleich an. Die anderen werden staunen.«

Ich ziehe die letzte Schraube fest, als ein luxuriöser SUV viel zu schnell den Schotterweg entlangbrettert. Im Inneren sitzt eine dreiköpfige Familie. Die ersten Gäste? Jetzt schon? Es ist nicht einmal Mittag, der Kaffeetisch noch nicht gedeckt und das Mittagessen nicht gekocht. Die Zeit, die sich heute Morgen noch bis zum Horizont dehnte, schrumpft zusammen auf Sandkorngröße. Ich werfe einen Blick auf das letzte Schild, dann eile ich Richtung Hof. Florian ist immer noch unterwegs, Roswitha hat sich Hannelore für einen Ausflug *ins Städtle* geschnappt, und Fuchur und Penelope laufen frei herum. Zum Glück bin ich vor dem Wagen da und schicke die Hunde ins Haus. Währenddessen parkt der riesige schwarze Wagen mitten im Hof, und heraus steigt eine Familie, die, nun ja, das Geld am Körper trägt.

Ich empfange sie freundlich. »Willkommen auf dem Wolkenhof! Wir haben noch nicht mit Ihnen gerechnet, aber das ist nicht schlimm. Die Häuser stehen bereit. Dann können Sie sich in Ruhe einrichten, ehe wir Sie heute Nachmittag zu Kaffee und Kuchen einladen. Sie sind nämlich unsere allerersten Gäste, und das möchten wir gerne ein wenig mit Ihnen feiern. Wenn Sie mir noch kurz Ihren Namen nennen, dann kann ich die Reservierung einordnen.«

Der Mann, ein Herr in den Vierzigern mit Hemd und Stoffhose, scheint sich unbehaglich zu fühlen und sieht sich prüfend um. »Vielen Dank für die nette Begrüßung«, sagt er schließlich, »wir sind Familie Fricke. Wir sind zu früh, das wissen wir. Schön, dass es trotzdem klappt.«

Die Frau, eine hübsche Blondine in den Vierzigern, gesellt sich zu ihrem Mann. Auch ihr Blick ist prüfend. »Es sieht ja recht nett aus. Meine Tochter wollte unbedingt in einem dieser Tiny Houses schlafen. Ich kann es mir noch nicht vorstellen, aber zumindest sind sie neu und sauber.«

Ich stutze kurz. »Keine Sorge, sie sind blitzsauber. Außerdem haben Sie das Privileg, sich ein Haus aussuchen zu dürfen. Kommen Sie. Ich zeige sie Ihnen.«

Familie Fricke entscheidet sich für das Haus neben der Zufahrtsstraße, weil es nah am Parkplatz liegt, auf dem inzwischen ihr Riesenauto steht. In meinen Augen ist es das am wenigsten attraktive Tiny House. Ich erkläre ihnen die Einzelheiten und alles, worauf man so achten muss. Die Frau ist latent mäkelig, das etwa zehnjährige Mädchen zurückhaltend, der Vater förmlich. Ich muss zugeben, diese Familie irritiert mich, aber vielleicht erwarte ich einfach zu viel. Mit mir jedoch bin ich zufrieden, denn ich habe diese allererste Begrüßung gut gemeistert. Ich wünsche ein fröhliches Einleben und gehe zurück ins Haus.

Dort tausche ich die grünen Holzclogs, die ich gerne draußen anziehe, wenn es trocken ist, gegen Hausschuhe und kümmere mich ums Mittagessen. Die Kartoffeln für das Gratin habe ich gestern vorgekocht. Nun fülle ich sie in die Auflaufform, streue Käse darüber, schiebe alles in den Ofen. Ich frage mich, ob Luisa ihn wohl mag? Meine Güte, mein Junge bringt ein Mädchen mit ...

Ich hoble noch zwei Gurken, die Soße ist schnell gemacht, nun muss ich nur noch den Tisch decken, danach kann ich mit der Kaffeetafel anfangen. Darauf freue ich mich, denn für die Planung dieser Tafel haben Olga, Roswitha und ich einen ganzen Nachmittag zusammengesessen. Die ersten Gäste müssen einfach gefeiert werden, da waren wir uns einig. Der Glanzpunkt ist das in zartem Beige und Grün gehaltene Geschirr, das Roswitha für uns getöpfert hat. Wir wollen die Häuser und später auch die Wohnungen mit diesem Geschirr ausstatten. Es ist originell, individuell und praktisch, und Rosi kann jederzeit Ersatz herstellen. Wir waren begeistert, als sie uns gestern die ersten Stücke zeigte, die sie bisher eisern unter Verschluss gehalten hatte. Unsere ewige Dankbarkeit ist ihr wirklich sicher.

Ich trage die Vasen mit Sträußen aus Wiesenblumen nach draußen, rufe nach den Hunden und gehe leise summend über den Hof, wo die Bierzeltgarnituren schon bereitstehen. Jürgen hat sie bei einem Kumpel ausgeliehen und mit dem Traktor vorbeigebracht.

»Haben Sie einen Augenblick für mich?«

Ich blicke auf. Der Ton von Frau Fricke, die mit einem Zettel in der Hand vor mir steht, ist höflich, aber fordernd.

»Natürlich«, antworte ich liebenswürdig, »wie kann ich Ihnen denn helfen?«

»Wir haben uns so weit eingerichtet, und da wir ja die ersten

Gäste sind, habe ich hier eine Liste mit Dingen, die noch fehlen. Es wäre toll, wenn Sie die besorgen würden.«

Sie drückt mir den Zettel in die Hand, und ich werfe einen Blick darauf. Fein säuberlich sind die Defizite aufgelistet: ein zweites Kissen, ein Kosmetikspiegel, Wolldecken, ein Milchaufschäumer, Toilettenpapier. Ich bin einerseits peinlich berührt, weil wir so etwas Wichtiges wie Toilettenpapier vergessen haben, andererseits finde ich die Liste übertrieben.

»Ich werde sehen, was ich tun kann«, sage ich höflich und bin froh, dass die Antwort sie zufriedenstellt. Ich decke weiter den Tisch, mache noch schnell einen Nachtisch, und nach und nach kehrt der Trubel auf den Hof zurück. Florian ist ein bisschen beleidigt, weil er den großen Augenblick verpasst hat.

»Du kannst sie ja beim Kaffee begrüßen. Und dann sagst du mir mal, wie du sie findest. Hast du das Auto gesehen?«

»Jau. Der Wagen ist nicht billig. Unter hunderttausend kriegst du den nicht.«

»Hast du's gegoogelt?«

»Natürlich.«

»Aber bilde dir ruhig selbst eine Meinung, nur hören will ich sie hinterher.«

»Man kann sich seine Gäste eben nicht aussuchen«, meint Florian achselzuckend, »da werden wir sicher noch die eine oder andere Schote erleben.«

»Nun ja, man kann zumindest verhindern, dass sie wiederkommen«, antworte ich grinsend.


Das Mädchen, das Justus sanft in die Küche schiebt, als ich die Auflaufform auf den Untersetzer auf dem Küchentisch stelle, sieht auf den ersten Blick wüst aus. Sie hat zottelige blonde Haare und einen Nasenring, trägt zerrissene Jeans und Springerstiefel. Sie ist fast so groß wie mein Sohn, hat ein hübsches rundes Gesicht und eine freundliche Ausstrahlung. Luisa und Justus stammen rein äußerlich von zwei weit auseinanderliegenden Planeten. Wie es charakterlich passt, und warum Justus sie überhaupt eingeladen hat, werde ich hoffentlich gleich erfahren. Ich habe den Mandarinennachtischquark nämlich gemacht, damit wir länger zusammen am Tisch sitzen. Ein legaler kleiner Trick, wie ich finde.

Justus macht seinem Ruf alle Ehre und es Luisa leicht. »Mama, darf ich vorstellen, das ist Luisa. Wir sind gemeinsam im Bio-Leistungskurs, und ich will ihr meinen Dachboden zeigen. Luisa, das ist meine Mutter, und die ist ganz in Ordnung, würde ich sagen.« Er zwinkert mir zu, und ich verdrehe belustigt die Augen. Das Mädchen lacht mich freundlich an. Ich wische eine Hand an der Schürze ab und reiche sie ihr.

»Hallo, Luisa, nenn mich ruhig Elli. Such dir einen Platz aus. Es gibt Kartoffelgratin. Ich hoffe, das ist in Ordnung.«

»Auf jeden Fall. Danke, das ist *brutal lieb*, dass ich mitessen darf. Ich *hock* mich da hinten hin, wenn's o.k. ist.«

Ihr Dialekt ist ausgeprägt. Immer wieder zaubert er mir ein Lächeln ins Gesicht, weil ich finde, dass im Badischen alles niedlich klingt.

»Aber natürlich ist das in Ordnung.«

Jetzt fehlt nur noch Annika. Florian hat seine Portion schon vorher gegessen und ist wieder im Stall. Meine Tochter muss sich immer erst umziehen, wenn sie nach Hause kommt. Als sie jetzt in die Küche kommt, beäugt sie Luisa zunächst kritisch, als dann aber Penelope hinterherstürmt, ihr übliches Begrüßungstänzchen aufführt und sich wie selbstverständlich an Luisa kuschelt, ist das Eis gebrochen. Ich überlasse das Wort der jungen Generation. Je unauffälliger man sich als Erwachsener verhält, umso mehr erfährt man über die Kinder und ihren Tag.

Die Stimmung ist gelöst, sie erzählen Anekdoten über den Bio- und den Ethiklehrer, wobei Letzterer eine Vorliebe für die

Verwendung des Genitivs hat. Danach sind die Tiere dran – und dann ist leider auch die Nachtischschüssel leer und das Essen beendet. Ich gratuliere meinem Sohn innerlich zu der Wahl dieses Mädchens. Sie kann wunderbar erzählen, ist witzig und warmherzig. Sie verströmt Lebensfreude. Ob sie nun eine gute Freundin wird oder mehr, ist bedeutungslos, sie tut ihm gut, und alleine das zählt.

Als Nächstes reist eine Familie mit zweijährigen Zwillingen an. Sympathisch, freundlich und hingerissen von den Häuschen. Wir zeigen ihnen Pogo und die Ziegen, sie füttern die Kaninchen mit Möhren und schmusen und spielen mit den Hunden. Außerdem stellen wir fest, dass wir Katzen brauchen, als uns im Stall eine Maus über die Füße saust und die Zwillinge vor Freude kreischen. Annika und ich sind uns sofort einig. Kleine Kätzchen sollen es sein, und wir freuen uns jetzt schon auf den Tag, an dem sie einziehen.

Die dritten und für den Anfang letzten Gäste sind ein Rentnerehepaar, das zum Wandern in den Schwarzwald gekommen ist. Angenehm und gemütlich.

Nach dem etwas holprigen Start läuft also alles ganz wunderbar. Bis ...

Während wir mit der Begrüßung und Einführung beschäftigt sind, bemerken wir nicht, wie der Himmel zuzieht. Und ehe wir das Unglück erfassen, ertrinkt der liebevoll mitten im Hof gedeckte Kaffeetisch in einem Platzregen, dem nicht mal unsere gute alte Buche standhält. Die vor allem aus Blumen bestehende Deko ist nicht zu retten, und auch die Tischdecken kann man niemandem mehr zumuten. Alles andere tragen wir in die Scheune. Es ist nicht schön, aber hier ist es trocken. Wir decken den Tisch ein zweites Mal, auch wenn er diesmal etwas karg aussieht, und versuchen, die neue Lage mit Humor zu nehmen. Immerhin sind die Kuchen trocken geblieben, und das ist bei einer Kaffeetafel schließlich das Wichtigste. Oder nicht?

Mit Regenschirmen, Regenjacken und gequältem Gesichtsausdruck trudeln die Gäste ein, schnell versöhnt angesichts der Kuchenauswahl. Nur Frau Fricke betrachtet diese mit sauertöpfischer Miene.

»Entschuldigen Sie die Frage, aber ich bin Veganerin. Ist einer dieser Kuchen vielleicht vegan? Ansonsten begnüge ich mich mit einer Tasse Kaffee. Sofern sie vegane Milch haben. Sonst tut es auch ein Glas Wasser.«

Wieder hat sie diesen an sich freundlichen Ton drauf, und wieder gibt es Komplikationen. Was hat diese Frau nur an sich? Natürlich ist keiner unserer Kuchen vegan. Butter, Milch, Quark und Eier – wir haben ausschließlich regionale Zutaten verwendet. Ich habe nichts gegen Veganer, ich bewundere ihre Disziplin – und ärgere mich, dass ich vorher nicht gefragt habe. Gleichzeitig finde ich sie langsam lästig, Freundlichkeit hin oder her.

Nicht nur mir fällt es auf, auch Florian und Rosi wechseln einen bedeutungsschweren Blick. Florian entschuldigt sich in unser aller Namen und zaubert eine Tüte Sojamilch aus der Speisekammer, von der keiner weiß, woher sie stammt. Aber das Haltbarkeitsdatum stimmt, so können wir Frau Fricke wenigstens einen Kaffee anbieten.

Als alle versammelt sind, froh, nach dem Marsch durch den Wolkenguss im Trockenen zu sein, begrüßen wir offiziell die ersten Gäste auf dem Wolkenhof.

Doch es läuft nicht gut. Familie Fricke hat anscheinend kein Interesse an Gesprächen. Alle drei starren nur auf ihre Handys. Das Ehepaar mit Wanderambition ist ebenfalls wortkarg und nutzt die erste Gelegenheit zur Flucht. Und das junge Paar mit den Zwillingen ist leidlich damit beschäftigt, die Kinder im Zaum zu halten. Nach einer halben Stunde ist der Spuk vorbei, und wir sind wieder unter uns. Diese Kaffeetafel war die dümmste Idee, die wir bisher hatten.

Am Tisch sitzen Roswitha, Florian, Hannelore und ich. Justus, Annika und Luisa haben sich eh verkrümelt. Die Oma mümmelt genüsslich an einem Stück Rahmkuchen, dem dritten, wenn ich richtig mitgezählt habe. Es ist erstaunlich, aber für Kuchen hat sie eine Schwäche. Ich nehme mir das größte Stück Pflaumenkuchen vom Blech und schaufle mir den kompletten Rest Sahne darüber.

»Ich frage euch ernsthaft«, sage ich, nachdem ich mir einen Bissen in den Mund geschoben habe, »wie wir auf die bescheuerte Idee gekommen sind, unsere Mieter hätten Lust, mit uns Kaffee zu trinken. Stellt euch doch mal vor. Ihr wollt ein erholsames Wochenende ohne Pflichten verbringen, und dann nötigen euch völlig gestresste Gastgeber, durch den strömenden Regen zu laufen, um in einer runtergekommenen Scheune zu tafeln.« Ich lasse meiner Entrüstung freien Lauf. »Und dann sind ausgerechnet die ersten Gäste auch noch so schräg drauf.« Damit habe ich gesagt, was ich zu sagen habe, und widme mich wieder dem wirklich köstlichen Kuchen. Die Wut ist raus.

»Ja, zu so einem ähnlichen Schluss bin ich auch schon gekommen«, sagt Florian und schiebt mir den Zucker über den Tisch, weil er mich suchend umherblicken sieht.

»Genau! Wer macht denn so was?« Hannelore hat ihr Stück verputzt und ist bereit für den Kommentar des Tages über die Lage auf dem Wolkenhof. »Kaffee und Kuchen in der Garage. Das ist doch bescheuert. Na ja, mir ist es egal, ich seh nix mehr, und der Kuchen schmeckt.«

»Du hast recht, Hannelore.« Ich seufze tief und hörbar. »So habe ich mir unser Debüt wirklich nicht vorgestellt.«

»Sieh es mal so«, wendet Roswitha ein, die ihr Rot heute sehr dezent in Szene gesetzt hat. Sie trägt lediglich roten Modeschmuck zu einem rosafarbenen Leinenanzug. »Das war nur die Generalprobe. Wenn der Hof fertig ist, richtig fertig, dann feiern wir ein großes Fest. Und zwar nicht mit irgendwelchen Gästen. Da kauft man ja die Katze im Sack. Nein, wir feiern mit den Menschen, die wir kennen und mögen. Was meint ihr?«

Gegen diesen Vorschlag ist absolut nichts einzuwenden, und so lichtet sich doch noch das Grau des Tages und wird ein bisschen heller. Wir beschließen einträchtig, uns von nun an zurückzuhalten und die Gäste sich selbst zu überlassen. Sie haben ein Tiny House gebucht und kein Animationsprogramm. Später wollen wir vieles auf dem Hof anbieten, doch dazu brauchen wir noch ein bisschen Zeit.

Am Sonntagmittag stehe ich mit Florian im Hof und wir schauen dem schwarzen Luxuswagen hinterher. Die letzten Gäste haben den Hof verlassen, erst zu den Sommerferien werden wir die Häuser offiziell in Betrieb nehmen. Ich bin ein bisschen erleichtert, wieder allein zu sein, obwohl das unseren Plänen, in Zukunft das ganze Jahr über Gäste zu beherbergen, komplett widerspricht.

»Wir brauchen nur ein bisschen Zeit, um uns daran zu gewöhnen. Spätestens nach ein, zwei Wochen ist es normal, sie um uns zu haben, und wir können uns den Wolkenhof nicht mehr ohne Gäste vorstellen.«

Florian legt mir den Arm um die Schultern. »Ja, du hast recht. Es ist wohl der Übergang, der schmerzt. Das Ungewohnte.«

Er drückt mich an sich. »Legst du jetzt eine Liste von Leuten an, die nie wieder einen freien Platz in unserem Buchungskalender finden werden?«, neckt er mich.

»Aber so was von«, antworte ich und boxe ihn in den Oberarm.

Ich finde meinen Sohn weder in der Kommandozentrale noch in seinem Zimmer oder in der Küche. Die drei Orte, wo man ihn fast immer antrifft. Das ganze Wochenende fehlte die Gelegenheit, nun will ich endlich mehr über Luisa erfahren.

Auch Annika hat keine Ahnung, wo ihr Bruder steckt, und Florian, der gerade neues Stroh in den Kleintierstall schleppt, hat ihn heute überhaupt noch nicht gesehen. Ich will schon aufgeben, als ich ihn von Weitem auf der Brücke erspähe. Er kniet vor dem Geländer und werkelt daran herum. Natürlich lasse ich es mir nicht nehmen, meiner nun noch größeren Neugier zu folgen – und erwische ihn auf genau dem richtigen Fuß.

»Ein neues Projekt. Das war Luisas Idee«, antwortet er auf meine Frage, was er denn da veranstalte. »Sie ist jetzt schon seit ein paar Wochen bei mir in der Community und hat coole Ideen.«

»Ich hoffe, es sind keine Sprengsätze, die du da anbringst.« Ich kann mir die Anspielung auf Luisas Outfit nicht verkneifen. Nicht, weil es mich stört, sondern weil mich interessiert, wie er ihr Aussehen wahrnimmt.

Er bemerkt meine Anspielung nicht einmal. »Ich würde sagen, es gibt bessere Orte, um Sprengsätze im Namen der Klimarettung anzubringen.«

»Die da wären?«

Justus hält sich, immer noch hockend, den Zeigefinger ans Kinn und demonstriert eine Denkermiene. »Hm, so spontan? Wie wäre es mit strategisch wichtigen Autobahnbrücken, um den Individualverkehr einzuschränken?«

»Ich glaube, das wird keine Verringerung von Emissionen bringen. Die Leute fahren dann über die kleinen Straßen, und das bedeutet nichts als Chaos.«

Justus scheint fertig zu sein, mit dem, was immer er da auch macht, und stellt sich aufrecht hin. »Du hast recht, ich werde darüber noch mal nachdenken.«

»Das lass mal schön bleiben«, sage ich und hebe lachend den Zeigefinger. »Gefängnisstrafen werde ich verhindern, bis du achtzehn bist, danach bist du selbst verantwortlich.«

»Na gut«, sagt er mit einem Augenzwinkern, und ich drücke ihn kurz an mich.

Wie ein großer Bruder legt er seinen Arm um mich. Er kommt nach seinem Vater und überragt mich um einen ganzen Kopf. Und obwohl das jetzt schon lange so ist, kann ich mich nicht daran gewöhnen. Dann und wann habe ich Schwierigkeiten, diesen gelungenen jungen Mann in Einklang zu bringen mit dem Baby und dem Kind, das ich im Arm gehalten habe. Manchmal scheint es, als wären es zwei Menschen. Das Kind in meiner Erinnerung und der fast erwachsene Sohn auf Augenhöhe. Aber vielleicht muss das so sein, diese Metamorphose, die aus Kindern Leute macht.

So stehen wir einen Augenblick lang einander nah auf der Brücke, die vielleicht ein Symbol für unser aller Aufbruch in ein neues Leben ist.

»Also gut, was willst du zuerst wissen? Was ich hier mache, oder wieso ich Luisa mitgebracht habe?« Justus beendet den innigen Moment.

Ich gebe ein zerknirschtes Ächzen von mir. Da ist noch so eine Sache mit halbwüchsigen Kindern. Sie kennen deine Schwächen manchmal besser, als dir lieb ist. Ich kann ja trotzdem mal versuchen, es abzustreiten.

»Und versuche nicht, es abzustreiten, ich glaube dir sowieso nicht.«

»Erwischt. Das Gute allerdings ist, ich muss dir nun gar keine Fragen mehr stellen und bekomme meine Antworten, ohne dass ich den kleinen Finger dafür gerührt habe. Also hast du dir ein Eigentor geschossen.« Diesmal ist es Justus, der ein gefrustetes Geräusch macht.

»Na gut«, sagt er und erklärt mir den Plan »Wir wollen unseren Fokus verändern. Natürlich müssen wir das große Ganze im Auge behalten, aber Klimaschutz fängt nun einmal vor der Haustür an. Und das ist viel greifbarer. Wir hoffen nämlich, dass noch mehr Leute von hier mitmachen.«

Ich staune. Baut mein Sohn am Ende ein reales Sozialleben auf? Ich beschließe, mich nicht zu früh zu freuen.

»Deswegen haben Luisa und ich zusammengelegt und bezahlbare Messgeräte für Luft- und Wasserqualität besorgt. Nun suchen wir Leute, die sich mit uns engagieren.«

In allen Einzelheiten erklärt er mir das ambitionierte Vorhaben, gemeinsam mit Luisa eine lokale Community aufzubauen, aber ich höre nur mit einem Ohr zu. In Gedanken genieße ich die Freude darüber, wie Justus sich entwickelt. Mein Sohn.

»Diese Kaffeetafel war wirklich eine furchtbare Idee.« Mein Kopf liegt auf Alex' Brust, ein Bein quer über seinen, und er krault meinen Rücken. So habe ich es am liebsten. Und kann mich ganz wunderbar in der Bettdecke vergraben und wehklagen. Dabei ist alles nur halb so schlimm, wenn man im Arm gehalten wird.

»Wie heißt es so schön?«, murmelt Alex mit müder Stimme.

Er hatte Spätdienst, und es ist bereits weit nach Mitternacht. Ich bin zu Fuß zur Kreuzung gelaufen, wo er mich eingesammelt hat. So hat es sich eingebürgert, wenn wir die Nacht zum Tag machen. Wie lange das noch gut geht? Ich weiß es nicht, aber es ist einer der vielen Punkte, über die ich nicht nachdenke. Nicht nachdenken will.

»Es ruckelt immer ein wenig, wenn das Leben in den nächsten Gang schaltet. Und so ist es bei euch eben auch. Denk an Herrn Armbruster, an den Esel, den Architekten, an …« Er stockt. »Ihr habt diese Hürden aus dem Weg geschafft, und das werdet ihr auch weiterhin.«

Während er redet, richte ich mich auf und sehe ihn an. Er

wollte etwas sagen. Etwas, das ihm nun unangenehm ist. »Was wolltest du sagen?«

»Nein, es war nichts, ich wollte nur ... Elli, lass uns den Gedanken vergessen, okay?«

Etwas an seinem Gesichtsausdruck macht mich beklommen. Soll ich es dabei belassen? Nein, denn dann frage ich mich die ganze Zeit, was er sagen wollte. Alex setzt sich auf und schaut mich bittend an. Doch dann verändert sich sein Gesichtsausdruck.

»Es muss sowieso irgendwann raus. Elli, wie soll das eigentlich weitergehen? Wie lange sollen wir noch lügen? Ich verstehe deine Gründe, ich weiß, du verdrängst alles, was daran hängt, aber auf Dauer ... Ich will dir ja alle Zeit der Welt lassen, aber du bist mir zu wichtig geworden. Gib uns wenigstens ein Ziel. Im Moment schweben wir im luftleeren Raum, ich aber möchte den Boden mit dir berühren.«

Es ist ... ich fühle mich schwerelos. Weißes Rauschen im Gehör. Möchte ich wegrennen? Vielleicht. Stattdessen bitte ich um Bedenkzeit, kuschle mich noch mehr in seine Arme und verschiebe die Erkenntnis, dass er recht haben könnte, auf morgen.

# Exitstrategie

Annika hat heute erst zur zweiten Stunde Schule, und ich habe mich sofort bereit erklärt, sie zu chauffieren. Es hat nämlich einen unschlagbaren Vorteil, mit dem Kind im Auto zu sitzen: Es kann nicht weglaufen. Ich warte schon länger darauf, Annika alleine und mit der richtigen Laune zu erwischen, um zu erfahren, wie es mit Antonia weitergegangen ist. Außerdem nutze ich seit gestern Nacht jede Ablenkung. Seitdem Alex mich an der Kreuzung abgesetzt hat, kreisen Pros und Kontras wie ein Schwarm Minidrohnen durch meinen Kopf. Unsere Kommunikation seitdem war spärlich. Einmal fragte er vorsichtig nach, doch ich habe ihn auf heute Abend vertröstet. Noch weiß ich nicht, wie ich auf seine Worte reagieren soll …

»Hast du mit Antonia geredet?« Ich frage es, nachdem wir einige Minuten über unsere Tiere geplaudert haben.

»Ja, habe ich.« Der Gesichtsausdruck meiner Tochter zeigt Stolz, Freude und ein bisschen Verlegenheit.

»Und? Was hat sie gesagt?« Ich muss mich wirklich zusammenreißen. Am liebsten würde ich anhalten, sie am Ärmel packen und »Nun erzähl endlich!« rufen. Doch ich bin Mutter, dreiundvierzig Jahre alt, habe zwei Kinder großgezogen, und da gehört sich das nicht mehr. Aber vielleicht die abgespeckte Version?

»Bitte, Annika, erzähl es mir. Du weißt, ich bin schrecklich neugierig.«

»Jetzt sei nicht so ungeduldig, Mama, ich denke ja sonst, du selbst hast psychische Probleme, nur weil ich seit der Grundschule keine Freundin mehr mit nach Hause gebracht habe.«

»Hm, wo du es sagst. Ja, die habe ich definitiv, und sie sind gerade akut! Also musst du es mir schnell erzählen, sonst wird es womöglich noch schlimmer.«

Annika lacht. »Mama, du bist echt unmöglich. Na gut. Ich habe mich vorgestern im Bus neben sie gesetzt und gefragt, ob wir mal was zusammen machen können. Sie hat gemeint, sie will es sich überlegen. Aber ich habe gemerkt, dass sie total gerne Ja gesagt hätte. Deswegen habe ich vorgeschlagen, Melissa müsse ja nichts davon erfahren, und dann … war's richtig gut. Sie fand deinen Vorschlag auch gut. Ich mag sie sehr, Mama.«

»Das freut mich total für euch. Was sagt Melissa dazu?« Ich stehe an einem Stoppschild und schaue sie an.

Meine Tochter wird rot. »Wir wollen es erst mal geheim halten, wir haben beide keine Lust auf Melissas blöde Sprüche.«

Was soll ich dazu sagen? Ich entdecke Parallelen. Eine geheime Freundschaft, eine geheime Affäre. Letztendlich haben wir beide unsere Gründe. Ich verstehe Annikas und ich verstehe meine. Aber sind sie am Ende zielführend? Ich würde Annika definitiv abraten, doch das hieße im Umkehrschluss für mich dasselbe.

»Weißt du, was?« Ich lege ihr die Hand aufs Knie. »Macht es, wie es sich für euch gut anfühlt. Aber ihr müsst damit rechnen, dass sie es rausfindet. Lasst es so weit nicht kommen. Gebt euch Zeit, lernt euch kennen, und dann steht ihr zu eurer Freundschaft.«

»So ungefähr habe ich mir das auch gedacht«, sagt Annika.

Ich setze sie auf dem kleinen Parkplatz vor der Schule ab und frage mich auf der Rückfahrt nur eines: Weiß meine Tochter es besser als ich? Und hat Alex recht? Woher dann dieser Widerwille, der in mir keimt, seitdem er um geklärte Verhältnisse gebeten hat?

Dieser Sessel hat es in sich. Nicht nur, dass die Tackernadeln mit Alex' Erbstück verschmolzen waren und ich den Kampf nur mühevoll gewinnen konnte. Nein, jetzt will der alte Bezug nicht abgehen. Es scheint, als wolle dieser Sessel mich ärgern und mich daran erinnern, dass nichts einfach ist.

»So, so, du findest also deinen ramponierten Bezug prima und willst ihn nicht hergeben. Aber ich sag dir: Das trägt heute niemand mehr!«

»Sprichst du wirklich mit dem Sessel?«

Ich zucke zusammen. Johann hat sich angeschlichen, lautlos. Oder war ich zu sehr mit meiner Arbeit beschäftigt?

»Das ist nicht einfach ein Sessel, das ist ein echter Arne Jacobsen«, sage ich entrüstet und verschränke die Arme.

»Ja, das habe ich schon gesehen. Ein tolles Stück. Trotzdem wusste ich nicht, dass er deswegen eine persönliche Ansprache benötigt.«

»Die braucht er nur, weil er sich nicht ausziehen lassen will.«

»Das ist natürlich ein guter Grund.« Johann nickt wissend.

Ich wende mich wieder dem störrischen Sessel zu. »Ich bin geneigt, ihm einen passenden Namen zu geben. So etwas wie Franz. Oder Rüdiger. Welchen Namen würdest du ihm geben? Er treibt mich in den Wahnsinn, seitdem Alex ihn über die Schwelle getragen hat.«

Johann stutzt und lacht schließlich verhalten. »Okay. Lass mich überlegen. Wie wäre es mit Donald?«

»Oh, Donald klingt gut! Wärst du so lieb und hilfst mir, Donald auszuziehen? Er wehrt sich nämlich mit Händen und Füßen, und ich habe keine Lust, die ganze Naht aufzutrennen.« Ich bitte ihn, Donald festzuhalten, und zerre noch einmal beherzt an seinem Bezug. Ohne Erfolg. »Hm, dann muss ich wohl doch die Naht auftrennen. Aber dazu habe ich jetzt keine Lust. Möchtest du mich nicht von der Arbeit abhalten?«

»In der Tat möchte ich das ... Du solltest dir langsam Gedanken über die Böden in deiner Wohnung machen. Die Bestellung muss raus, weil die Lieferzeiten nicht immer verlässlich sind, manchmal gibt es Beschaffungsprobleme. Und nichts ist schlimmer als ein Handwerker ohne Material.«

Ich krause die Stirn. »Für die Küche habe ich mich für grüngraue Bodenfliesen im Jugendstil entschieden. In den Wohnräumen hätte ich gerne einen Holzboden. Aber welchen? Darüber habe ich noch nicht nachgedacht. Es dauert ja noch, bis die Böden dran sind. Ich dachte, ich hätte mehr Zeit.«

»Leider nicht. Wir könnten doch zu einem Händler fahren und uns Böden vor Ort anschauen«, schlägt Johann vor.

»Jetzt?«, frage ich, denn das ist natürlich ein wunderbarer Grund, Donald mit meiner Abwesenheit zu bestrafen.

Johann sieht auf seine Armbanduhr. »Die Fachläden machen bald zu, aber der Baumarkt hat noch eine Weile auf. Wenn wir sofort losfahren ...«

»Bis acht sind wir zurück, oder?«

»Das kommt darauf an, wie lange du mit der Auswahl beschäftigt bist.«

»Krieg ich hin«, antworte ich, sause zur Tür hinaus, hole im Haus die Handtasche und suche meine Mitbewohner, die jedoch alle ausgeflogen sind. Nur Hannelore sitzt auf der Bank vor dem Eingang und pult Erbsen. Rosi schafft es immer wieder, ihr Aufgaben zu geben, die sie beschäftigen, ohne sie zu überfordern.

»Hannelore«, sage ich laut und deutlich, »ich fahre mit Johann in den Baumarkt. Kannst du das bitte den anderen sagen?«

»Ich bin ja hier und laufe nicht weg. Wohin auch.«

»Danke, das ist lieb von dir«, sage ich höflich und suche das Weite.

»Wie soll ich mich denn da entscheiden?«, jammere ich theatralisch, als wir eine gute Stunde später endlich zwischen den Regalen mit den Bodenbelägen stehen, nachdem wir wegen einer Straßensperrung einen ordentlichen Umweg fahren mussten. »Vinyl wäre sicher praktisch, ich habe gelesen, den gibt es auch in Ökoqualität. Oder doch Holz? Aber ich habe Kinder, die allem Irdischen entsagt haben und keine Rücksicht auf einen empfindlichen Holzfußboden nehmen. Da tut doch jeder Kratzer weh.«

»Jetzt gehst du aber mit deinen Kindern hart ins Gericht«, foppt mich Johann. Der Ton zwischen uns wie gewohnt locker, und das genieße ich sehr. Es ist unkompliziert. Automatisch schweifen meine Gedanken ab. Auch mit Alex war es bis gestern unkompliziert. Und nun?

Derweil belehrt mich Johann weiter, und ich lasse den unangenehmen Gedanken wieder fliegen. »Und ein Boden ist in erster Linie ein Gebrauchsgegenstand. Macken gehören dazu.«

»Du hast ja recht. Die Auswahl überfordert mich eben.«

»Nun, es gibt noch andere Möglichkeiten. Beton, Fliesen ...«

Ich stemme die Arme in die Hüften. »Jetzt mach es mir doch nicht noch schwerer.«

»Ich meine das ernst. Es gibt tolle Bodenbeläge, aber wenn du meine Meinung nicht hören willst –«

»Sprich, Experte«, unterbreche ich ihn.

»Holz. Ich bin immer für Holz. Es gibt nichts Besseres. Aber die Qualität sollte gut sein. Nicht so was wie das hier.« Er tritt an das Regal und streicht über eines der Musterparkette. »Da hast du höchstens drei Millimeter Holz drauf. Das kannst du kaum abschleifen. Es sollte also dicker sein. Wenn du das Allerbeste haben willst, nimmst du natürlich Dielen. Die Krönung wären Schlossdielen. Schön breit, ewige Haltbarkeit ...«

»... und unbezahlbar. Ich habe mir schon diese sündhaft teuren Jugendstilfliesen ausgesucht, also brauche ich für das Erdgeschoss gute Qualität, die mich aber nicht an den Rand des Existenzminimums bringt.«

»Verständlich.«

»Also suche ich nun nach einem Holzboden, und du bestellst ihn dann?«

»Das Bestellen übernimmt die Firma, die die Böden auch verlegt. Ich lasse ein Angebot schreiben.«

Gemeinsam gehen wir von einem Musterparkett zum nächsten. »Das geht mir zu sehr ins Rötliche«, sage ich, als er auf ein Kirschholzparkett deutet, nachdem ich Nuss, Buche und Esche bereits eine Absage erteilt habe. »Das in dem Eicheton gefällt mir besser.«

»Eine gute Wahl. Eiche ist zeitlos und geht immer«, bestätigt mich Johann.

Wir laufen weiter, fachsimpeln über die Vor- und Nachteile der verschiedenen Holzarten und landen immer wieder bei der Eiche.

»Warum diskutieren wir eine halbe Stunde, wenn ich doch eigentlich schon weiß, was ich will?«

»Das gehört zum Entscheidungsprozess«, beruhigt mich Johann mit einem Augenzwinkern. »Du willst dich ja nicht irgendwann fragen, ob dir nicht etwas anderes besser gefallen hätte. Also musst du dir alles anschauen. Sei froh, dass sich die Auswahl hier in Grenzen hält.«

»Dann ist die Entscheidung getroffen, und ich habe eine Sache weniger, über die ich mir den Kopf zerbrechen muss.«

»Listen abhaken ist was Feines.«

»Ja«, sage ich seufzend, »auch wenn man mit meinen Listen das Schlafzimmer tapezieren könnte.«

Johann lacht und sieht sich um. »Wir sollten langsam los, die machen bestimmt gleich zu, und du wolltest rechtzeitig zu Hause sein.«

»Stimmt, du hast recht«, sage ich. »Ich sehe auch gar keine anderen Kunden mehr.«

Genau in diesem Augenblick geht das Licht aus.

»Ach, wie lustig, ein Stromausfall«, sage ich nach einem kleinen Schreckmoment.

»Ich glaube nicht, dass das ein Stromausfall ist«, gibt mir Johann vorsichtig zu verstehen.

Ich schaue ihn verdutzt an, verstehe, und wie auf Kommando stürmen wir los – durchs Halbdunkle in den Kassenbereich, wo niemand mehr ist. Wir klappern die Gänge ab, laufen durch die Gartenabteilung, die Holzbearbeitung und die Halle mit den Baumaterialien. Wir durchforsten jeden Winkel, in der Hoffnung, den allerletzten Mitarbeiter zu erwischen.

»Also gut.« Johann fängt an, in seinen Hosentaschen zu kramen. Ich sehe ihn nur noch schemenhaft, weil wir uns im hintersten Winkel des Baumarktes herumtreiben. »Mist, ich hab das Handy im Auto gelassen. Dann musst du anrufen. Ich weiß zwar nicht, wen ...«

Jetzt krame ich in meiner Handtasche. »Ähm ... niemanden. Ich habe meins wohl zu Hause liegen lassen.«

»Na, wir sind ja zwei Experten.«

»Allerdings«, antworte ich lachend, denn noch finde ich die Aktion ausgesprochen witzig.

Wir versuchen es mit den Telefonen an den Kassen, die jedoch nur intern funktionieren. Das Büro ist leider auch geschlossen. Etwas ratlos stehen wir vor den Eingangstüren, der einzigen Verbindung zur Außenwelt, zwischen Grills und Gartenmöbeln. Uns dämmert, in welche Zwickmühle wir geraten sind.

»Die haben uns echt vergessen«, stellt Johann fest.

»Ich kann das gar nicht glauben. Die müssen doch nachsehen, ob der Laden leer ist, bevor sie schließen. Oder etwa nicht?«

»Natürlich sollten sie das, aber vielleicht hatten sie es eilig?«, mutmaßt Johann.

»Grmpf«, mache ich frustriert. »Das kann doch echt nicht wahr sein. Was machen wir denn jetzt?«

Johann starrt durch die Schiebetür auf den menschenleeren Parkplatz. »Keine Ahnung. Wir sind in einem Baumarkt eingesperrt. Das ist echt schräg.«

»Definitiv«, gebe ich zu. »Ob sie uns wohl suchen?«

»Dazu müssten sie uns erst vermissen. Bei meinem Vater kann das drei Tage dauern. Und bei dir?«

»Das geht sicher schneller, allerdings weiß leider nur die Oma, wo wir sind, zumindest ungefähr. Und ihr Gedächtnis ist nicht besonders zuverlässig.«

Johann gluckst. »Dann können wir es uns wohl gemütlich machen.«

Er hat recht. Im Moment können wir eh nichts ändern. Aber wie geht es meinen Kindern und Florian damit? Und Alex? Er muss glauben, ich gehe ihm aus dem Weg. Und was wäre, wenn er damit gar nicht so weit danebenliegt? Ein kleiner Teil von mir, gut verborgen hinter einer Mauer des Anstands, ist für den Aufschub sogar dankbar. Und das ist kein gutes Zeichen. Langsam wird mir klar, welche Konsequenzen unser Malheur haben könnte. Mit hängenden Schultern lasse ich mich auf einen der Gartenstühle plumpsen.

»Das ist gar nicht gut.«

»Natürlich werden sie sich Sorgen machen«, versucht Johann, mich zu beruhigen, ohne natürlich zu wissen, woran ich wirklich denke. »Aber deine Kinder sind versorgt, und spätestens morgen früh können wir alles aufklären. Wir haben sowieso keine Wahl. Außerdem sind wir nicht in einem Bergwerk eingesperrt, das jeden Augenblick einstürzen könnte.«

Ich lasse mich aus dem kleinen Jammertal ziehen. »Stimmt

auch wieder. Unsere Lage könnte dramatischer sein. Also höre ich auf, mir Sorgen zu machen.«

»Ganz genau. Und nun schauen wir mal, wie wir die nächsten Stunden rumkriegen.«

»Dafür brauche ich auf jeden Fall Wasser, ich habe nämlich Durst. Und wenn ich es recht überlege, habe ich auch Hunger.«

»Konkrete Wünsche erfülle ich sofort.« Johann hüpft aus der Hollywoodschaukel, in der er es sich gemütlich gemacht hat, und klatscht auffordernd in die Hände. »Natürlich nur, wenn es mehr gibt als Tierfutter. Oder was meinst du? Fischfutter als Vorspeise, Katzenfutter als Hauptspeise und Hundeleckerlis zum Nachtisch?«

Ich ziehe eine Grimasse und werfe einen letzten Blick hinaus. Bis auf Johanns Auto ist der Parkplatz leer. Als wären wir die letzten Menschen auf diesem Planeten nach einer stillen Apokalypse.

»Dass denen das Auto nicht aufgefallen ist«, sagt Johann, der meinem Blick gefolgt ist.

»Der- oder diejenige hat Mist gebaut. Das ist klar. Ärger gibt es auf jeden Fall.«

»Vom Arbeitgeber, ja, aber auch von uns? Würdest du sie anzeigen wollen?«

»Ich denke nicht. Du?«

»So ticke ich nicht. Es ist ja nicht wirklich schlimm, mit dir hier eingesperrt zu sein.«

»Nein, das ist es nicht.«

Ich entdecke etwas, das uns die Haft erleichtert. Triumphierend drücke ich die Lichtschalter neben der Eingangstür. »Voilà«, verkünde ich stolz, »es werde Licht.«

Johann nickt freudig. »Das ist großartig. Ich danke Euch, werte Lichtbringerin.«

»Du bist ein Spinner.«

»Nein, ich meine das ernst. Denn jetzt haben wir nicht nur Licht, sondern auch bessere Chancen, hier rauszukommen, wenn es dunkel wird. Vielleicht sieht jemand die Festbeleuchtung, und Hilfe kommt früher als erhofft.«

»Da ist was dran. Hoffen wir das Beste.«

An den Kassen finden wir Schokolade und Softgetränke, wenige Meter weiter steht eine Holzkiste mit Äpfeln. Ich bin froh, nicht hungern zu müssen, habe aber Bedenken. »Ist das nicht Diebstahl?«

»Du bist ja lustig. Darüber machst du dir Gedanken? Ich glaube kaum, dass wir Ärger kriegen, weil wir Hunger hatten.«

»Dann vielleicht einen Zuckerschock gepaart mit schlechtem Gewissen?«

Johann zückt seinen Geldbeutel. »Wir bezahlen natürlich, trotzdem bin ich gespannt, wie sie morgen darauf reagieren.« Er überschlägt kurz unsere Beute und legt einen Zehner auf das Kassenband. »Der Rest ist für Sie«, sagt er zu einem imaginären Angestellten.

Im Gartencenter entdecken wir einen Stand mit lokalen Produkten. Ich greife nach einer Flasche Holunderlikör und halte sie Johann unter die Nase.

»Und du meinst, das Likörchen rettet dich vor dem Verdurstungstod?«

»Quatsch«, antworte ich, »aber damit wird es lustiger.«

Ich gebe zu, die Sache beginnt, mir Spaß zu machen. Es ist eines dieser unverhofften Abenteuer, von denen man noch den Enkeln erzählt. Und welches Kind hat nicht davon geträumt, in einem Kaufhaus eingeschlossen zu sein? Im Grunde geht also ein Kindheitstraum in Erfüllung, auch wenn ein Baumarkt nicht meine erste Wahl gewesen wäre. Aber wenn das Glück nur dafür reicht, bitte schön, dann verbringe ich eben eine Nacht im Baumarkt. Und was bringt es, wenn ich mich gräme, weil die anderen sich sorgen? Ich klemme mir die Flasche unter den Arm und nehme zwei weitere in die Hand.

Johann zieht fragend eine Augenbraue nach oben, und ich stelle sie zurück.

»Du hast recht. Das wäre übertrieben. Außerdem sitzen wir an der Quelle und können jederzeit wieder einkaufen gehen.«

»Vergiss nicht zu bezahlen«, erwidert Johann trocken.

»Sollen wir jedes Mal an die Kasse gehen? Erstellen wir eine Liste, oder sammeln wir die Verpackungen? Die könnte man ja im Nachhinein scannen. Oder hast du einen besseren Vorschlag?«

Johann starrt mich mit eigentümlichem Blick an und fasst mir dann mit der flachen Hand an die Stirn. »Ich mache mir Sorgen. Ich dachte immer, ich bin überkorrekt und umständlich, aber du schlägst mich um Längen.«

»Sorry«, antworte ich zerknirscht. »Ich bin so schrecklich obrigkeitshörig und fühle mich, als würden wir stehlen. Es ginge mir besser, wenn wir alles dokumentieren würden.«

»Kein Problem.« Johann schmunzelt. »Du hast ja recht. Im Grunde denke ich genauso, würde allerdings nicht gleich einen Businessplan aufstellen.« Er sieht sich suchend um, geht zu einem Regal mit Blumentöpfen und zieht einen Kunststofftopf in Eimergröße heraus. »Voilà, hier ist der Bezahltopf.«

Im Gartencenter verwandeln wir ein hochpreisiges Gartensofa samt Tisch in eine Indoor-Lounge.

»Irgendwie ist das ja ganz witzig.« Ich beiße kräftig in einen Apfel, genieße den Saft, der aus dem knackigen Fruchtfleisch schießt, wenn ich darauf herumkaue, und nehme noch einen zweiten Bissen, ehe ich weiterrede. »Ich habe als Kind immer davon geträumt, in einem Kaufhaus eingeschlossen zu werden. Der Baumarkt ist wie eine abgespeckte Kopie dieses Traums. Obwohl, das *KdW* inklusive Feinkostabteilung wäre mir jetzt irgendwie lieber.«

»Du meinst, Bohrmaschinen auszuprobieren, ist nur halb so amüsant wie das Anprobieren von Abendkleidern und das heimliche Schlürfen von Austern?«

»Tja, auch wenn ich eine Handwerkerin bin, fände ich das definitiv reizvoller.«

»Ich habe übrigens auch immer davon geträumt, eingesperrt zu werden. Es war aber kein Kaufhaus.«

»Sondern?«

»Du versprichst, nicht zu lachen?«

Ich recke zwei Finger in die Höhe. »Ehrenwort.«

»In der Bücherei. Ich wollte immer in der Bücherei eingeschlossen werden.«

Ich grunze vergnügt. »Sorry, dass ich lachen muss. Ich lese ja auch gerne, aber das kann man doch auch wunderbar zu Hause.«

»Ich habe vor allem Sachbücher gelesen, oft parallel darin geblättert. Wir sind leider nur einmal in der Woche in die Bücherei gefahren, und man durfte nie mehr als zehn Bücher gleichzeitig ausleihen. Die hatte ich dann nach zwei, drei Tagen durch. Eine Nacht alleine in der Bücherei. *Das* war mein Traum.«

»Hattest du denn ein Spezialgebiet?«

»Nein, ich habe mich für vieles interessiert. Technik, Biologie, Natur, Kunst ... Aber die Architektur hat von Anfang an ihren Platz gehabt, und dahin bin ich immer wieder zurückgekehrt.«

Nachdem wir satt sind und uns zwei sehr gute Likörchen gegönnt haben, wird Johann aktiv.

»So, meine Dame, starten wir doch einen kleinen Rundgang durch dieses interessante Etablissement.«

Ich lupfe die Augenbraue. »Was schwebt dir vor?«

Johann grinst, steht auf, geht zu dem Regal mit den Blumentöpfen und wählt einen mittelgroßen schwarzen Keramiktopf aus.

»Mülleimer«, erklärt er knapp, schiebt unsere Apfelbutzen hinein und stellt ihn neben den Tisch. »Mitkommen«, fordert er mich auf und schreitet voran.

Etwas ratlos dackle ich hinterher.

»Erst der Job, dann das Vergnügen«, erklärt er und führt mich in die Bäderabteilung, wo er darauf besteht, dass ich die Inneneinrichtung meines zukünftigen Badezimmers aussuche. In der Klodeckelabteilung verweilen wir besonders lang.

»Ich brauche unbedingt einen mit Katze«, sage ich und deute auf ein Modell mit Kuschelkätzchen.

»Ich hätte eher auf die in Acryl gegossenen Muscheln getippt, aber die Katze ist natürlich auch stilvoll.«

»Hm«, mache ich nachdenklich, »da habe ich die Qual der Wahl, allerdings ist der da oben auch sehr hübsch.« Ich deute auf einen goldenen Klodeckel, und dann fangen wir an zu lachen.

In der Farbabteilung entwickeln wir ein Farbkonzept. Ganz in Ruhe breiten wir auf dem Boden Farbkarten aus, kombinieren, vergleichen und diskutieren. Am Ende habe ich eine Auswahl geschmackvoller Kombinationen aus hellen Farben und Naturtönen zur Hand.

Nach etwa einer Stunde haben wir genug von unserem Spiel, kehren zurück ins Gartencenter, und weil es dort mittlerweile zu kühl ist, packen wir unsere Sachen zusammen und suchen uns einen wärmeren Platz. In der Einrichtungsabteilung küren wir einen Stapel Kuschelteppiche zu unserem Lager. Direkt daneben steht ein Container mit Wolldecken. Zielsicher greife ich nach einer dunkelblauen Flauschdecke.

»Annika braucht sowieso mal eine neue. Sie schläft immer noch unter Lillifee, lange kann es nicht mehr dauern, bis sie die Nase voll hat.«

Johann entscheidet sich für eine dunkelgraue, und dann machen wir es uns auf den Teppichen gemütlich.

# Mehr als eine Wahrheit

Wir liegen auf dem Rücken, tief in die Wolldecken gekuschelt, und plaudern. Über Flauschdecken, die Bequemlichkeit von Teppichtürmen und über Hunde. Baumarktlampen sirren wie Zikaden in einer lauen Sommernacht. Der Tag war lang, die Worte werden weniger, die Stimmung ist schläfrig. Johann hat die Augen bereits geschlossen und schweigt. Zu gerne würde ich ein bisschen schlafen, aber ist es nicht seltsam, dies auf einem Teppichstapel mitten im Baumarkt zu tun? Doch warum mache ich mir wieder viel zu viele Gedanken?

»Darf ich dich mal was fragen?« Die Frage kommt unvermittelt, und ich bin sofort wieder wach.

»Aber ja«, antworte ich leichthin, ich versuche es zumindest, denn natürlich bin ich alarmiert. Zu Recht.

»Du und Alex. Ist das was Ernstes?«

Er erwischt mich auf dem falschen Fuß, aber eines weiß ich sofort. Leugnen ist zwecklos.

»Wer hat es dir erzählt?«

»Niemand, Elli«, sagt er, und sein Ton hat einen ungehaltenen Anstrich, der mich verwirrt. »Es ist ziemlich offensichtlich. Die Frage ist eher – wer weiß nicht davon?«

War ich so naiv? Wie konnte ich nur glauben, dass es ein Geheimnis bleibt? Wissen es auch meine Kinder? Habe ich es provoziert? Aber wenn es so wäre, was bedeutet das? Dass ich mir insgeheim eine Beziehung wünsche? Warum treiben mich Alex' Worte dann von ihm weg? Doch nur, weil ich möchte, dass alles bleibt, wie es ist. Unverbindlich ...

»Es ist ... na ja, nennen wir es unverbindlich.«

»Unverbindlich?« Johann kraust die Stirn, und seine Stimme geht ein bisschen nach oben.

»Es tut gut, und wir haben Spaß zusammen. Andererseits habe ich gerade erst ein neues Leben angefangen, die Vergangenheit hinter mir gelassen, und ich habe so viele Pläne! Die stehen einfach im Vordergrund. Alles andere ... ein Mann in meinem Leben ... das ist im Augenblick nicht so wichtig. Trotzdem ist es passiert – und ich genieße, ohne weiter darüber nachzudenken.«

»Aha.« Nichts weiter. Nur dieses *Aha*, das suggeriert: Ich glaube dir kein Wort. Aber es kommt noch besser.

»Denkt Alex genauso?«

Ich verziehe das Gesicht und entscheide mich für eine ausweichende Antwort. »Er weiß, dass eine feste Beziehung für mich nicht infrage kommt.«

»Und das akzeptiert er?«

»Er muss«, sage ich achselzuckend, »anders gibt es mich nicht, und das weiß er.« Der Satz kommt mit Nachdruck über meine Lippen.

Johann nickt verständnisvoll. »Was ist passiert, dass du so abwehrend auf Gefühle reagierst?«

Ich drehe mich augenblicklich auf den Rücken, anschließend auf die Seite. Weg von Johann. Ein dumpfer Schmerz tief in meinem Inneren schwingt, als hätte jemand eine verrostete Saite gezupft. Wieder einmal. Es nervt. Ich schließe die Augen, atme ihn mit starker Willenskraft weg und lasse nicht zu, dass der Schmerz gewinnt. »Es ist kompliziert«, sage ich schließlich, drehe mich um und sehe Johann an, der sich zu mir gedreht hat und mich aufmerksam beobachtet. Reden hilft. Das haben mir Rosi und Olga gezeigt. Es hat gutgetan, über meine Ehe zu reden. Und vielleicht hilft es ja wirklich, endlich damit abzuschließen. Um nur noch nach vorne blicken zu können …

Johann schweigt, die ganze Zeit. Er hat sich aufgesetzt, die Beine angewinkelt und zieht mit dem Zeigefinger Striche in den flauschigen roten Teppich.

»Hm, das ist keine schöne Geschichte«, sagt er schließlich. »Was für ein Idiot! Wenn ich mir vorstelle, das würde mir jemand antun.« Er schüttelt den Kopf. »Nein, ich glaube, das kann ich mir gar nicht vorstellen.«

»Ja«, sage ich nach einer kleinen Denkpause, eher zu mir selbst als zu ihm. »Ich konnte es mir auch nie vorstellen. Aber es ist passiert, und ich muss es abhaken. Doch so was passiert nicht zweimal, das sollte ich mir sagen. Auch wenn es sich leichter anhört, als es ist.«

Johann nickt verstehend.

Ich lächle. Wieder hat es gutgetan zu sprechen. Trotzdem habe ich nun genug von meiner eigenen Vergangenheit. Was läge also näher, als meine Neugier zu befriedigen?

»Nun denn, lieber Johann. Quid pro quo. Ich habe dir meine Geschichte erzählt, mich interessiert auch deine. Ich frage mich nämlich, ob es zwischen Alex und dir ein Problem gibt? Ihr wirktet beide angespannt, als ihr euch letztens auf dem Hof begegnet seid.«

Johann reagiert verhalten. »Findest du?«

»Ja. Ihr habt euch komplett ignoriert, und ich wette, es gibt eine Geschichte dazu. Also?« Ich habe mich inzwischen ebenfalls aufgesetzt und verschränke auffordernd die Arme.

Über Johanns Gesicht huscht ein Gesichtsausdruck, den ich nur schwer einordnen kann. Er wirkt fast gequält.

»Du musst es nicht erzählen«, sage ich hastig.

»Nein, nein, schon okay. Es ist mir nur unangenehm, dass es so offen zutage liegt.«

»Damit sind wir heute Abend immerhin schon zu zweit«, sage ich schmunzelnd.

Johann zupft nervös am Saum seiner Decke. »Es ist so lange her, und es ist albern, ihm das jetzt noch nachzutragen.« Er seufzt.

Ich verstehe ihn. Wie unangenehm war es mir, Justus von meinem Erlebnis mit Tina zu erzählen. Man kommt sich albern und kindisch vor und kann dennoch nicht aus seiner Haut. »Vor mir muss dir das nicht peinlich sein. Du kennst meine Erfahrungen mit Tina und kannst aufhören, deine Decke in ihre Bestandteile zu zerlegen.«

»Du hast recht.« Er atmet tief durch. »Wir waren in dasselbe Mädchen verliebt.«

Ich nicke verstehend. »Und das trägst du ihm immer noch nach, so wie ich die Sache Tina nachtrage.«

»Genau. Du darfst allerdings nicht vergessen, dass sie dich immer noch provoziert. Alex hat mir damals nichts getan und heute ebenfalls nicht. Zumindest nicht wissentlich. Trotzdem hängt es mir nach.« Er möchte noch etwas sagen, das merke ich, und auch, dass er stattdessen etwas anderes sagt. »Er wusste nicht einmal, dass ich in Aileen verliebt war. Sie war in meiner Klasse, und es hat Monate gedauert, bis ich mich überwunden habe, sie nach einem Date zu fragen. Ich war so stolz, als ich es endlich geschafft hatte. Meine Güte, ich erinnere mich an das Gefühl, als ob es gestern gewesen wäre. Sie hat tatsächlich Ja gesagt, und drei Tage lang war ich mir sicher, dass ich an diesem Abend zum ersten Mal ein Mädchen küssen werde.«

Er seufzt. Wieder. Die Aufregung des siebzehnjährigen Johann ist förmlich zu spüren.

»Und dann kam Alex?«

Er schnaubt durch die Nase. »Ganz genau. Und dann kam Alex. Zwei Jahre älter, gut aussehend, charmant und witzig. Er konnte sich die Mädels aussuchen, irgendeine war immer in ihn verknallt. Ich habe ihn um diese selbstverständliche Lässigkeit beneidet. Zumindest bis zu dem besagten Abend.«

»Das ist schrecklich«, sage ich und meine es auch so. Im Alter von siebzehn ist die Liebe gnadenlos.

Johann nickt. »Keine zehn Minuten waren wir da. Ich habe Getränke geholt und mir dabei Mut zugeredet, weil ich schon so weit gekommen war. Als ich zurückkam, tanzte Aileen mit Alex, hat mich den Rest des Abends über ihn ausgequetscht, dann waren sie zwei Monate lang ein Paar. Zwei Monate. Sie war für ihn nicht mehr als ein durchlaufender Posten und ich der Depp für die Mathehausaufgaben.« Er schaut mich an. »Das war *die* Geschichte.«

Ich verstehe ihn. Die Scham darüber, wenn ein anderer den Platz einnimmt, den man sich selbst erträumt. »Wusste Alex, dass du in sie verknallt warst?«

»Nein«, antwortet er ernsthaft.

»Aber warum hat Alex sich dann bei uns auf dem Hof so seltsam verhalten?«, frage ich, weil irgendwas nicht zusammenpasst.

»Weil es fünf Jahre später noch mal passiert ist, und davon weiß Alex sehr wohl.«

»Ach du liebes bisschen.«

Fünf Jahre später war Johann zum ersten Mal mit seiner Freundin zu Besuch bei seinen Eltern im Dorf. Er kannte sie aus dem Studium, seit einem halben Jahr waren sie ein Paar. Katharina lernte Alex dann auf einer Fasnachtsparty kennen, auf die sie mit Johanns Schwester gegangen war und die Johann wegen eines Magen-Darm-Infekts kurzfristig absagen musste.

»Das Ende ist schnell erzählt. Die beiden waren betrunken, meine Freundin vergaß zu erwähnen, dass sie einen Freund hat, und sie landeten im Bett. Am nächsten Tag machte sie Schluss und reiste ab. Als Alex mitbekam, dass er mit meiner Freundin geschlafen hatte, war ihm das natürlich unangenehm. Er hat sich entschuldigt, ich traue ihm trotzdem nicht. Ob das nun verständlich ist oder nicht.«

Johann hat sich in Rage geredet. Ich muss wieder an Tina denken und sage etwas hilflos: »Es hört sich so an, als könnten wir einen Klub gründen. ›Klub der irrationalen Kindheitstraumata‹. Die Geister der Vergangenheit schlafen wohl nie.«

»Ich weiß, es ist albern, aber deswegen waren wir wohl etwas reserviert. Außerdem ...« Er lässt dieses letzte Wort in der Luft hängen und schüttelt unmerklich den Kopf. »Auf jeden Fall passiert mir das nicht noch einmal«, sagt er mit Nachdruck.

»Warum sollte es auch?«, sage ich leichthin.

Johann dreht sich ohne Antwort wieder auf den Rücken.

Ich lege mich ebenfalls wieder hin, kuschle mich tief in die Wolldecke, und gemeinsam starren wir an die Decke. Kabelkanäle, Leuchten, Befestigungen für die Regale. Es ist eine Welt, die niemanden interessiert. Viel interessanter ist Johanns Geschichte, denn sie zeigt, wie die Vergangenheit auch in der Gegenwart nachwirkt. Ich horche in mich hinein. Geht es uns nicht allen gleich? Jeder trägt frühe Erlebnisse mit sich, die einen bis ins Erwachsenenalter verfolgen. Es sind kleine oder auch große Wunden, die uns als Kindern zugefügt werden. Und gemeinsam ist ihnen eins: Sie heilen im Grunde nie ganz, ein Rest bleibt als Ballast zurück.

Meine Gedanken schweifen ab. Johann ist ein freundlicher, ein sanfter Mensch. Es tut mir gut, mit ihm befreundet zu sein. Ich lächle unwillkürlich. Freundschaft. Ja, die wünsche ich mir. Und dann ist da Alex. Auch er tut mir gut, aber auf eine andere Weise. Er ist Ablenkung und ein bisschen Abenteuer, gutmütig und absolut frei raus. Zwei Männer sind in mein Leben getreten, und ich habe das zugelassen. Mit Vorsicht, doch es ist ein erster Schritt. Ich sollte mir das endlich eingestehen. Doch während ich bei Alex jedem Gedanken an die Zukunft aus dem Weg gehe, möchte ich mir eine Zukunft mit Johann als Freund sehr wohl vorstellen.

»Irgendwie finde ich es schön, mit dir hier eingeschlossen zu sein«, sagt er passend zu meinen Gedanken.

Ich drehe mich zu ihm und stütze meinen Kopf auf die Hand. Wir schauen uns an. Lange.

Es passiert etwas.

Mein Magen zieht sich zusammen.

Ich schlucke.

Und schaue weg.

Ablenkung muss her, sofort. Also setze ich mich auf, hüpfe vom Teppichstapel und gehe erst mal zur Toilette, die zum Glück nicht abgeschlossen ist. Auf dem Rückweg packe ich an der Kasse ein paar Minzbonbons ein, stelle mich in den Eingang und starre hinaus in die Nacht. Diese unverhoffte Zeit mit Johann ist wunderschön, aber auch anstrengend. Was war das gerade? Die Frage stellt sich wie von selbst, aber ich will gar keine Antwort darauf finden ... Auf der Straße vor dem großen Parkplatz fährt ein Auto vorbei – und mir schießt ein Gedanke in den Kopf.

»Wir sollten uns von innen vor den Eingang setzen«, sage ich bei meiner Rückkehr. »Dann kann man uns von draußen sehen, vielleicht fallen wir jemandem auf. Dem Wachdienst zum Beispiel.«

»Das ist eine geniale Idee.« Johann springt sofort darauf an. »Dass wir daran nicht früher gedacht haben. Aber wir brauchen eine Beschäftigung vor der Tür, damit wir in Bewegung sind und damit uns die Zeit nicht zu lang wird. Und ich weiß genau, welche!«

Er strahlt, als hätte es diesen Moment nie gegeben, nimmt mich an der Hand und zieht mich so eilig mit sich, als hätte er den Einfall des Jahrhunderts. Und den hat er.

»Malen«, rufe ich begeistert. »Das ist ja wohl die genialste Idee überhaupt.«

Wir stehen in der Bastelabteilung und suchen mit Hingabe zusammen, was wir brauchen. Staffeleien, Leinwände, Acrylfarben, Pinsel, Bleistifte.

»Das wird langsam teuer«, witzelt Johann. Zuletzt packt er einen Spitzer in die Hosentasche. »Weißt du, wie lange ich nicht mehr gemalt habe? Es ist ewig her. Dabei liebe ich es.«

»So geht es mir auch! Leider fehlt im Alltag die Ruhe.«

»Dann haben wir nun die einmalige Gelegenheit. Ruhig ist es, Zeit haben wir im Überfluss und die perfekte Ausrüstung sowieso.«

Wir tragen unsere Ausbeute zum Eingang, bauen die Staffeleien davor auf und legen Farben, Pinsel und Stifte bereit. Es bleibt nicht unentdeckt, dass wir sie beide nach Größe sortieren, und ich frage ihn, warum er das macht.

»Wegen der Übersicht. Ich brauche Ordnung. Sonst kann ich nicht arbeiten.«

»Du stehst hier neben jemandem, der dich voll und ganz versteht«, erwidere ich amüsiert, »es ist ein Ritual.«

»Genau«, entgegnet Johann überschwänglich. »Die äußere Ordnung schafft eine innere Ordnung, und man kann sich besser fokussieren.«

Wir lächeln uns an. Wieder einmal haben wir eine Gemeinsamkeit gefunden.

»Und, was malen wir?«

»Keine Ahnung. Fangen wir einfach an.«

Wir stellen Leinwände auf die Staffeleien, die einander gegenüberstehen, und legen los. Eine Zeit lang arbeiten wir schweigend, doch eines ist sofort klar: Wir wissen beide, was wir tun. Johann entscheidet sich für die Seenlandschaft einer Werbung für Klimageräte und zeichnet mit einem Bleistift die Konturen. Ich lasse meinen Blick durch die Umgebung schweifen und male schließlich das, was vor mir steht – Johann hinter der Staffelei, versunken in sein Tun.

»Wie bist du zum Malen gekommen«, frage ich, während ich meinen Pinsel sorgfältig in einem Eimer auswasche, den wir spontan bei den Baumaterialien gekauft haben. Unsere Rechnung füllt langsam Seiten.

»Es fing mit Grundrissen an. In der sechsten Klasse hat mir jemand gezeigt, wie das geht. Von da an ließ es mich nicht mehr los. Ich habe Unmengen an Taschengeld für Millimeterpapier ausgegeben. Ein, zwei Jahre später habe ich dann das freie Zeichnen und schließlich das Malen für mich entdeckt.«

»Also war dein Berufswunsch schon relativ früh klar, oder?«

»Das stimmt. Als ich darüber nachdenken musste, was ich mit meinem Leben anstelle, lag er auf dem Silbertablett vor mir.«

»Und? War es die richtige Entscheidung?«

»Nun ja, manchmal fehlt mir das Kreative. Es gibt einfach zu viele Vorschriften. Aber grundsätzlich bin ich zufrieden und habe meine Nische gefunden. – So, jetzt du. Wieso wird man Polsterin?«

Ich tunke einen feinen Pinsel in hellbraune Farbe und beginne mit den Konturen der Staffelei. Johanns halbes Gesicht, das ich bereits grob gezeichnet habe, werde ich später malen. Ich muss mich erst aufwärmen. »Nun, ich hatte überhaupt keine Ahnung, was ich nach dem Abi machen sollte. Nur lernen wollte ich nicht mehr. Es war kurz vor dem mündlichen Abitur. Biologie. Ich bekam den Stoff einfach nicht in den Kopf. Dann habe ich zufällig eine Doku gesehen, in der eine Polsterin einen alten Sessel neu bezogen hat. Ich habe mir mein schäbiges Sofa in meinem Zimmer angeschaut und dachte: Wie wunderbar wäre es, es einfach neu zu beziehen, wenn man es nicht mehr mag! Ich habe immer gerne gewerkelt, war sofort Feuer und Flamme und habe mir einen Ausbildungsplatz gesucht.«

»Super, das war ein klassisches Aha-Erlebnis. Wir haben also beide einen Beruf ergriffen, für den unser Herz schlägt.«

»Du hast recht. Ich liebe meinen Beruf.«

»Und was magst du besonders?«

»Stühlen, Sesseln und Sofas ein neues Leben zu schenken. Ich liebe die Verwandlung von etwas Altem, Abgenutztem in etwas Neues. Und ich liebe die beiden Materialien Holz und Stoff, die ich gerne berühre, ich mag die unterschiedliche Haptik. Allein die Auswahl an Stoffen, die mir zur Verfügung steht! Ich bin gefordert, auch weil die Kunden sehr verschieden sind. Und ich arbeite am liebsten allein.«

»Das sind wirklich viele Gründe, deinen Job zu lieben.«

Ich lache hell auf. »Das ist mir auch gerade aufgefallen.«

Schweigend arbeiten wir weiter. Die Konturen stehen, nun *male* ich Johann. Von der Nase an aufwärts, denn mehr sehe ich von ihm nicht. Seine blauen Augen. Die Augenbraue, die auf der linken Seite einen kleinen Knick hat. Die randlose Brille. Die Haare, akkurat gescheitelt. Sorgfältig mische ich die verschiedenen Farbtöne und male. Johann ist ein Mensch für den zweiten Blick. Präsent und unaufdringlich, verlässlich und geduldig. Und mit einem feinen Gespür für Stimmung und Atmosphäre.

Ich setze den letzten Pinselstrich und schaue auf. Anscheinend war ich so konzentriert, dass ich gar nicht mitbekommen habe, wie Johann mir von seiner Staffelei aus Zeichen macht. Eine gewisse Ungeduld liegt in der Luft. So viel zu meiner Charakterstudie.

»Ist was passiert?«

Er schmunzelt, deutet auf meine Staffelei und sagt: »Ich möchte endlich sehen, was du so konzentriert gemalt hast.«

Plötzlich ist es mir unangenehm, ihn gemalt zu haben. Was, wenn es ihm nicht gefällt?

»Zeig du zuerst«, sage ich.

Natürlich sträubt Johann sich ebenfalls.

»Dann auf drei zusammen«, schlage ich vor.

Wir nicken, zählen gemeinsam und drehen die Staffeleien um.

»Ich würde sagen, wir spielen in derselben Liga«, stellt Johann anerkennend fest.

»Allerdings«, entgegne ich.

Wir bewundern gegenseitig unsere Bilder. Johanns Landschaft besitzt eine Tiefe, die man in der kurzen Zeit erst mal hinkriegen muss.

»Wahnsinn, das hast du in zwei Stunden gemalt?«

»Du brauchst dich aber auch nicht zu verstecken. Toller Malstil. Allerdings ...« – er macht eine strategische Pause und holt tief Luft, ich mache mich auf massive Kritik gefasst – »... sehe ich ein bisschen aus wie der Nachbar aus der Serie *Hör mal, wer da hämmert*, den sieht man auch immer nur halb.«

Ich fange schallend an zu lachen. »Dann fehlt dir noch der Schlapphut. Das können wir gerne nachholen.« Ich schnappe mir einen Pinsel und tunke ihn großzügig in braune Farbe. Weil ich mir das Bild nicht verschandeln will, umrunde ich spontan die Staffelei, gehe auf Johann zu und tue, als wolle ich ihm den Hut direkt auf den Kopf malen. Er greift nach meinem Arm und hält ihn fest. Ich versuche mich zu befreien, doch er will mich nicht loslassen, fasst nach und umschließt mich schließlich mit beiden Armen. Sein Blick irritiert mich zutiefst. Sekundenlang verharren wir wie in einem Standbild, als wüssten wir beide nicht, wie wir dorthin gekommen sind, dann senkt sich sein Kopf ...

Und dann ...

... klopft es an der Scheibe.

Wir fahren auseinander und schauen in die Gesichter von Florian, Annika, Justus – und Alex.

## Es ist kompliziert

Hektisch schließe ich die Haustür auf, stelle den Korb mit den Einkäufen auf den Küchentisch, verstaue die gekühlten Lebensmittel und rufe nach Annika. Wir haben einen Termin beim Kieferorthopäden, die Schlange an der Kasse im Supermarkt war endlos, und ich bin müde. Es war weit nach Mitternacht, als wir von unserem Baumarktausflug nach Hause zurückgekehrt sind, und ich konnte lange nicht einschlafen.

»Annika!«

Wo ist sie? Etliche Male habe ich sie an den Termin erinnert, aber sie ist mit den Gedanken im Moment woanders. Der Einkaufskorb ist ausgeräumt, ich schnappe mir Tasche und Wagenschlüssel und finde meine Tochter in der Polsterei. Es gibt eine Kammer, in der Ludwig früher Sachen verstaute, die nur selten gebraucht wurden. Ich habe sie bisher nicht angerührt, weil die Werkstatt groß genug ist. Aber genau dort kramt Annika herum.

»Annika, ich habe doch gesagt …«

»Ich bin fertig, Mama. Guck. Schuhe an, Hose und T-Shirt. Wir können sofort fahren.«

Zähneknirschend erspare ich mir jeden weiteren Kommentar. »Wonach suchst du überhaupt?«

»Ich brauche ein neues Projekt. Irgendwas, was ich mit Antonia machen kann. Ich habe mich viel zu lange nur um Penelope gekümmert, ich muss auch mal wieder was anderes machen.« Sie hievt eine Art Staubsauger aus der Ecke. »Was ist das?«

Ich sehe mir das Ding genauer an. »Ich glaube, das ist Onkel Ludwigs Metalldetektor. Komm, wir müssen jetzt fahren. Du kannst nachher weiterkramen.«

»Cool. Meinst du, der funktioniert noch?«

»Kann schon sein«, antworte ich kurz und knapp und scheuche sie zum Auto.

Während ich im Wartezimmer warte, schweifen meine Gedanken zwangsläufig ab. Natürlich. Noch kann ich nichts von dem, was im Baumarkt geschehen ist, einordnen. Was waren das für Gefühle, die da plötzlich aufploppten? Waren es überhaupt Gefühle? In welche Bredouille bin ich da nur geraten? Ich denke an Alex' Ausdruck in den Augen und an den von Johann. Diese Geschichte im Baumarkt und die Rettung, die wir letztendlich doch noch Hannelore verdankten, hat meine Gefühlslage weiter verkompliziert.

»Eigentlich haben wir uns keine Sorgen gemacht«, erzählte mir Florian, nachdem alle anderen im Bett waren und ich ihn endlich für mich alleine hatte. »Ich glaube, jeder dachte, du wärst bei Alex. Aber der stand irgendwann auf dem Hof. Und du kamst einfach nicht wieder. Also haben wir Johann angerufen, danach seinen Vater. Der meinte, ihr seid zusammen unterwegs. Alex hat überprüft, ob es Unfälle gab. Wir haben uns die wildesten Theorien überlegt. Schließlich ist Hannelore kurz vor dem Schlafengehen doch noch eingefallen, wo ihr hinwolltet. Erst konnten wir uns keinen Reim darauf machen, aber dann sind wir auf Alex' Vorschlag einfach die Baumärkte der Reihe nach abgefahren in der Hoffnung auf ein Lebenszeichen. Beim dritten waren wir ja dann erfolgreich.«

Ich höre nur mit halbem Ohr zu. *Alex.*

Was denkt er nun von mir? Traurig hat er ausgesehen, als er vor der Glastür stand, und danach gab es keine Gelegenheit, mit ihm zu sprechen. Ich habe ihn gleich zweimal enttäuscht und könnte jede Reaktion verstehen. Und Johann? Das kann ich überhaupt nicht einordnen. Ein Windstoß hat Schmetterlinge aufgewirbelt, doch ich weiß nicht, ob es nur ein laues Lüftchen war oder mehr. Hat mich der Mensch für den zweiten Blick tatsächlich derart verwirren können? Im Moment weiß ich nur, dass vor mir ein Wollknäuel liegt, das weder Anfang noch Ende hat, und ich bin zu müde, um darüber nachzudenken.

Auf der Rückfahrt lenkt mich die Plauderei mit Annika ab. Sie bekommt in einigen Wochen eine feste Zahnspange und schwankt zwischen Freude und Angst. Was, wenn es wirklich am Anfang so wehtut, wie alle sagen? Wie wird sie aussehen? Doch sie freut sich auf das Ergebnis – gerade Zähne – und fragt mich über meine Zahnspangenerlebnisse aus.

Auf dem Hof schnappe ich mir Fuchur und Penelope und verziehe mich in den Wald. Einatmen. Ausatmen. Einatmen. Ausatmen. Und wieder kreisen die Gedanken. Sie wirbeln in einem Strudel, viel zu schnell, um auch nur einen davon zu fassen. Zwei Stunden bin ich unterwegs. Ich genieße die warme Luft, das Summen und Zwitschern, die Motive. Der Eierautomat an der Zufahrt eines Bauernhofes beispielsweise, die Herde Shetlandponys mit ihren Fohlen oder der Baumstumpf, der für durstige Wanderer zur Trinkstation umfunktioniert wurde. Die Wanderwege sind mit Bedacht geplant, und es macht Spaß, die verschiedenen Stationen und Rastplätze zu erreichen. Bunt bemalte Bänke, Holzliegen, und in der Nähe einer Vesperstube gibt es sogar eine Schaukel aus knorrigem Fichtenholz.

Ja, es ist ein schönes Fleckchen Erde!

Von Weitem sehe ich Johann und Renate. Mein Herz klopft schneller, als es sollte. Kurz überlege ich, einen Umweg zu nehmen, um ihm jetzt nicht zu begegnen. Aber das wäre albern. Also laufen wir einander entgegen, und ich bin froh um die Hunde und ihr übliches Freudentänzchen. So kann ich seinem Blick erst einmal ausweichen, bis wir einander gegenüberstehen.

»Hi«, sage ich hölzern.

»Hi«, sagt er und klingt genauso.

»Ich wollte mich schon melden, aber ich musste erst nachdenken.«

Wir sagen es gleichzeitig und müssen beide darüber schmunzeln.

Johann rückt seine Brille zurecht »Hm, das ist gut. Dann denken wir beide darüber nach, und dann –«

Ich unterbreche ihn. »Ja, finde ich auch. Dann reden wir, wenn wir nachgedacht haben.«

Wir schauen uns an, beide ohne Worte.

»Wo gehst du lang?«, frage ich das Einzige, was mir einfällt.

»Ich wollte mit Renate den Weg zurück ins Dorf nehmen.«

»Ich gehe hier weiter.«

»Es war schön, dich getroffen zu haben.«

»Das war es«, antworte ich, nicke und gehe.

Als Johann und Renate nicht mehr zu sehen sind, setze ich mich auf die nächste Bank. Der Ausblick ist großartig, fast senkrecht schaue ich auf einen Bauernhof hinunter. Ich sehe die Kühe auf der Weide, den Traktor auf dem Hof und Katzen, die umherstromern. Die Sicht von oben ist eine andere, und weil das auch meine Sicht verändert, nehme ich mein Telefon und rufe Alex an. Zwei Anrufe und zwei Textnachrichten habe ich ignoriert.

»Schön, dass du anrufst.«

»Ja, es tut mir leid, ich war sehr beschäftigt.«

Stille.

»Beschäftigt? Mit Johann oder was?«

Ich merke, dass ihm dieser Satz rausrutscht, und reagiere trotzdem falsch. Ich lache. »Wie kommst du denn auf die Idee?«

Stille.

»Elli, die Umarmung ...«

»Alex, das war doch nur ein Spaß. Wir haben gemeinsam gemalt und rumgealbert, und er hat mich festgehalten. Dann waren da plötzlich eure Gesichter. Ich habe den Schreck meines Lebens bekommen.« Ich lache wieder.

Ja, ich weiß, ich begehe einen Fehler. Ich lüge Alex an und hintergehe damit nicht nur ihn, sondern auch mich selbst. Ich werde es bereuen, das weiß ich, aber wie kann ich etwas beichten, das ich nicht in Worte fassen kann?

»Gut. Akzeptiert. Wann sehen wir uns? Ich habe mir Sorgen gemacht, wir müssen sprechen.« Er sagt es vorsichtig.

»Das weiß ich, und es tut mir leid. Wirklich. Morgen haben wir ein paar Handwerkertermine. Ich weiß noch nicht genau, wann die sind. Ich melde mich, sobald ich mehr weiß. Okay?«

»Lass dir nicht zu viel Zeit«, sagt Alex.

Wir verabschieden uns, ich stecke das Handy in die Hosentasche, stütze meinen Kopf in die Hände. »Was tue ich hier nur?«, frage ich die Hunde, mich und den Schwarzwald.

Ich muss mit jemandem reden, wirklich reden. Jutta wandert schon seit einer Woche mit ihrer Schwester durch die Alpen und ist leider nur sporadisch erreichbar. Doch ich brauche schnellen Rat. Jetzt!

»Zwei Männer. Den einen mag ich, in den anderen bin ich ... nennen wir es ... *verknallt*.«

Mit der Mistgabel verteilt mein Bruder frisches Stroh im Besucherbereich des Kaninchenstalls. Ich habe ihn auf der Suche nach einem Zuhörer im Stall aufgetrieben. Florian stützt sich mit beiden Armen auf sein Arbeitsgerät. »Ich bin ganz Ohr. Schön, dass du es endlich kapiert hast.«

Ich verziehe das Gesicht. »Ja, ich habe es *kapiert*. Aber ich weiß trotzdem nicht, was ich machen soll. Ich weiß ja nicht einmal, was ich denken soll.«

»Und du meinst, dein großer Bruder kann dir helfen? Dann erzähl mal.«

»Bisher war alles gut. Eine Freundschaft mit Johann und eine lockere Affäre mit Alex.«

Florian lupft eine Braue.

»Jaja, ich weiß, aber Alex wusste, worauf er sich einlässt. Nun allerdings will er mehr, eine feste Beziehung. Und dann gab es diese etwas seltsame Situation im Baumarkt. Mit Johann. Und nun? Bin ich verwirrt.« Ich schnaufe frustriert durch die Nase.

»Hm, was soll ich dir da raten, Schwesterchen?« Er fährt sich durch die Haare. »Wenn du keine Beziehung willst, ist es doch ganz einfach. Dann lass es. Wenn du eine willst, hast du natürlich ein Problem, wenn du auch noch Johann mit ins Boot holst.«

»Das ist es ja gerade! Es reicht doch, dass ich mir die Beziehungsfrage stellen muss. Doch dann kommt diese Baumarktgeschichte. Warum? Das ist doch irrwitzig. So habe ich das nicht geplant.«

»Das Leben kann man eben nicht allumfassend planen.« Florian stellt die Gabel in die Ecke und lässt sich auf einem Strohballen nieder. Pogo steht hinter ihm und beobachtet ihn genau. »Ganz nüchtern betrachtet ...«

»Ja?«

»... solltest du damit aufhören, dich bewusst für irgendeinen Beziehungsstatus entscheiden zu wollen. Du wirst eine Beziehung haben oder auch nicht. Mach dich endlich frei von selbst gewählten Zwängen. Den Rest muss dein Herz entscheiden. Lass erst mal alles, wie es ist, und gib dir die Zeit. Auch wenn das für die Männer blöd ist. Die müssen halt auf die Antwort eines dreiundvierzigjährigen Backfischs warten.«

»Du Schuft!« Ich schnappe mir eine Fuhre Stroh und werfe sie ihm über den Kopf.

Lachend befreit er sich davon. »Ich habe es verdient, aber das war es wert. Du lachst wieder.«

»Danke«, sage ich, »auch für deinen Rat. Kein Zwang. Geduld. Und ein sprechendes Herz. Es ist ein erster Schritt.«

»Auch der weiteste Weg beginnt mit einem ersten Schritt«, sagen wir gleichzeitig und lachen erneut. Das war Tante Käthes Spruch, auf den immer eine Aufgabe folgte, die garantiert mühsam und langwierig war.

Roswitha sitzt in ihrem Vorgarten. Die Töpferscheibe steht im Schatten einer Birke, ein Kabel schlängelt sich durch saftig grünes Gras. Die Staudenbeete stehen in voller Pracht, überall summt und brummt es. Es ist Juni, und der Frühling schickt sich an, endgültig in den Sommer überzugehen. Die Oma sitzt im Lehnstuhl, die kurzen Beine, die unter einem blumigen Kleid hervorlugen, auf einem Bänkchen drapiert, und ribbelt etwas gestricktes Rotes auf. Sie wirkt zufrieden, und das freut mich für sie.

»Das ist eigentlich nicht schwer«, sagt Roswitha, nachdem ich mir alles von der Seele geredet habe. Wie Florian wusste sie längst Bescheid. Und meine Kinder? Wissen sie es auch?

»Dein Herz sollte wissen, was es will.« Roswitha wischt sich die Hände mit einem tonverschmierten Küchenhandtuch ab und schenkt uns Apfelsaft nach.

»Das hat Florian auch gesagt. Aber wie finde ich das heraus? Ich habe plötzlich für beide Gefühle. Für zwei Männer, die so unterschiedlich sind. Was meine Gefühle nicht interessiert, denn die fahren munter Achterbahn. Doppelgleisig. Alles geht durcheinander. Ich finde keinen Anfang.«

Roswitha schüttelt den Kopf, löst mit einem langen, breiten Messer die Schüssel von der Tonscheibe, die sie inzwischen fertiggestellt hat, und platziert sie vorsichtig auf einem Holzbrett. Dann nimmt sie einen neuen Klumpen Ton und beginnt von vorne.

Hannelore legt ihre Arbeit in den Schoß. »Also, wenn du mich fragst, solltest du beide zum Teufel jagen. Deinen Spaß hast du gehabt, jetzt wird's kompliziert.« Und dann kichert sie wie eine Hexe in sich hinein.

»Es ist zumindest eine Lösung, zu der man kommen kann«, sagt Roswitha, und Hannelore nickt zufrieden.

»Es gibt natürlich noch eine andere.« Roswitha schmunzelt. »Aber ich denke, eine Ménage-à-trois kommt für dich eher nicht infrage.«

»Sicher nicht«, sage ich mit einem amüsierten Kopfschütteln.

»Dann bleibt die Lage eben erst mal so verzwickt, wie sie ist. Keiner kann von dir eine Entscheidung verlangen. Natürlich darfst du nicht vergessen, dass die Männer ihre eigenen Ansichten haben. Und wenn du zu gar keinem Ergebnis kommst, ist Hannelores Ratschlag tatsächlich nicht der schlechteste.«

Ich ziehe mich in die Werkstatt zurück. Um zu arbeiten und nachzudenken. Probleme werden kleiner, wenn die Hände beschäftigt sind. Die Gedanken sind träger, sie lassen sich mehr Zeit, weil ein Teil des Gehirns in die Arbeit vertieft ist. Ein neuer Bezug liegt zugeschnitten auf dem Arbeitstisch und muss zusammengenäht werden. Das Nähen ist eine meiner liebsten Aufgaben. Ich setze mich an die Nähmaschine und will gerade anfangen, als ich über mir Geräusche höre. Justus ist da. Spontan erklimme ich die Stiege und klopfe an seine Tür.

Er sitzt vor seinen Monitoren und dreht sich zur Begrüßung nur kurz um. Auf einem der Bildschirme sieht man sein Instagram-Profil, und ich frage, ob ich es mir ansehen darf.

»Na klar. Schau mal hier, der Beitrag mit Fotos von meiner Kommandozentrale schießt durch die Decke.«

»Das freut mich für dich. Die ist aber auch wirklich megacool.«

»*Megacool*. Klar, Mama. Es ist immer putzig, wenn du jung klingen willst.«

»Ich will nicht *jung* klingen. Wir hatten auch unsere Zeit. Ihr habt das Rad nicht neu erfunden, ihr entwickelt es höchstens weiter.«

»Gute Argumentation, megacoole Mama. Was kann ich für dich tun?«

»Ich wollte nur mal nach dir schauen.«

»Mir geht's gut.«

»Das ist schön. Bringst du Luisa eigentlich noch mal mit? Würde mich freuen.«

Justus sieht mich mit zusammengekniffenen Augen an. »Ich kann Luisa gerne mal wieder mitbringen, aber du willst eigentlich was anderes.«

»Nein, nein.«

»Ach, Mama, wir sind nicht blöd. Du bist sehr merkwürdig, seitdem wir dich aus dem Baumarkt befreit haben. Und über Alex könntest du langsam auch mal mit uns reden. Also bitte. Ich höre zu.«

»Hm, du hast ja recht«, sage ich seufzend, auch weil mir nicht klar war, dass ihr Wissen so konkret ist. »Ich hätte wissen müssen, dass ihr etwas merkt. Doch es war mir unangenehm, verstehst du das?«

»Was? Dass du Alex triffst, oder dass Johann mit im Rennen ist?«

»Dass ihr euch überhaupt mit meinen Gefühlsduseleien beschäftigen müsst«, antworte ich zerknirscht.

»Wir sind nicht mehr klein, und wir sind realistisch. Annika findet es sogar ein bisschen romantisch, dass du verknallt bist. Aber sag ihr das bitte nicht.« Er grinst.

Ich halte den Zeigefinger verschwörerisch an die Lippen. »Und du? Wie findest du es?«

»Ich finde, es wird Zeit«, sagt er achselzuckend. »Du denkst meist an andere, du kannst gerne auch mal wieder an dich denken. Und vergiss Papa, er ist es nicht wert.«

Wie immer, wenn meine Kinder solche Sätze sagen, wird mein Herz schwer. »Ach, Justus«, sage ich, »du bist ein toller Sohn. Ihr seid tolle Kinder.«

»Und genauso schräg wie ihre Mutter.«

Ich protestiere lachend.

»Und was die Bredouille angeht, in der du scheinbar steckst – es reicht, wenn du uns das Endergebnis mitteilst.«

Kopfschüttelnd verlasse ich die Kommandozentrale. Er sollte ein Schild haben, denke ich, als ich die Tür schließe. Etwas Getöpfertes? Nein, das ist nicht passend. Ich werde mir etwas anderes einfallen lassen.

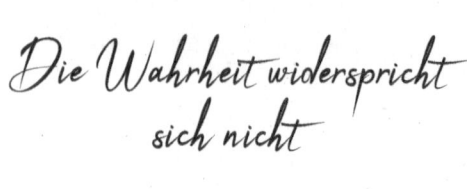

# Die Wahrheit widerspricht sich nicht

Seit einigen Tagen ist unser gemütlicher Schwarzwaldhof eine Baustelle. Lieferwagen spucken jeden Morgen Männer und auch die eine oder andere Frau aus, wie ein kleiner Ameisenstaat bevölkern sie unseren Hof. Lastwagen bringen Baumaterial und schweres Gerät. In der ersten Bauphase werden die Tenne und der Stall umgebaut, in sechs Monaten ziehen wir schon in unsere Wohnungen, dann ist das Haupthaus dran. In zehn Monaten soll alles über die Bühne sein – und der Wolkenhof kann seine Pforten öffnen.

Heute Morgen sind wir für eine Besprechung mit dem Bauleiter zusammengekommen. Immer wieder müssen Entscheidungen getroffen werden. Mitten in der Diskussion um den Austausch eines wichtigen Stützbalkens in der Tenne ruft Johann an. Ich gehe ran, weil ich mit einer fachlichen Frage rechne, aber er möchte mit mir reden. Ehe ich nachdenken kann, sage ich zu.

Ein Picknick. Damit habe ich nicht gerechnet. Als Johann eine gute Stunde später unter einer Weide am Bach die rot-weiße Decke ausbreitet, schwant mir, dass meine Zusage ein Fehler gewesen sein könnte. Viel zu sehr erinnert mich das an den Ausflug mit Alex. Ich will diesen Vergleich nicht, und auch nicht dieses Ambiente.

»Kann ich irgendwas tun?«, frage ich trotzdem.

»Du darfst dich in den Schatten setzen und dir einen Sekt geben lassen. Mehr ist heute nicht erlaubt.« Johann kniet vor seinem Rucksack und bringt eine vor Kälte beschlagene Flasche Sekt zum Vorschein. Er wirkt nervös. Er redet schnell und viel.

»Um zehn Uhr morgens?«

»Wer macht uns Vorschriften?«, fragt er, wickelt zwei Sektgläser aus einem Küchentuch und reicht sie mir. Umständlich entfernt er den Korken, schenkt uns ein und stellt die Flasche beiseite. Mit einem »Uff« lässt er sich neben mir auf die Decke plumpsen. »Jetzt bin ich da. Endlich. Prost, Elli.«

Wir stoßen an, lächeln etwas verlegen, nippen an unseren Gläsern. Dieser Ort umhüllt mich mit Lieblichkeit. Der Bach gluckert träge und fröhlich zugleich. Die tief hängenden Äste der Weide werden von einem sachten Wind geneckt. Als wäre sie allein dafür geschaffen worden. Wir sind Statisten in einem Gemälde der Romantik, und es ist diese Idylle, die mich träge und milde macht.

»Also gut«, sage ich und leere das Sektglas in einem Zug. »Warum sitzen wir hier?«

Johanns Augen lächeln, dann wird sein Blick ernst. Er leert sein Glas ebenfalls, nimmt mir meines aus der Hand und stellt beide neben seinen Rucksack.

»Das hier ... ist nicht einfach für mich. Ich verdränge Dinge lieber, das ist oft leichter, als darüber zu sprechen, bringt einen im Leben aber nicht weiter. Und in Beziehungen auch nicht.«

Ich nicke wissend.

»Haben sich deine Gefühle geändert?«, fragt Johann in meine Gedanken hinein und nestelt an den Verschlüssen seines Rucksacks.

Seine Frage überrascht mich. Sie ist ... direkt. Meine Finger streichen über tanzende Lichtflecke, die es durch die Zweige der Weide schaffen. Sie beschäftigen die Hände, während Gedanken zu Worten werden. »Ich weiß es nicht, Johann. Es ist mir alles zu viel. Meine Ehe, mit der ich noch nicht abschließen konnte, Alex, du ... Es ist schwer, das alles voneinander zu trennen.«

Johann nickt. »Verstehe.«

Ich sollte ihn nun fragen, wie es bei ihm ist, welche Gefühle er hat, doch etwas hemmt mich. Wenn er es ausspricht, wird es real. Aber es wäre nicht fair nicht zu fragen. »Und was ist mit deinen Gefühlen?«

Als hätte er schon lange auf diesen Moment gewartet, haspelt er los. »Anfangs warst du wie eine alte Freundin, mit der man nach ein paar Minuten da anknüpft, wo man vor Jahren aufgehört hat. Es war vertraut und entspannt. Dazu kommen die gemeinsamen Beratungen für euren Umbau, die mir großen Spaß machen, Vertrauen hergestellt haben. Und dann ... Ja, dann hat sich das irgendwann geändert. Die Gefühle, meine Gefühle. Im Baumarkt wurde mir das klar.«

Ich nicke und sage etwas, was ich eigentlich gar nicht sagen möchte. »Und plötzlich sind Schmetterlinge losgeflogen, und es war, als hätte jemand alle Lampen angeknipst. Mit einem Mal war alles heller und wärmer.«

»Ganz genau.« Johann nickt eifrig. »Ich habe es auch bei dir bemerkt. Schon auf dem Teppichstapel, und dann natürlich vor der Tür. Als wir malten und plötzlich ...«

»... die Gesichter im Dunklen erschienen. Meine Güte, erst habe ich mich zu Tode erschrocken, dann bin ich im Boden versunken.«

»Ja, das war wirklich peinlich, aber ...«

»... trotzdem schön«, sage ich leise, und wir gönnen uns einen kleinen Blick und eine Sekunde der Stille.

Dann wechsle ich in den Schneidersitz, richte mich innerlich auf. Die Situation ist angenehm und unangenehm zugleich. Ich brauche einen Ausweg, sonst ... »Vielleicht ist es ja so was Ähnliches wie das Stockholm-Syndrom. Wir waren zusammen eingesperrt, aufeinander angewiesen, und diese Abhängigkeit verwechselt das Gehirn mit Emotionen. Zumindest mir ist das passiert, glaube ich.«

Johann guckt verdutzt. »Stockholm-Syndrom, aha. Das heißt, das müssen wir jetzt nur aus dem Kopf kriegen, und der ursprüngliche Zustand ist wiederhergestellt?«

Ich bin für den Moment zufrieden. Mein Erklärungsversuch bietet einen Ausweg. Natürlich entgeht mir nicht Johanns Blick, der inzwischen Skepsis spiegelt. Auch deshalb möchte ich dieses Gespräch nicht weiterführen. Also springe ich auf, entschuldige mich in die Büsche, lasse mir Zeit zum Durchatmen und klage über einen riesigen Hunger, als ich zurückkehre.

Es gibt Käse, Baguette, Weintrauben, Sekt und Cracker. Mir schmeckt's, ich merke, wie ich mich langsam entspanne und leichtere Themen anschneide. Wir kommen ins Plaudern, und als wir den letzten Rest verdrückt haben, legen wir uns wohlig satt auf den Rücken, schließen die Augen und lassen Sonnenflecken über unsere Gesichter tanzen.

»Das Problem ist«, sagt Johann in das friedliche Naturkonzert hinein, »dass deine Theorie leider nicht auf mich zutrifft. Und ich mir trotzdem viele Dinge vorstelle, die so gar nicht angemessen sind.«

Ich bin schlagartig hellwach, rege mich jedoch keinen Millimeter. Mein Herz klopft gegen die Brust. »Was für Dinge?«, frage ich vorsichtig.

Johann zögert. »Nun ja, Dinge eben. Entschuldige, ich hätte das nicht sagen dürfen.«

»Wir waren offen zueinander. Sei es weiterhin.«

Er atmet tief durch. »Ich würde dir zum Beispiel gerne die Haarsträhne aus dem Gesicht streichen, die dir um die Nase weht. Das muss doch kitzeln.«

Reflexartig wische ich die Strähne weg. Natürlich hat sie gekitzelt, aber meine Aufmerksamkeit liegt woanders. Ich öffne die Augen und schaue in seine. Er betrachtet mich und schweigt.

»Ist es denn nur der Wunsch, mir Haarsträhnen aus dem Gesicht zu wischen, oder hast du noch andere besorgniserregende Bedürfnisse festgestellt?« Ich stelle die Frage in neutralem Ton und versuche, meine Mimik unter Kontrolle zu halten. Ich genieße den Wortwechsel und verurteile mich gleichzeitig dafür, dass ich es tue.

»Ja, leider. Ich habe mich außerdem dabei erwischt, dass ich dir gerne einen liebevollen Klaps auf den Po geben möchte.«

Innerlich schmunzelnd, aber nach außen immer noch ernst, hake ich weiter nach. »Gibt es noch mehr zu beichten?«

»Es gibt tatsächlich diese eine Sache, aber die ist wirklich heikel.«

»Und die wäre?«

»Ich habe mich bei dem elend kitschigen Gedanken erwischt, dass wir beide eingemummelt in dicke Jacken mit den Hunden am Nordseestrand sitzen und den Sonnenuntergang bestaunen.«

Wir haben uns inzwischen einander zugedreht, ich sehe, wie Johanns Augen funkeln. Und ich glaube, meine tun es auch.

»Hast du vielleicht auch solche Gedanken?«

Ich werde rot wie der schönste Sari auf einer indischen Hochzeit. Denn natürlich denke ich daran, wie es wäre, mit ihm zu schlafen. Und gleichzeitig denke ich an Alex. Wie kann das sein? Ich habe so lange nicht an Sex gedacht – und nun tollen gedanklich gleich zwei Männer durch mein Bett.

»Sex. Ich träume vom Sex mit dir.« Ich sage es, obwohl ich es nicht möchte. Zum Glück kann ich nicht noch röter werden.

Johann zuckt merklich zusammen. Eine lange Weile sagt er nichts. Sieht mich nur an. Knibbelt an der Unterlippe, schluckt, streckt mir seine Hand entgegen. Ich ahne, worauf das hinausläuft, springe auf, ohne ein Wort, auf einmal völlig überfordert. Und stapfe davon.

Als ich auf den Schotterweg zu unserem Hof biege, erschrecke ich fürchterlich. Aus dem Schornstein des Backhauses steigt Rauch. Wie kann das sein? Es ist doch niemand da. Warum brennt denn der Ofen? Ich schwanke zwischen Angst und Sorge, lasse die Hunde aus dem Haus und schicke sie vor.

Penelope wirbelt kläffend über den Hof, Fuchur dackelt geradewegs Richtung *Backhäusle*. Ob ich mich bewaffnen sollte? Doch bevor ich weiter nachdenken kann, bin ich schon an der Holztür und reiße sie auf.

»Annika?!«

Ich bin völlig entgeistert. Meine Tochter steht mit Schürze am Holztisch und hält eine Teigrolle in ihren mehligen Händen. Die lässt sie fallen, als ich hereinrausche. Neben ihr steht ein blondes Mädchen mit Pferdeschwanz. Antonia.

»Was zur Hölle treibt ihr hier?«, blaffe ich, weil sich Erleichterung und Wut gleichzeitig Bahn brechen. Den Mädchen steht das schlechte Gewissen ins Gesicht geschrieben. Zu Recht! Betreten fixiert Annika ihre weißen Turnschuhe.

»Dafür hätte ich gerne eine Erklärung. Nicht nur, dass ihr offenbar die Schule schwänzt. Ihr werft auch noch den alten Ofen an. Seid ihr von allen guten Geistern verlassen? Wollt ihr den Hof abbrennen?«

Ich starte vehement und bringe dann meine Stimme langsam wieder unter Kontrolle. Sie haben die Standpauke verdient, trotzdem sollte ich mich zügeln. Dabei werden die Mädchen zusehends immer kleiner – und der Anblick verschafft mir eine gewisse Genugtuung.

»Wir ... wir haben eigentlich nur halb geschwänzt«, wagt Annika einen Einwand.

»Erklär mir mal bitte, wie man nur halb die Schule schwänzt.«

»Frau Seidel«, springt ihr Antonia eifrig bei, »wir haben das wirklich nicht geplant. Wir haben den Bus verpasst. Er ist uns vor der Nase weggefahren. Dann haben wir natürlich auf den nächsten gewartet. Aber uns war langweilig, also sind wir eine Runde spazieren gegangen, und dann –«

»Habt ihr auch diesen Bus verpasst«, unterbreche ich ihren Redefluss. Sie tut mir leid, wie sie reumütig vor mir steht.

»Ja, genau.« Annika übernimmt den Part zwei der Rechtfertigung. »Und … und dann war es uns zu peinlich, noch zur Schule zu fahren. Wir wollten es aber wiedergutmachen und haben uns entschieden zu kochen. Wir haben gewartet, bis ihr alle weg wart, und dann habe ich Antonia natürlich erst mal den Hof gezeigt. Sie war ja noch nie hier. Und im *Backhäusle* sind wir auf die Idee gekommen, Pizza zu backen. Wir haben uns auch mehrere Videos angeschaut und uns ganz genau an die Anleitung gehalten.«

Sie zuckt mit den Achseln und schaut mich mit großen Augen an, der Reue ist ein wenig Selbstbewusstsein an die Seite getreten. Es steckt eben immer eine Geschichte dahinter. Kinder beschließen nicht einfach, Unfug zu veranstalten. Unfug entwickelt sich meist aus der Situation heraus. Wer kann sich nicht daran erinnern? Wie soll ich also trotz des Schreckens, den sie mir eingejagt haben, noch böse sein? Ich verziehe keine Miene und lasse ein paar quälende Sekunden verstreichen.

Mein Ton bleibt ernst. »Na, das ist ja eine schöne Geschichte, die ihr mir da auftischt. Ist sie wahr? Keine Notlüge, die ihr euch umständlich ausgedacht habt?« Die beiden nicken fest und überzeugend. Ich glaube ihnen. »Also gut. Für das unentschuldigte Fehlen müsst ihr selbst geradestehen. Ihr backt zur Strafe eine ganz hervorragende Pizza und macht das *Häusle* hinterher picobello sauber. Und das nächste Mal möchte ich vorher gefragt werden. Keine Alleingänge mehr!«

»Tut uns leid«, murmeln sie im Chor und schauen betreten zu Boden. Ich erwische mich dabei, wie ich es genieße, Annika mit einer Freundin bei etwas Unvernünftigem erwischt zu haben. Ich gönne es ihr von Herzen.

Erst nach dem Mittagessen – die Pizza, die uns Antonia und Annika servieren, ist wirklich köstlich – genehmige ich meinen Emotionen freien Lauf. Schon während der Trennung fand ich es faszinierend, wie sehr man sich als Mutter zurücknehmen kann, während die ganze Zeit ein Sturm im Inneren tobt, den nur ein sicherer Ort besänftigen kann. So atme ich erstmals auf, als ich die Tür der Werkstatt schließe, mir die große Zange schnappe und die verdrehten Federn eines neuen Sitzmöbels geradebiege. Sorgfältig. Gleichzeitig brüllt mein Gewissen ständig ins Ohr: Betrug! Du betrügst Alex! Obwohl ich so schlechte Erfahrungen gemacht habe, bin ich keinen Deut besser als mein Exmann. Denn wo fängt es an, das Fremdgehen? Bei Philipp war die Sache sonnenklar. Aber wie sieht es mit der Grauzone aus? Ist schon der erste schöne Moment Betrug? So wie im Baumarkt? Es war nicht geplant, es war nicht vorsätzlich, die Gelegenheit war einfach da. Die wir dann nicht genutzt haben. Nichts ist passiert. Und wenn meine Familie und Alex nicht erschienen wären?

Alex ist nicht mehr allein. Da ist noch jemand, der mein Herz berührt. Johann. Und auch, wenn es kein Fremdgehen im klassischen Sinne ist, ist es nicht in Ordnung. Aber ist der Gedanke allein schon Betrug?

Nun, Elli, gehe ich mit mir selbst ins Gericht. Es war nicht nur ein Gedanke. Da gab es auch die Situation am Bach. Und deine Freude daran, Johann herauszufordern. Das muss ich mir leider eingestehen.

Und deswegen rufe ich Alex an, denn egal, wie ich es drehe und wende, es gibt keine Entschuldigung für das, was mir mit Johann passiert. Das hat er einfach nicht verdient.

Und nun steht er vor mir. Lässig, in blauem T-Shirt, kurzer

Hose und Flipflops, als wolle er an den Strand. Sein Lächeln ist umwerfend, der ganze Mann ist es. Warum kann ich nicht die Frau sein, die er braucht?

»Alex, ich muss dir etwas sagen.«

»Oh. Okay.«

Sein Blick ist prüfend. Er durchleuchtet mich und sucht nach versteckten Botschaften, Lügen, Intrigen, kriminellen Absichten. Es ist das erste Mal, dass er mich so ansieht, und ich werde nervös. Wir setzen uns auf das frisch bezogene Biedermeiersofa, und er schaut mich unverwandt an.

»Im Baumarkt«, sage ich, lege die Hände in den Schoß und schlucke, »da gab es zwischen Johann und mir eine Situation, die wir nicht einordnen konnten. Und dann eine zweite … Die du gesehen hast, vor der Tür.« Einmal angefangen, erzähle ich alles. Ganz in Ruhe und der Reihe nach. Auch vom Ende meiner Ehe. Von Ängsten und Vertrauen, das nicht so leicht wiederherzustellen ist.

Alex ist ein aufmerksamer Zuhörer. Er stellt seine Gefühle hintenan und unterbricht mich nicht.

»Danke, dass du es mir erzählt hast, alles«, sagt er schließlich, als ich fertig bin, und es scheint, als wolle er meine Hand nehmen, lässt es dann aber. »Ich verstehe jetzt vieles besser. Auch dass du mit deiner Ehegeschichte nicht hausieren gehst. Das ist verständlich.«

»Es tut mir leid, dass ich es bisher nicht erzählt habe. Es fällt mir schwer, darüber zu reden. Über meine Ehe mit Philipp und ihr Ende. Über Johann. Über meine zwiespältigen Gefühle …«

»Es ist alles gut, Elli. Natürlich muss ich darüber nachdenken, aber –«

»Kein Problem«, falle ich ihm übereifrig ins Wort, »lass es dir in Ruhe durch den Kopf gehen. Es tut mir wirklich leid. Ich wollte das nicht. Aber nun ist alles anders, und ich weiß nicht mehr, was ich denken soll …«

»Ich habe es verstanden, Elli«, sagt er sanft, und dann überrascht er mich. Einmal mehr. »Hast du trotzdem Lust, mit mir nach Gengenbach zu fahren und dort essen zu gehen?«

Er grinst mich an, als wäre nichts passiert, und ich grinse zurück. Eine Einladung zum Essen ist nicht das, was ich nach meiner Beichte erwartet hätte, aber warum eigentlich nicht? Er hat ja nett gefragt.

Es ist fast wie immer zwischen uns. Leicht. Und doch spüre ich die bleigraue Wolke, die mitwandert und ihren Schatten wirft. Dieser Ausflug kann ein Ende sein. Oder ein Anfang. Genau darüber muss ich mir klar werden.

Gengenbach, der reizvolle Weinort in der Ortenau, ist einfach zauberhaft. Wir erkunden den mittelalterlichen Stadtkern an der Kinzig mit seinen herausgeputzten Fachwerkhäusern, den Türmen und Toren und der ehemaligen Benediktinerabtei. Über allem wacht, inmitten von Rebhängen, die *Berglekapelle*. Verwinkelte, blumendekorierte Gassen winden sich den Berg hinauf. Das Zentrum des Städtchens ist jedoch ein Marktplatz wie aus dem Bilderbuch. Mit einem dekorativen Marktbrunnen und einem Rathaus, dessen vierundzwanzig Fenster, von verschiedenen Künstlern gestaltet, im Advent die Dunkelheit erhellen.

Wir essen Flammkuchen in einem Innenhof, lauschig, mit eigenem Brunnen und Blick auf ein Storchennest. Regelmäßig fliegen die Storcheneltern herbei und füttern die Jungstörche, von denen man manchmal die Schnäbel sieht. Auf einer Bank vor dem Kloster *schlotzen* wir später ein Eis und bestaunen die Wassermühle. Alex kennt Gengenbach gut, er hatte hier Schulfreunde. Er ist ein aufmerksamer Stadtführer und macht mich auf Kleinigkeiten aufmerksam, die ich sonst übersehen hätte.

Am Ende unseres Spaziergangs liegt die *Schneckenmatt*, ein lang gestreckter Park am Ortsausgang, mit Ziegen, Enten – und

Emus. Fasziniert stehen wir vor einem dieser großen Vögel. Stoisch blickt er uns in die Augen, bewegt sich nicht und blinzelt nicht einmal. Beobachten wir ihn oder er uns? Es ist wohl eine Mischung aus beidem. Und dann verlässt Alex zum ersten Mal das sichere Terrain, auf dem wir uns bewegen, seitdem wir den Wolkenhof verlassen haben.

»Ich bin natürlich nicht begeistert, dass jemand aufgetaucht ist, der mir das Leben noch schwerer macht«, gesteht er. »Ich strenge mich wirklich an, deine Grenzen zu akzeptieren. Weil du mir wichtig bist. Aber ich bin froh, endlich auch den Grund zu kennen, warum dir Nähe so schwerfällt.«

»Es tut mir leid –«, setze ich an, doch Alex winkt lächelnd ab.

»Du musst dich nicht entschuldigen. Es ist wirklich alles okay. Lass mich einfach weiterreden.«

Ich nicke und starre weiter den Riesenvogel an. Der scheint nämlich plötzlich höchst interessiert und zwinkert in einem fort. So als wolle er uns auffordern weiterzumachen. Vielleicht will er wissen, wie es weitergeht. Wenn ich mit Alex zusammen bin, liegt immer ein Funken Humor in der Luft. Und danach bin ich schon fast ein bisschen süchtig.

»Kurzum. Ich respektiere deine Verwirrung und verstehe, dass du Zeit brauchst. Aber, Elli, ich will keine Spielchen. Ich wünsche mir Offenheit. Und ich kann nicht ewig warten.« Dem Satz folgt ein tiefer Atemzug.

Der Emu hat sich mittlerweile eine Beschäftigung gesucht. Immer wieder versucht er, durch das Gitter hindurch nach der Kordel von Alex' Sweatshirt zu angeln, wenn auch bisher erfolglos.

»Das ist mehr, als ich erwarten konnte. Danke! Allerdings macht mich dieses überdimensionale Brathuhn wirklich wahnsinnig. Ich kann mich gar nicht richtig konzentrieren.« Letzteres sage ich in etwas mauligem Ton, und Alex fängt schallend an zu lachen.

»Du hast recht«, sagt er, »mir kommt es fast vor, als hätten wir Pogo mitgenommen.«

»Er ist auf jeden Fall ein würdiger Stellvertreter«, antworte ich und lache ebenfalls. Ich versuche, dem Emu durch das Gitter hindurch den Kopf zu tätscheln, woraufhin er mit hochgestellten Flügeln davonläuft.

»Zumindest haben wir bei dem Vogel schneller rausgefunden, wie man ihn zum Laufen bringt«, stellt Alex trocken fest.

Leider haben wir nun nichts mehr, womit wir unseren Blick ablenken können, und so schauen wir uns endlich in die Augen.

»Ich finde es schrecklich, weißt du? Das hast du nicht verdient.«

»Was ich verdient habe oder nicht, steht auf einem anderen Blatt.« Alex schenkt mir ein warmes Lächeln. »Das Leben hatte andere Pläne. Wir können dagegen ankämpfen oder das Beste daraus machen.«

»Danke«, sage ich noch einmal. »Ich bin froh, dass ich es dir endlich erzählt habe. Alles andere ... «

» ... wird sich zeigen. Du kannst es nicht erzwingen. Das wissen wir beide.«

Ich nicke, und dann nehmen wir uns ganz fest in den Arm. Es tut so unfassbar gut.

# Nicht den Berg musst du bezwingen

Es ist wie verhext. Ich gebe mir Zeit und Ruhe. Ich höre in mich hinein, und dann wieder verbiete ich mir jeden Gedanken. Ich frage um Rat, schreibe Tabellen, konsultiere mein Horoskop, und manchmal erwische ich mich sogar dabei, wie ich versuche, die Sterne zu lesen. Wenn ich nicht schlafen kann und am Fenster stehend in den Nachthimmel blicke. Die Berge haben keine Antwort für mich, kein Spaziergang hilft, und auch der Alltag kann mich nicht ablenken. Nicht einmal, als ich zum ersten Mal vor dem neuen Fenster meines zukünftigen Zuhauses im umgebauten Stallgebäude stehe, das den Blick auf ein Panorama öffnet, das jeden Reiseführer zieren könnte, kann ich es abschütteln. Dieses Gefühl von Planlosigkeit. Ich kann mir weder ein Leben ohne Johann noch ohne Alex mehr vorstellen, aber eines mit ihnen im Moment auch nicht. Ich gehe beiden aus dem Weg, und gleichzeitig vermisse ich sie. Es ist nicht fair, ihnen Hoffnungen zu machen, deswegen reglementiere ich mich.

»Glaubst du denn, du triffst eine Entscheidung, und dein Herz hält sich daran?«

Rosi holt Teller und Kuchengabeln aus dem Küchenbüfett und stellt sie auf den Tisch. Dann packt sie drei Stücke Schwarzwälder Kirschtorte aus, die ich extra beim besten Bäcker der Umgebung besorgt habe. Nicht uneigennützig. Ich brauche jemanden zum Reden. Ich komme nicht zur Ruhe. Also sitzen wir mit

Hannelore in Rosis Geborgenheit ausstrahlender Wohnküche zusammen.

»Nein«, sage ich, »das glaube ich nicht. Es muss natürlich umgekehrt sein. Das Herz trifft die Entscheidung, und ich halte mich daran.«

Rosi schüttelt den Kopf. Wir reden nicht zum ersten Mal darüber. In den letzten Tagen war ich oft bei ihr. Sie kann mir nicht helfen, aber ihre Ausstrahlung und die Gemütlichkeit ihres bunten Häuschens vertreiben das graue Gefühl, das mich überkommt, wenn ich zu lange mit mir alleine bin.

»Du hast nach wie vor keinen Kontakt? Zu beiden nicht?«

Ich schüttle den Kopf. »Alex akzeptiert den Abstand. Johann hat zweimal den Vorwand genutzt, über den Bau zu sprechen, doch ich habe ihn gebeten, sich an Florian zu wenden. Ich habe das Gefühl, an einer Weggabelung zu stehen, und kann den Fuß in keine der beiden Richtungen setzen. Es ist schrecklich.«

Hannelore schüttelt nur den Kopf. Sie sitzt auf dem Sofa, neben ihr liegt Bambi. Manchmal besucht er Rosi noch und schläft ein paar Stunden auf der vertrauten Häkeldecke. Wenn er zu Rosi möchte, meckert er in einem fort, und dann lassen wir ihn frei. Es scheint, als bräuchte er ab und an Ruhe vor seinen neuen Freunden.

»Vielleicht täte dir ein wenig Abstand gut«, sagt Rosi nachdenklich und stellt den Wasserkessel auf den Herd.

»Ja. Das könnte sein.«

Rosis Ratschlag und ein langes Telefonat führen drei Tage später Jutta zu uns auf den Hof.

»Die Ablenkung ist da-ha!«, trällert sie mir entgegen, kaum dass sie dem Wagen entstiegen ist. Wir nehmen uns gleich mehrere Mal fest in den Arm, und dann lässt sie sich begeistert unser neues Zuhause vorführen, auch wenn Baustellenlärm und Berge von Bauschutt die Idylle merklich trüben. Nach dem Rundgang und ohne dass wir eine Sekunde dabei aufgehört hätten zu reden, treffen wir uns mit ihr und Olga, die ich ebenfalls eingeladen habe, in Rosis Küche. Auch wenn das bei Hannelore natürlich erst mal zu Unmut führt

»Was ist denn hier los? Noch eine Madame, die Platz in der Hütte wegnimmt?« Hannelore ist sichtlich empört, als sie nach ihrem Mittagsschläfchen aus dem Gästezimmer zuckelt. Jutta sitzt auf dem Stuhl, den sonst niemand benutzt. Nur hier passt sie mit ihrem Rollator durch.

»Hallo, Hannelore«, trällert Rosi unbeeindruckt. »Das ist die liebe Jutta und die kann ja nicht wissen, dass du mit deinem Helferlein nur hier hindurchpasst.«

»Jaja.«

Dieses Gebrummel ist in Hannelores Universum eine nahezu ernst gemeinte Entschuldigung. Jutta ist derweil aufgesprungen und macht Platz. Hannelore nickt ihr zu, schiebt sich jedoch nicht wie sonst am Tisch vorbei, sondern setzt sich auf den Stuhl, den Jutta gerade geräumt hat. Jutta starrt die Oma an, dann mich, Rosi und Olga, doch wir zucken nur mit den Achseln. Jutta beißt sich auf die Lippen und hält sich dann die Hand vor den Mund, um nicht loszulachen. Die Oma ist eben stets für eine Überraschung gut.

Rosi reagiert wie immer pragmatisch und schickt Jutta auf Hannelores Stuhl. »Der ist sowieso viel gemütlicher«, flüstert sie grinsend und wendet sich dann an die Oma. »Hannelore, soll ich dir einen Kaffee machen?«

»Viel Milch, viel Zucker. Wer ist jetzt die Madame?«

»Ich bin Jutta, eine ehemalige Nachbarin von Elli, und ich bin hier, um sie zu entführen.«

»Warum?«

Ich entlasse Jutta aus dem Verhör. »Weil sie mir helfen möchte, meine Gedanken und Gefühle zu sortieren.«

Hannelore schüttelt verständnislos den Kopf. »Du meinst also, du hast Probleme? Ihr wisst doch alle nicht mehr, was das ist. Geht's immer noch um die Mannsbilder? Zwei hast du zur Auswahl? Tz! Wir waren damals froh, wenn's überhaupt einen Mann gab. Der Krieg hat sie dahingerafft. Da konnte man nicht wählerisch sein. Hat den geheiratet, der auf der Matte stand und ein bisschen was auf dem Lohnzettel hatte. Mein Vater hätte mich windelweich geprügelt, wenn ich da mit solchen Allüren gekommen wäre.« Sie macht eine kurze Pause und schüttelt erneut den Kopf – bis sie ganz plötzlich damit aufhört. Als hätte jemand die Stopptaste gedrückt, wirkt sie plötzlich nachdenklich. »Auf der anderen Seite. Wenn ich die Wahl gehabt hätte – den Griesgram hätt ich nie geheiratet.«

Stille.

Und ich bin gerührt und höre zu, blende für ein paar Augenblicke alle anderen am Tisch aus. Hannelore redet selten am Stück. Zum allerersten Mal, seitdem ich sie kenne, erzählt sie aus ihrem Leben, wenn auch nur bruchstückhaft. Wie gerne würde ich sie ausfragen, dieses kostbare Zeitfenster nutzen, um etwas zu erfahren, das mir die alte Frau noch näherbringt. Doch bevor ich den Gedanken verfolgen kann, erwacht Hannelore aus ihrer Schockstarre und sieht mich an.

»Du musst dich also zwischen zwei Tunichtguten entscheiden?«

Ich nicke verdattert. In der Küche herrscht Totenstille. Hannelore schimpft nicht, Hannelore mault nicht, Hannelore gibt keine Kommandos und keine besserwisserischen Kommentare. Nein. Sie unterhält sich. Es muss am Kaffeekränzchen liegen, vielleicht auch an dem Zusammensein von uns Frauen, ganz unabhängig vom Alter.

»Und weißt nicht, wen du nehmen sollst?«

»Ja. Nein. Ich weiß, es klingt komisch, aber ich mag sie beide.«

»Die dich auch?«

»Ja.« Ich nicke. Mein Respekt vor dem, was sie zu sagen hat, ist groß.

»Alles Schnickschnack. Aber das passiert wohl. Ich hatte mal 'ne Freundin, ach, egal ...«

»Jetzt bin ich gespannt«, meldet sich Olga.

»Und ich erst«, betont Rosi.

»Geduld«, erwidert Hannelore. Und dann nickt sie ein.

»Schläft sie jetzt etwa?« Jutta ist fassungslos.

»Das ist ganz normal«, sagt Rosi und senkt die Stimme. »Der Körper holt sich in dem Alter, was er braucht. In ein paar Minuten ist sie wieder bei uns.«

»Das ist ja echt faszinierend. Oje, ich wünschte, ich könnte das auch.« Jutta seufzt, leise. Seitdem ich sie kenne, leidet sie unter Schlafproblemen.

»Das ist ganz einfach. Du musst dafür nur neunundachtzig werden«, flüstere ich.

»Wenn das die Belohnung ist, schaffe ich das mit links«, flüstert Jutta zurück.

Hannelore hat anscheinend genug Kraft getankt. Als wäre sie eine Puppe mit Schlafaugen, klappen die Lider wieder auf, und sie spricht einfach da weiter, wo sie aufgehört hat.

»Salomon«, nuschelt sie. »Salomon.«

»Was meinst du damit?«, fragt Rosi.

»Da müsst ihr nachlesen in euren Apparaten, so genau weiß ich das nicht mehr ... Hm, du musst in zwei Hälften geteilt werden, und der Mann, der auf dich verzichtet, ist der Richtige. Steht alles in der Bibel. Die Lösung für jedes Problem. Muss man nur lesen, aber das tut ihr jungen Leute ja nicht mehr.«

Jutta ist dem Befehl sofort nachgekommen, liest auf ihrem Smartphone und erklärt uns die Einzelheiten. »Zwei Frauen traten vor König Salomon und stritten um ein Baby. Weil keine beweisen konnte, dass es ihr Kind war, ließ König Salomon ein Schwert holen, um das Kind in zwei Teile zu teilen. Die echte Mutter entschied sich, lieber auf ihr Kind zu verzichten, als es tot zu sehen, und Salomon sprach ihr das Kind zu. So weit, so gut.«

»Und die Moral von der Geschichte: Wer einen anderen Menschen wirklich liebt, der will, dass es ihm gut geht!«, fasst Rosi das Gleichnis zusammen.

»Fein!« Olga klatscht in die Hände. »Dann müssen wir uns nur noch eine Prüfung ausdenken. Das mit dem Schwert ist vielleicht etwas martialisch.«

»Hm«, mache ich, »ihr vergesst leider eines.«

»Ach, hast du etwa berechtigte Einwände? Oh, das hasse ich. Das ist wieder so schrecklich vernünftig.« Olga schmunzelt.

»Wie ich sehe, habt ihr Elli komplett durchschaut«, stellt Jutta fest.

»Du meinst die Elli, die vor lauter Vernunftdenken aufgehört hat zu leben?«, fragt Rosi.

»Könnt ihr vielleicht aufhören, über mich zu reden, als wäre ich nicht da? Außerdem lebe ich sehr wohl, sonst würde ich wohl kaum in diesem Schlamassel stecken.«

»Einwand akzeptiert«, sagt Jutta, »also, was haben wir vergessen?«

»Salomon hin oder her, die Entscheidung, die dann getroffen wird, ist die des Mannes.«

»Der dich immerhin aufrichtig liebt«, argumentiert Olga.

Ich runzle die Stirn. »Das mag ja sein, aber *ich* möchte diese Entscheidung treffen. Ich will sie nicht treffen lassen. Ich wollte keine Beziehung mehr, aber ich habe meine Ablehnung aufgegeben und mich auf Alex eingelassen.«

»Na ja, so halb«, wendet Olga ein, »eine echte Beziehung ist es nicht, wenn man nur heimlich in der Scheune zugange ist.«

Ich verziehe das Gesicht, natürlich hat sie recht. »In meinem Tempo«, setze ich nach.

»Gut«, fasst Jutta unsere Diskussion zusammen. »Salomon scheidet aus, wir brauchen eine andere Lösung.«

»Womit wir wieder am Anfang wären«, sagt Olga.

»Richtig«, bekenne ich seufzend.

»Irgendeine Präferenz musst du aber haben.« Jutta besteht darauf. »Und wenn es nach mir geht, nutzen wir dieses Wochenende, um genau die herauszufinden.«

»Ich kann das Schwert ja trotzdem schon mal raussuchen«, schlägt Rosi vor.

»Gute Idee! Dann mach ich einen auf Julia und habe wenigstens meine Ruhe, wenn ich keine Lösung finde.«

»Ich kauf dir 'ne schöne Urne, Süße«, tröstet Jutta.

Wir sitzen in Rüdiger, einem alten Renault, der weder Klimaanlage noch Radio besitzt. Er gehört Jutta seit Studentenzeiten, und sie liebt ihn heiß und innig. Ihr Mann Tobi ist leidenschaftlicher Schrauber und bringt das Schätzchen mit vollem Einsatz immer wieder durch den TÜV.

»Ich finde diesen Wagen einfach großartig. Fahren ist damit so retro. Wie früher bei Papa im Auto. Sicher und aufgehoben.«

»Und das ganz ohne Gurt auf dem Rücksitz«, unkt Jutta, während sie hinter einem Lkw einfädelt. »Aber jetzt zur Oma. Die ist ja echt schräg. Dabei habe ich insgeheim gedacht, du übertreibst.«

»So geht es den meisten. Sie ist auch immer noch schrullig, wenn auch nicht mehr die ewig schlecht gelaunte Hannelore, die über der Polsterei gewohnt hat. Sie hat sich verändert, und das ist allein Rosis Verdienst. Du hast heute ein echtes Highlight erlebt. Sie hat noch nie von sich erzählt.«

»Und ihr Vorschlag war gar nicht mal verkehrt. Im übertragenen Sinne natürlich. Aber ich verstehe deine Einwände. *Du* willst entscheiden.«

»Richtig. Es reicht, dass Philipp über mein Leben entschieden hat. Das brauche ich nicht wieder. Ich entscheide nur noch selbst.«

»Gut, dann werden wir jetzt zwei Tage mit der Suche nach der eindeutigen Präferenz verbringen und schauen, ob du hinterher schlauer bist. Und wenn nicht, haben wir einfach eine schöne Zeit miteinander verbracht.«

»Das ist eine hervorragende Idee.«

Ich lehne mich zurück, setze die Sonnenbrille auf und entspanne. Endlich. Abstand. Bei Kehl überqueren wir den Rhein und lassen Straßburg rechts liegen. Jutta hat die Reise spontan organisiert und gebucht, nachdem ich sie drei Tage lang mit Textnachrichten überschüttet hatte.

Es tut gut, dass sie da ist. Sie ist neutrales Gebiet. Vielleicht kann sie mir helfen, meine Gefühle zu sortieren.

Die Straßen werden schmaler, und wir dringen immer weiter in die Vogesen vor. Obwohl sie das geschwisterliche Gegenstück des Schwarzwalds sind, strahlen sie eine andere Stimmung aus. Die Berge muten dunkler, steiler und höher an, die Gegensätze sind größer, das Gebirge wirkt trutzig wie eine mittelalterliche Burg, und irgendwie macht mich dieser Gedanke froh. Ich ziehe mich zurück hinter dicke Mauern, und da komme ich mit mir ins Reine.

Ich erzähle Jutta davon, als wir nach unserer Ankunft in einem kleinen mittelalterlichen Dorf im Herzen der Vogesen in einem dieser typischen französischen Bistros sitzen, in dem auch Tabak- und Schreibwaren verkauft werden. Ich liebe diese Cafés. Sie sind so Frankreich, dass man hier, nur wenige Kilometer hinter der Grenze, ein Gefühl von *ganz weit weg* bekommt. Jutta rührt in ihrem Milchkaffee und grinst.

»Du hast schon ganz gut verstanden, warum wir ausgerechnet hier sind.«

»Weil du mich hinter dicke Mauern sperrst, um in aller Ruhe die richtige Entscheidung zu treffen?«

»So ähnlich«, gluckst Jutta. »Du weißt, ich habe eine Schwäche für Symbolik. Du wechselst die Seiten, du überquerst eine Grenze, einen Fluss, ein Gebirge. Und bist doch nicht weit weg von zu Hause.«

»Das ist schon irre, wenn man darüber nachdenkt. Glaubst du wirklich, es hilft mir?«

»Was sollst du mit weiteren guten Ratschlägen?« Jutta wird plötzlich ernst. »Du hast alle gehört und dir alle Gedanken gemacht, die du dir machen kannst. Das Einzige, was ich dir bieten kann, ist Abstand. Du musst es sacken lassen und deinen Gefühlen Raum geben. Wir reden auch jetzt nicht darüber. Morgen werden wir das tun, heute verbringen wir nur einen tollen Abend miteinander.«

»Das hört sich nach einem wunderbaren Plan an.«

Ich sitze an diesem erhabenen Punkt und blicke so weit, dass mir schwindelig wird. Die Vogesen, der Schwarzwald, die Rheinebene – und als Ahnung am Horizont die Alpen.

Zwei Stunden haben wir uns auf schmalen, steinigen Wegen den Berg hinaufgequält, oft mussten wir klettern, doch nun werden wir belohnt. Der *Donon*. Der heilige Berg. Über tausend Meter hoch, ein Meer aus Felsen, Heidegewächsen und gedrungenen Bäumen. Außer Atem erklimmen wir die letzten Meter. Die Römer weihten diesen Ort dem Gott Merkur, und später ließ Napoleon III. auf dem Gipfel die Nachahmung eines antiken Tempels bauen – das Wahrzeichen des Donon und unser Ziel. Mit einem erleichterten Seufzer lassen wir uns auf die Stufen des Bauwerks plumpsen. Dort, auf der anderen Seite, habe ich gestanden. Mit Alex, und es war wunderschön. Aber ich will mir diesen Gedanken nicht gönnen. Den ganzen anstrengenden Weg hinauf habe ich gegrübelt, und das ärgert mich. Ich brauche die Auszeit, sonst explodiert mein Kopf. Diese endlose Grübelei strengt an, laugt aus und führt zu nichts!

»Mensch, Elli, du guckst, als wäre jeder Gedanke das Ergebnis einer langen Quälerei.«

»Genauso fühlt es sich an. Ich denke etwas und – *Schwupps!* – hat mein Kopf von diesem Gedanken eine Brücke zum nächsten gebaut, und spätestens beim übernächsten sind Johann und Alex wieder mit im Boot.«

Jutta lacht. »Du bist schon süß mit deinem Dilemma. Aber pass mal auf, ich habe dich nicht umsonst hier hochgejagt.«

»Hast du nicht?«

»Wenn du auf eurem Hof bist, hast du keinen Überblick. Du fällst von einer Situation in die nächste. Du agierst nicht, du reagierst nur. Gleichwohl willst du die Hoheit über das haben, was passiert. Nun, hier hast du die Übersicht. Du musst gewissermaßen den gegenüberliegenden Berg erklimmen. Und nicht nur das. Es gibt da einen weisen Spruch von Edmund Hillary, dem neuseeländischen Bergsteiger, der den Mount Everest erklommen hat. Der sagte: ›Nicht der Berg ist es, den man bezwingt, sondern das eigene Ich.‹«

»Du meinst, dieser anstrengende Weg hier hoch bringt mir zusammen mit der schönen Aussicht die Erkenntnis, mit welchem Mann ich glücklich werden kann? Und nun bleibe ich hier oben, bis ich herausgefunden habe, was ich auf den Bergen da drüben machen soll?« Ich deute auf die Silhouette des Schwarzwalds und genieße Juttas humorvollen Ton. Alleine ihre Art holt mich aus dem Jammertal.

»Ganz genau. Ich hoffe allerdings, es dauert nicht zu lange, sonst sind wir bald eine eigene Touristenattraktion. Zwei Skelette schauen in die Ferne.« Sie hält ihre Hand flach über die Augen und sucht nach einer Position, von der sie meint, sie könne eine bequeme Skelettposition sein. »Genug der Symbolik, wir haben noch einen Job zu erledigen. Wir leiten jetzt die Elli-Entscheidungs-Phase ein.«

»Okay, Chefin, und wie machen wir das?«

»Was würdest du Alex sagen, wenn du ihm erklären müsstest, was du für ihn empfindest? Und was würdest du Johann sagen? Dabei geht es nicht darum, ob sie es hören. Im Gegenteil. Du sollst es ihnen sagen, ohne dass sie dabei sind.«

»Ich führe also Selbstgespräche? Gleich hier?«

»Nein, natürlich nicht«, antwortet Jutta lachend. »Aber du kannst ihnen Briefe schreiben, zum Beispiel. Schreib alles auf, was dir einfällt. Was du gut findest, was nicht, was dir guttut, was du von einer Beziehung erwartest. Alles, was dich beschäftigt.«

»Verstanden. Und das ist dann wofür genau gut?«

»Du legst die Briefe beiseite. Einen Tag, eine Woche, das ist egal. Überleg es dir. Und dann liest du sie.«

»Und dann folgt vielleicht die Erleuchtung?«

Nachdenklich starre ich in die Ferne. Es ist keine schlechte Idee und einen Versuch wert.

Wir sind extra zum nächsten *hypermarché* – einem dieser französischen überdimensionierten Märkte – gefahren, um Briefpapier, zwei Füller, drei verschiedene Kugelschreiber, Bleistifte und einen dicken Block Papier zu besorgen. Ich bin nervös. Meine letzten Briefe habe ich in der Schulzeit an diverse Brieffreundinnen geschrieben. Eigentlich liebe ich das Schreiben mit der Hand. Das kratzige Gefühl des Füllers auf dem Papier, meine feine geschwungene Schrift, die Seite um Seite füllt. Es ist der beinahe zwanghafte Anspruch an mich selbst, dass ein Brief ein kleines Kunstwerk sein muss. Weswegen ich mich trotz der Umstände darauf freue, zwei Briefe zu schreiben. Allein zu sein mit mir, dem Blatt und dem Stift.

Jutta befürwortet mein Vorbereitungsritual. »Es ist der Beginn eines heilsamen Prozesses.«

»Genauso wichtig ist der Ort. Wo schreibe ich die Briefe?«

»Auf jeden Fall musst du alleine sein.«

Das bin ich nun. Allein unter Menschen. Jutta ist in der Pension geblieben, während ich in einem entzückenden Café mit Sofas, Spitzendeckchen und kunterbuntem Inventar sitze. Auf einem alten Cordsofa, das dringend neu bezogen werden müsste. Der Tisch ist stabil, ein Café au lait und eine Tarte au Citron stehen neben meinen Schreibutensilien. Der Füller liegt bereit. Ich habe eine grüne Patrone hineingedreht, ein wenig auf einem leeren Blatt Papier herumgekritzelt und bin bereit anzufangen.

Anzufangen? Mit wem zuerst?

Ich trinke einen Schluck, genieße die Tarte, schaue aus dem Fenster. Und auf einmal ist eine Erkenntnis da, und ich verstehe, dass ich nur einen Brief an einen Mann schreiben möchte. Das ist ein Anfang, und so lasse ich die Worte aufs Papier fließen.

Ich halte inne, eine Seite ist voll. Ein Bogen Briefpapier, beschrieben mit meiner kleinen Schrift. Hat Jutta es sich so vorgestellt? Ich bestelle mir einen zweiten Kaffee, nehme ein neues Blatt und schreibe weiter.

Geschriebene Worte haben eine andere Wirkung als die, die gedacht oder gesagt werden. Sie sind eindringlicher. In dem Augenblick, in dem sie auf dem Papier erscheinen, sind es nicht mehr nur meine Worte, sondern Worte, die man sich nehmen kann. Man kann sie in Ruhe interpretieren. Sie immer und immer wieder lesen. Geschriebene Worte sind im Grunde immer wahr. Jeder Satz und jedes Wort tragen eine Wahrheit in sich, selbst wenn sie gelogen sind.

Geschriebene Worte können unendlich mächtig sein.

Ich setze gerade meinen Namen unter die letzte Zeile und

kämpfe gegen Tränen, als sich Jutta mit einem lauten »Uff« auf den Bistrostuhl mir gegenüber fallen lässt.

Ich blicke auf, schlucke die Tränen hinunter und schniefe. Das Schreiben hat mich aufgewühlt.

»Hast du mich vermisst?«

»Nach einer Stunde bin ich kurz vorbeispaziert, aber du warst so versunken in dein Pamphlet, da wollte ich nicht stören. Nach zwei Stunden habe ich mir langsam Gedanken gemacht, und nach drei Stunden habe ich entschieden, dir mitzuteilen, dass du kein Buch schreiben sollst. Obwohl sich das sicher verkaufen würde. Liebe, Schmerz und Verwicklungen gehen schließlich immer. Außerdem regnet es in Strömen. Ich hatte keine Lust mehr, ständig nass zu werden.«

»Ich bin seit drei Stunden hier?«

»Korrekt.«

Mein Blick schweift über die vollgeschriebenen Seiten. »Ich hatte wohl viel zu sagen.« Ich massiere meine rechte Hand. Die Gelenke des Ringfingers und kleinen Fingers schmerzen, ich versuche, die Muskeln und Sehnen zu lockern.

Jutta zieht derweil ihre tropfende Jacke aus, hängt sie über die Lehne und bestellt einen frischen Pfefferminztee mit einer doppelten Portion Honig. Das alles in fließendem Französisch. »Hat es denn geholfen?«, fragt sie und deutet mit dem Kinn auf die Seiten.

»Ich glaube schon.«

»Also hast du deine eindeutige Präferenz gefunden?«

»Ja und Nein«, antworte ich und lächle geheimnisvoll. Die Erkenntnis ist noch nicht viel mehr als ein Sämling. Aber sie ist da. Ich muss ihr Zeit geben, sie muss sich verwurzeln und wachsen. Dann wird es die richtige Entscheidung sein.

»Das klingt auf den ersten Blick, als seist du keinen Schritt weitergekommen.«

Ich nehme die beschriebenen Blätter und falte sie sorgfältig, dann packe ich sie in einen Umschlag. Echtes Briefpapier? Wie lange ist das her? Und wie deutlich erzeugt es das Gefühl von damals, als ich mit grüner Tinte an Brieffreundinnen, Großeltern oder meine erste Liebe schrieb? Es ist wie ein kleiner Zeitsprung, in dem ich mit der Weisheit von heute ins Gestern blicke.

»Und auf den zweiten Blick habe ich durchaus eine Erkenntnis gewonnen. Aber ich muss ihr noch ein wenig Zeit geben. Und dafür möchte sie leider alleine sein.«

»Das finde ich zwar gemein, aber es ist trotzdem absolut verständlich und freut mich für dich. Ich hatte darauf gehofft, dass es dich weiterbringt, es aber nicht erwartet.«

»Du bist lieb.« Ich schiebe den Brief über den Tisch, unsicher, was ich nun damit machen soll. »Es ist nur einer geworden. Den zweiten musste ich nicht schreiben. Und was passiert jetzt?«

»Wir haken das Thema für heute ab, du lässt es in Ruhe sacken und wir lassen es uns noch mal so richtig gutgehen.«

Damit bin ich absolut einverstanden.

Wir bestellen Flammkuchen mit Speck, Schmand und Zwiebeln, wie es sich gehört. Knusprig, würzig, leicht. So wie das Leben sein sollte. Ich sterbe für Flammkuchen, aber er muss aus der Gegend sein, sonst schmeckt er nur halb so gut. Dazu trinken wir elsässischen *Pinot Gris*, prosten uns zu und genießen den Abend mit der Freundin.

# Unübersichtliche Gemengelage

In dieser Nacht schlafe ich nicht. Aber es ist kein quälendes Wachliegen. Vielmehr schaue ich dem Spiel des Mondes an der Zimmerdecke zu. So, als würde er sich nicht recht trauen, linsen seine Strahlen durch die champagnerfarbenen Vorhänge mit den Lavendelstickereien. Helle Gegenstände spiegeln das silbrige Licht. Die Vase auf der Kommode, das Bild mit den Mohnblumen vor einem weißen Hintergrund. Es ist eine Schwarz-Weiß-Aufnahme, melancholisch, und dennoch schwingt Zuversicht mit. *Frau im Bett, im Begriff eine Antwort zu finden.* Ich lächle bei dem Gedanken an das Bild, das ich im Geiste erschaffen habe, als Johann uns in den Stall geschickt hat. Doch ich glaube, langsam zu wissen, was diese Erinnerungen bedeuten.

Ich schließe die Augen und lasse sie wirken. Die Worte, die ich geschrieben habe. Die nachhallen wie ein Echo in einem weiten Tal. Und die Nacht schreitet voran und der Sämling wächst. Bald ist es nicht mehr schwer, eine Entscheidung zu treffen. Es ist magisch.

Jutta hat es am nächsten Morgen eilig. »Du kennst das doch. Sonntags um 18:00 Uhr ist das Wochenende vorbei. Wenn ich später komme, wird es stressig, und das wäre kein guter Ausklang.«

Natürlich habe ich Verständnis, also packen wir und brausen Richtung Heimat. Ich freue mich auf mein Daheim. Auf die

Kinder, auf Florian, auf Rosi, sogar auf Hannelore – und auf den Hof. Aber nicht auf die Gespräche, die ich führen muss. Führen möchte. Deswegen bin ich dankbar, dass wir unsere schönen Stunden Revue passieren lassen und kein Wort mehr über Männer verlieren.

Ich habe nicht erwartet, dass sie Spalier stehen.

Florian und die Kinder, Roswitha, Hannelore. Alex. Johann. Antonia. Und Tina. Sie alle sind im Hof versammelt.

»Da stimmt was nicht«, sage ich.

»Meine Pläne haben sich gerade geändert. Ich habe plötzlich kein Problem mehr damit, später nach Hause zu kommen.« Jutta sagt es völlig trocken.

»Du bist doof.«

»Nein, ich bin realistisch und schrecklich neugierig.«

»Da hast du auch wieder recht.«

Sie lenkt Rüdiger schwungvoll den Schotterweg hinauf und stellt den Motor aus. »Viel Glück«, raunt mir Jutta zu, dann steigen wir aus – und während wir über den Hof laufen, versuche ich, die Konstellation des lebenden Bildes zu durchschauen.

Johann und Alex stehen einander gegenüber, Tina wenige Meter daneben. Sie hat ihre Autoschlüssel in der Hand. Ist sie gerade gekommen, oder will sie fahren? Hannelore sitzt auf der Sitzfläche ihres Rollators, Roswitha ist an ihrer Seite. Meine Kinder und Antonia sitzen auf den Eingangsstufen und spielen auf ihren Handys. Florian schließlich steht mit den angeleinten Hunden bei Alex und Johann und sieht nicht glücklich aus. So wenig wie alle anderen. Irgendetwas ist passiert …

Das Stichwort zum Einstieg in diese Szene gibt mir Tina. Als gäbe es dramaturgisch keine andere Möglichkeit. »Wie passend. Die Hauptdarstellerin erweist uns die Ehre. Ich wusste vom ersten Augenblick an, dass du Ärger bedeutest. Zum Glück merken das jetzt auch andere.« Sie wirft Alex einen Blick zu, der ihn erwidert.

Ich verstehe nichts. »Ich weiß nicht, was hier los ist, aber es wäre nett, wenn mir das jemand sagt.« Ich versuche, ruhig zu klingen.

Wieder fühlt sich Tina berufen zu antworten. »Was denkst du denn? Dir fliegt deine Ménage-à-trois um die Ohren.« Ihr Ton ist kalt, ihr Lächeln humorlos.

Ich verstehe, dass sie es weiß, höre ihre Worte, sehe ihr Gesicht, unsere Kinder auf den Stufen, die das alles mit anhören müssen – und ich sehe die Blicke der anderen. Warum reagiert denn keiner? Johann begutachtet seine Schuhe. Alex sieht mich an. Wut ballt sich zusammen wie ein Starenschwarm, der sich zur Kugel formt. Und dann stiebt sie auseinander und trifft Tina mit der Wucht eines Vorschlaghammers.

»Ich will, dass du jetzt fährst und nie wieder auch nur einen Fuß über die Grenze dieses Hofes setzt. Das ist von nun an Niemandsland für dich. Stell dir vor, es wäre vermint, dann fällt es dir sicher leichter.« Meine Stimme trieft vor Verachtung. Es ist zu viel, aber ich kann es nicht stoppen. »Ich habe keine Ahnung, was ich dir angetan habe. Aber du warst schon als Kind grässlich und gemein. Warum sollte das heute anders sein?«

Tina lässt die Sätze mit versteinertem Gesicht über sich ergehen. »So ist es«, sagt sie mitleidlos, »du hast immer gedacht, du bist was Besseres, und denkst es nach wie vor. Warum also sollte ich dich mögen?«

Daher weht der Wind? Ich atme tief durch. Tinas Worte wecken etwas in mir. Eine Erkenntnis. Ich lächle, genieße die fragenden Mienen und wähle einen ruhigen Ton. »Weil es viel einfacher ist, freundlich und unverbindlich zu sein, anstatt alles zu hinterfragen, was die andere sagt und tut. Weil es furchtbar anstrengend ist, einen Menschen so abzulehnen. Und weil wir beide wirklich Besseres zu tun haben, als uns gegenseitig zu bekriegen. Wir sind alleinerziehend und haben für so was eigentlich überhaupt keine Zeit. Du weißt, wovon ich rede.«

Ich bin fertig. Das Publikum hält den Atem an. Tinas Lippen sind kaum mehr als eine dünne Linie. Ihr Kopf liegt schief, ihre Augen sind leicht zusammengekniffen. Sie denkt nach.

»Nun denn«, sagt sie dann, ganz ruhig. »Es könnte sein, dass du in Teilen recht hast.« Sie geht zu ihrem Auto und öffnet die Fahrertür. »Aber über die Backstube und die Sache mit der Granate reden wir noch. Und wenn ich euer Grundstück nicht mehr betreten darf, musst du wohl zu mir kommen.« Sie lächelt mich über die Fahrertür hinweg an. Genugtuung und Häme mit einem überraschenden Hauch von Freundlichkeit liegen in diesem Lächeln. Sie steigt ein und fährt davon. Ohne ihre Tochter.

»Welche Granate? Wovon redet sie denn?«

Die Statisten erwachen zum Leben. Jutta drückt mich kurz. »Ganz großer Auftritt«, raunt sie, und wir teilen ein kurzes Siegergrinsen.

Florian stapft zu mir, dicht gefolgt von Johann und Alex. »Das wüsste ich auch gerne.«

»Sie hat euch nichts gesagt? Sie muss doch dafür hergekommen sein.«

»Ich fürchte, dafür war keine Zeit.« Alex ist der Nächste, der seine Sprache wiederfindet. »Das Gespräch ist zunächst«, er räuspert sich unangenehm berührt, »in eine etwas andere Richtung gegangen, und dann seid ihr gekommen. Du hast also nicht viel verpasst.«

»Dann klär uns jetzt auf«, fordert Florian ihn auf.

»Also gut. Tina hat mich angerufen. Sie hat mitbekommen, dass Annika und Antonia über eine Granate geredet haben, die sie gefunden haben. Scheinbar hast du ihnen erlaubt, einen Metalldetektor zu benutzen, mit dem sie die Felder abgesucht haben.«

Ich bin fassungslos. Annika und Antonia haben sich wohlweislich schon an uns herangeschlichen und halten sich an der Hand. Das schlechte Gewissen steht ihnen buchstäblich ins Gesicht geschrieben, gewürzt mit einer Prise Trotz.

»Bevor wir wild herumspekulieren, könnt ihr doch erzählen, was passiert ist.« Alex bleibt wie immer die Ruhe selbst.

»Ja, können wir«, sagt Annika. »Es gibt gar keine Granate, glauben wir zumindest. Das war nur ein Codename, weil wir uns nicht getraut haben, das Ding auszubuddeln, das wir gefunden haben. Wir haben vorhin telefoniert und darüber geredet, und zehn Minuten später waren Antonia und ihre Mutter da und alle anderen auch.« Die letzten Worte spricht sie in einem Ton, den ich nicht deuten kann, doch mir bleibt keine Zeit, darüber nachzudenken, denn Alex reagiert bereits.

»Okay, es war also ein Missverständnis. Trotzdem muss ich mir anschauen, was ihr gefunden habt. Eure Aktion war nicht ungefährlich. Alte Munition findet man überall.«

Die Mädchen nicken beflissen. »Deswegen haben wir das Ding ja auch nicht ausgebuddelt. Es war uns nicht geheuer, außerdem wollte ich auf dich warten.« Annika blickt zu mir und schürzt die Lippen.

»Und was habt ihr nun gefunden?«, frage ich.

»Es ist aus Metall, eckig und oben rund. Mehr kann man nicht erkennen, weil es so dreckig ist. Vielleicht ist es ja ein Schatz«, springt Antonia ihrer Freundin zur Seite.

»Ein Schatz! Das glaube ich jetzt nicht. Dafür starte ich gerne gestresst in die Woche.« Jutta reibt sich vor Freude die Hände.

»Das wäre gar nicht mal so unrealistisch. Wie lange werden die Wiesen hier schon bewirtschaftet? Das sind Jahrhunderte, in denen etwas vergraben werden konnte.« Natürlich geht Justus die Angelegenheit systematisch an.

Florian hat die rechtliche Seite im Blick. »Wo habt ihr es genau gefunden? Auf unseren Wiesen?«

»Das wäre noch einmal eine ganz andere Frage«, stellt Alex klar. »Wem es gehört, hängt davon ab, was es ist.«

»Das stimmt«, schaltet sich nun auch Johann ein, »wenn es von wissenschaftlichem Wert ist, muss es der Forschung übergeben werden.«

»Wir sollten den Polizisten wegschicken. Wer holt sich denn auch einen Polizisten ins Haus?«, schlägt Hannelore pragmatisch wie immer vor.

»Außer natürlich, es ist doch eine Granate, dann wäre ein Polizist durchaus praktisch«, wendet Roswitha ein.

Und damit fehlt nur noch meine Meinung. »Der Polizist ist hier, die Frage stellt sich also nicht. Wir sollten nachschauen. Aber zunächst würde ich gerne wissen, was hier vorher los war.«

Szenenwechsel. Von einer Sekunde auf die andere bin ich auf einem Elternabend in der Grundschule, und die Lehrerin fragt, wer Protokoll führen möchte. Betretenes Schweigen und viel zu viele Köpfe, die den Boden nach etwas absuchen, das nicht da ist. Johann knabbert zusätzlich auf seiner Unterlippe.

Nur Alex schaut mir in die Augen. »Ich muss leider zugeben, dass ich einen Hauptteil der Schuld trage«, sagt er zerknirscht.

»Schuld woran?«

»An unserer Diskussion.«

»Worüber?«

»Über Frauen. Im Allgemeinen und im Einzelnen. Und vielleicht waren wir dabei auch ein wenig lauter.«

Ich bin nicht überrascht. Die Konfrontation der Männer, die mein Leben durcheinandergewirbelt haben, war wohl unvermeidlich, und vermutlich ging es nicht nur um mich, sondern auch um die Vergangenheit. Und obwohl mich Alex' Worte für einen Augenblick aus dem Takt bringen, unterstreichen sie auf bittere Weise meine Entscheidung. Deswegen reagiere ich nüchtern.

»Nun, augenscheinlich habt ihr untereinander Klärungsbedarf. Allerdings kann ich mir dafür bessere Orte *ohne* Publikum vorstellen. Ich nehme an, Tina kam zufällig dazu, ebenso wie alle anderen Zaungäste?« Ich lasse meinen Blick über die Schar der Anwesenden schweifen.

»Hervorragend zusammengefasst«, sagt mein Bruder.

Johann schaut mich nur mit großen Augen an, Alex hingegen trägt dieses schiefe Lächeln zur Schau, das ich so sehr an ihm mag.

»Mehr muss ich nicht wissen. Gehen wir jetzt endlich zu dieser Wiese und schauen nach, was es mit der vermeintlichen Granate auf sich hat?«

Es ist eine der Heuwiesen. Annika und Antonia laufen mit den Hunden den Pfad am Waldrand entlang und halten schließlich an einer Tanne, die schon einige Jahrzehnte auf dem Buckel hat.

»Es sind genau hundert Schritte vom Baum bis zum Fundort. Wir haben öfter gezählt, mal war es einer mehr, mal einer weniger, aber im Schnitt waren es hundert. Und der Baum ist uralt. Das war bestimmt Absicht.«

»Eine schlüssige Theorie«, bekräftigt Justus, weshalb wir anfangen zu zählen, alle hübsch hintereinander, wie eine kleine Gänseschar. Ein unscheinbares Häufchen Gras verrät das Ziel.

»Hier ist es!«, ruft Antonia, und man hört und sieht den beiden Mädchen den Stolz und die Aufregung an.

Alex zieht Schutzhandschuhe aus der Hosentasche, geht in die Hocke und schiebt erst die neugierige Penelope und dann das Gras vorsichtig beiseite. Darunter kommt ein etwa dreißig Zentimeter tiefes Erdloch zum Vorschein. Womit es auch immer gegraben wurde, es muss die beiden einige Anstrengung gekostet haben.

»Das ist definitiv keine Granate. Trotzdem ist es gut, dass ihr vorsichtig wart.« Er greift in das Loch, ruckelt ein bisschen herum und fördert eine silberfarbene Schatulle mit einem gewölbten Deckel zutage. Niemand spricht, alle starren wie gebannt auf das Kästchen. Behutsam wischt Alex den gröbsten Dreck weg. Reliefierte Putten, Blumen und Ornamente kommen zum Vorschein. Er dreht das Kästchen um und deutet wortlos auf die klar erkennbare Punze auf der Unterseite. Es ist tatsächlich aus Silber.

»Ihr habt wirklich einen Schatz gefunden!«, rufe ich verzückt, und Annika und Antonia strahlen um die Wette.

»Mach es auf, mach es auf.« Annika hüpft auf der Stelle.

Vorsichtig klappt Alex den Deckel nach oben. Das Scharnier quietscht und zum Vorschein kommen Briefe, fein säuberlich zusammengehalten von einem hellgrünen Seidenband. Sie sind alt, die Handschrift zart und in feiner Sütterlinschrift verfasst. Alex holt das Bündel heraus und reicht es Annika, die es ehrfürchtig entgegennimmt.

»Da ist ja noch was.« Er zieht ein Stück Stoff hervor, darin eingewickelt ein silbernes Medaillon. Er klappt es auf.

Wir beugen uns alle über das Fundstück und erkennen die Zeichnung eines Mädchens auf einer Blumenwiese. Wir sind überwältigt.

»Da habt ihr euren Schatz. Alleine, weil es sich um Silber handelt, sollte unbedingt ein Fachmann drüberschauen. Ich mache mich mal schlau, und bis dahin passt ihr gut darauf auf.« Alex zwinkert den Mädchen zu, und sie quieken vor Freude. Feierlich übergibt er die Schatulle und das Medaillon an Antonia, und wir scharen uns um die beiden Schatzsucherinnen, um ihren Fund ausgiebig zu bewundern. Geistesgegenwärtig verbieten sie uns, die Briefe zu berühren.

»Erst besorge ich Handschuhe. Sonst werden sie noch beschädigt«, sagt Annika.

Jutta hat sich den anderen angeschlossen, auf dem Rückweg läuft Alex neben mir.

»Wenn du möchtest, kläre ich Tina über das Missverständnis auf. Dann musst du nicht mit ihr reden.«

Ich denke kurz nach. »Nein, danke, das mache ich selbst. Weißt du, irgendwann ist es genug. Es muss einen anderen Weg geben, und so langsam habe ich eine Ahnung, wie der gelingen könnte.«

Alex lächelt. »Das finde ich gut. Deine Ansage war trotzdem nicht verkehrt. Glaub mir, sie ist nicht dumm, sie wird nachdenken.«

»Es wäre schön. Ich stehe nicht so auf Feindschaften.«

»Wer tut das schon?« Alex' Lächeln verblasst und macht einem ernsten Zug um den Mund Platz. »Es tut mir leid wegen des Schlamassels, den ich angerichtet habe. Ich hätte mich besser im Griff haben sollen.«

Jetzt lächle ich. »Auch ein Polizist darf überfordert sein. Das ist sozusagen ein Grundrecht.«

»Damit kennst du dich aus?«

»Ja, ich mache ständig Gebrauch davon.«

Wieder verändert sich sein Gesichtsausdruck. Nun sieht er traurig aus. »Ich erwarte nicht viel, Elli, aber ich hoffe. Ich möchte, dass du das weißt.«

Ich sehe ihn an. Ernst. »Ich würde gerne alleine mit dir sprechen. Ist das in Ordnung?«

»Ja«, sagt er.

Wie gerne würde ich ihn jetzt umarmen. Auch, um selbst umarmt zu werden.

Ich weiß nicht, ob es Absicht ist, aber während unseres Gesprächs lässt sich Johann immer weiter zurückfallen. Wir haben bisher kein Wort gewechselt, und ich habe ein schlechtes Gewissen. Ich kann es nur schwer ertragen, wenn Menschen traurig sind. Und wenn sie es meinetwegen sind, noch weniger. Ich entschuldige mich bei Alex und lasse mich ebenfalls zurückfallen. Die Situation ist merkwürdig, aber sie hat meine Entscheidung gefestigt, und deswegen bin ich froh darum.

»Na du.«

»Hast du dich mit Alex ausgesprochen?« In seiner Stimme klingt Missmut. Zudem hängen die Schultern, und natürlich knabbert er an seiner Unterlippe.

»Nein. Aber das werde ich noch.«

Wir bleiben stehen, und Johann fixiert mich. »Und wann redest du mit mir?«

Ich schaue ihn an, sehe die Hoffnung und weiß, dass ich ihn nicht weiter quälen darf. Nicht, wenn ich die Antwort auf seine stumme Frage kenne. »Ich gebe zu, die Nacht im Baumarkt hat mich verwirrt, aber ich weiß nun, dass ich nicht diese Art von Gefühlen für dich habe. Es tut mir leid.« Ich sage es mit fester Stimme, trotzdem muss ich schlucken. Der Kloß in meiner Kehle ist groß.

»Und wenn du uns ein bisschen Zeit gibst, vielleicht …«, sagt er leise.

Ich bleibe stehen, sehe ihn an. »Nein, Johann, ich möchte uns keine Zeit geben. Ich weiß nun, was ich fühle, und ich weiß, was ich möchte.«

Da nickt er, langsam, aber fest. In seinen Augen stehen Tränen. »Mein Kopf weiß es schon.«

»Er ist eben schneller als der Rest. Gib dir Zeit, Johann. Ich gebe sie mir auch.«

»Aber was, wenn der Kopf falsch liegt?«

»Das würde nichts ändern.« Ich berühre leicht seinen Arm, dann lasse ich ihn stehen, es geht nicht anders. Johann ist nicht der Einzige mit Tränen in den Augen.

Und weil es nur fair ist, Alex nicht mehr stundenlang warten zu lassen, schließe ich wieder zu ihm auf.

»Hast du einen Moment für mich?«, frage ich vorsichtig.

Er sieht mich fragend an. »Ich weiß, ich habe etwas anderes gesagt, aber ... ich habe mit Johann gesprochen, deswegen ...« Ich lasse das Satzende offen.

Alex nickt mit ernstem Blick. Wir gehen die letzten Schritte gemeinsam. Dann schließe ich die Tür zu meiner Werkstatt auf, wir treten ein und die Stille, die uns umfängt, ist gnadenlos. Ich ignoriere das Sofa, zu sehr erinnert es mich an diesen Tag nach dem Dorffest, und lehne mich gegen die Werkbank. Alex bleibt an der Tür stehen, der ganze Raum liegt zwischen uns.

»Ich bin noch nicht bereit für eine Beziehung. Das weiß ich jetzt.« Kurz und prägnant. Was sollen viele Worte, wenn die Aussage so deutlich ist? Und doch spüre ich das Zittern meiner Stimme.

Alex sieht mich unverwandt an, seine Miene ist unbewegt, sein Ton sanft. »Es überrascht mich nicht, auch wenn ich etwas anderes gehofft hatte.«

»Ich weiß nicht, ob ich jemals wieder bereit bin.«

Alex sieht mich an, eindringlich, als wolle er noch etwas sagen. Doch dann dreht er sich um, ohne Gruß. Die Tür schlägt zu, und die Stille dröhnt in meinen Ohren. Traurigkeit und Erleichterung. Zwei Gefühle, denen ich ein paar Minuten Raum gebe, ehe ich wieder nach draußen gehe und Jutta im Kleintierstall aufstöbere, wo Florian ihr einen Vortrag über Pogo hält. Jutta hält dem Esel derweil ein paar Möhren hin, die er geflissentlich ignoriert.

»Du hast es hinter dich gebracht?«, fragt sie, nachdem Florian uns alleine gelassen hat.

»Ja, es ist besser so. Glaub mir, dieses ganze Chaos konnte nur entstehen, weil ich noch nicht so weit bin.«

Sie nickt ernst. »Du hast recht. Es ist im Grunde die einzig richtige Entscheidung. Da hat deine Hannelore recht.«

Ich schmunzle. »Ja, in der Tat, das hat sie.«

Und dann nehmen wir uns fest in den Arm. Als Rüdiger vom Hof fährt, stehe ich lange da und winke.

Als ich alleine im Hof stehe, weil endlich alles vorbei ist und alle zurück in ihren Alltag gekehrt sind, verziehe ich mich in mein Zimmer, lege mich aufs Bett und schlafe vor Erschöpfung ein. Eine halbe Stunde vor dem Abendessen stehe ich auf, spritze mir ein paar Tropfen Wasser ins Gesicht, dann klopfe ich an Annikas Zimmertür. Sie sitzt zusammen mit Antonia auf dem Bett, vor ihnen auf einem sauberen Küchentuch steht das Schatzkistchen.

»Ich würde Antonia vor dem Abendessen gerne nach Hause fahren, ist das okay?«

Beide Mädchen nicken einträchtig, und Tinas Tochter sucht sofort ihre Sachen zusammen.

»Und hättet ihr was dagegen, wenn ich den Schatz kurz entführe?«

Annika guckt mich erst entrüstet an, dann hellt sich ihr Blick auf. Sie hat meine Taktik durchschaut.

»Aber sei vorsichtig, Mama«, ermahnt sie mich.

Tina empfängt mich nicht mit offenen Armen. Aber sie schlägt mir auch nicht die Tür vor der Nase zu.

»Darf ich vielleicht kurz reinkommen? Ich würde dir gerne zeigen, was die Mädchen gefunden haben.«

Antonia schaut ihre Mutter bittend an.

»Es war also keine Bombe?« Tinas Ton ist neutral. So, als wäre sie zu müde, um sich weiter aufzuregen.

»Nein, war es nicht. Trotzdem war es gut, dass du so besorgt reagiert hast. Alex meinte, es war nicht ungefährlich, was die zwei gemacht haben. Und lieber mahnt man einmal zu viel als zu wenig.«

Ich schenke ihr ein vorsichtiges Lächeln. Ich weiß, ich begebe mich auf dünnes Eis, wenn ich Alex erwähne, aber ich setze alles auf eine Karte, und da gehört er mit dazu. *Gehörte.*

»Alex, ach so«, sagt sie. Ihr liegt noch etwas anderes auf der Zunge, doch sie schluckt es herunter und wendet sich ihrer Tochter zu. »Alex hat dir also schon gesagt, was an eurer Aktion gefährlich war?«

Antonia nickt energisch.

»Nun denn, dann kommt mal rein und zeigt mir den Fund.«

Tina geht voran in keine sterile, weiße und perfekt aufgeräumte Küche ohne Gesicht, wie es der Eingangsbereich und das Haus von außen vermuten lassen, sondern in einen wohnlichen Hausmittelpunkt. Helle Farben, eine unaufdringliche, selbstgemachte Deko und ein angenehmes Maß an Chaos.

Im ersten Augenblick bin ich überrascht, im zweiten fällt mir ein, dass ich in ihrem Dorfladen dasselbe gedacht habe. Aber so ist es wohl mit den Schubladen, in die man die Menschen gerne steckt. Ich gebe Antonia die in das saubere Küchentuch gewickelte Schatulle, die sie auf die Anrichte stellt und behutsam auswickelt.

Tina staunt, ganz offensichtlich. Und offensichtlich ist auch, dass sie sich mit ihrer Tochter freut. Sie bewundert die mit der Schleife zusammengebundenen Briefe, hört sich Antonias Bericht und die Theorien der beiden Freundinnen an und entschuldigt sich, dass sie einfach ohne Antonia losgefahren ist. Ich bin eine stille Zuschauerin, und jede Sekunde, die vergeht, bestärkt meine Entscheidung.

Als Antonia fertig ist, schickt Tina sie in ihr Zimmer und mich nicht nach Hause. Nein, sie bietet mir sogar ein Glas Sekt an. Wir setzen uns einander gegenüber an die Küchentheke und bewundern zusammen die Kohlensäureperlchen, die an der Innenseite unserer Gläser hochsteigen.

»Es tut mir leid, dass ich dich so angegriffen habe«, sage ich leise. Die Entschuldigung widerstrebt mir, doch wir müssen eine Übereinkunft finden, wenn ich hier glücklich werden will. Einen Waffenstillstand. Das ist das Mindeste, was ich mir vorgenommen habe.

»Ja, das war nicht besonders nett.«

»Das warst du bisher auch nicht.«

Wir schauen uns an. Noch will keine den ersten Schritt gehen. Ich seufze und trinke einen Schluck. Auch Tina trinkt einen Schluck, ohne zu seufzen. Ich möchte, dass sie anfängt, aber bin ich dann nicht zu stur?

»Was hast du eigentlich gegen mich?«, frage ich.

Und Tina sagt gleichzeitig: »Du warst immer von oben herab.«

Wir grinsen uns an – und plötzlich geht es ganz einfach.

»Dieses Mädchen, das da jeden Sommer aus der großen Stadt kam, mit den feinen Klamotten und den tollen Eltern. Während ich in einer dysfunktionalen Familie erster Klasse aufgewachsen bin. Ich glaube, ich wollte dich nie mögen.« Tina zuckt mit den Achseln.

»Das habe ich verstanden, wenn auch erst heute. Dabei habe ich nie aufs Äußere geachtet, weder bei mir noch bei dir.«

»Ich glaube, niemand hält sich selbst für arrogant«, sagt sie.

»Und niemand hält sich selbst für intrigant«, antworte ich.

Und dann lächeln wir wieder. Wir sind auf dem Weg.

»Aber muss das heute noch zwischen uns stehen?«

»Nein!« Tinas Stimme ist deutlich und fest. »Das muss es nicht. Das habe ich verstanden, nach dem, was du gesagt hast. Trotzdem glaube ich, dass ich dich nie wirklich mögen werde. Aber du hast recht. Wir haben Besseres zu tun.«

»Dann tun wir so, als wäre ich eine Zugezogene aus der Stadt, und wir gehen einfach distanziert und höflich miteinander um«, schlage ich vor.

»Wir können es zumindest versuchen. Und was Alex angeht, ich wusste immer, dass ich keine Chance habe. Eigentlich bin ich auch nicht in ihn verliebt, er trifft nur meine Vorstellung von einem guten Mann.« Sie zuckt noch einmal mit den Achseln. »Ich werde ihn dir also nie gönnen.«

»Das verstehe ich.« Ich sehe sie über den Tresen hinweg an. »Und weißt du, was? Du musst ihn mir auch gar nicht mehr gönnen. Ich habe Alex und Johann gesagt, dass ich noch nicht so weit bin.«

»Ist das so?«

Ich nicke.

»Nun denn, an mir soll's nicht liegen.«

Wir verabschieden uns mit ein paar höflichen Floskeln. Es ist ein erster Schritt. Die Zukunft wird zeigen, ob wir es hinkriegen. Nun aber möchte ich nur noch eines: diesen Tag endlich beenden und dann in die Zukunft blicken.

# Kummer vergeht

Die Wochen ziehen vorbei, die Sommerferien kommen und gehen, die Bauarbeiten schreiten voran. Wir nehmen die Tiny Houses offiziell in Betrieb und können uns vor Anfragen kaum retten. So beliebt ist ein Urlaub in diesen kleinen Häusern. Und wir wachsen, in jeder Hinsicht. Pogo bekommt eine Partnerin, eine kleine graue Eselin namens Polly, die bisher alleine auf einem Gnadenhof wohnte. Zwei zauberhafte junge Kätzchen mit den Namen Fred und Wilma ziehen bei uns ein, und weil Florian und Jürgen der kreative Umbau des Stalls so viel Freude bereitet hat, bauen sie kurzerhand einen Hühnerstall im Schwarzwaldstil. Ein Hahn namens Brutus kräht nun jeden Morgen weit vor Sonnenaufgang und lässt sich dann von zehn fast identisch aussehenden Sundheimer Hühnern auf dem Schnabel herumtanzen.

Mit am schönsten ist jedoch unser Zuwachs Olga. Sie arbeitet seit ein paar Wochen nur noch halbtags für Tina, den anderen halben Tag kümmert sie sich um die Gäste und die Ferienwohnungen.

An einem goldenen Herbsttag im Oktober feiern wir Hannelores neunzigsten Geburtstag. Niemanden wollte sie einladen, wirklich niemanden. Und dann fiel ihr ein, dass sie doch gerne die Damen und den einen Herrn vom Kaffeekränzchen dabeihätte, wo wir sie nach wie vor zweimal die Woche hinbringen. Und die alte Dame, die sie immer beim Hausarzt trifft, ebenso. Und weil natürlich unsere ganze Familie samt Jürgen, Rosi, Olga und Olli dabei ist, wird es eine richtige Sause. Hannelore bläst tapfer neunzig Kerzen aus, und einige der Damen sind hinterher sogar beschwipst. Es gibt einen Menschen, der an diesem Tag genau das Richtige sagt.

»Hannelore«, dröhnt Jürgen durch die Scheune, die wir in einen lauschigen Festsaal verwandelt haben, mit dem selbst unsere Oma zufrieden war, »bleib wie du bist und werde hundert Jahre alt, damit wir deinen Geburtstag nun jedes Jahr feiern können, als wäre es der letzte.«

»Da werde ich hundertfünf. Ich lass mir doch von so einem Rocker nicht sagen, wie lange ich leben soll.« Und dann lacht sie. Laut und frei, und wir lachen alle mit ihr mit.

Jetzt aber soll ein wenig Ruhe einkehren. Wir wollen den Herbst genießen. Die Zeit der klaren Luft, der bunt getupften Mischwälder und des Nebels. Und wir freuen uns auf den Winter. Vielleicht gibt es ja sogar Schnee. Dann können die Tiere durch den Schnee stieben, und wir können Schlitten fahren. Auf unserem weihnachtlich dekorierten Schwarzwaldhof muss es dann sein wie im Wintermärchen.

Alles ist also gut. Uns geht es gut.

Und mir?

Meine Entscheidung war richtig. Daran zweifle ich nicht. Denn auch wenn ich bereit war, mich neu zu verlieben, war ich nicht bereit für die Liebe. Wäre ich es gewesen, hätte die Liebe gewusst, was zu tun ist.

Heute weiß sie es.

Denn ich vermisse ihn wirklich sehr.

Nur ihn.

Aber wie vermessen wäre es, einfach zu ihm zu gehen? Anfangs verdränge ich die Erkenntnis, dann wehre ich mich dagegen, dann akzeptiere ich sie. Und dann habe ich sehr lange keine Idee, was ich tun soll. Und ob ich was tun soll.

Und nachdem ich diese Erkenntnis wochenlang mit mir alleine herumgetragen habe, habe ich es gestern endlich Jutta erzählt, und nach einer langen Stille machte sie mir deutlich, dass ich handeln muss.

»Deine Entscheidung, keine Beziehung mit ihm einzugehen, war gut. Du warst nicht bereit für die Liebe. Das stimmt. Aber nun bist du es. Sag es ihm, was soll schon passieren?«, meinte sie, und dann fiel mir ein, dass ich das bereits getan hatte.

Es dauert, bis ich den Brief finde, weil er in einem der vielen Kartons liegt, die noch in einem der leer stehenden Zimmer stehen. Gemeinsam mit dem Briefpapier, das wir im *Hypermarché* gekauft hatten.

Ich nehme den Füller mit der grünen Tinte und schreibe ein paar Zeilen, die ich auf einem Schmierblatt vorformuliert habe. Jedes Wort ist wohlbedacht. Ich packe den Bogen zusammen mit dem im Elsass geschriebenen Brief in den adressierten Umschlag und fahre durch den Herbstregen zur Post. Warum dieser Weg? Weil er sich richtig anfühlt. Ich habe Angst vor seiner Reaktion, aber ich habe mir diesen Schritt genau überlegt.

Das Beziehen des Bettes unter der Schräge ist immer eine Herausforderung. Fünf Bettenwechsel stehen heute an, und gemeinsam mit Olga arbeite ich im Akkord. Bis vierzehn Uhr müssen die Tiny Houses blitzblank sein. Zwei sind schon fertig, das dritte bald geschafft. Hier fehlt nur noch die Bettwäsche. Ich schnappe mir einen Bettbezug, drehe ihn auf links und greife dann von innen in die Ecken. Wegen meiner halb gebückten Haltung rutscht mir der weiche Baumwollstoff über die Arme – und ich verschwinde ganz darin. Genau in diesem Augenblick wird die Tür aufgezogen, so ruppig, dass sie gegen die Wand knallt. Ich erschrecke fürchterlich und versuche hektisch, mich zu befreien.

»Hallo? Wer ist denn da?«, rufe ich, derweil poltern Schritte auf der kleinen Treppe. Ehe ich panisch werde, bin ich draußen aus dem Bezug.

Alex steht vor mir, und es reicht ein Blick. Wie habe ich diesen Mann vermisst. Einfach alles an ihm. Und nun ist er hier ...

»Diese Häuser scheinen eine spezielle Wirkung auf uns zu haben«, stellt Alex fest.

Wir liegen verschwitzt auf dem Laken. Sehr lange haben wir überhaupt nicht geredet. Nur genossen.

»Du glaubst also, du wärst nicht über mich hergefallen, wenn du mich woanders gefunden hättest?«

»Ich würde sagen, das kommt darauf an, wo genau ich dich gefunden hätte. In der Waschküche hätte ich es mir vermutlich verkniffen.«

Ich kuschle mich enger an ihn ran, lege den Kopf in diese Kuhle zwischen Hals und Brust. »Da hast du auch wieder recht.«

»Und dich an einen passenderen Ort gelockt.«

»Das ist sehr ehrenwert von dir.«

»Ja, nicht wahr?«

Wir lachen ein bisschen, wir schäkern und schmusen. Wir küssen uns hundertmal fest auf den Mund, weil wir so froh sind, uns im Arm halten zu dürfen. Wir strahlen uns an: leuchtende Augen, die eine Verbindung zueinander haben.

»Dein Brief hat mich zu Tränen gerührt, weißt du? Und dann war ich ein bisschen sauer. Warum kommst du erst jetzt? Du wusstest es doch damals schon.«

»Ich –«, setze ich an, doch er ist nicht fertig.

»Aber das ist egal. Es ist völlig egal. Du hast die Zeit gebraucht. Ich bin allerdings eher von sechs bis neun Monaten ausgegangen, von daher ...« Den letzten Satz quittiert er mit verschmitztem Gesichtsausdruck und einem verräterischen Funkeln in den Augen.

»Du Schuft!«

Und dann machen wir da weiter, wo wir aufgehört haben. Und holen drei kostbare Monate nach.

# Wie es weitergeht...

Es gibt immer wieder diese Situationen, in denen wir Frauen uns aufführen wie Sechstklässlerinnen. Egal, wie alt wir sind. Wir genießen diese Augenblicke, denn sie lassen all das von uns abfallen, was zum Erwachsensein dazugehört. Verantwortung, Sorgen, Listen. All das verschwindet, wenn man der guten Freundin, die man seit fast einem Jahr nicht gesehen hat, in die Arme fällt und vor Glückseligkeit quietscht und lacht.

»Elliii!«

Ich ächze, so fest drückt mich Jutta an sich.

Ja, fast ein Jahr ist vergangen, seitdem wir zusammen im Elsass waren, und die Sommerferien haben gerade begonnen. Es waren arbeitsreiche, aufregende, schöne, herzliche, erfahrungsreiche und manchmal von Ärger geprägte Monate. Ein altes Haus birgt immer Überraschungen. Dass aber im Haupthaus die gesamte Elektrik ausgetauscht werden musste und nach einem Wasserrohrbruch über Wochen gar nichts passieren konnte, hat uns dann doch aus der Fassung gebracht. Kurzzeitig dachten wir, unser Bauprojekt wird zum Bonner Schürmannbau, und letztendlich mussten wir sogar einen Kredit aufnehmen. Am Ende waren jedoch alle Schwierigkeiten und Unwägbarkeiten aus dem Weg geräumt.

Vor einem Monat haben wir unseren Wolkenhof offiziell eröffnet – den Ferienbauernhof für alle und jeden. Die Rückmeldungen der ersten Gäste sind durchgehend positiv, obwohl es an der ein oder anderen Stelle noch hakt. Jeden Tag versichern Florian und ich uns seither gegenseitig, wie großartig alles geworden ist. Ja, wir sind mächtig stolz.

Seit dem Frühjahr wohnen wir endlich in unseren neuen Wohnungen. Johann hat ein Händchen für Licht, Materialien und Atmosphäre, und ich habe mich vom ersten Augenblick an heimisch gefühlt. Es hatte noch einmal etwas von Ankommen.

Heute allerdings haben wir uns selbst übertroffen. In der Mitte des Hofes, unter einem Sternenhimmel wie Millionen Swarovski-Kristalle, stehen Bierzeltgarnituren mit lindgrünen Tischdecken. Lampions in Rot und Grün sind rund um den Hof gespannt. Kerzen brennen, und überall stehen Blumen. Es ist wirklich lauschig. Wir haben uns viel Mühe gegeben, aus dem Hof einen Festsaal unter freiem Himmel zu machen, denn heute ist der Tag, an dem wir feiern, was wir geschaffen haben. Mit allen, die wir mögen und schätzen.

Jutta hat ihre Familie mitgebracht. Sie wohnen in einem der Tiny Houses und haben sich gleich für zwei Wochen eingemietet. Unsere Eltern sind da, zum ersten Mal, seit wir hierhergezogen sind. Sie verlassen ihre Scholle nicht allzu gerne, aber jetzt, wo alles fertig ist, haben sie sich doch überwunden und wollen nun alles ganz genau wissen. Olga ist da, die natürlich ihren Olli mitgebracht hat, und all die Frauen aus dem Dorf, die mich seit einigen Monaten zu ihren Mädelsabenden einladen und mit denen man wunderbar badisch *daherschwätzen* kann. Justus' Freundin – ja, genau, Freundin! – Luisa ist dabei sowie Annikas getreue Gefährtin Antonia. Kein Blatt passt mehr zwischen die zwei.

Auch Freunde von früher sind gekommen, und das gibt ein großes Hallo. Wie es eben so ist, wenn alte Gefährten aufeinandertreffen, mit denen man durch die gemeinsame Zeit in der Jugend verhaftet bleibt.

Rosi sitzt sogar an einem Tisch mit Jürgen. Bis heute habe ich nicht herausbekommen, warum sie den sympathischen Nachbarbauern nicht mag. Ich habe den Verdacht, sie hat ihre Feindseligkeiten nur eingestellt, damit ich nicht weiter nachbohre. Die Familie von Rieke und Finja ist dabei, das nette alte Ehepaar, das unsere ausgebüxsten Ziegen eingefangen hat, und viele andere, die wir in den letzten Monaten kennengelernt haben.

Was mich freut, wenn auch in Maßen, ist Tina, die es sich nicht nehmen ließ, ebenfalls mit uns zu feiern. Nein, beste Freundinnen werden wir wohl nie. Doch ab und an erwischen wir uns beim Plaudern. Und weil Annika und Antonia in beiden Häusern ein und aus gehen, ist alles, was war, in Vergessenheit geraten. Es ist einfach nicht mehr wichtig.

Ich nutze die Gelegenheit, dem Trubel für ein paar Minuten zu entfliehen, gehe in meine Küche, schneide frisches Brot und spüle leere Schüsseln. Ruhe. So schön es ist, diese vielen lieben Menschen um mich zu haben – ich brauche einen Augenblick für mich.

Die Haustür meiner Wohnung wird geöffnet und wieder geschlossen, ich höre Schritte, die Richtung Küche tappen, und dann umarmen mich zwei Arme von hinten. Ich drehe mich um, greife mit nassen Händen in seinen Nacken und drücke ihm einen festen Kuss auf den Mund.

»Hm, Spülhände, sehr sexy.«

»Ja, oder? Das ist der Bonus, den du dir für deine Hilfe verdient hast.«

»So, so, ich hoffe, sexy Spülhände sind nicht das Einzige, das ich mir verdient habe.«

Ich tippe ihm mit immer noch nassem Finger an die Nasenspitze. »Es ist *nur* der Bonus, mein Lieber.«

»Dann bin ich aber beruhigt.« Er wischt sich gespielt den Schweiß von der Stirn. »Kann ich was tun?«

»Ja, du könntest rausgehen und Florian erlösen. Sonst muss er unserem Vater gleich noch die Schaltpläne für die Solaranlage raussuchen.«

»Geht klar«, sagt er und umschlingt mich ein weiteres Mal. »Wenn es nach mir geht, dauert die Party übrigens nicht allzu lang. Diese ganze lauschige Atmosphäre ist schrecklich romantisch. Da komme ich glatt auf dumme Gedanken.«

»Bespaße meinen Vater, damit er vielleicht noch mal wiederkommt, danach habe ich ja vielleicht ein bisschen Zeit für deine dummen Gedanken«, mache ich ihm Hoffnung und stupse ihn mit meinem Po von mir weg.

»In dreißig Minuten, wie immer?«

»In dreißig Minuten, wie immer.«

Ich habe mich wirklich gefreut, ihn wiederzusehen. Johann ist mit seiner Frau extra für unser Fest angereist, und das rechne ich ihm hoch an. Nachdem ich ihn abgewiesen habe, ist er auf Distanz gegangen, und sobald es möglich war, ging er zurück nach Hamburg. Es wiegt schwer, ihn als Freund verloren zu haben, aber unsere Freundschaft war zu frisch, um so etwas unbeschadet zu überstehen. Was die Zukunft bringt, wird sich zeigen.

Aber auch für ihn scheint sich manches zum Guten gewendet zu haben. Saskia ist eine kleine, rundliche und sehr forsche Frau, die Johann ein bisschen Führung gibt, wo er unsicher und zaghaft ist. Ich mochte sie vom ersten Augenblick an und freue mich über die schöne Auswirkung *dieses* Liebeskummers. Saskia hat zu ihrem Mann gehalten, als er todunglücklich war, und darüber haben sie sich ein zweites Mal ineinander verliebt.

Ich setze mich zu ihnen an den Tisch, und Saskia nimmt meine Hand.

»Es ist so ein schönes Fest und so ein malerischer Hof. Johann hat nicht zu viel versprochen. Ich hoffe, dass nun alles zwischen euch aus dem Weg geräumt ist, ich will nämlich unbedingt mal in einem von diesen süßen Häusern schlafen.«

Sie lacht mir offen ins Gesicht.

»Ich denke, daran soll es nicht scheitern«, sage ich und plaudere noch ein paar Minuten mit ihnen. Johann braucht keine Seelenverwandte, er braucht eine Frau, die ihn umsorgt.

Das zweite Körbchen mit selbst gebackenem Bauernbrot bringe ich dem Kaffeekränzchen. Neun Damen und ein Herr, alle jenseits der fünfundachtzig. Die einen können nicht mehr laufen, andere nicht mehr sehen, hören oder richtig denken, aber sie leisten einander Gesellschaft und geben sich das, was wir nicht können, weil wir aus einem anderen Zeitalter stammen. Vielleicht ist es das letzte Fest ihres Lebens, und das feiern sie mit allen Sinnen, die ihnen noch zur Verfügung stehen.

»Hannelore«, sage ich laut und deutlich und stelle den Brotkorb auf den Tisch, »hast du einen schönen Abend?«

»Ja, wir haben einen schönen Abend«, grölt anstatt ihrer der Nachbartisch.

Es ist der mit den Männern aus dem Dorf, die Florian in ihre bierselige Mitte aufgenommen haben. Ich schüttle amüsiert den Kopf. Wir sind angekommen, hier auf dem Dorf im goldenen Herzen des Schwarzwalds. Als hätten wir schon immer hier gelebt. Ich sage *Ade*, wenn ich ein Geschäft verlasse, das mit der Uhrzeit habe ich auch endlich verstanden, und manchmal *hocke* ich mich sogar hin, anstatt mich hinzusetzen, oder ich *schaffe* statt zu arbeiten. Und nur dann, wenn es mir überhaupt auffällt, schmunzle ich darüber, weil es ansonsten zur Normalität geworden ist. So wie es normal geworden ist, während einer Party zu einem Mann zu gehen, der meiner ist. Nicht ohne Zweifel – ohne die wird es wohl nie wieder gehen. Aber in dem festen Glauben, dass unser höchstes Gut die Offenheit ist. Vorsichtig sind wir und umsichtig, wir akzeptieren die Stärken und Schwächen des anderen und unsere

Vergangenheit. Vieles in einer Beziehung hat mit Akzeptanz zu tun. Wir führen eine gute Beziehung. Sie ist stürmisch und leise zugleich, und ich bin glücklich.

Die Buche ist so groß, dass, während auf der einen Seite ein Fest stattfindet, auf der anderen ein Mann auf dich warten kann, ohne dass es jemand mitbekommt. Wir haben die alte Reifenschaukel gegen eine massive hölzerne Hollywoodschaukel getauscht. Sie ist seitdem mein Lieblingsplatz. Leider nicht nur meiner, sondern auch der von Annika, Florian und, wenn sie da ist, von Olga. Sie ist also ein hart umkämpfter Lieblingsplatz.

Ich schleiche mich von hinten an und halte Alex die Augen zu.

»Da ist ja meine viel beschäftigte Lieblingsfrau. Doch sie hat kalte Hände.«

»Immerhin sind sie nicht mehr nass. Lieblingsfrau? An wie vielen Konkurrentinnen musste ich vorbeiziehen?«

Er tut, als würde er überlegen, während ich mich neben ihn auf die Schaukel setze und meinen Kopf an seine Schulter lehne.

»Also, da wären Lara und Janine. Philippa muss ich wohl auch dazuzählen. Wenn man es ganz genau nimmt, ist Steffi –«

Ich verpasse ihm einen Knuff. Es ist ein Spiel zwischen uns. Wir integrieren die Geister der Vergangenheit in unsere Beziehung und nehmen ihnen so den Schrecken. Wir werden sie niemals los, diese alten Beziehungen, aber wir können an ihnen wachsen.

»Habe ich jemanden vergessen?«, fragt er unschuldig, und wir lachen beide. Mit einem Fuß stupse ich die Schaukel an, meine neue Heidi-Schaukel, und vor dem für mich schönsten Panorama der Welt schwingen wir ins Tal.

# Ein badisches Gutzele

*Lieber Alex,*

*Jutta meint, ich soll schreiben, was mir in den Sinn kommt. Es ist egal, was, alles ist erlaubt, denn, und das ist das Schöne daran: Du wirst diesen Brief niemals lesen. Und doch sitze ich hier, in diesem bezaubernden französischen Café, und habe das Gefühl, mit dir zu sprechen. Ich spüre deine Anwesenheit, ich glaube, dich zu riechen, immer ein bisschen erdig, so als wärst du gerade aus dem Wald gekommen. Ich sehe, wie du den Kopf schüttelst und dieses verschmitzte und umwerfende Lächeln, bei dem ich nie weiß, ob du mich nicht doch auf den Arm nimmst.*
*»Du machst die Dinge wieder viel zu kompliziert, dein Kopf braucht eine Pause. Du musst aufhören zu denken. Soll ich dir dabei helfen?«*
*Ich glaube, das würdest du sagen, und ja, recht hast du. Ich bedenke die Dinge nicht, ich zerdenke sie.*
*»Sag ihm, was in dir vorgeht, wie du dich fühlst, was du dir wünschst.«*
*Tja, so lautete Juttas Rat. Das ist die Krux an der Sache. Es ist so vieles, was in mir vorgeht, dass jedes Nachdenken wirkt, als wählte ich aus einem mehrbändigen Lexikon ganz zufällig einen Begriff. Nur einen. Über den*

*denke ich nach, finde vielleicht eine Lösung, etwas, das mir eine Richtung vorgibt. Doch was ist mit den Tausenden anderen? Die sind ja immer noch da.*
*Alex.*
*Du bist in mein Leben gefallen. So hat es sich angefühlt. Als wäre ich im Herbst durch die Berge gelaufen, vielleicht den Weg direkt oben am Hof entlang, und wie aus dem Nichts purzelt eine Kastanie in meine Kapuze. (Wie gut, dass du das hier nie zu Gesicht bekommst, sonst würde ich nach einem weniger unbeholfenen Vergleich suchen.) Erstaunt habe ich diese schöne glänzende Kastanie in die Hand genommen und in die Tasche gesteckt. So richtig wusste ich nicht, was ich mit ihr anfangen soll, aber sie fühlte sich gut an, ein echter Handschmeichler. Es macht Freude, sie bei mir zu haben, diese kleine Kastanie, und ich stelle mir vor, dass sie die Welt bunter macht. Spürbarer.*

*Als ich dir das erste Mal begegnete, hast du nicht nur unseren Esel zum Tanzen gebracht, sondern, wenn man so will, auch mich. So viele Jahre war ich der festen Überzeugung, ein Mann in meinem Leben könne nichts Gutes mehr bedeuten. Dann kamst du und warfst alles über den Haufen, was ich in den letzten Jahren als selbstverständlich empfunden habe. Du bist in mein Leben geplatzt, als hättest du schon immer dort hingehört. Es ist dir egal, dass ich in vielerlei Hinsicht verschlossen bin. Du stellst keine Fragen, weil du weißt, dass du keine Antworten bekommst. Du nimmst mich, wie ich bin, lässt dich auf mich ein, gibst mir den Freiraum, den ich brauche. Wenn ich mit dir zusammen bin, bin ich leicht. Viel leichter als sonst.*

*Es ist ein ehrliches Miteinander, und ich genieße es, mit dir zusammen zu sein. Zu jedem Zeitpunkt weiß ich, wie es dir geht und was du gerade willst. Du öffnest dich wie ein Buch, ich darf in dir schmökern, ich darf dich erkennen, und das alles, ohne dass du dafür eine Gegenleistung erwartest. Du sagst fast immer die richtigen Worte, du lachst an den richtigen Stellen, du nimmst mich in den Arm, wenn ich eine Umarmung brauche. Immer, wenn ich an dich denke, wird mein Herz leicht.*

*Es ist also alles in Ordnung, könnte man sagen, dein ehrliches Herz wäre es wert, dass ich es in meins hineinlasse. Doch so einfach ist das leider nicht. Wie so oft im Leben.*

*Deine Elli*